Ioana Pârvulescu

Wo die Hunde in drei Sprachen bellen

Roman

Aus dem Rumänischen
von Georg Aescht

Paul Zsolnay Verlag

Die Originalausgabe erschien 2016 unter dem Titel
Inocenții im Humanitas Verlag, Bukarest.

traduki

Die Herausgabe dieses Werks wurde gefördert durch TRADUKI, ein literarisches Netzwerk, dem das Bundesministerium für europäische und internationale Angelegenheiten der Republik Österreich, das Auswärtige Amt der Bundesrepublik Deutschland, die Schweizer Kulturstiftung Pro Helvetia, die Interessengemeinschaft Übersetzerinnen Übersetzer (Literaturhaus Wien) im Auftrag des Bundesministeriums für Kunst, Kultur, öffentlichen Dienst und Sport der Republik Österreich, das Goethe-Institut, die S. Fischer Stiftung, die Slowenische Buchagentur, das Ministerium für Kultur und Medien der Republik Kroatien, das Ressort Kultur der Regierung des Fürstentums Liechtenstein, die Kulturstiftung Liechtenstein, das Ministerium für Kultur der Republik Albanien, das Ministerium für Kultur und Information der Republik Serbien, das Ministerium für Kultur Rumäniens, das Ministerium für für Bildung, Wissenschaft, Kultur und Sport von Montenegro, die Leipziger Buchmesse, das Ministerium für Kultur der Republik Nordmazedonien und das Ministerium für Kultur der Republik Bulgarien angehören.

INSTITUTUL CULTURAL ROMÂN

Dieses Buch erscheint mit Unterstützung des Programms TPS
des Rumänischen Kulturinstituts in Bukarest.

1. Auflage 2021
ISBN 978-3-552-07228-2

Satz: Nadine Clemens, München
Autorenfoto: © Mihai Benea
Umschlag: Anzinger und Rasp, München
Foto: © Espen Eichhöfer / Ostkreuz
Druck und Bindung: CPI books GmbH, Leck
Printed in Germany

FSC
www.fsc.org
MIX
Papier aus verantwortungsvollen Quellen
FSC® C083411

Für Adina, Tudor, Mihai und Cristi,
und natürlich für dich.

»Wenn man ins Leben viele solche Erinnerungen mit sich nehmen kann, so ist der Mensch für sein ganzes Leben gerettet.«

Fjodor M. Dostojewskij, *Die Brüder Karamasow*

Warnung

Die folgenden Begebenheiten haben sich in einer anderen Welt zugetragen. Nicht nur die Geschichte, die das Alltagsleben der Menschen im Hintergrund webt, war eine andere, auch die Gegenstände, die ihre Handlungen bestimmen, waren anders. Das Telefon gab es, allerdings nur mit Festanschluss, einen großen, meist schwarzen Apparat, gewöhnlich aus Ebonit, der etwa ein halbes Kilo wog und entweder eine gekringelte oder eine geflochtene Schnur hatte und eine weiße Scheibe mit zehn Ziffern, über der sich eine andere, schwarze, durchbrochene drehte.

Man steckte den Zeigefinger in die Öffnung über einer Ziffer, drehte die Scheibe bis zum Anschlag, und wenn man sie losließ, drehte sie sich leise federnd zurück. Die gelochte Scheibe ließ sich im Uhrzeigersinn bis zu einem metallischen Haken bewegen, an dem der Finger steckenblieb, die Ziffern waren in dem Rund ebenfalls gegen den Uhrzeigersinn aufgereiht.

Telefonieren war lustig, es war ein Spiel, bei der 1 kehrte die Scheibe alsbald in ihre Ursprungsstellung zurück, bei der 5 schon schwerer, bei der 9 und der 0 dauerte es eine Ewigkeit, vor allem wenn man es eilig hatte, dann kam das Besetztzeichen, und man musste die Nummer erneut wählen.

Jeder Anruf war also ein Hin und Her von kreisförmigen Bewegungen, ein gegenläufiges Ballett von Hand und Scheibe, als wollte man die Ziffern an sich heranführen, worauf sie entschlüpften und zurückflogen.* Manche Leute behaupteten, sie könnten anhand der Zeit, die es dauerte, bis die Wählscheibe in die Ausgangsposition zurückschnellte, die gewählte Nummer erkennen. Alle Apparate klangen gleich. Zrrr! Zrrr! Mobiltelefone gab es nicht, wenn jemand wegging, konnte man nicht wissen, wo er ist, wann er zurückkommt, wieso er sich verspätet. Wenn man jemanden treffen wollte und der nicht erschien, schaute man zunehmend besorgt auf die Uhr (die Armbanduhr, ein wichtiger Gegenstand, im Besitz dessen man als erwachsen galt) und begann, sich allerhand Gedanken zu machen. Und der andere, der sich verspätete, konnte einen nicht benachrichtigen und machte sich allerhand Gedanken über deine Gedanken.

Die Kinder wussten ungeahnte Spiele zu erfinden mit dem Computer, den jeder von uns im Hirn hat. Das hatte einen großen Vorteil: Sie langweilten sich nicht, solange ihr Gehirn funktionierte. Fernseher waren im Begriff, zu einem gewöhnlichen Gegenstand zu werden, allerdings waren sie schwarzweiß, und nicht alle konnten sie sich leisten. Den Begriff Internet gab es nicht, demzufolge auch kein Google oder E-Mail, und die Riesenrechner, phantastische Gerätschaften, waren Fachleuten vorbehalten.

Obwohl es das alles noch nicht gab, obwohl die Geschichte niemanden verschonte, gab es immerhin den Menschen, wie es ihn immer schon gegeben hatte, mit all seinen Wünschen und Ängsten, die den unseren sehr ähnlich sind, wenngleich wir das Internet haben. Die Sorgen der Leute in dem Haus auf der Strada Maiakowski (ehemals und nachmals Sfântu Ioan), vier Kinder, vier Erwachsene und vier noch recht junge Alte,

* Ich hoffe, ich habe jenen, die noch nie so telefoniert haben, Lust darauf gemacht. Jedes Gerät der Vergangenheit ist auf seine Art Science-Fiction.

können mühelos auch jene verstehen, die, gefangen in den bequemen Fallen des digitalen Zeitalters, beispielsweise nicht mehr wissen, wie das ist, wenn man sich tagelang nach jemandem sehnt, ihn aber weder anrufen noch ihm eine Nachricht senden kann.

Das Haus

Später hat mir jemand gesagt,
das sei das Paradies schlechthin

Damals hatten die Häuser für mich ein Gesicht. Will sagen, ein menschliches Gesicht. So malte ich sie auch, stets mit zwei Fenstern, das waren die Augen, unten in der Mitte ein überwölbtes Tor, der Mund, missmutig. In die Augen setzte ich manchmal auch Topfpflanzen mit roten Blüten. Nie hatten sie eine andere Farbe: Meine Welt war einfach und wiederholte sich, ohne mich zu langweilen. Später hat mir jemand gesagt, das sei das Paradies schlechthin.

Natürlich erschienen mir die Häuser, wenn ich durch die Straßen meiner Geburtsstadt ging, verschieden, allerdings hatten sie alle ein menschliches Gesicht. Ich erinnere mich an ein großes, mit etwa acht Augen, von denen eins kaputt und verbunden war, weil es aber immerhin noch sieben ganze hatte, betrachtete ich es nicht als blind im Unterschied zu einem anderen, einem richtigen Piraten mit einem einzigen Auge, da das andere von Efeu bedeckt war. Das Hotel Aro wiederum, das uns den Rücken zukehrte, hatte von oben bis unten nichts als Augen. Nasen hatten die Häuser in meiner Kindheit keine, dadurch machten sie einen durchaus wohlanständigen Eindruck.

Unser Haus war in derselben Stadt geboren wie ich. Zusammen wohnten wir auf der Strada Vladimir Maiakowski, und diesen Namen konnte niemand richtig schreiben. Die einen schrieben ihn mit zwei chi, andere mit chi und k, viele setzten ein y ans Ende. Nur für die ganz Alten war der Name Maiakowski ganz einfach Sfântu Ioan, sodass unser Haus mitsamt Dachboden und Keller, was man nicht für möglich gehalten hätte, zweimal im Leben die Adresse änderte: Einmal um 1950 war es von der Sfântu Ioan auf die Maiakowski umgezogen, dann zog es 1990 von der Maiakowski zurück auf die Sfântu Ioan. Mit den Augen stand es nicht zum Besten, es hatte eins zu viel oder eins zu wenig, wie man es nahm: zwei im Erdgeschoss, etwas nah beieinander, und drei in der ersten Etage. Wenn man genauer hinsah, hatte auch das Ziegeldach zwei Glubschäuglein, von denen eines seltsamerweise am Abend erleuchtet war. Sein Mund war schmal und stand senkrecht, so, dass er zur Not ein Auto schlucken konnte. Das allerdings kam selten vor, wenn Gäste aus einer anderen Stadt kamen, gewöhnlich fraß er nur Menschen, vier Familien und uns, die vier Kinder des Hauses. Das waren zwei Mädchen und zwei Buben, Geschwister und Cousins, in der Reihenfolge ihrer Ankunft auf der Welt: Dina, Doru, Matei und Ana. Ana bin ich, wie du weißt. Dina hatte ein ovales Gesicht mit weißer Haut, gerahmt von kastanienbraunen Haaren, mandelförmige blaue Augen und geschwungene Wimpern. Sie war schön und schien über den Dingen zu schweben. Doru kam in denselben Farben daher wie seine Schwester, allerdings war er kurzgestutzt und redete weniger als sie, dabei geriet er, wenn er etwas Wichtiges zu sagen hatte, kurz ins Stottern, was uns überhaupt nicht auffiel. Er aber lenkte von sich aus unsere Aufmerksamkeit darauf, freuten wir uns doch alle sehr, wenn wir mit einer ungewöhnlichen Eigenheit brillieren konnten. Mein Bruder Matei hatte grüne Augen und einen scharfen Blick, den er von Großvater geerbt hatte, dazu Einfälle, die für die ganze Gruppe ausgereicht hätten, stets war etwas Neues dabei. Er war wie Quecksilber. Dina war sieben, Doru fünf, Matei zwei Jahre älter als ich. Ich selbst hatte zu jener Zeit ein Vollmondgesicht, runde schwarze Augen, und rannte ihnen hinterher, ohne irgendetwas zu begreifen. Morgens spuckte uns das Haus alle durch denselben Mund aus, in der Reihenfolge, in der wir zum Kindergarten oder zur Schule mussten, die zufällig mit der Reihenfolge übereinstimmte, in der wir zur Welt gekommen waren. Ich war als Letzte gekommen und ging als Letzte.

Drinnen, im Bauch des Hauses, geschahen merkwürdige Dinge. Am schwersten zu verstehen war, dass wir nicht alle, Alte, Erwachsene und Kinder, im selben Haus wohnten, dieses nahm nämlich jeweils die Form der Generation an, die es gerade beherbergte. Für die Alten, die es vor sehr langer Zeit gekauft hatten, war das Haus eine Welt für sich, voller untergegangener Lebensarten: Betten mit algengleich geschwungenen Rahmen und Schränke mit ebensolchen Kanten, ein hoher, kristallen schimmernder venezianischer Spiegel, der die beiden Weltkriege unbeschadet überdauert hatte, silbernes Besteck mit verschlungenen Initialen auf den Griffen, ein Gefäß mit in Elfenbein geschnitzten Najaden, Bilder von weißen Schneefeldern, entblätterten Bäumen und schwarzen Vögeln, die mir etwas düster erschienen, Kleider mit allerhand Knöpfchen, Schlaufen und Rüschen wie winzige Fächer, Servietten und Tischtücher mit gestickten Säumen und Monogrammen, Bänder, die zu Fliegen gebunden wurden, ein Spazierstock, eine Hemdbrust. Und jede Menge Hüte, die wir anprobierten und die uns über die Augen rutschten. Steckte man die Nase in den Schrank, hatte man sie gleich voller Parfüm und Stärke. Die Worte der Alten schienen ebenfalls mit Säumen, Falten, Parfüm und Monogramm versehen. Irgendwann hörte ich sie mit immer weiter gesenkter Stimme von *Gold-*

füchslein reden, ich spitzte die Ohren, weil ich meinte, es ginge um Tierchen, die ich nur zu gern gesehen und gestreichelt hätte, aber ich fragte nicht nach.

Für die Erwachsenen, die Kinder der Alten, war das Haus ein Schrecken, ebenso wie wir, die Kinder der Erwachsenen, und sie waren kaum jemals zufrieden, weder mit ihm noch mit uns. Auch die Erwachsenen waren Kinder im selben Haus gewesen. Jetzt wollten sie es verändern, es herrichten, es ausbessern: Mal ging es ums Dach, durch das es hereinregnete, mal um die abblätternde Farbe im Treppenhaus, um die eine oder andere Tür, die nicht mehr schloss, weil sie von der Feuchtigkeit gequollen war, um alte Rohrleitungen, den verstopften Kanal, die Mäuse auf dem Dachboden, kurzum, sie gönnten ihm keine Ruhe, und das Haus zahlte mit derselben Münze zurück, es ließ ihnen seinerseits keine Ruhe. Sie sagten, es sei alt, es sei von vornherein nicht gut geplant worden, wir hätten keinen Platz. Nicht zu reden davon, dass sie dauernd etwas daraus verkauften – es tat einem in der Seele weh. Sie sagten, sie hätten keine Wahl. Sie sagten, man sollte nicht an Dingen hängen. Sie sagten, sie bräuchten Geld. Sie sagten: »Hauptsache, gesund!«

Für uns Kinder hingegen war das Haus stets frisch und anziehend, ein Ort der Entdeckungen, makellos, unendlich und unsterblich. Damals wusste ich allerdings auch von den Menschen noch nicht, dass sie sterben, wie denn dann von Häusern, Städten, Kulturen oder Sternen. Aber das Leben war gerade im Begriff, mir zu zeigen, dass es anders ist. Ein Leben lang habe ich gelernt: Nichts ist wirklich so. Jedenfalls zog jeder, der ein Alter verließ, um in ein anderes einzutreten, auch in ein anderes Haus. Will sagen, aus dem einen unsichtbaren in ein anderes unsichtbares.

Die Sommerferien rückten näher. In unseren Familien war

die Stimmung seit einer Weile angespannt, aus heiterem Himmel gab es Streit, und unsere Großtante Magda, eine Frau, die stärker war als Männer, obwohl ihre Hand ganz heftig zitterte, als hackte sie in einem fort Auberginen, hatte ich einige Male mit geröteten Augen ertappt. Alle nannten wir sie Tante, behalt diese Einzelheit bitte im Sinn, denn von nun an werde ich sie nur so nennen. Ihr Mann wiederum, Onkel Ionel, mit immer noch schwarzem Schnurrbart und weißem Bürstenhaar, der zwei Stimmen hatte, eine fröhliche und eine ärgerliche, hatte in letzter Zeit eine dritte hinzubekommen, eine verbitterte:

»Verdammter Mist! Was machen wir bloß mit diesem Schimmel?« Dabei zeigte er auf die Treppe, wo sich an der Wand ein feuchter Fleck Stufe um Stufe nach oben zog wie ein Schatten.

So eindrucksvoll, wie sie waren, er und seine Stimmen, hätte man nicht gedacht, dass er dermaßen schwächeln könnte, aber unter allen in dem Haus war er der Empfindsamste. Immerhin schlug er manchmal mit der Faust auf den Tisch, dass es zum Fürchten war. Dann schürzte die Tante ihre schönen Lippen, warf ihm einen bestimmten Blick zu und ging aus dem Zimmer. Die beiden wohnten im Erdgeschoss, und da sie keine Kinder hatten, zogen sie meine Cousine auf. Dina hatte zwei Mütter und zwei Väter, was oft genug zu Verwirrungen führte.

Als Antwort hatte Onkel Ionel den Seufzer seiner Frau erhalten, dann lachte sie nervös auf mit ihren Lippen wie die einer Schauspielerin – um den Mund ähnelte sie Jane Fonda, und sprach eine paar unverständliche Worte ohne Monogramm:

»Ersticken sollen sie dran!«

Ich erschrak. Was Schimmel hieß, wusste ich nicht, vor meinen Augen aber ging etwas vor sich, was aussah, als schwitzten oder weinten die Wände. Wieso schwitzte unser armes Haus? War ihm warm geworden? Hatte es Angst?

Um diese Frage zu debattieren, versammelte sich unsere Gruppe sofort um die Tanne auf dem Hof gegenüber, der an die Kirche Sfântu Ioan grenzte. Merkwürdigerweise hatte sie nicht auch den Namen Vladimir Maiakowski angenommen. Wahrscheinlich hatten sie nicht daran gedacht. Der Hof mit der Tanne war reizvoll wie eine Zauberei, er lag an unserer und endete auf der anderen Seite in einer anderen Straße. Du konntest deine Spuren verwischen, die Feinde abschütteln, die dich gefangen nehmen, an Händen und Füßen fesseln und foltern wollten, um deine Geheimnisse zu erfahren. Wir achteten stets darauf, diese Möglichkeit auszuschließen. So wurde es in den Büchern gemacht, und so hielten auch wir es für richtig, und so machten wir es auch! Die ganze Kindheit über lernten wir stets das eine: Überleben. Und alle Eltern und Großeltern und Onkel und Tanten und Großonkel und Großtanten zeigten uns, wie's geht. Die Tanne aber gehörte uns wie jedes Spielzeug, spielten wir doch Fangen um sie herum oder »passten ab«, der Reihe nach, an sie geschmiegt, die Augen fest zugedrückt, die Hände an ihre raue, harzige Rinde gepresst, während die Mitspieler sich irgendwo in der Nähe versteckten. Ich konnte mich nicht enthalten, mit dem Zeigefinger schon ab und zu einen Harztropfen zu zerdrücken, eine Träne, vermeintlich zuckersüß wie nur der Honig in der Speisekammer im Erdgeschoss unseres Hauses. Wenn man sich dann allerdings die Hände damit verschmierte, ging diese Tannensalbe im Unterschied zum Honig selbst mit Seife nicht ab, lange Zeit hatte man einen bräunlichen Fleck zur Erinnerung. Führte man die Hand an die Nase, duftete der Fleck immer noch berückend. Ich hatte gehört, Harz sei das Blut der Tanne und trete nur dort aus, wo man ihr Wunden und Kratzer zufügt. Unsere Tanne hatte offenbar ziemlich viele Wunden, denn es war für mich überhaupt kein Problem, Harz an ihrer Rinde zu finden und mich wunderbar schmutzig zu machen. Aus meinen Schrammen und denen der anderen Kinder tropfte nur gewöhnliches Blut, rot und ungezuckert und ohne jeden Duft, und das war sehr schade. Ich hätte es gern gehabt, dass mein Blut geduftet hätte wie Harz. Immer schon habe ich gedacht, die Bäume sind den Menschen in vielem überlegen. Wir setzten uns, den Rücken an den Baum gelehnt, und stützten ihn in alle vier Himmelsrichtungen. Die kannten wir von der Tante, die Erdkundelehrerin gewesen war. Ich saß mit dem Gesicht zu unserem Haus, also nach Süden, sah die Buben im Osten und im Westen im Profil, Dina aber, die nach Norden saß, sah ich nicht, es war großartig, so zu kommunizieren.

»Diese Feuchtigkeit über den Treppen, aaa ... wie ... wie heißt die ... die könnte uns helfen«, sagte mein Cousin Doru zu meiner Verblüffung.

Ich starrte in den Süden, der vor meinen Augen lag, da gab es ein angelehntes Holztor. Ich begriff gar nichts. Mein Bruder fügte nachdenklich aus dem Osten hinzu.

»Jetzt können wir Löcher bohren, das geht ganz leicht.«

»Wie in Käse«, hörte ich Dina jenseits des dicken Stammes sagen.

Es verging einige Zeit, ehe auch ich sagte:

»Aha!«

Ich hatte begriffen, worum es ging, und blickte vor Freude hinauf zur Tannenspitze. Zwar konnte ich sie wegen der dichten Äste nicht sehen, aber ich wusste, dass auch sie sich ganz weit oben in den Himmel bohrte. Ich vermute, ich muss dir das erklären, du kannst es ja nicht wissen. Wir waren in jenen Wochen mit der Erforschung der Hauswände beschäftigt. Ich entsinne mich nicht, wer uns in den Kopf gesetzt hatte, es könne einfach nicht sein, dass es in einem so alten, vor etwa dreihundert Jahren, wenn nicht mehr, auf Flusskieseln errichteten Haus keine Geheimgänge gibt. Wo sie anfingen und wo sie endeten, das wusste niemand, genug, es waren Fluchtwege, über die man entkommen konnte, vielleicht aber führten sie auch zu etwas Unvorstellbarem, wie im *Schatz im Silbersee*. So waren wir also seit Tagen dran, in Abwesenheit der Eltern, die uns gewähren ließen, die Wände abzuklopfen, vom Dachboden bis zum Keller, um herauszufinden, wo es voll und wo es hohl klang.

»Vielleicht stoßen wir auf Goldfüchslein«, sagte Dina.

Also wusste auch sie von den Füchslein, die sich im Haus verbergen, sagte ich mir, aber wieder schwieg ich. Allerdings ließ mich eine Frage nicht los: Wie halten die dort durch, und was fressen sie? Ich hatte ein paar Stellen gefunden, wo es deutlich hohl klang, auch an der geschwungenen Wand des Treppenhauses, also mussten wir zu Taten schreiten, nämlich bohren. Und die Feuchtigkeit kam uns zu Hilfe.

»Wir könnten den Gevatter Partenie um Bohrwerkzeug bitten«, sagte Dina und stand auf, damit sie uns sehen konnte.

Niemand war erfreut über diese Idee. Der Gevatter Partenie, der im Erdgeschoss des gegenüberliegenden Hauses eine Vulkanisierwerkstatt betrieb, mochte Kinder sehr, aber er hatte die Gewohnheit, uns wie Federn in die Höhe zu schwingen und seinen stachligen Schnurrbart an unserem Gesicht zu reiben. Ebenso gut hätte man sich mit Schmirgelpapier übers Gesicht wischen können. Damals schon fiel mir auf, dass die Liebe Formen annehmen kann, die einen nicht immer begeistern. Wir gingen ihm aus dem Weg, und das belustigte ihn besonders, er spielte den Menschenfresser, und wenn wir auseinanderstoben wie die Rebhühner, kriegte er eines von uns zu fassen, hielt es fest in seinen starken Armen mit den stählernen

Muskeln, die er zu zeigen wusste, indem er mehrfach die Faust ballte. »Ich freeeesse dich!«, sagte er und riss den Mund auf, in dem goldene Zähne funkelten, und wir stießen schrille Schreie aus. Er ließ uns mit all seinen riesigen Reifen spielen, die wir rollen durften, er ließ uns die schmalen Fahrradschläuche betrachten, wie sie auf und nieder schwankten, bis sie schließlich zur Ruhe kamen. Über der Vulkanisierwerkstatt, da gab's den Gevatter Hahner mit den Seinen. Der Gevatter Hahner grüßte den Gevatter Partenie auf Rumänisch, *Bună ziua, Bună seara*, wir aber grüßten ihn auf Deutsch, *Grüß Gott* und *Guten Abend*. Von den Großeltern aus dem ersten Stock waren ihre länglichen Kakteen gut zu sehen, die gerade rot blühten wie auf meinen Zeichnungen, vielleicht erblühten aber auch meine Zeichnungen so wie sie, das weiß ich nicht. Ihre Wohnung war was ganz Besonderes, denn wenn man sie durchquerte, gelangte man zu den Fenstern der Parallelstraße, der Silberschmiedgasse Argintarilor, die jetzt Sadoveanu hieß. Die Freundschaft der Familie Hahner mit unserer kam aus einer anderen Zeit, die ein Menschenleben vor unserer Geburt lag. Ihr Haus und unseres zwinkerten einander zu, aber das ihre hatte auch hinten Augen. Eines der vielen Dinge, in denen die Häuser den Menschen überlegen sind.

»Ich geh dann zum Herrn Blau«, sagte mein Bruder.

Das war ein Taschner, ebenfalls auf der Seite mit ungeraden Hausnummern wie Hahner und Partenie, etwas weiter hin zur Strada Republicii. Zwar hieß er Blau, war es aber nicht, eher dunkelhäutig. Und er war kein Deutscher. Wenn er arbeitete, war sein Mund mit gegerbten Riemen geschmückt, bunten Fransen, die nachzuwachsen schienen, sooft er einen davon nahm und an eine Tasche anpasste. Er hat unsere ersten Rucksäcke gemacht, extra für Kinder, ich habe nie etwas Schöneres gesehen, zumindest mein winziger war ein Schmuckstück.

Stets schenkte er uns irgendetwas, wenn wir zu ihm gingen, ein riemengeflochtenes Armband, einen Gürtel aus einem Lederrest oder einfach eine schöne Schnalle. Wenige Minuten später kam mein Bruder mit einem Päckchen angerannt und öffnete es ganz vorsichtig vor unseren Augen. Es enthielt etwa zehn große, starke, funkelnde Nägel, ein kleines Wunder.

»Hat er dich nicht gefragt, wozu du sie brauchst?«

»Nein, er hat geglaubt, der Großvater schickt mich, und hat ihn wie gewöhnlich grüßen lassen. ›Grüße an den Herrn Doktor von seinem alten Freund Blau …‹ Und ich soll bloß aufpassen und nicht hinfallen und mich verletzen, fast hätte er es sich anders überlegt und sie mir zurückverlangt. Ich musste ihm versprechen, dass ich langsam gehe.«

»Das Versprechen hast du nicht gehalten«, sagte ich.

Es wurde geteilt: Anfangs bekam jeder zwei Nägel, und zwei blieben als Reserve. Dann aber nahmen sich die Großen je drei Nägel, und mein Bruder und ich bekamen je zwei. Schließlich hatten, ich weiß nicht, wie, alle andern drei Nägel und ich nur einen, weil ich klein war, wurde mir gesagt.

Sie beschlossen, wir sollten die »Operation Loch« am nächsten Tag starten: Gleich nach dem Mittagessen war es günstig, wir störten niemanden, genauer, es störte uns niemand. Am nächsten Tag versammelten wir uns also im kalten und feuchten Eingangsgewölbe, von wo aus die Treppen hinaufführten. Wir sichteten die Umgebung, es gab keinerlei Gefahr: Im Erdgeschoss waren Tante und Onkel Ionel eingenickt wie jeden Tag, im Obergeschoss gingen unsere Großeltern in dem Zimmer mit Fenstern zur Straße ihrem Alltag nach. Wir postierten uns im Treppenhaus, und Dina wies mit der Autorität einer Zwölfjährigen jedem einen Arbeitsplatz zu, indem sie mit Bleistift eine Stelle der Mauer ankreuzte, nachdem sie uns hatte schwören lassen, dass wir den Eltern, Großeltern, Onkeln und Tanten, Großonkeln und Großtanten nichts sagen würden, niemals, *in alle Ewigkeit*, und wenn wir etwas sagten, sollte uns die *Pest* heimsuchen. Dabei waren alle Blicke, und das war ganz und gar ungerecht, auf mich gerichtet, die ich immerfort die Kleinste war.

Wir begannen mit dem Bohren. Obwohl die Wand feucht war, kam ich bei aller hartnäckigen Arbeit, von der ich erhitzt war und schlimmer zu schwitzen begann als das Haus, mit meinem Nagel gar nicht tiefer, er kratzte nur am Putz. Die anderen waren etwas tüchtiger, allerdings drang niemand zu einem Hohlraum vor. Die kleinen Tunnel, die unsere Nägel vortrieben, waren bald wieder verstopft. Als wir den Schlüssel im Hoftor hörten, stoben wir alle die Treppe hinauf. Dina und Doru trafen ihre Eltern in die Hausaufgaben vertieft an, mich und meinen Bruder fand Vater beim Schmalzbrotschmieren vor.

»Nein«, sagte er, »lasst mich das machen!«

Er hatte ein großes Brot gebracht. Mit dem Messer zog er das Kreuzzeichen darüber und schnitt drei Scheiben ab, die er auf der schwarzen Platte des Küchenherdes Typ Vesta röstete. Auf das geröstete Brot raspelte er Knoblauch, der mit starkem Duft auf der braunen, rauen Schnittfläche zu schmelzen schien, strich Schmalz und streute etwas Salz darauf. Wir aßen alle drei, es war wirklich toll. Dann zog Vater ein Heft des *Pif* aus der Aktentasche, begann uns die Abenteuer zu übersetzen, und wir vergaßen alles um uns her.

Am nächsten Tag war an Arbeiten nicht zu denken. Sooft wir die Treppen hinuntergingen – und das geschah in einem fort, denn die Kommunikation im Haus wurde durch Rufe und durch Kinder gewährleistet –, schielten wir ängstlich nach der Wand, wo drei Löchlein und Kratzer zu sehen waren, und wunderten uns, dass sie noch kein Erwachsener bemerkt hatte. Die aber hatten andere Sorgen. Ein paar Tage später hielten sie Familienrat, wir lauschten der Reihe nach und hielten sofort auch unseren Rat an der Tanne auf dem Hof gegenüber. Erstens hatten wir mitbekommen, dass gerade in einer anderen Stadt in einem anderen Land einer von den Brüdern der Tante und unserer Großmutter gestorben war (die beiden waren Schwestern, deshalb war es normal, dass sie ein und denselben Bruder hatten, wurde mir erklärt). Sie waren einst ein Haufen Geschwister, dies war der vorletzte gewesen. Darum hatte die Tante rote Augen, deshalb zog die Großmutter ihr Taschentuch aus der unsichtbaren Tasche, dem Kleiderärmel. Ich fragte, was das heißt, er ist gestorben, aber niemand wollte es mir sagen. Ich hatte den Verdacht, sie wussten es selbst nicht. Dann aber schmiss uns Dina ein paar Worte ins Gesicht:

»Die reißen uns ab!«

Sie hatte gehört, wie die Großen klagten, »die reißen uns ab«, und dass die Strada Maiakowski, ehemals Sfântu Ioan, *in alle Ewigkeit* verschwinden würde. Echt jetzt? Und niemand wurde von der Pest befallen? Wenn ich *in alle Ewigkeit* hörte, wusste ich, dass unfehlbar die Drohung mit der Pest folgte, und dann *Amen*.

»Einfach so.«

»Wieso? Was hat es denn getan?«

»Wer hat was getan?«

»Das Haus, was hat es getan?«

»Das verstehst du nicht«, klärte mich meine größere Cousine großmütig auf. »Fang bloß nicht an zu heulen!«

Ich war schon ein bisschen beleidigt. Zum Weinen war mir nicht zumute, das alles war viel zu interessant. Wenige Tage zuvor hatte ich zum ersten Mal gehört, dass es die Möglichkeit gab, dass die ganze Welt abgerissen würde. Mein Cousin, der gemäß der Familientradition in die deutsche Schule ging, zweite Klasse, war mit einem neuen, schwerwiegenden Wort nach Hause gekommen: *Weltuntergang*. Einen ganzen Abend redeten wir über das *Ende der Welt*, das bedeutete nämlich das Wort. Unser Haus war jetzt von einem *Weltuntergang* bedroht. Ich wusste nicht, was ich sagen sollte.

»Das bedeutet, dass die uns irgendwie umsetzen«, sagte dafür Dina und biss sich mit einer Ernsthaftigkeit in die Oberlippe, die mich erstarren ließ.

»Wohin?«

»Es heißt, in Wohnblocks, irgendwo.«

»Aber wir bleiben zusammen, wir alle vier?«

»Nein, jede Familie kriegt eine Wohnung in einem anderen Block, vielleicht auch in einer anderen Straße oder einem anderen Viertel.«

Jetzt aber presste ich mein Gesicht an die raue, harzduftende Rinde der Tanne und sagte kein einziges Wort mehr, sonst hätten die mich bei den Tränen ertappt, die ich mir verstohlen von den Wangen wischte oder mit der Zungenspitze aus dem Mundwinkel leckte, um ihren salzigen Geschmack zu spüren: Sie schmeckten gar nicht schlecht! Es war also aus mit Dachboden und Keller, mit den Bohrungen in den Wänden, andere würden unsere Geheimgänge entdecken, es war Schluss mit dem Blick aus den Fenstern der Großeltern oder von Tante und Onkel und mit unserer kleinen Terrasse zwischen den Dächern, von der aus man die Farben der Bäume am steilen Hang der Zinne und auf den Herbst zu ihre weiche Nebelmütze sehen konnte. Und was geschah mit den Goldfüchslein, die in der Mauer wuselten? Die anderen drei aber gaben sich nicht geschlagen. Sie beratschlagten, was wir tun könnten, um die Banditen aufzuhalten. (In unseren Indianerbüchern hießen alle Bösen Banditen.) Wieso aber würden die uns eigentlich abreißen? Das wusste niemand, wir mussten es dringend in Erfahrung bringen.

Es folgte eine Woche, die sehr schwer war für alle: für das Haus und für die Leute im Haus. Die Löcher über der Treppe waren überhaupt nicht mehr wichtig. Die Eltern sagten nichts, wir sagten ihnen nichts. Immer schon hatten wir uns gegenseitig geschont. Das Haus schwitzte.

Eines Tages kam Dina aus der Schule und rief uns bei der Tanne zusammen, um uns zu sagen, wie die uns abreißen würden: Sie würden uns in die Luft jagen. Ich nahm das für bare Münze, ich verstand keine Metaphern, also sah ich schon, wie mich jemand packte und in die Luft warf wie einen Ball, dazu das Haus und die andern, die mit mir einherflogen. Sie widersprachen mir nicht, sie schienen sehr besorgt. Trotzdem schmiedeten wir einen Rettungsplan. Im Geheimen natürlich.

Am Abend sollten wir eine Familie mit zwei gleichaltrigen Kindern besuchen, die Gastgeberin konnte wunderbar backen, ich freute mich sehr, wenn sie uns einluden. Ich zog mir vor dem Spiegel das beste Faltenröckchen an, aus Jugoslawien, und die himbeerfarbene Häkelbluse sowie die Sandalen mit rundgewölbter Spitze, als dann aber Mutter mir den Scheitel und die Stirnlocke kämmte, ließ ich plötzlich den Kopf auf ihre Knie sinken.

»Was ist denn los, mein Schatz?«, fragte sie, schob sanft die Hand unter mein Kinn, richtete meinen Kopf auf und sah mich aufmerksam an.

»Nichts!«, sagte ich, so lebhaft es nur irgend ging, und lächelte.

Sinnlos, wie mir Matei nachher sagte, ich hätte ernst bleiben müssen. Er war sehr streng, wenn es sich um die Geheimnisse der Gruppe handelte, und behandelte mich schulmeisterlich. Darum ging es aber gar nicht, ich hatte ein anderes

Problem. Wir machten uns auf, und schon an der Straßenecke ging ich in die Hocke und wollte mich nicht mehr rühren. Mutter legte mir die Hand an die Stirn, »du glühst ja«, sagte sie, brachte mich zurück und steckte mich gleich ins Bett, ließ mich ein paar Pillen schlucken und ging. Ich kam mir wichtig vor, so krank und allein zu Hause, das war ein neues Gefühl. In jener Nacht träumte ich zum ersten Mal vom *Weltuntergang*. Es war kein Albtraum, er machte mir keine Angst, es war wie ein Film, der Himmel und die Sterne und die Erde vermischten sich in goldenem Licht und rötlicher Lava, Menschen kamen keine vor, also musste niemand leiden, aber alles schmolz und drehte sich, es war kosmisch, grandios und traurig, weil ich wusste, dass bald nichts mehr sein, die Welt mitsamt Himmel und Erde im Abgrund versinken würde. Am nächsten Tag ging ich nicht in den Kindergarten. Um sieben Uhr morgens ging ich in meinem chinesischen Pyjama die Treppen von uns, »vom Dachboden« - wir wohnten zu viert in einem einzigen Zimmer, zu dem der ehemalige Dachboden ausgebaut worden war, und im Sommer schliefen wir manchmal auf der Terrasse –, hinunter in den ersten Stock zu den Großeltern. Mein Bruder hatte mir gerade noch den Auftrag erteilen können, ich sollte einen gestempelten und unterschriebenen Rezeptzettel vom Großvater beschaffen, auf dem sonst nichts stand. Ich wusste, wozu.

»Sie ist krank, Vater«, sagte Mutter zum Großvater, »sie hat seit gestern Abend Fieber. Wir kommen heute spät.«

»Bis heute Abend wissen wir, woran wir sind«, kam die Antwort.

»Wie aber fühlst du dich denn?«, fragte Mutter, erschrocken über den Anblick seines ausgezehrten bleichen Gesichts, in dem die Haut sich faltenlos spannte.

Großvater hatte ein Magenleiden, das sich dann und wann

verschärfte. Großmutter lud mich zu sich in ihr Bett mit dem algengleich geschwungenen Rahmen, von dem ich dir schon erzählt habe, und holte zu meiner Zerstreuung die kleine runde Schachtel mit dem Familienschmuck hervor. Ich begann die viel zu weiten Ringe, die Armbänder und Perlenketten anzuprobieren und den ziselierten Deckel der kleinen Taschenuhr auf- und zuzuklappen. Ich fühlte mich sehr gut, bei allem Unwohlsein. Großvater brachte mir ein bittersüßes Stückchen CAVIT, das mir diesmal nur bitter schmeckte. Ich nutzte die Krankheit aus und bat ihn, mir den Rezeptblock zu zeigen und eines der Blätter zu unterschreiben und abzustempeln. Er wunderte sich nicht, er lächelte, was er selten tat, meist mit uns, den Kindern, er holte ein Stempelkissen mit lila Tusche hervor, gab mir etwa fünf mit Unterschrift und Stempel versehene leere Rezeptblätter und forderte, ich sollte mit ihm zusammen lesen, was da stand. Ich konnte schon ein paar Großbuchstaben, aber nicht alle, das S zum Beispiel gelang mir nie, ich malte die Bäuche immer andersrum. Das Y, von dem man nicht behaupten kann, dass es im Rumänischen besonders nützlich ist, konnte ich perfekt, es sah aus wie die Zwille meines Bruders und wie das Hühnerknöchlein, an dem wir zerrten, wenn wir Wettknochen spielten. Dann zeigte mir Großvater, dass die Buchstaben auf dem Stempel verkehrt waren und ich sie im Spiegel richtig lesen konnte, was ich sehr merkwürdig fand.

Ich war begeistert von meinem vollen Erfolg. Wir führten Folgendes im Schilde: Wir würden die Banditen, die uns abreißen wollten, mit Tabletten einschläfern. Wir mussten nur in Erfahrung bringen, wie eines dieser Schlafmittel hieß, ansonsten stand der Plan: Wir schreiben das Rezept, indem wir Großvaters weitgeschwungene Schrift nachmalen, kaufen das Medikament, lösen es in Tee auf und bieten diesen den Leuten an, noch bevor sie uns in die Luft jagen. Wenn sie eingeschlafen sind – wir wollten sie lieber gefangen nehmen, wie es die Guten in den Büchern machten, und nicht umbringen und auch nicht skalpieren, wie es die kriegerischen Apatschen oder Komantschen taten –, dann klauen wir ihnen die Gerätschaften, und noch ehe einer zu sich kommt, schmeißen wir sie in den Faulbach (ein anämisches, stinkendes Flüsschen, auf das die Stadt nicht stolz sein konnte, daher auch sein Spitzname).

Bis zum Abend war ich überall voller roter Pusteln, ich staunte, wie sie unversehens aus dem Nichts auftauchten und sich an allen möglichen Orten des Körpers ansiedelten, selbst in den Ohren, unter den Augenbrauen oder zwischen den Zehen. Die Krankheit hieß Masern, auf Rumänisch *pojar*, was auch Glut bedeutete. Von mir griff diese Glut auf die anderen über, jeder lag glühend in seinem Bett, sodass wir nicht mehr kommunizieren konnten und ich nicht mit den gestempelten Blättern aufzutrumpfen vermochte.

Noch bevor wir wieder gesund waren, begannen die Abrissarbeiten auf der Strada Maiakowski in hohem Tempo. Der Staub und der Lärm drangen in den Hof und durch die Fenster in die Zimmer. Es wurde schnell und, wie Mutter feststellte, etwas planlos gearbeitet, und die Arbeiter sahen gar nicht aus, wie wir uns die Banditen vorgestellt hatten. Sie waren wortkarg, hatten starke Arme wie der Gevatter Partenie, und wenn sie rasteten, rauchten sie. Besonders merkwürdig war, wie sie zu Mittag aßen: Sie legten die Jause, die sie von daheim mitgebracht hatten, auf den Boden, auf Zeitungen, die sie auf dem Gehsteig ausbreiteten, und setzten sich daneben, ohne sich umzuschauen, sie hatten nur Augen für das, was sie aßen. Sie aßen, wenn ich es recht bedenke, genau so, wie sie arbeiteten. Sprengstoff kam nicht zum Einsatz, Dina hatte sich geirrt, nichts wurde in die Luft gejagt, man hörte nur die Rufe der Leute und die Krampenschläge.

Ich war in der Rekonvaleszenz, immer noch in Großmutters Bett, sie hatte gerade einen Brief gelesen und schnäuzte sich in das Taschentuch, das sie aus dem Kleiderärmel gezogen hatte, da ließen sie mich aufstehen oder bemerkten eher in ihrer Aufregung nicht, dass ich es getan hatte, und so konnte ich den Abriss des Hauses von Herrn Hahner mitansehen. Die blühenden länglichen Kakteen waren verschwunden. Dem Haus waren die Augen entfernt worden, und ohne sie sah es furchtbar aus. Unten sah ich auch den Gevatter Partenie, den schnauzbärtigen Menschenfresser, der aus der Ferne verfolgte, wie die Mauern der Vulkanisierwerkstatt zum Einsturz gebracht wurden. Er ballte die Fäuste wie dann, wenn er uns seine eisernen Muskeln zeigte.

»Er weint«, sagte jemand, und in der Tat, er weinte.

Ich habe ihn nie wieder gesehen. Die Hahners, die Kindheitsfreunde unserer Mutter und der Mutter unserer Cousins, mit denen sie am Fenster Zeichen ausgetauscht hatten, als sie so klein waren wie wir, stellten mit ihrer Tochter Liese, nachdem sie umgesiedelt worden waren, den Antrag auf Ausreise nach Deutschland. Sie hinterließen uns alle Bücher von Karl May in Fraktur und die länglichen Kakteen, die allerdings nicht mehr lange lebten. »Sie hatten kein Licht«, sagte Großmutter, unsere Fenster gingen nach Norden. Liese schreibt uns heute noch, und manchmal ruft sie uns an. Von all dem, was drüben gewesen war, blieb nichts stehen außer der einsamen Tanne. So aber, wie sie dastand, ohne den Hof mit zwei Eingängen, auf dem man sich verstecken konnte, betrachteten wir sie nicht mehr als die unsere, und sie selbst schien auch nicht mehr zu wissen, wo sie hingehörte auf dieser Welt. Anklagend bohrte sie sich in den Himmel. Sie sah ihrem Ende entgegen. Die Kirche Sfântu Ioan hatte jetzt eine riesige blinde Außenwand, eine andere Kirche am Boulevard allerdings war abgerissen worden. Unser Haus blieb stehen wie alle auf der Seite mit den geraden Hausnummern, aber es schwitzte weiterhin viele Jahre, auf der gegenüberliegenden Seite waren etwa acht ungerade Hausnummern verschwunden. Einstweilen war dort eine große Lücke, und wir wussten nicht, womit sie ausgefüllt werden würde. Zum ersten Mal sah unser Haus mit seinen Augen aus dünnem Glas den Stadtpark. Wir waren die Masern los. Eine Woche später gingen wir alle in die Sommerferien.

So habe ich damals begriffen, dass Menschen leiden, wenn ihr Haus stirbt. Für mein Teil hatte ich gar keinen Zweifel, dass auch das Haus leidet, wenn einer seiner Menschen stirbt. Damals war unser Haus noch sehr glücklich: Alle seine Menschen waren am Leben.

Die Liebe

Tante antwortete ihr:
Mi amas vin!

Weil wir alle am Leben waren, lauschte das Haus gerne unseren Gesängen bei Geburtstagen und Familienfeiern. Zu diesen improvisierten Chören, über die ich, so leid es mir tut, sagen muss, dass gar manche am besten den Mund gar nicht aufgetan hätten, trug Onkel Ionel, unser Riese, nur mit einem lauten Schweigen bei. Da war ein Loch im Gesang, wir spürten es alle. Manchmal bebte ganz leicht sein immer noch schwarzer Schnurrbart, ebenso kurzgestutzt wie sein weißes Haupthaar, und er schien der Melodie zu folgen, mitgesungen hat er aber bei unseren musikalischen Intermezzi nie. Das Haus bewahrte allerlei Geheimnisse, und während wir größer wurden, vermochten wir ihm mit viel Mühe das eine oder andere zu entreißen. Wahrscheinlich wusste es auch, wieso Onkel Ionel niemals sang, obwohl Tante bedauernd sagte, er habe eine herrliche Baritonstimme.

Da sie sich das Zimmer im Erdgeschoss, dessen Fenster zur Straße gingen, und die Küche mit dem Sprossenfenster zum Hof teilten, wussten Tante und Onkel Ionel über alles Bescheid, was sich im Haus tat, wer ging und wer kam, und sie waren es auch, die Besucher in Empfang nahmen. Sie überwachten den Hof, denn zu jener Zeit wurde das Haustor nicht abgeschlossen. Zwischen den beiden Fenstern zur Straße, unter einem Ölbild, zu dem ich dir später eine merkwürdige Geschichte erzählen werde, stand eine Kommode mit sechs Schubladen und einer Marmorplatte, grau mit weißen Streifen und einem schrägen Riss wie einer Narbe. Irgendwann stand auf dieser Kommode der erste Fernseher in unserem Haus: klein, russisch, mit rundem Bildschirm. Wenn der schwächelte, versetzte ihm Onkel Ionel einen kräftigen Fausthieb wie dann, wenn er vor Ärger mit der Faust auf den Tisch schlug, und siehe da, der Fernseher ging sofort wieder. Er sagte, das sei die beste Methode für alles, was aus der UdSSR kam. Später erkannten wir, dass auch die Elektriker in unserer Stadt dasselbe Verfahren für empfehlenswert hielten. Da er schwarzweiß war, brachte der Fernseher keine Farbe ins Zimmer, Bewegung aber schon. Allerdings nicht so viel wie wir Kinder, wenn wir zu irgendeinem Serienfilm hereinstürmten.

Fünf Schubladen der Kommode waren offen, wir zogen sie dann und wann auf, mit unverminderter Neugier, obwohl wir ihren Inhalt kannten: ohne Zweifel eine andere Form des Paradieses. Die sechste war stets gut verschlossen, und ich brauche dir nicht zu sagen, dass sie uns am meisten reizte. Ich denke, bei den Menschen ist es genauso: Man steckt sie ihren Eigenschaften nach gern in Schubladen, die sich leicht nacheinander aufziehen lassen, Fragen stellt man sich aber nur zu demjenigen, der verschlossen bleibt. Also durfte jeder von uns aus den fünf offenen Schubladen nehmen, was er wollte, mit der Bitte, er sollte den Gegenstand genau dorthin zurücklegen, woher er ihn genommen hatte. Diese Kombination von dem, was wir nach eigenem Ermessen tun durften, und dem, was wir nach dem Ermessen der Erwachsenen zu tun angehalten waren, welches Ermessen selten mit dem unseren übereinstimmte, aber zu ihrer Freude gereichte, das war, wenn ich es recht bedenke, die ganze Kunst der Erziehung in meiner Kindheit. Wenn wir Poker spielten, ein Spiel, das ich in sittenwidrig jugendlichem Alter gelernt habe, holten wir aus der untersten Schublade eine Metallschachtel voller Münzen aus verschiedenen Ländern der Welt hervor, Kronen, Lira und Pence, Filer, Franken und sonst noch einiges, wie zum Beweis, dass die Besitzer der Kommode auch außerhalb Rumäniens gereist waren, was uns unvorstellbar erschien: Auslandsreisen waren fast ein Ding der Unmöglichkeit, und mit Ausnahme einer einwöchigen Reise nach Jugoslawien, die unsere Eltern hatten durchsetzen können und von der sie begeistert zurückgekehrt waren, war die Tür unseres Landes abgesperrt wie die verbotene Schublade. Das Pokergeld hatte, wenngleich unterschiedlich und aus verschiedenen Ländern, bei uns den jeweiligen Nennwert. Du siehst also, es war, als hätten wir eine Währung im alten Europa durchgesetzt, ohne ihr Erscheinungsbild zu verändern. Eine andere Schublade glich einer kleinen Schreibwarenhandlung, man war versucht, sich klein zu machen und dort einzuschleichen, um sie zu erkunden. Die Tante sagte, die Sachen stammten aus dem Geschäft, das sie mit einem ihrer Brüder auf der Strada 7 Noiembrie betrieben hatte (wie fast allen Straßen von Kronstadt hatte man auch ihr einen historischen russischen Namen verpasst). Aus dieser Schublade förderten wir Bleistifte zutage, Hardtmuth No. 4, einen süßen Bleistiftspitzer mit Drehgriff, mit dem man eine Spieluhr auslösen konnte, ein Tintenfass und Federhalter mit silbernen und vergoldeten Schreibfedern, Lineale, einen hölzernen, wie zur Trauer schwarzgeränderten Winkelmesser, Radiergummis mit verschiedenfarbenen verschieden großen Teilen (der eine klein und schwarz, der andere groß und weiß), Löschpapier, Lupen, Packpapier mit ganz und gar ungewöhnlichen Mustern, Klammern aller Größen, Umschläge in Pastellfarben, die man hätte streicheln mögen, und Postkarten aus aller Welt, umseitig mit Tinte beschrieben. Eine andere Schublade enthielt »Lehrmittel«: Tante war, wie ich dir schon sagte, Erdkundelehrerin gewesen, und Onkel Ionel Grundschullehrer. Sie hatten eine Menge Zeug, von einem Abakus bis zu einem Puzzle, bei dem, wenn man es hinkriegte, die Karte Europas zustande kam. Tante hatte es eigenhändig hergestellt, sie hatte die Karte mit fotografischer Perfektion auf eine Pappe gezeichnet und dann verschiedene Formen ausgeschnitten. Ich versuchte sie zusammenzustellen, aber stets klafften ein paar Lücken, worauf Tante sagte, dass die Karte Europas, Gott bewahre, nach einem Dritten Weltkrieg dem ähnlich sehen könnte, was ich gemacht hatte. Wie alle im Haus, die schon zwei große Kriege durchgemacht hatten, fürchtete sie den nächsten. Im Hof hatten wir einen in der Mauer eingelassenen kleinen Kasten voller Tüten und Schachteln mit Zucker, Mehl, Maisgries für den Fall einer Krise, und er war stets von Ungeziefer befallen.

»Was ist da drin?«, fragten wir, mal die eine, mal der andere, und zeigten mit dem Finger auf die verschlossene Schublade (die zweite von oben).

Sie aber, die gewöhnlich unseren Fragen und Bitten nicht widerstanden, da sie, kinderlos, den Kindern gegenüber viel lieber waren als jene, die Kinder hatten, stellten sich in dieser Sache taub und stumm.

»Kommt, lernen wir lieber eine Fremdsprache«, sagte da die Tante.

Alle Erwachsenen des Hauses sagten, man ist so viele Male Mensch, wie man Sprachen spricht, und alle waren sie wenigstens drei- oder viermal Menschen, und jeweils andere, weil sie verschiedene Sprachen konnten, Rumänisch, Deutsch und Ungarisch aber hatten sie alle auf Lager: So gesehen, wohnten in unserem Haus etwa dreißig Menschen. Großvater war fünfmal Mensch, er konnte auch Italienisch und Französisch, dazu war er der Einzige, der in seiner Arztpraxis von einem Patienten auch ein paar Worte Zigeunerisch gelernt hatte. Ein Freund unserer Familie wurde nicht müde zu behaupten, dass in Kronstadt selbst die Hunde in drei Sprachen bellen! Und Onkel Ionel entgegnete darauf unweigerlich: »Auch die Leute fluchen in drei Sprachen!« Und er konnte Beispiele beibringen.

»Was wollt ihr heute lernen? Deutsch? Ungarisch? Italienisch? Französisch? Englisch? (Tante konnte sie nicht gerade alle, aber uns zu unterrichten reichte es aus.) Wenn ihr wollt, lehre ich euch heute, ›Ich liebe dich!‹ in all diesen Sprachen zu sagen«, schlug sie mit schelmischem Lächeln vor, worauf meine Cousine zusammenzuckte und errötete. »Ich könnte euch aber auch Esperanto lehren.«

Von dieser Sprache hatte ich noch nie gehört. Dann jedoch erfuhr ich, dass die Tante und die Großmutter und ihre zahlreichen Geschwister, alle knapp vor 1900 geboren, sich in der Jugend alle für Esperanto begeistert und es gelernt hatten, die einen mit Hingabe, andere nur ein paar Wörter. Sie hatten auch das erste Wörterbuch Rumänisch-Esperanto in der Bibliothek gehabt, das leider jemand in einem Moment finanzieller Panik, wie sie uns immer wieder heimsuchten, verkauft hatte. Ich nahm den Globus von Tante, den ich gerne schnell drehte, sodass die Länder und Meere und Ozeane verschwammen und ich sie nicht mehr unterscheiden konnte, ging zu ihr und bat, mir Esperanza zu zeigen, wie das Land wohl heißen musste (wie auf Rumänisch Frankreich, nämlich Franţa).

»Nein, so etwas wirst du auf dem ganzen Globus nicht finden«, lachte Tante. »Das sollte eine Sprache für alle Länder sein. Die Menschen wollten, vielmehr, sie hofften, alle ein und dieselbe Sprache sprechen und sich verständigen zu können wie in einer Familie ...«

»Nur dass sie sich in unserer Familie dauernd streiten, mal die einen, mal die andern, und manchmal recht heftig«, sagte Onkel Ionel mit seiner fröhlichen Stimme und einem Lächeln unter seinem schwarzen Schnurrbart, in dem sich das Weiß bemerkbar machte.

»Wie auch immer, sie hofften wenigstens, es gäbe keine Kriege mehr. Du wirst doch nicht etwa sagen, bei uns zu Hause gäbe es Kriege, hoffe ich!«, zischte die Tante mit ihren Lippen wie die von Jane Fonda.

Wie gesagt, die Tante ähnelte dieser Schauspielerin, und das nicht nur um den Mund, allerdings war sie wie ein Star, der nur noch Alte spielt. Sie ertrug keinen Widerspruch, vor allem wenn sie sich bemühte, uns zu erziehen.

»Genau wie in *Imagine*, dem Lied von John Lennon«, sagte Dina, die schon in der Schule Englisch hatte. Wir, die Kinder, waren verrückt nach den vier Beatles, den *Bittels*, wie wir sie nannten, und sangen mit, auch wenn wir die Worte nicht verstanden. Meine Cousine begann zu singen, während Doru Luftgitarre spielte, die Saiten schlug und das Gesicht verzog, als hätte er Bauchweh. Ich hörte die Worte so: Imädschiners noukantris ... It isent hart tudu ... Imädschinol se pipel ... Liwing laif in pies. Das klang gut, wie uns schien, und dieses *Imädschinol* blieb mir im Gedächtnis wie der Name eines Medikaments.

Die Tante rezitierte aus einem Gedicht des Erfinders jener Sprache der Hoffnung, dem Hymnus der Esperantisten, den sie in der Jugend gelernt hatte wie wir die Worte zu *Imagine*, leider aber größtenteils vergessen hatte:

Sur neŭtrula lingva fundamento,
komprenante unu la alian,
la popoloj faros en konsento
unu grandan rondon familian.

Das klang leicht verständlich, als könnten wir schon Esperanto. Die Tante übersetzte trotzdem: »Auf dem Fundament ... auf der Grundlage einer neutralen Sprache werden, da sie sich untereinander verstehen, die Völker im Konsens ... also in Harmonie einen großen Familienkreis bilden.« Merkwürdigerweise schienen mir die Wörter, da sie übersetzt waren, schwerer zu verstehen, vor allem das mit der neutralen Sprache. Aber der große Familienkreis, der gefiel mir, ich dachte an unsere Familie.

»Und was war? Es kam der Weltkrieg, verdammter Mist«, sagte Onkel Ionel, plötzlich böse, und erntete einen entrüsteten Blick seiner Frau. »Dies Schwein von einem Ninel!«, schickte er noch hinterher, seinen Spruch, den wir nicht verstanden.

Er untergrub den Hausunterricht der Tante. Wenn doch auch die Hunde in drei Sprachen bellten, war es eine Schande, dass wir weniger Fremdsprachen konnten als ein Vierbeiner. Ich überprüfte das sogar: Ich rief einen herrenlosen Köter nacheinander in den drei Sprachen: *Hai încoa!* an dem einen, *Komm her!* am zweiten, *Gyere ide!* am nächsten Tag, und er spitzte die Ohren und lief mir jedes Mal hinterher, dass ich nachher nicht wusste, wie ich ihn loswerden sollte. Allerdings hatte ich auch ein Stückchen Fleischwurst dabei, das ist möglicherweise das Esperanto der Hunde.

An einer Sprache, in der man mit allen Leuten reden kann, ohne ständig von einer zur andern zu wechseln, wobei einem auch noch erspart wird, andere zu lernen, waren auch wir interessiert, also begannen wir die Tante zu bestürmen:

»Wie sagt man Junge?«, fragte einer der Jungs.

»Knabo«, sagte Tante nach kurzem Nachdenken.

Das erschien uns ausnehmend einfach, es war praktisch wie im Deutschen, wo man Knabe sagte.

»Und Mädchen?«, fragte Dina.

»Knabina ... Pardon, knabino«, sagte die Tante. »Ich habe lange keine Wörter in Esperanto verwendet ...«

Das war genauso einfach. Diese Sprache nahm uns für sich ein. Ich begriff die grammatikalischen Erklärungen damals nicht, aber ich merkte, dass es leicht war, viel leichter als im Deutschen, wo man so viele Probleme hatte mit dem *Der-die-das*, und im Französischen, wo die Aussprache so schwierig war, wie wir feststellten, wenn uns Vater aus dem *Pif* vorlas oder wenn die Eltern sich unterhielten, damit wir sie nicht verstanden.

»Wie sagt man Rumänien?«, fragte ich, denn ich hatte eine gewissermaßen geographische Vaterlandsliebe für mich entdeckt, und bei dem *Länder*-Spiel mit den Kindern auf der Gasse, wo ein Ball in die Höhe geworfen wurde, sagte ich immer nur »Rumänien«. Das wollte im Übrigen niemand, alle sagten Frankreich, England, Deutschland (die lagen auf den ersten Plätzen), dann Österreich, Schweden, Norwegen, dann gab es noch manche, die sagten China und Japan, Indien und Spanien, Türkei und Griechenland, es folgten die Nachbarländer Bulgarien, Jugoslawien, Ungarn. Jetzt wird mir bewusst, dass nie irgendjemand bei diesem Spiel Sowjetunion gesagt hat, und ich glaube, das gilt für alle Gassen in allen Ländern, in denen das *Länder*-Spiel gespielt wurde.

»Ich glaube, Rumanio«, antwortete die Tante.

»Und Haus?«

»Domo.«

»Das endet alles auf o?«, bemerkte Matei, der in solchen Sachen immer sehr, sehr aufmerksam war.

»Bravo, Mati, du hast einen guten Kopf! Die Substantive enden auf o, im Singular: domo – Haus, homo – Mensch, virino – Frau, viro – Mann, pano – Brot.«

»Wie sagt man Guten Tag, Liebes?«, fragte Onkel Ionel, der

kein Esperanto konnte und ebenso begeistert schien wie wir, seine Frau.

»Bonan tagon.«

»Wie Guten Tag!«, sagte Dina.

»Nein, wie Bunăn Tag«, sagte Doru zwinkernd, und wir begannen zu lachen. Wir verballhornten gerne die Wörter, und wir lachten gerne.

»Bună ziua und Guten Tag in einem«, erklärte uns die Tante.

Es lohnte sich, diese Sprache zu lernen.

»Du hast versprochen, du sagst uns, wie es heißt: ›Ich liebe dich‹«, fuhr plötzlich Dina dazwischen und sah dabei aus dem Fenster, als hätte sie kein besonderes Interesse daran.

»Du willst das doch nicht etwa auf Esperanto sagen!«, kicherten wir. »Da weiß der doch nie, was du ihm gesagt hast!«

Dina war verliebt. Sie erzählte uns im Geheimen von einem schönen Jungen mit dunklem Teint und strahlendem Lächeln und Grübchen in den Wangen, Ştefan, Ştefi, ein Jahr älter als sie, er hatte sie schon viermal nach Hause begleitet.

»Genau das will ich: ihm etwas sagen, ohne dass er weiß, was«, gab Dina scharf zurück und schüttelte ihre mit banalem Gummi gebundenen Zöpfe.

Sie errötete von neuem, weil ihr Geheimnis brutal offengelegt worden war, dabei war sie sehr stolz auf das, was ihr geschah. Ja selbst ich begriff, was sie sagen wollte. Manchmal verspürt man das Bedürfnis, Dinge auszusprechen, nur um sie loszuwerden, selbst wenn einem niemand zuhört. Oder sie jemandem zu sagen, der einen überhaupt nicht kennt. Später habe ich festgestellt, dass die Leute ihre größten Geheimnisse Reisegefährten in der Bahn mitteilen, die sie wahrscheinlich nie wiedersehen werden.

Tante antwortete ihr: »Mi amas vin!« Onkel Ionel kommentierte, das klinge ihm eher nach: Ich liebe den Wein! Oder gar:

Der Wein liebt mich!, worauf seine Frau, allem Anschein nach sehr gereizt, murmelte:

»Jaja, wir wissen, dass der Wein dich liebt und vor allem du ihn!«

Wieder lachten wir alle vier verstohlen, am meisten aber lachte Onkel Ionel, denn wenn's ums Lachen ging, lachte er mit, nur mitsingen wollte er nicht. Meine Cousine allerdings dürfte auf den Gedanken verzichtet haben, ihre Liebe dermaßen originell zu gestehen.

Wir erfuhren noch, dass *Ja Jes* heißt (wie im Englischen, allerdings mit J und nicht mit Y, erklärte uns Tante), *Danke* hieß *Dankon*, fast wie im Deutschen, und ich erfuhr, *Ich heiße Ana* sagt man *Mia nomo estas Ana*.

»Alle meine Geschwister, auch ich und Dori« – Dori nannte sie ihre jüngere Schwester, unsere Großmutter –, »haben diese Sprache einigermaßen gelernt, zwei meiner Brüder konnten sich sogar miteinander verständigen, sie waren auch auf einem Esperantisten-Kongress.«

Viel später bin ich draufgekommen, wieso: Im mütterlichen Zweig ihrer, also auch unserer Familie waren mehrere Völkerschaften vertreten, Ungarn, Italiener und Armenier. Eine gemeinsame Sprache war die Lösung.

Wir kamen wieder auf die verbotene Schublade zu sprechen, aber ohne Erfolg. An jenem Tag gaben wir uns mit Papierfalten zufrieden: Wir lernten, aus Schiffen Helme zu machen und umgekehrt, das war ein ziemlich einfacher Trick. Während sie ein großes Zeitungsblatt faltete, kam der Tante der Gedanke, uns noch etwas »Außergewöhnliches« in ihrem Zimmer zu zeigen, das voller außergewöhnlicher Dinge steckte. Ein Tischchen. Es erschien uns unscheinbar unter einer Tischdecke, die so schön handbestickt war, dass man meinte, es wäre Maschinenarbeit. Die Muster waren aus gefärbter oder, genauer, entfärbter Wolle. Ich mochte besonders die Fransen, in die längliche Perlen aus schwarzem Holz eingewirkt waren und die ich flocht und entflocht, solange es kein besseres Spiel zu spielen gab. Ich flocht »Zöpfchen« hinein, weil mein Haar für so etwas zu kurz war. Niemand machte sich in meiner Abwesenheit an den Fransen zu schaffen, ich fand sie stets vor, wie ich sie hinterlassen hatte. Das Tischtuch hatten wir aber nie abgezogen. Das sind diese naheliegenden Dinge, die man, ich weiß nicht, wieso, nie tut. Und eines Tages dann doch. Die Tante zeigte uns also die verborgene Seite, die uns Begeisterungsrufe entlockte. Genau wie bei unserem vorherigen Spiel war der Tisch vierfach gefaltet (wie man beispielsweise aus einem Stück Papier ein Salzfass faltet). Sie entfaltete den Tisch, indem sie die vier Dreiecke in die Waagerechte hob und so das kleine Viereck zu einem großen, das Tischchen zu einem Tisch machte, und zeigte uns noch eine herrliche Eigenschaft des Tischchens: Es drehte sich.

Es war ein Spieltisch für einen Salon von einst, wohin sich die Leute wohl nach einem reichhaltigen Gabelfrühstück zurückzogen. Wir wollten gleich daran spielen, da aber schlug leider die Pendeluhr, die einen in ihrer eigenen Art wissen ließ, dass die Zeit vergeht, und ihre Schläge nach der Uhrzeit richtete. Wir zählten alle mit, und es waren acht. Zu unserem Leidwesen mussten wir einstweilen auf die Attraktion in dem halbdunklen Zimmer des Großonkels und der Großtante verzichten. Wir gingen zur Tür, alle mit Papierhelmen auf dem Kopf.

»Bonan tagon«, sagte Dina zum Abschied und lüftete ihren Helm, was wir anderen ihr sofort nachtaten.

»Bonan nokton«, erwiderte Tante, die auch einen winzigen Helm trug, und sie musste nichts übersetzen.

Diese Sprache war leichter als alle anderen, die unser Haus

jemals gehört hatte. Erst viele Monate (oder lange Wochen, denn die Zeit schlich unvorstellbar langsam dahin) später waren wir allein in dem Zimmer mit der verbotenen Schublade. Tante und Onkel Ionel hatten etwa eine Stunde lang in der Stadt zu tun, sie hatten uns nicht gesagt, wo, und es war uns auch egal. Wir wandten unsere ganze Aufmerksamkeit der Kommode zu. Wir mussten den Schlüssel zu der Schublade finden, es sei denn, Onkel Ionel (er hatte alle Schlüsel und fächerte sie manchmal wie einen schönen metallischen Blumenstrauß vor uns auf) hatte ihn auch diesmal mitgenommen. Wir hatten also eine Stunde Zeit.

»Machen wir ... machen wir es wie Sherlock Holmes«, sagte Doru und runzelte die Stirn.

Das war nicht sein Spruch, er zitierte Großmutter, die stets mit diesem Vorschlag kam, wenn wir etwas verloren hatten. Wir sollten nachdenken, logisch überlegen: Was hatten wir getan, und in welcher Zeitspanne im Ablauf unseres Alltags hatte der betreffende Gegenstand verlorengehen können. Wenn das auch nichts brachte, musste der Reihe nach jeder Winkel des Zimmers Stückchen für Stückchen durchsucht und dabei systematisch auf jede Kleinigkeit geachtet werden,

Wir teilten die Arbeit auf, ein jedes hatte zwei Möbelstücke. Ich bekam nur eins, das einfachste, weil sie kein Vertrauen in mich setzten: den Tisch in der Mitte des Zimmers. Der war, mit seinem Säulenbein wie eine Eiche in der Mitte des Zimmers gewachsen, so schwer, dass er nie gewandert war, beständig wie die Landschaft, sagte die Tante, im Unterschied zu anderen, unsteteren Möbeln, die im ganzen Haus unterwegs waren, die einen getragen, die anderen mit Flaschenzügen aus der einen in die andere Etage gehievt. Ich kroch sofort unter ihn und tastete das Säulenbein ab, das in vier nagelbeschlagenen Auslegern mündete, sodann drückte ich jeden einzelnen

Nagel, vielleicht tat sich da ein Geheimfach auf. Nichts! Ebenso erging es den anderen, außer Dina, die die zweite, die große Kommode in Arbeit hatte, ein auf Bestellung in Arad gefertigtes Möbel. Ich glaube immer noch, dass da ein Versteck gewesen sein muss, kompliziert wie die war, mit viereckigen hölzernen Säulen und Säulchen, abgeschlossen von kunstvoll geschnitzten Kapitellen, über die ich erst später gelernt habe, dass sie korinthisch waren, mit Schubladen und Türen aus raffiniert geschliffenem Glas, das bei Licht in allen Farben des Regenbogens schimmerte. Unter einem Doppelboden, ganz hinten und ganz unten, in einer Höhle, die eines Schatzes würdig war, entdeckte Dina ein Tablett mit den leckeren Apfelplätzchen, die nur Tante backen konnten, »besser als in Wien«. Wir alle nahmen je ein Stück und ordneten den Rest sorgfältig so an, dass niemand etwas merken sollte. Das machten wir ziemlich oft, und es war nie aufgefallen, jedenfalls glaubten wir das, obwohl Onkel Ionel uns hin und wieder liebevoll musterte und uns »Diebsgesindel« nannte. Da waren auch noch Onkel Ionels Kisten mit Zigarren verschiedener Marken, die er allerdings nicht rauchte, weil er das Rauchen aufgegeben hatte (wir rochen daran, ich mochte die Mentholzigaretten), und eine Menge anderer Dinge, Porzellangeschirr, Silbertabletts, Aschenbecher, Vasen, Reisesouvenirs. Aber kein Schlüssel!

Dann schlug die Pendeluhr dreimal, wir schraken ein bisschen zusammen. Merkwürdig, obwohl sie um Mitternacht ebenso wie zu Mittag zwölfmal schlug, schien das die Eigentümer nicht zu stören, sie waren es gewohnt, und Onkel Ionel kümmerte sich darum, sie am Laufen zu halten. Als die Herrin und der Herr der von uns so neugierig erforschten Möbel zurückkamen, spielten wir Canasta und hatten die Karten frisch aufgeschlagen, damit wir sofort loslegen und nicht überrascht werden konnten. Einstweilen wahrte die Schublade ihren Schatz und ihr Geheimnis.

Eines Tages jedoch kamen wir hinter ein anderes Geheimnis, nämlich dass Tante beinahe aus dem Lehramt entlassen worden wäre, just zum Ende ihrer gloriosen Karriere, war sie doch viele Jahre lang Schuldirektorin gewesen. Lachend, allerdings mit einem immer noch bangen Lachen, erzählte mir Großmutter, was ihrer Schwester passiert war. Gegen Ende ihrer Laufbahn hatte sie zu einem ungebärdigen Schüler mit Pionierhalstuch gesagt: »Spiel nicht mehr mit diesem roten Fummel herum!« Möglicherweise hatte sie sogar »Fetzen« gesagt, aber ohne jede böse Absicht, nur aus pädagogischen Gründen und weil das nun mal ihr Sinn für Humor war. Es fand sich ein gutgesinnter Mensch, der sie bei der Partei verpfiff, und es kam zu einem Riesenskandal: Weder durch Worte noch durch Gedanken durfte an die Symbole der neuen Macht gerührt werden. Schließlich, nach langer Aufregung mit allerhand Drohungen und Ängsten, und nur weil sie von ihren ehemaligen Schülern geliebt wurde, kam sie »mit weißer Weste« oder in diesem Fall »weißem Fetzen« davon und wurde schnellstens pensioniert. Aber alle hatten sie monatelang gezittert.

Die Sache mit der Schublade erledigte sich von selbst wie so viele andere Dinge im Leben: Man rackert sich ab und stößt sich das Haupt an allerhand Mauern wund auf der Suche nach einer Lösung, und plötzlich, wenn man es aufgegeben oder vergessen oder satthat, ergibt sich alles von selbst. Eines Tages brachte ich der Tante eine Porzellanschüssel zurück. Wohlgefüllt schickte sie die hinauf zur ersten Etage, zu meinen Cousins, und zu uns auf den »Dachboden« und kriegte sie nach einer, gewöhnlich sehr kurzen, Zeit leer zurück. Wir Kinder wurden als Kuriere oder Lastenaufzug, des Öfteren auch als Schnurlostelefon eingesetzt. Das Angebot: »Bring das zurück, sag schönen Dank, hör mal nach, ob sie etwas braucht, bring das Töpfchen, die Uhr, den Hammer, das Geld fürs Gas, die Handschuhe, ein Kilo Kirschen, zwei Konzertkarten, einen Joghurt, das Bügeleisen dorthin, wo sie hingehören.« Die Nachfrage: »Geh mal schnell, frag nach, bitte um dies und jenes, hör mal nach, ob ich nicht etwas dort vergessen habe, ob sie noch etwas davon hat, mir etwas davon leihen kann, Zimt, Gewürznelken, Öl, Würfelzucker und Zitronen für den Ausflug, Staubsauger, Faltenrock, zwei Scheiben Brot, ein Buch, ein Ei, einen Briefumschlag, die Badekappe, hundert Lei, die Mausefalle, die Skibrille, ein Aspirin, den Essensbon, den Wanderführer Königstein, Litzendraht für die Sicherung, den Mörser, die Christbaumkugeln, den kleinen grünen Deckel.« »Geh hinauf und bitte ..., geh hinunter und bring ihr ..., komm zu mir, ich gebe dir ..., kannst du mir bitte etwas bringen ...«, das waren tagtägliche Anforderungen, an die das Haus sich gewöhnt hatte, seit wir darin wohnten. Die Nachfrage war immer größer als das Angebot.

Ich war also mit der Schüssel ohne Kuchen, frisch gespült, unten angelangt und erspähte zu meiner Überraschung den Schlüssel in dem patinierten Schloss der verbotenen Schublade. Ich konnte es kaum glauben! Tante werkelte in der Küche, und ihr Mann war unterwegs. Ich musste schnell entscheiden: die Schublade öffnen oder den Schlüssel abziehen. Wie so viele andere Leute konnte ich mich zwischen zwei Missetaten nicht entscheiden und beging sie beide. Gerade da schlug es vier, und mein Herz pochte dermaßen heftig, dass man meinte, es wollte die Pendeluhr übertönen.

Ich öffnete die Schublade ganz sacht, damit Tante nichts mitbekam. Ich war auf unerhörte Dinge gefasst. Zu sehen bekam ich allerdings nur Papierstapel, ein Heft mit hartem schwarzem Umschlag, auf dem *JURNAL* stand, Fotografien in

Sepia, peinlich geordnet, die einen in Plastikhüllen, die anderen in vergilbten Umschlägen, gebündelt mit verschiedenfarbigen Bändern. Sorgsam schloss ich die Schublade ab und steckte den Schlüssel in die Tasche meines Kleides. Dann ging ich durch die Tür zum Hof und nicht durch die Küche, denn Tante hätte meine Erregung bemerkt: Sie hatte einen äußerst scharfen Blick, ihr entging nichts, das lag wohl an ihrer Erfahrung als Lehrerin.

Bald kam auch Onkel Ionel nach Hause, und wenige Minuten später wurde der Alarm ausgelöst. Ihm vorausgegangen war »Verdammter Mist!« und »Dies Schwein von einem Ninel!«, vernehmbar im ganzen Haus. Wir wurden allesamt, groß oder klein, einberufen und nach dem Schlüssel befragt. Vor allem ich (mein Gang mit der Porzellanschüssel legte es ja nahe), ich aber blieb hart, zum Wohl der ganzen Gruppe: Ich konnte kaum erwarten, ihre Gesichter zu sehen, wenn ich ihnen den Schlüssel zeigen und sagen würde, was ich gesehen hatte. Ich hatte ihn mittlerweile sicher auf dem Dachboden verwahrt. Doru las gerade *Tom Sawyer*, und wir alle eiferten Tom und Huck nach. Tante und ebenso Großmutter mussten dabei die Rolle der Tante Sally übernehmen, obwohl sie ihr überhaupt nicht ähnelten bis auf die Tatsache, dass auch sie des Öfteren ihre Brille verlegten.

Es kam zu heftigen Diskussionen, und man war einvernehmlich der Ansicht, dass entweder Tante oder Onkel Ionel auf der Suche nach Unterlagen in der Schublade gestöbert hatte und sie oder er danach den Schlüssel in die Tasche gesteckt hatte oder ihn, wer weiß, wo, bald wiederfinden würde. Ich hatte furchtbares Mitleid mit Onkel Ionel, der noch eine endlose Suada von »Verdammter Mist« hervorstieß, weil er sich wirklich schuldig fühlte und meinte, die Dinge hätten sich gerade so zugetragen, während der Tante die Hände ärger zitterten als sonst. Großmutter kam mit ihrem Rat, wir sollten bei den Nachforschungen vorgehen wie Sherlock Holmes, und die Höhe war dann, dass wir aufgefordert wurden zu helfen, allerdings vergeblich. Sie suchten alle an den denkbar entlegensten Orten, selbst in der Speisekammer. Daraufhin sah Mutter mich, die ich nicht so recht mitsuchte, durchdringend an und nahm mich zur Seite. Sie brauchte höchstens eine Minute, um die ganze Wahrheit herauszukriegen: Ich verstand mich überhaupt nicht aufs Lügen, obwohl ich Geheimnisse sehr wohl zu wahren wusste, vor allem jene, die unter dem pestbewehrten Schwur standen. Leider hatte ich noch keine Gelegenheit gehabt, irgendetwas zu schwören. Die Nachforschungen wurden eingestellt, und alle, einschließlich Dina, Doru und Matei, denen ich noch gar nichts hatte sagen können, bekamen mit, dass ich den Schlüssel geklaut hatte. Ich rannte auf den Dachboden, brachte den Schlüssel und reichte ihn ohne ein Wort Onkel Ionel. Dabei weinte ich, allerdings nicht restlos überzeugt.

Alle starrten sie mich an. Onkel Ionel schaltete von Wut und Ärger hinüber ins andere Extrem, er grinste übers ganze Gesicht, wie nur er zu grinsen verstand, und dann begann er zu lachen, über die Maßen belustigt, Tante allerdings war noch zu verwirrt, als dass sie mich pädagogisch hätte maßregeln können. Mir tat es sehr leid, aber es war mir auch sehr wohl bei dem Gedanken, dass ich den anderen in der Gruppe noch eine Überraschung bereiten konnte.

Am selben Tag noch trafen wir, die Kinder, uns unter der Tanne, die damals noch stand, und meine Cousine und mein Bruder deckten mich mit ihren Vorwürfen ein. Doru hielt sich zurück, mit einem verkniffenen Blick seiner blauen Augen. Ich sagte ihnen, dass ich es für sie drei und ihretwegen getan hatte, weil sie mir so zugesetzt hatten mit der verschlossenen

Schublade, und dass ich herausgefunden hatte, was drin war, ihnen aber jetzt, wie die Dinge standen, nichts mehr sagen würde! Sie vergingen vor Neugier und gaben klein bei. Meine Neuigkeiten rissen sie nicht vom Hocker, obwohl ich ihnen alles sagte, was ich vorgefunden hatte. Wie das halt oft so ist mit den Geheimnissen der Erwachsenen, sie erwiesen sich als für unsereins uninteressant. Klar war, dass die Großen in einer anderen Welt lebten, die sich nur dann und wann mit der unseren überschnitt, eher zufällig, wie zwei Kreise im Geometriebuch von Dina.

Nach all der Aufregung ließen die beiden Inhaber der Kommode den Schlüssel im Schloss der Schublade stecken. Sie riefen uns eines Tages zusammen und erklärten uns, dass sie nur Urkunden und Erinnerungen barg, die für uns uninteressant waren, was ich im Übrigen ja schon gesehen hatte. Von dem Heft, auf dem *JURNAL* stand, sagten sie allerdings nichts. Wir schlossen daraus sofort, dass es alles Wichtige enthielt. Dina hörte in der Schule nach, was dieses Wort bedeutete, und sagte uns: Da wird alles erzählt, was man von morgens bis abends gemacht hat. Das erschien uns allen reichlich langweilig, vor allem was die Welt der Erwachsenen betraf, wo sich kaum schöne Dinge abspielten, nichts als Dienst, Erledigungen, Einkäufe und Sorgen. Trotzdem setzten wir uns in den Kopf, herauszufinden, was in jenem Heft stand und wer es geschrieben hatte.

Wie der Schlüssel zum breiten Anblick da steckte, taugte er zu nichts. Besser gesagt, so, wie wir ihn da vor der Nase hatten, brachte er uns gar nichts, denn Tante und Onkel Ionel gingen nicht gemeinsam aus dem Haus. Wir hatten keine Chance, das Heft zu durchforsten, es war uns klar, dass die Inhaber ab jetzt ein besonderes Augenmerk darauf haben würden. Und das alles war meine Schuld, sagten die andern. Da kam noch etwas hinzu: Dina befolgte unsere Pläne so gut wie gar nicht mehr, sie war verliebt, und das immer ärger. Sie schwärmte in einem fort von Ştefi, von seinen großen braunen Augen, seinen weißen Zähnen mit dem schmalen Spalt, seinem kastanienbraunen Haarschopf in der Stirn, dem Lächeln mit Grübchen, sie schilderte uns jede Geste und jeden Blick, hinterfragte jedes seiner Worte, seine Freundlichkeit, sein Schweigen, kurz – Langeweile ohne Ende!

Sie betrachtete sich dauernd im Spiegel, beschwerte sich über die eigene Nase und die eigenen Haare oder, Gott bewahre, einen Pickel, der wer weiß woher plötzlich hervorgetreten war, und sie fing an, ihre blauen Augen mit blauem Stift nachzuziehen. Sie war dabei und doch nicht. Wir kamen uns verraten vor, nichts von dem, was uns allen etwas bedeutete, war ihr noch wichtig. Die Liebe ist eine Kalamität für jede Gruppe, das wurde mir damals schon klar.

Allerdings geschah schon eine Woche danach etwas, das uns den Weg freimachte: Es kam wieder ein Umschlag mit einer schwarzgeränderten Karte, worauf alle Alten des Hauses schwarzgekleidet zur Beerdigung eines Freundes gingen. Welche Freude! Die Eltern waren im Dienst, das Haus stand zu unserer Verfügung. Das waren selten herrliche Gelegenheiten.

Wir überlegten nicht lang, sondern gingen stracks zur Schublade. Irgendwie meinten wir, die Inhaber ließen das zu, wo sie sie doch nicht mehr abschlossen. Aus der Küche, die von dem Zimmer nur durch eine dünne, verglaste Tür getrennt war, roch es nach gefüllten Paprika, was für uns alle keinen besonderen Reiz hatte.

Ich werde dir jetzt nur das Wichtigste erzählen. Dina griff sich sofort das schwarze Heft mit dem Titel *JURNAL*. Auf der ersten Seite stand der volle Name von Onkel Ionel. Es enthielt Seiten in klein gehaltener Schönschrift mit schwarzer Tinte.

Dina las nur für sich, blätterte ganz verstört vor und zurück, wir wuselten um sie herum, aber sie wehrte uns mit ausgefahrenen Ellbogen ab. Wir wandten uns also lustlos dem Rest der Schublade zu: unverständliches Zeug, allerhand Urkunden, die, wie wir nachher erfuhren, ehemalige Besitztümer betrafen, die jetzt verloren, »nationalisiert« oder, wie sie alle sagten, »gestohlen« worden waren, sodann Geburts-, Sterbe- und Heiratsurkunden sowie Taufscheine hingeschiedener Verwandter, Belege über Friedhofsgebühren und noch manches in der Art. Nicht einmal die Fotografien waren interessant, mit Ausnahme derer von den Geschwistern der Tante, die auch auf einem großen gerahmten Foto in ihrer Wohnung zu sehen waren und an die sie manchmal mit Bedauern erinnerte, weil nur noch einer lebte, wie ich dir schon sagte, der ehemalige Besitzer des Schreibwarenladens auf der Strada 7 Noiembrie.

Doru, der Schmiere stand und durch den Vorhang an einem der Fenster die Straße im Blick hatte, schlug Alarm: Die Herrschaften kehrten heim. Wir legten alles zurück, genau wie es gewesen war, und schlossen die Schublade. Dann gingen wir zur Tanne, um zu hören, was Dina uns zu erzählen hatte. Allerdings schien sie noch viel weiter weg von uns denn je, und auf unsere dreifach brennenden Fragen seufzte sie wie ein Erwachsener und stieß hin und wieder eine Interjektion hervor: »Tja!«, »Hm!«, »Tsts«.

Es dauerte Tage, bis wir ihr entlockten, was sie in dem *JURNAL* gelesen hatte. Onkel Ionel beschrieb darin, wie er sich in Fräulein M., das war Tante, verliebt hatte. Ihr Vater, einer unserer vier Urgroßväter, der Präfekt gewesen war, hatte ihn nicht gemocht, ihre Mutter, eine unserer vier Urgroßmütter, allerdings schon, und sie hatte ihm geholfen. Wieso ihn der Vater von Fräulein M. nicht mochte? Weil Onkel Ionel *schon einmal verheiratet* und glücklich gewesen war. Das Paar hatte keine

Kinder gehabt. Seine erste Frau war gestorben, und damals hatte er geschworen, er würde nie mehr singen.

Es fiel mir schwer, Onkel Ionel, der von Anfang an nur an der Seite der Tante existierte, in dem Haus, in dem ich geboren war, als Teil einer anderen Familie zu sehen. Nur ging das Leben weit über die Mauern unseres Hauses und über die Mauern meines Lebens hinaus.

In das Fräulein M. hatte sich Ionel ganz heftig verliebt, in dem Tagebuch nannte er sie durchgehend »Engelchen« und »Liebchen«. Ihretwegen konnte er nicht schlafen, er analysierte alle ihre Worte, Gesten, jedes Schweigen, wie Dina ihren Ştefi, mal schien es ihm, als hasste sie ihn, dann wieder, als empfinde sie so wie er, er ging mit ihr Hand in Hand spazieren und fasste manchmal den Mut, sie zu küssen. Das Fräulein M. trieb ihr Spiel mit ihm. Dina gab eine Stelle, die sie beeindruckt hatte, aus dem Gedächtnis wieder, wahrscheinlich mit eigenen Beigaben und Auslassungen:

»Er hat ungefähr geschrieben: *Heute war Fräulein M. so, wie ich sie gerne sehe. Sie war eine Madonna. Das hochgekämmte Haar fiel ihr nicht mehr in die Stirn, ihre Bluse war weißer als Schnee, sie trug ein lila Röckchen und Schühchen, die ihren Füßen zusetzten.* Die Schuhe drückten sie nämlich«, meinte Dina erklären zu müssen. »*Wir kamen auf meinen Antrag zu sprechen* – wahrscheinlich den Heiratsantrag –, *und ich fragte, ob das ihr Ernst sei, erst nächstes Jahr? Sie fragte mich, wohin ich mich denn beeile. Ich antwortete: ›Zum Glück.‹ Und sie sagte: ›Du wirst sehen, wenn ich dich in meinen zehn kleinen Krallen habe, dann hast du keine Eile mehr, ich bin sekkant, böse, streitsüchtig, schreib das bitte auch in dein Notizbuch.‹*«

Nicht zu übersehen, dass Tante schon damals gern scherzte! Großmutter, im Tagebuch Dori genannt, erschien als die große Hilfe des Verliebten, der wiederum versprach, ihr ein

Leben lang dankbar zu sein. Wovon ich allerdings nichts bemerkt habe.

Wir hatten also herausgefunden, wieso Onkel Ionel nicht mehr sang. In dem Loch mitten in unserem Lied tauchte das kindlich gelockte Haupt seiner ersten Frau Elena auf. Aber die Liebe zu seiner zweiten war so groß, dass er nach außen zu seinem Eid stand, innen allerdings mit uns sang und sowohl nach außen als auch nach innen lachte. So erfuhr ich sehr früh, dass die Treue zu einer alten, abgeschlossenen und eine neue Liebe einander nicht ausschließen. Und ich kam darauf, dass ein Haus neben seinen sichtbaren Menschen auch unsichtbare beherbergt, die wiederum jene, die man sieht, zu merkwürdigem Verhalten veranlassen. Sehr viele Irrungen und Wirrungen in einem Haus kommen von ihnen, von den unsichtbaren Menschen.

Wir alle schworen (allerdings den kurzen, nicht den pestbewehrten Eid), wir würden kein Tagebuch führen. Eines Tages sahen wir Ştefi vor unserem Tor und waren furchtbar enttäuscht: ein gewöhnlicher Junge, schmächtig, ja unansehnlich. Grübchen konnte ich jedenfalls keine sehen. Brünett war er zwar, aber es war ein Brünett wie unzählige andere. Ich hatte ihn mir nach all dem Getue, das Dina um ihn machte, wenigstens wie Giuliano Gemma in dem Film *Ein Loch im Dollar* vorgestellt, den wir gerade gesehen hatten. Das war er für Dina. Ich war arg verwirrt, ich hatte mich noch nie verliebt – höchstens in Giuliano Gemma und in Winnetou, den edlen Häuptling der Apatschen – und wusste mit dieser seltsamen Sache, soviel ich mir auch den Kopf zerbrach, überhaupt nicht umzugehen.

Tante und Onkel Ionel waren auch die Ersten, die das Haus meiner Kindheit verlieren sollte: Wie Romeo und Julia starben sie fast zur selben Zeit. Eines Tages wurde Onkel Ionel vom

Rettungswagen abgeholt. Tante, die so stark erschien, brach anderntags zusammen und folgte ihm in dasselbe Krankenhaus. Sie wussten nichts voneinander, aber als Onkel Ionel starb, fragte Tante dauernd nach ihm, sie konnte nicht verstehen, wieso er sie nicht besuchen kam. Oder sie hatte es verstanden und fragte gerade deshalb, die beiden brauchten keine Worte, um sich zu verständigen. Sie verließen das Haus und die Welt gemeinsam. Ich bin mir sicher, dass sie sich wiedergetroffen haben, an der Zollstation zu der anderen Welt, wo er auf sie wartete. Irgendwann trat Onkel Ionel in meinen Traum. Lächelnd, in einem leicht phosphoreszierenden Hemd, mit Hosenträgern und ergrautem Schnurrbart, der ein bisschen zitterte, wie vor Freude. Ich wollte nachfragen, was er dort tat, er aber zog sich zurück, als hätte er das Sprechen verlernt oder es wäre ihm versagt. Nein, es war klar, dass ich keinerlei Aufklärung fordern durfte. Also fragte ich ihn nichts mehr, ich lächelte ihn an, und sogleich fand auch er zu dem riesenhaften Lächeln eines milden Riesen, der da sagte: »Alles gut!«

GVW

Einstein, ich dachte,
du wärst tot!

Alles war gut, außer dem Wetter. Seit zwei Tagen waren Ferien, es regnete, und wir wussten nichts mit uns anzufangen – zu jener Zeit war Kronstadt eine Art rumänisches London, man konnte in der Stadt am Fuß der Zinne nicht ausgehen ohne Regenmantel mit Kapuze, nicht einmal im Sommer –, und Großmutter, der wir anvertraut worden waren, nahm ihren schwarzen Regenschirm vom Kleiderständer, sagte, wir sollten warten, sie komme sofort und wir würden zusammen das Bedeutendste tun, was wir jemals getan hatten. Wir wollten wissen, was das war, aber sie sagte nur:

»Wartet und passt auf euch auf! Ihr müsst sehr brav sein, sonst *nehme ich euch nicht auf*!«

Das verstörte uns, alle vier. Was heißt denn, sie nimmt uns nicht auf? Wo denn? Wir begriffen nur, dass es etwas Reizvolles war, und wenn wir nicht brav waren, war es aus! Aber was dann *aus* war, das wussten wir nicht!

»Passt aufeinander auf, vor allem auf die Anuţa, niemand darf etwas Böses tun, wenn er nicht rausfliegen will aus unserem Vorhaben. Und du, Dina, halt dich grade, wie oft soll ich dir das noch sagen! Glaubt ja nicht, das hier ist ein Spiel, nein, es ist was Ernstes, es ist etwas für die Großen.«

Ihr Ton war feierlich und dermaßen fern von jenem spaßigen, den wir gewohnt waren, dass wir wirklich brav blieben, alle vier, und das war ganz und gar ungewöhnlich: Wir machten sonst eine Menge Blödsinn, und das in einem fort. Erst am Morgen davor hatten wir, je zu zweit, an den beiden Fenstern der Großeltern gestanden und die Straße mit Kirschkernen beschossen. Wir aßen je eine Kirsche, hielten den glitschigen Kern zwischen Daumen und Zeigefinger, zielten auf jemanden, der am Fenster vorbeiging, und drückten ab. Der Kern ging ab wie aus der Pistole geschossen. Zum Glück verfehlten wir ständig unser Ziel, die Leute »kamen mit dem Leben davon«, aber Matei traf einmal, ganz zufällig, eine dürre alte Dame, die ganz eilig unterwegs war, worauf wir blitzartig unter den Fensterbrettern abtauchten und beglückt lachten, während die ärgerlichen Rufe der Dame sich entfernten. Wir dachten, wir wären davongekommen, aber wenig später nahm sich die Dame auf dem Rückweg von dem Ort, wo sie zu tun gehabt hatte, Zeit, den Klingelknopf, der ehemals zu der Praxis des Herrn Doktor gehört hatte, zu drücken und uns bei der Großmutter, die, ihre Hände an der Schürze abtrocknend, aus der Küche kam, zu verpetzen.

Wir mussten unser Spiel aufgeben, allerdings waren die Kirschen eh alle, also tat es uns nicht leid. Jetzt allerdings waren wir ganz schweigsam, nur ich seufzte hin und wieder vor lauter gespannter Erwartung einer großen Freude. Doru zappelte mit den Beinen unter der Stuhlkante, und Dina verbot es ihm in aller Strenge, worauf er scheu mit schuldbewusst eingezogenem Kopf gehorchte, allerdings nicht ohne ihr zuzuflüstern, dass auch sie sich nicht gerade hielt, was ihr dauernd vorgehalten wurde.

Wir, ihre kleinen Cousins, rührten uns fast gar nicht mehr. Matei hatte den Knöchel bandagiert, nachdem er ihn am Vorabend stundenlang in Burow-Heilwasser hatte baden müssen, weil er auf der Straße ausgerutscht war und ihn verstaucht hatte (offenbar hatten die Verwünschungen der mit dem Kern angeschossenen Dame ihn ereilt), er wagte sich gar nicht zu rühren, um nicht ausgeschlossen zu werden von dem, was wir vorhatten. Niemand wollte außen vor bleiben bei den besonderen Dingen, die viel interessanter waren als all unsere Spiele, als alle verbotenen Dinge.

Es wurde, allerdings im Flüsterton, darüber diskutiert, was mit uns geschehen würde. Wie gewöhnlich hatte jeder eine andere Meinung, außer mir, die ich mich immer an irgendjemanden hielt. Dina sagte, es gehe offenbar um die Erforschung der Geheimgänge, die aus unserem Keller unter den Burgmauern hindurch nach außen führten, und dass Großmutter unterwegs war, das geeignete Werkzeug heranzuschaffen. Diese Operation war flachgefallen, als wir alle die Masern bekamen und in der Straße auf der einen Seite eine Häuserlücke gerissen wurde. Ihr Bruder meinte, es sei etwas ganz anderes, etwa der Anstrich der Innenwände, die in kläglichem Zustand waren. Das brachte meinen Bruder auf die Idee, dass es um die *Goldfüchslein* in der Mauer gehen könnte. Seine Annahme erschien mir ausnehmend reizvoll, und ich fasste allen Mut zusammen, endlich zu sagen, was mich beschäftigte, seit ich davon gehört hatte.

»Aber diese Füchslein, wie sitzen die da so still in der Mauer? Sterben die nicht?«

Anfangs begriffen sie nichts von dem, was ich sagte, dann begannen sie mich auszulachen, alle drei, diesmal aber konnte ich das ganz gut parieren:

»Ich werde euch verklagen! Dass ihr nicht brav wart und nicht auf mich achtgegeben habt, wo ich doch die Kleinste bin, und mich ausgelacht und verspottet habt.«

Sie waren sofort still, obwohl ich sie im Leben nie verklagt hatte, das Risiko war zu groß. Dina als die Älteste brachte sogar die Geduld auf, mir zu erklären:

»Es geht nicht um solche Füchslein mit buschigem Schweif, die herumwuseln. (Alle drei waren sie wieder drauf und dran, mich auszulachen, und die Jungs hielten sich sogar die Hand vor den Mund, damit man es nicht merkte.) Es geht um Goldmünzen.«

Du lieber Gott, Goldmünzen! Ich kriegte den Mund nicht mehr zu, obwohl in meinen Augen kleine niedliche Füchslein viel lustiger gewesen wären als Geld. Allerdings kamen in sehr vielen Märchen Goldmünzen vor. Wir hatten auch einen Film im Kino gesehen, der hieß *Die Jagd nach Gold*, und dabei Tränen gelacht.

»Wieso heißen die dann Füchslein, wenn es keine Füchslein sind?«, wollte ich trotzdem wissen.

Darauf hatte niemand eine Antwort, im Übrigen hatten wir im Leben noch nie richtige Goldmünzen gesehen, außer auf den Bildern zu dem Märchen *Das Säcklein mit den zwei Münzen* und jenen von Wilhelm Hauff. Doru und Matei meinten, sie glänzten wohl wie das Fell der Füchslein. Bald sollten wir es erfahren, denn alle waren wir uns jetzt sicher, dass dieses eine Angelegenheit für große Leute war, mit der wir vertraut gemacht werden sollten.

Als Großmutter etwa zehn Minuten später zurückkam, war ich als Erste bei ihr und fragte sie, während sie ihren Regenschirm zum Trocknen aufspannte:

»Geht es um Füchslein? Wollen wir sie suchen?«

Großmutter verstand nichts, ihr Gesicht verfinsterte sich, dann begriff sie plötzlich und führte die Hand zum Mund:

»Sprecht *niemals und zu niemandem* über so etwas. Niemals!«, wiederholte sie. »Wir gehören nicht zu den Reichen, selbst wenn mein Vater Präfekt war und an seiner Uniform

Bronzeknöpfe mit Halbedelsteinen hatte. Wir haben jetzt Broschen daraus machen lassen. Hätte er goldene oder mit Diamanten besetzte Knöpfe gehabt, wäre es etwas anderes gewesen. Das tut aber nichts zur Sache, es ist sehr gefährlich, wenn ihr darüber redet ... Wenn jemand von euch so etwas sagt, *nehme ich ihn nicht mehr an* ..., dann gehört er nicht mehr zu uns. Ana, mein Lämmchen, du bist die Kleinste, sag du deiner Großmutter, ob du verstanden hast, dass du dieses Wort nie mehr und zu niemandem sagen darfst. Dina, mein Lämmchen« – Dina nannte sie genauso –, »du bist die Größte, sag nie etwas zu Ştefi, selbst wenn du ihn liebst, versprich das deiner Großmutter.«

Beide nickten wir erschrocken. Sie hatte, wenn sie wollte, ein sehr ausdrucksvolles Gesicht, trotz oder gerade wegen der Falten, irgendwann hatte sie Schauspielunterricht genommen, und jetzt zeichnete sich darauf eine Mischung aus Furcht, Drohung, großem Staunen und einem Tropfen Wut ab. Oft rezitierte sie etwas für uns in einer Weise, die uns leider zum Lachen brachte, denn sie sprach in verschiedenen Tonlagen, bald dunkel und tief, bald hell und zärtlich süß, die Gedichte wurden zu kleinen Schauspielen, und je trauriger sie waren, desto mehr belustigten sie uns. Wir waren in dem begnadeten Alter, in dem man alles zum Lachen findet, selbst die Dinge, die zum Weinen sind. Genau wie wir, sooft wir uns vornahmen, brav zu sein, irgendetwas anstellten, ohne dass wir eigentlich schuld daran waren. Die Wirkung von Großmutters Worten war von Dauer. Bis auf den heutigen Tag habe ich zu niemandem über Goldfüchslein gesprochen.

Nach einiger Zeit gewann Großmutters Gesicht seinen gewöhnlichen Ausdruck zurück, es strahlte mit seiner hellen Haut, die nie von der Sonne berührt wurde, im Unterschied zu uns, die wir im Sommer braungebrannt waren, mit den ruhigen Falten in dem von einem kurzgestutzten weißen Bubikopf umrahmten Rund, und sie scharte uns um sich. Aus ihrer Handtasche holte sie fünf Heftchen, deren Umschläge Krokodilleder imitierten. Wir waren sehr gespannt auf das, was folgte. Und sie sagte uns, ab heute gehörten wir zur GVW. Das ist eine Geheimgesellschaft. Sie war in der Buchhandlung gewesen und hatte für alle je ein Heftchen gekauft, das weder verlorengehen noch herumgezeigt werden durfte.

Nun, auch heute noch gehöre ich einer Geheimgesellschaft an, da ich doch weder meine Mitgliedschaft gekündigt habe noch ausgeschlossen worden bin. Ich habe auch den Beweis, das Heftchen mit Umschlag in Krokodillederimitation. Diese Gesellschaft, der ich angehöre, ist die einzige, die mich jemals angezogen hat und der ich beigetreten bin, sie ist sehr geheim und sehr friedliebend.

Nicht jeder ist ausreichend dafür geeignet, GVW-Mitglied zu werden, das ist klar. In unserem Haus waren das von den zwölf ständigen Bewohnern nur wir fünf, hinzu kam ein auswärtiges, aber in derselben Straße wohnhaftes Mitglied, Omama (die Großmutter väterlicherseits, deren Namen Großmama wir verkürzt hatten). In der GVW ist man lebenslänglich. Die fünf in unserem Haus sind, nach Alter geordnet: Großmutter, mit Namen Ana-Dora-Sara, Initiatorin und Ehrenvorsitzende der erlesenen und exklusiven Gesellschaft. Dina ist mit elf eingetreten, Doru mit neun, Matei mit sechs, und ich, Ana, bin GVW-Mitglied, seit ich vier war, nämlich seit jenem regnerischen Junitag.

»Das Heftchen verwahrt ihr sorgfältig. Ihr habt ja eure Verstecke, das weiß ich wohl«, sagte Großmutter, ohne Widerspruch zuzulassen.

So war es. Ich hortete wie das Eichhörnchen allerhand Bonbons, Schokoladenriegel, Spielsachen in einer Nische unter unserem Tisch, die niemand kontrollierte. Weil ich es beinahe ohne Bücken schaffte, musste ich unter dem Tisch Staub wischen, während das für die Eltern eine gymnastische Übung auf den Knien gewesen wäre, deshalb war das Versteck auch vollkommen sicher. Dort würde ich mein Heftchen verwahren. Dina hatte ursprünglich daran gedacht, das Klavier der Tante als Versteck zu nutzen, irgendwo unter dem schwarzen Deckel, aber dieser Gegenstand verschwand bald aus unserem Haus. Meine Cousine, die ständig Schlankheitskuren machte, obwohl sie mager war, verbarg alles Essbare, das sie geschenkt bekam (Konfitüregläser, Zuckerl, Kekse und Schokolade), unter dem Samtbezug des Diwans, auf dem sie schlief, als sie im Erdgeschoss wohnte, sie versenkte sie durch ein Loch, das sie ständig erweiterte, wobei sie vorgab, sie hätte die Sachen gegessen. Eines Tages fiel ein Glas beim Weihnachtsputz heraus, und alles flog auf. Der Unterschied zwischen ihr und mir bestand darin, dass ich die Süßigkeiten versteckt hatte, um sie zu essen, sie hingegen, damit sie sie nicht aß, und so lernte ich, dass zwei Menschen ein und dasselbe sagen oder tun können – aus entgegengesetzten Gründen. Auch die Buben hatten ihre Plätze, verrieten sie uns aber nicht.

Mit einem roten Kugelschreiber schrieb Großmutter in jedes Heftchen *Gesellschaft* GVW 5. Damals konnte ich noch nicht lesen, es wurde mir aber erklärt. Später habe ich das Heftchen häufig durchgenommen, sodass ich es auswendig kann. Es hat 120 Blatt, die Großmutter an einem anderen Tag durchnummeriert hat, damit wir es verwenden können wie ein Buch. Am Schluss war das Inhaltsverzeichnis, und ganz hinten ein Etikett, auf dem stand: *Papierfabr. Petreşti. Preis Lei* 1,50.

Auf dem – wie ich es heute nennen würde – Vorsatzblatt stehen die allgemeinen Ziele der Gesellschaft (besondere Ziele gab es auch). 1. Gesundheit 2. Gutes Betragen 3. Gutes Lernen

4. Weltverbesserung. Alle Ziele gelten lebenslang. Die besonderen Ziele waren mit Anspielungen verbunden: Wir sollten nicht untereinander streiten, höflich mit den großen Leuten reden, ordentlich sein. Hier ging die Großmutter in Einzelheiten: Wenn wir nach Hause kamen, sollten wir »den Mantel, die Strickjacke, den Schal, die Handschuhe nicht herumliegen lassen«, sondern einen fixen Platz suchen, wo wir sie hinlegten. Zum Zweck der Gesundheit wurden Hygiene-, Medizin- sowie eine Art von Sportregeln aufgelistet, die der Erhaltung eines gesunden Körpers dienen sollten. Großmutter war Arztgattin und hatte außerdem auf Lehramt studiert. Auf Seite eins wurden unter der Überschrift »Meine Tugenden« vier Eigenschaften aufgezählt, die damals unverständlich erschienen: Maßhalten, Mut, Vorsicht, Gerechtigkeit.

Auf Seite drei standen Name und Anschrift, Strada Maiakowski (ehemals Sfântu Ioan), und Gründungsjahr der Gesellschaft. Auf Seite fünf gab es die Abteilung *Telefonnummern*, auf Seite elf *Anschriften* (in meinem Fall noch nicht auszufüllen). Es folgen zahlreiche unbeschriebene Seiten. Offenbar rechnete die Großmutter mit einer Menge Freunde, denn erst auf Seite 31 begann die nächste Abteilung: *Größe und Gewicht*, monatlich nachzumessen, eigentlich aber gibt es nur drei Eintragungen: 17. Juni, 1. Juli und 8. September des Folgejahres. Bei der ersten Messung wog ich 14 Kilogramm und 300 Gramm und war 90 Zentimeter groß. Wir verwendeten die Arztwaage des Großvaters mit der Inschrift »Hess Sibiu« und »Nur für Personen«, von Hand zu betätigen mit einem kugelförmigen Gegengewicht, das auf einer Metallskala bewegt werden konnte. Diese ging bis 150 Kilogramm, ein Anlass für Späße und gegenseitige Drohungen. Nur Onkel Ionel mit seinen annähernd zwei Metern kam fast auf die hundert. Die Größe wurde mit dem Schneidermaßband abgenommen, wir stellten uns an den Türstock und erhielten je eine Bleistiftmarke. Fast alle schummelten wir und reckten uns auf den Zehenspitzen, wurden aber entdeckt und auf unsere wahre Kleinheit zurückgestuft. Auf Seite 75 ging es um den *Abschlussdurchschnitt der Klassen* ..., sie blieb bei mir ebenfalls leer, denn ich ging noch nicht zur Schule. Seite 51: *Impfungen*. Da hatte ich der Reihe nach vorzuweisen: gegen Pocken, Diphterie, Kinderlähmung und Tetanus, die meisten mit Auffrischung. Seite 55: *Krankheiten, die ich hatte, und wann*. Dann kommt wieder lange nichts bis zur vorletzten Seite, 119, wo unter *Verschiedenes* ganz von ungefähr die Grabstatt der Urgroßmutter eingetragen ist.

Die Sache mit dem guten Betragen und Lernen begeisterte die Größeren keineswegs, das sah allzu sehr nach Schule aus, mich aber, die noch nicht damit angefangen hatte, störte es nicht. Das letzte Ziel aber, die Weltverbesserung, fanden wir alle großartig. Wir beschlossen, gleich dranzugehen. Tagelang überlegten wir, wen oder was wir verbessern könnten.

Merkwürdigerweise fanden wir – obwohl die Welt groß und krumm ist und die Menschen darauf ebenso –, merkwürdigerweise also fanden wir lange Zeit nichts und niemanden einer Verbesserung würdig. Selbst kamen wir natürlich nicht in Frage. Gerade in jenen Tagen hatten wir uns angewöhnt, auf den Burgberg zu gehen, wenige Minuten von unserem Haus entfernt, und »Lianen« zu rauchen. Lianen, das sind, wie du wohl weißt, die langen Pflanzen, die von einem Baum zum anderen hängen und an denen sich Tarzan, also Johnny Weissmüller in dem Film *Tarzan, der Affenmensch*, den wir im Kino gesehen hatten, jodelnd durch den Dschungel schwingt. Unsere Lianen auf dem Burgberg waren viel dünner, sie hätten keinen noch so schmächtigen Menschen getragen, allerdings röhrenförmig und mit einem weißen Mark gefüllt, sodass sie sich hervorragend zum Rauchen eigneten. Dina und Doru schnitten sie, steckten sie in den Mund, zündeten sie an und pafften. Manchmal ließen sie auch mir und Matei einen Zug zum Probieren. Frag mich also nicht, ob ich jemals geraucht habe, lass dir sagen, dass ich schon mit vier Jahren rauchte und die Welt verbesserte. Wir dachten gar nicht dran, es bleibenzulassen, das wäre zu einfach gewesen, wir suchten nach etwas, was schwerer und interessanter war. Und vor allem gefährlicher musste es sein. Schließlich ergab sich eine Gelegenheit. Lass dir erzählen.

An einem der großen Holztore in der Burggasse, wie sie früher geheißen hatte, jetzt war es die Strada Pavlov, hatten wir einen Wolfshund zum Freund, zumindest einen Wolfshundemischling. Nachdem wir einen Tag lang um den richtigen Namen gestritten hatten, kamen wir überein, ihn Mitică zu nennen oder Miticuţu (also Miti-Cuţu, was etwa Hundilein bedeutet). Der Name passte nicht zu ihm, er war zu klein für einen so großen Hund, aber er gefiel uns. Er ließ sich von den Hausherren füttern, weigerte sich aber, den Hof zu betreten oder sich gar anleinen, unterwerfen, gefangen nehmen zu lassen. Auch im Winter war er draußen. Wir brachten ihm eine Pappschachtel und eine alte Decke ans Tor, die nahm er an. Wir gaben ihm Fleischwurst. Im Sommer gossen ihm die Leute frisches Wasser in den Napf. Der freieste Hund, den ich jemals gesehen habe, und sehr klug. Er wusste Gefahren aus dem Weg zu gehen. Wenn man ihm Fressen brachte, schlang er es nicht ohne zu kauen hinunter, er ließ es eine Zeitlang neben sich liegen, als wäre es ihm gleichgültig, dann untersuchte er es eingehend, bevor er es gründlich kaute, wozu im Übrigen auch wir bei jeder Mahlzeit mit Großvater angehalten wurden. Zu jener Zeit gab es viele Leute, die die Hunde vergifteten, manche nur, weil das Gebell sie störte. Miticuţu bellte nicht, reizte man ihn aber, knurrte er und fletschte die Zähne. Er hatte eine sehr anmutige und lockere Art, die Vorderpfoten zu kreuzen, wie ein Mensch, der ein Bein über das andere schlägt. Wir wussten nicht, wie alt er war, mir erschien er krank, denn er hatte allerhand Wunden an den Pfoten. Ich versuchte ihn mit Wasserstoffperoxid zu behandeln, das auf den Wunden schäumte, aber anders als wir, die wir so daran gewöhnt waren, dass es gar nicht mehr brannte, wurde er sehr böse und fletschte die Zähne. Verwunderlich an ihm im Unterschied zu anderen Hunden war eine große Traurigkeit. Er war wie ein melancholischer Mensch. Als hätte er etwas sehr Schlimmes erlebt, an das er sich dauernd erinnerte. Als erwartete er nichts mehr von dieser Welt. Er wedelte nicht mit dem Schwanz wie jeder andere Hund. Wir konnten ihn nicht aufheitern, obwohl wir mit ihm spielten und ihn anlachten, um auch ihn zum Lachen zu bringen, wie es Eltern mit Babys machen. Sooft wir dort vorbeikamen, um auf die Zinne zu wandern (Seilbahn gab es damals noch keine), brachten wir ihm etwas zu fressen, und manchmal begleitete uns Miticuţu.

Eines Tages trafen wir ihn nicht am Tor. Wir waren nicht beunruhigt, weil wir dachten, er sei auf einem seiner einsamen Rundgänge. Aber auch am Tag darauf war er nicht da und tauchte auch am dritten nicht auf. Plötzlich waren wir uns sicher, dass ihm etwas passiert sein musste. Wir wollten die Hausherren abpassen, hatten aber kein Glück, besorgt und ratlos mussten wir heimkehren. Am nächsten Tag trat eine Frau in der Nachbarschaft auf die Straße, die uns anfangs böse erschien und uns ein bisschen Angst machte. Dennoch fragten wir sie nach Miticuţu, und sie antwortete, er heiße Wolf, und die Hundefänger hätten ihn mitgenommen. Mitică, also Wolf, hatte gekämpft wie ein Löwe, schließlich aber hatten sie seine Schnauze mit einem Zangenmaulkorb gepackt und ihn in den Käfig gezerrt. Schonungslos sagte sie uns auch, dass sie ihn mitgenommen hatten, um ihn umzubringen, und dass man aus seinem Fell Handschuhe machen würde. Ich glaube, sie mochte keine Hunde und vor allem keine Kinder, womöglich hatte sogar sie die Hundefänger gerufen? Ein paar Mal haben wir sie noch gesehen, stets zu unserem Schrecken. Als Mitglied der Gesellschaft GVW wäre man eigentlich verpflichtet gewesen, die Hexe zu verbessern, die Frage war nur, wie? Uns fiel nichts ein.

Ich begann zu weinen, und auch die anderen schnitten Gesichter, wie ich sie noch nie gesehen hatte. Hör dir das an, Handschuhe aus dem Wolf, also dem Miticuţu! Die Frau drehte uns den Rücken zu und ging. Zufrieden schien sie. Völlig aufgelöst kehrten wir heim. Diesmal mussten wir uns mit jemandem aus dem Lager der Erwachsenen verbünden, was wir sonst, so gut es ging, instinktiv vermieden, jemandem aus dem Lager der Alten, was uns viel leichter fiel. Am meisten betroffen von unserer Geschichte schien unser Riese Onkel Ionel. Ebenso wie Miticuţu hatte auch er einen Namen, der nicht zu ihm passte, denn der war zu klein für einen so hochgewachsenen Mann, selbst wenn er jetzt etwas gebeugt war.

Ich weiß nicht genau, was er gemacht hat und wo er gewesen ist, er war einen ganzen Vormittag unterwegs, auch um die Mittagszeit, am Nachmittag dann wieder. Erst gegen sechs, als Tante schon sehr besorgt war, kam ihr Mann wütend zurück und, ich muss es leider sagen, fluchte wie ein Droschkenkutscher. Er sagte nicht mehr nur »verdammter Mist«, sondern fluchte mit Ansprache. Schließlich sein unverständliches Wort von »diesem Schwein von einem Ninel!«. In den Armen aber trug er Mitică, einen fremdgewordenen Besiegten, keinen Sieger, wie wir ihn kannten, zwar traurig, aber stets aufmerksam, gütig, klug. Er bot ein Bild des Jammers: die Schnauze blutig, der Kiefer gebrochen, abgemagert, von Wunden übersät, und seine so schon traurigen Augen waren jetzt auch noch schreckgeweitet. Onkel Ionel legte ihn behutsam auf den Boden, wo Tante ihm schon ein Lager aus einem alten Moltonkittel, weich und sauber, gerichtet hatte. Mitică oder Wolf ließ seinen Kopf auf die Pfoten sinken, röchelte und zuckte bei jeder Berührung zusammen. Tante begann Bekannte abzutelefonieren auf der Suche nach einem Tierarzt, und schließlich erreichte sie jemanden, der einen kannte. Der Mann kam erst um zehn Uhr abends, gab Mitică eine Spritze, damit der einschlief, und behandelte seinen Kiefer. Wir durften ihn nicht sehen, mehr noch, wir wurden strengstens ermahnt, schlafen zu gehen. In den Wochen danach kam der Tierarzt immer wieder, wir freundeten uns mit ihm an. Er sagte uns, Miticuţu sei alt, elf Jahre alt, was etwa achtzig Menschenjahre bedeutet, und habe im Leben vieles durchgemacht, dazu habe er eine Menge Krankheiten und wer weiß wie viele Zecken.

»Könnt ihr euch das vorstellen? Wir müssten Sie zu ihm sagen«, bemerkte meine Cousine.

Der Doktor gab ihm viele Spritzen, hegte und pflegte ihn, legte ihm Verbände an. Wir kamen und streichelten ihn sehr vorsichtig, sehr sanft, endlos, und nachdem sie ihn von den Zecken befreit hatten, durften wir auch den Kopf an seine Brust legen. Wir hörten seinen Herzschlag und seinen Atem, spürten seine Wärme. Mittlerweile gewann der Hund langsam seinen gewohnten Blick zurück, kreuzte wieder mit anmutiger Gelassenheit die Vorderpfoten, vertraute den Leuten um ihn herum und hatte sich auch an die Schläge der Pendeluhr gewöhnt, bei denen er anfangs zusammengezuckt war. Er zitterte nicht mehr, wenn man sich ihm näherte, und die Wunden heilten. Er schaute gemeinsam mit uns Serienfilme in dem Fernseher auf der Kommode mit den sechs Schubladen. Sein Fell glänzte wie nie zuvor. Es war Onkel Ionel, der ihn jetzt täglich ausführte, bei jedem Wetter. Miticuţu akzeptierte eine schöne Leine, die Herr Blau, der Taschner, aus Gürteln der Tante angefertigt hatte, an der Leine schien allerdings Onkel Ionel zu gehen, während Mitică den Weg vorgab, wie ein Herr.

»Er hat seine Orte«, erzählte uns Mutters Onkel lachend. »Er hat Knochen unter bestimmten Sträuchern versteckt und mich zu ihnen geführt. Irgendwann zog er mich auf die Strada Postăvaru und ging in einen Hof, ich hinterher. Und was meint ihr, was da war? Eine junge Dame stürmte heraus und begann zu rufen: ›Einstein, Einstein, ich dachte, du wärst tot! Wie gut, dass du lebst!‹ So nannte sie ihn, sie wusste weder was von Wolf noch von Mitică. Und ihr Einstein reckte die Schnauze und beschnupperte sie freudig, während sie niederkniete und ihn umarmte wie ein Kind. Sie fragte mich aus, was mit ihm passiert sei, ich erzählte es ihr. Sie sagte mir, sie sei es gewohnt gewesen, dass er spätestens jeden zweiten Tag gegen drei Uhr nachmittags kam wie jetzt und sie ihm stets zu fressen gab. ›Er ist der klügste Hund, den ich jemals gesehen habe‹, sagte sie.«

»Er ist ein sehr gescheiter Hund«, bekräftigte Tante, so also hatte er sich durchgeschlagen, er hatte seine Kantine und eine Ersatzlösung und eiserne Reserven gehabt und ein paar Leute, die ihn liebten.

Wir hatten nicht vergessen, dass unsere geheime Gesellschaft sich zum Ziel gesetzt hatte, die Welt zu verbessern. Wir nahmen uns vor, die Frau zu verbessern, welche die Hundefänger gerufen hatte, und vor allem die Hundefänger selbst. Das war überhaupt nicht einfach. Wir vertagten vorläufig die Suche nach den Hundefängern, das war zu kompliziert, und Onkel Ionel wollte uns nicht sagen, wo sie zu finden waren, er sagte, das sei kein Ort für Kinder. Dafür verfolgten wir eines Tages die Hexe, als sie zum Markt ging. Sie schleppte sich nur mühsam voran. Sie wollte Tomatenpaprika kaufen, sagte aber, sie seien zu teuer, und begann die Frau zu beschimpfen, die sie feilbot, dann kaufte sie nach verbissenem Feilschen Kartoffeln, sodann einen Zopf Zwiebeln (»Dass du dich dran aufhängen solltest«, hörten wir den Bauern brummen, so wütend hatte sie ihn gemacht). Es war klar, dass niemand sie und auch sie niemanden liebte. Doch gerade als wir die furchtbarsten Rachepläne schmiedeten (ihr eine Bananenschale auf die Schwelle zu legen wie in den Cartoons mit Pif, ihr ein Bein zu stellen, wie wir es unter uns auf der Straße zu tun pflegten, ihr ein Paar Handschuhe in den Postkasten zu stecken mit der Aufschrift »Grüße von Wolf«), erfuhren wir von den Leuten im Nachbarhaus, an dessen Tor Miticuţu sein Lager gehabt hatte, dass die Frau plötzlich gestorben war, im Schlaf. Das hielten wir für einen allzu leichten Tod für einen so bösen Menschen (in den Indianerbüchern kam so ein Mensch nicht davon, ohne mindestens skalpiert zu werden), aber die Vorsitzende der Gesellschaft sagte, wir sollten nicht so urteilen, das sei böse und eines Mitglieds der GVW nicht würdig, wir wissen nicht, was für ein Leben die Frau gehabt und was sie so weit gebracht hat, und auf keinen Fall darf man irgendjemandem etwas Böses tun. »Aber wen und wie kann man denn dann noch verbessern?«, fragten wir zu Recht, wie ich meine. »Bei euch selbst müsst ihr anfangen!«, sagte Großmutter, als wäre das selbstverständlich. Uns erschien das gar nicht lustig, also beeilten wir uns auch nicht, ihrem Rat zu folgen.

Mittlerweile stand Weihnachten vor der Tür, unser Geschenk aber war schon da, und wir spielten mit ihm, ganz vorsichtig, seit wir wussten, dass es das älteste seiner Art im Haus war. Eigentlich aber ließen wir uns durch das Alter weder beeindrucken, noch störten wir uns dran, wir fanden, es passte in die Ordnung der Welt. Das Haus, selbst sehr alt, schien sich über den Bewohner nicht zu wundern, ich glaube, es hatte schon irgendwann Hunde gehabt, und nahm Miticuţu gleich auf. Im Jahr darauf – ich war jetzt schon fast sechs – sollte ich Großmutter vor Weihnachten bei der Zubereitung von zwei Speisen helfen. Wieso sie gerade mich hinzuzog, verstehe ich nicht. Ich war die Kleinste und in der Küche nie besonders geschickt. Leider wurde das mit der Zeit nicht besser. Die eine Speise war Honigkuchen: Kekse in allen Formen, Sterne und Blumen, mit Loch in der Mitte, damit man sie an den Tannenbaum hängen konnte, und einer merkwürdigen Eigenschaft – anfangs nämlich waren sie steinhart und wurden von Tag zu Tag weicher, und abgelaufen waren sie erst nach einem Jahr, sie verdarben nicht und schimmelten nicht. Die Speise eignete sich ideal zum Horten, und in den Zeiten, die wir durchmachten, schadete es nicht, wenn man etwas gebunkert hatte, sagte Großmutter. Sie lebte ebenso wie ihre Schwester mit dem Trauma der beiden Kriege, die sie erlebt hatten, und schloss die Möglichkeit eines dritten nicht aus. Ich sagte, Miticuţu macht es genauso, auch er hat Vorräte. Meinen Vorrat in dem Versteck ließ ich unerwähnt. Die andere Speise war die traditionelle Fischcreme für unsere Festessen.

»Wasch dir die Hände, mein Lämmchen«, sagte Großmutter, Arztgattin und Schwiegertochter eines Pastors.

»Ich habe mich aber gerade gewaschen«, protestierte ich.

»Das macht nichts, wasch sie noch einmal, sonst wird Großmutter böse.« Sie bestand drauf, und ich fügte mich, ich hatte ja eh keine Wahl. Alles stand bereit auf dem mit einem sauberen Wachstuch gedeckten Tisch: die Fischkonserve, keine »Robert« mehr wie im Rezept, sondern was es eben noch im Lebensmittelgeschäft gab, der Öffner mit Drehgriff, die Porzellanschüssel, die Silbergabel und das kleine Sieb, die geschälte Zwiebel, die saftige Zitrone mit glatter Schale und Kernen wie gelackt, das rote Pulver, das wir in ganz Siebenbürgen schlicht

Paprika nannten. Großmutter kannte eine Art Gedicht, in dem die Arbeitsweise mit dem Gang der Gestirne am Himmel in Bezug gesetzt wurde, sodass die Küche zu einem Zeichen für die Ordnung des Weltalls wurde: »Langsam arbeite und schön,/ wie die Stern' am Himmel gehn./Nur so wird das was!« Ich war etwas verwundert über diesen dritten, etwas abgerissenen Schlussvers. Ihr Augenmerk richtete sie darauf, dass die Arbeitsplatte nicht unordentlich, sondern stets sauber und gepflegt aussah. So hatte sie das in ihrer Schulzeit gelernt, als die Mädchen auch in lebenswichtigen praktischen Dingen unterrichtet wurden. Wir lösten die Wirbelsäulen der Sardinen heraus, schütteten das Öl sorgfältig ab, rührten die Butter schaumig und weinten beim Raspeln der Zwiebeln auf der kleinen Reibe. Die mühsamste Arbeit jedoch, zumal wir ja eine Doppelportion bereiteten, war das Passieren der gekochten Eier durch das Sieb. Es gab keine Küchenmaschine, im damaligen Rumänien schon gar nicht. Damit es voranging, erzählte mir Großmutter, während sie mich unterwies und beaufsichtigte, Geschichten von ihren zahlreichen Brüdern, die es mit ihren Frauen nicht besonders gut getroffen hatten, oder über den armenischen Zweig ihrer Familie und das Quittengelee, über ihren Vater, den Präfekten namens Adalbertus und seine schönen Uniformknöpfe, die zu Broschen geworden waren, oder darüber, wie sie Großvater kennengelernt hatte. Das gefiel mir besonders gut, weil es wirklich war wie im Märchen, und ich bat sie wieder und wieder, es noch einmal zu erzählen.

»Es war im Monat Juli …«

»Vor deinem Geburtstag am 20. …«

»Ja, eine Woche davor. Ich war in Vâlcele zur Kur. Mit Magda (also Tante) wohnten wir in der Villa Aurora, Ionel sollte nachkommen, sie waren schon verlobt. Ich muss dir sagen, mein Lämmchen, dieser Kurort war damals etwas weit Besseres als heute, er war sauber, strahlte Eleganz und Komfort aus, viel Ruhe ... Gut, gut, es reicht, du kannst sie in die Schüssel geben (das bezog sich auf die Butter, aus der ich das ganze Wasser gerührt hatte, unglaublich viel Wasser kam da heraus, als ob sie weinte!). Hier ist das Sieb, da die Eier, schäl sie nur gut, hör, was Großmutter sagt. Fast zu viel Ruhe irgendwie, wir langweilten uns, die Zeit verging zu langsam. Hin und wieder spielten wir Tennis ...«

Was das bedeutete, wusste ich. Sie spielten nicht wie Doru und Matei unter der Anleitung des Onkels mit rasant harten Schlägen, sondern wie damals die jungen Damen, die knielange Röcke trugen und graziöse Schläge lernten, damit der Ball möglichst hoch flog, bis zum Himmel, und der Partner Zeit hatte, sich auf die Annahme vorzubereiten.

»Nachmittags gingen wir spazieren, abends trafen wir uns mit Bekannten, ihre Konversation aber war sehr ...«

»Doof«, sagte ich fröhlich.

»Nun denn ... sagen wir, beschränkt. Sie waren nicht amüsant. Zu Mittag aßen wir in der Regel in dem Restaurant im Stadtzentrum«, fuhr sie fort, »es hatte auch eine Terrasse, an jenem Tag aber wehte der Wind, deshalb verzogen wir uns ins Innere. Gestärkte Tischtücher, gelb wie die Zitrone in deiner Hand, auf jedem Tisch eine rote Rose in einem Väschen. Wir setzten uns sehr weit weg von der Eingangstür, nahe an der Tür zur Küche, so einer Flügeltür ohne Klinke, damit man sie aufstoßen kann, wenn man volle Teller in den Händen trägt, das Hin und Her der Kellner störte uns. Aber wir hatten keine Wahl, es war der einzige freie Tisch. Magdalein hatte gerade einem sehr freundlichen und fröhlichen Kellner gesagt, was er uns bringen sollte, und wir hielten Ausschau, wer sonst noch in dem Lokal saß, es war rappelvoll, wie gesagt. Etwas weiter weg saß ein ganz komischer Herr, steif, als hätte er einen Stock verschluckt, der bei jedem Löffel Suppe eine Grimasse schnitt, Magda zeigte ihn mir, und wir begannen lauthals zu lachen, meine Schwester brachte mich immer zum Lachen, tut sie auch jetzt noch. Und da tat sich die Tür auf, und ich sah ihn! Ein ganz unbekannter Mann. Er hatte etwas sehr Ernstes und Entschlossenes in Gesicht und Augen – viel später habe ich gesehen, dass sie grün sind, wie meine, nur heller –, ihr Blick war wie ein Laser, er ging unter die Haut.«

Ich wusste nicht, was ein Laser ist, und stellte ihn mir als eine Art Quecksilber vor wie im Thermometer, was sich als eine meiner vielen falschen Vorstellungen erweisen sollte. Das Quecksilber beschäftigte mich, weil man uns warnte, würden wir das Thermometer kaputtmachen und das Quecksilber könnte in kleinen Kügelchen entweichen, würden wir es nicht mehr einfangen können, weil es im ganzen Zimmer herumkugelt. Irgendwie hat es mir immer leidgetan, dass ich nie ein Thermometer kaputtgemacht habe, damit ich sehen konnte, wie das Quecksilber sich bewegte wie ein lebendiges Wesen.

»Er sah mir, die ich immer noch lachte, direkt in die Augen. Ich hielt sofort inne, peinlich berührt. Und in genau diesem Moment, ohne dass ich auch nur irgendeinen Grund gehabt hätte, *wusste ich, der ist es*!«

»Wer, es?«, fragte ich, obwohl ich die Antwort kannte, denn sie langweilte mich nie. Beinahe alle Dinge, die ich damals tat, hatten diese Eigenschaft: Sie langweilten mich nicht, obwohl ich sie endlos wiederholte.

»Er, mein Mann, der Mann meines Lebens, ich wusste, ich würde ihn heiraten, was auch kommen mochte.«

Was dann gekommen war, das wusste ich: Der junge Kurarzt nahm den Hut ab und suchte einen freien Tisch. Er sah, dass alle besetzt waren, setzte den Hut auf, wollte kehrtmachen und hinausgehen, aber Großmutters Gedanke ließ ihn, wie sie sagte, nicht gehen. Wir vier Enkel wussten genau, dass Großmutter über eine besondere geistige Kraft verfügte, sie hatte uns das mehrfach bewiesen, wenn sie mit geschlossenen Augen erriet, an welche Farbe wir gerade dachten. Das konnte sie wirklich, es war kein Trick, alle vier können wir das bezeugen! Und glaub ja nicht, wir hätten an unsere Lieblingsfarben gedacht, etwa Rosa und Lila. In der Jugend besaß sie wohl auch die außergewöhnliche Fähigkeit, unterirdische Wasserläufe zu erspüren. Damals in Vâlcele, als ihr Gedanke den Mann mit den grünen Augen nicht hatte gehen lassen, trat der sympathische Kellner sofort an ihn heran und bat ihn, einen Moment zu warten, um dann die beiden jungen Damen zu fragen, ob sie etwas dagegen hätten, dass der junge Herr in der Tür, der Kurarzt, an ihrem Tisch Platz nähme. Großmutter, damals eine kastanienblond gelockte junge Dame, sagte sofort zu und wurde dafür von ihrer Schwester mit einem strengen Blick gestraft, allerdings nicht für die Antwort, mit der auch jene einverstanden war, sondern dafür, dass sie das Reden nicht ihr als der älteren Schwester überlassen hatte. Sie speisten also gemeinsam, der Doktor ein recht karges Mahl, während die Mädchen sich der Fülle schämten, die sie aus lauter Gier bestellt hatten, da war aber nichts mehr zu machen, der Kellner hatte die Bestellung schon aufgenommen. Beim Abschied nahm der ernste junge Mann, der wenig aß, die rote Rose aus der Vase und überreichte sie ihr, der jüngeren Schwester.

Ich für mein Teil konnte mir nicht vorstellen, dass Großvater sich zu einer solchen Geste aufgeschwungen hätte, er hatte es aber getan. Ich habe ihn einmal gefragt, ob es stimmte. Großvater antwortete, so sei es gewesen, er habe die Rose aus der Vase genommen und jener jungen Frau überreicht, die jetzt eine alte Großmutter war, meine und die meines Bruders und meiner Cousins. Erläuterungen fügte er keine hinzu.

In der Geschichte gab es dann eine große Lücke. Niemand von uns wusste, wie und wann und unter welchem Vorwand sie sich noch getroffen hatten. Die Geschichte, will sagen, unsere Familiengeschichte nahm ihren Fortgang mit einer Episode, die mir ebenso merkwürdig erschien. Ohne sie zu fragen oder vorzuwarnen, drückte Großvater der frischgebackenen Ehefrau zwei Karten nach Karlsbad oder Karlovy Vary in die Hand, wo sie dann auch hinfuhren und zwei traumhafte Wochen verbrachten, wenngleich Großmutter sich immer noch darüber wunderte, dass er ihr vorher nichts gesagt und schon gar nicht gefragt hatte, ob sie das mochte. Sehr lange habe ich geglaubt, dass dieser zweite Kurort, in dem sie glücklich waren, Carlo Vivari hieß. Zu jener Zeit fasste ich eben die Namen, die ich hörte, so auf, wie mir das logisch erschien. Ich konnte mir den Ort gut vorstellen, denn Großmutter hatte die Speisekarte und Faltblätter mit dem prächtigen, aber auch gemütlichen blumengeschmückten Speisesaal des Grandhotels Pupp aufbewahrt. Das war eine andere Welt, und ich hatte so etwas noch nie gesehen.

»Aber noch bevor wir heirateten, hatte der Mann meines Lebens uns eines Abends in heller Aufregung einen Besuch abgestattet und gesagt, er müsse etwas Wichtiges gestehen und es könnte sein, dass ich ihn dann nicht mehr heiraten wollte. Ich erschrak, in den Büchern, die ich damals las, sie waren, unter uns gesagt, ziemlich schlecht, kam immer wieder etwas mit einer anderen Frau, einer anderen Liebe vor. Er war fast vierzig Jahre alt und hatte gewiss andere Liebesverhältnisse oder zumindest eine andere große Liebe gehabt, und ich sah alles zusammenbrechen. Es war zu glatt und zu schnell gelaufen, und du musst wissen, mein Lämmchen, im Leben ist alles mit Qual verbunden.«

Das hatte ich noch nicht gehört. Was ich eigentlich am meisten mochte, waren die alljährlichen Neuigkeiten in den alten Geschichten, die auftauchten wie in den Fernsehfolgen, etwa in *Simon Templar* mit Roger Moore. Vielleicht sah Großmutter, dass ich inzwischen größer geworden war, und ließ auch ihre Geschichte noch um ein paar Zentimeter wachsen.

»›Dori, du musst wissen, dass wir vielleicht nur zwei Jahre zusammen sein können …‹, hob er an. Augenblicklich gingen mir die größten Unglücke durch den Kopf. ›Es könnte sein, dass unser ganzes Leben zwei Jahre dauert. Lohnt es sich denn, dass du jemanden für eine so kurze Zeit heiratest?‹ Ich hatte einen Knoten im Hals und konnte kein Wort hervorbringen. Ich stand da wie blöd und schwieg. Er dachte sofort, ich wollte nicht, solche Missverständnisse gab es häufig zwischen uns, ich sagte oder tat etwas, er schloss daraus, dass ich etwas anderes gesagt oder gewollt hatte. Merkwürdig ist, dass so etwas meist zwischen Leuten vorkommt, die sich sehr mögen. Er war drauf und dran, seinen Hut zu nehmen und zu gehen.«

Genau bei *gehen* trat Großvater ein, den Hut auf dem Kopf. Er war in der Stadt gewesen, ungesalzenes Brot zu kaufen, und ich sah ihn unverwandt an, wobei ich mit dem Passieren der Eier aufhörte. Als er den Hut abnahm, sah ich sein Haupt, ohne ein einziges Haar. Den Grund kannte ich: Im Krieg, dem ersten, war Großvater irgendwann, arg erhitzt, zu einem Bergsee gekommen und hatte seinen Kopf in das gefrierende Wasser getaucht. Er hatte eine Hirnhautentzündung bekommen und alle Haare verloren, besagte die Familienlegende. Jetzt war er für mich ein anderer Mensch, denn irgendwo in seinem hageren Körper, in seinem alten verhärmten Gesicht sah ich den schon kahlen jungen Mann mit Laserblick, was immer das sein mochte, ich sah den eleganten und sauberen Kurort Vâlcele, ich sah das Zögern an der Tür des vollbesetzten Restaurants, die (unvorstellbare!) Geste mit der Rose und seine ausgestreckte Hand mit den Karten für Karlsbad, also für Carlo Vivari, also für Karlovy Vary. Damals kam es mir seltsam vor, dass so viele Männer in einen einzigen passten, und ich fragte mich, ob die Gesten und die Dinge wie in einem Lager, das immer voller wird, in ihm drin oder draußen bleiben im Zug der Zeit und auf immer verlorengehen. Großmutter unterbrach ihre Erzählung, tauschte einen verschwörerischen Blick mit mir und mit dem Mann ihres Lebens ein paar belanglose Worte, die nicht mit der Vergangenheit in Verbindung standen. Großvater nahm das Brot aus dem Einkaufsnetz und schwenkte es über der Gasflamme, um die Mikroben abzutöten. Er mochte es nicht, dass die Verkäuferin ihre nicht unbedingt saubere Hand ans Brot legte, und das Schwenken über der Flamme war zum Ritual geworden. Erst als Großvater in der Küche verschwand – ich hatte es kaum erwarten können –, erfuhr ich den Hinderungsgrund.

»Ich stellte mich ihm sofort in den Weg und sagte ihm mit Tränen in den Augen: Ja, was immer und wie viel es auch sein wird, ich wolle mit ihm sein, aber er solle mir, um Gottes willen, endlich sagen, worum es geht, und mich nicht mehr quälen.«

In ihrem, wie ich dir schon sagte, besonders ausdrucksstarken Gesicht zeichnete sich auch jetzt die damalige Verstörung ab, Tränen standen in ihren grünen Augen, sie wäre wirklich eine gute Schauspielerin gewesen.

»Er sagte mir, er sei krank, es sei eine Magenkrankheit, und er wisse, gerade weil er Arzt sei, dass sich diese verschlimmern könne und er nicht mehr allzu lange zu leben hätte. Da erst begriff ich, dass er deshalb so wenig und mit so viel Bedacht aß.«

Großvater war nicht gestorben, das war klar, hatte ich ihn

doch gerade in Fleisch und Blut, mit Glatze und Hut gesehen, also brauchte sie das Ende der Geschichte gar nicht zu erzählen. Auch hatte ich in der Zwischenzeit, allerdings mit ihrer Hilfe, die Fischcreme hingekriegt. Das Schönste war, dass ich sie in eine ovale Schüssel umfüllte und nach kindlichem Gutdünken schmückte: Früher hatte ich lächelnde Fische mit Olivenaugen, rote Blumen aus eingelegten Paprika, dreieckige Engel mit Flügeln aus sauren Tomaten gestaltet. In jenem Jahr nun hätte ich gern Miticuţu nachgezeichnet, das war aber zu schwer. Mit eingelegten Gurken und Tomatenpaprika zeichnete ich die Umrisse von zwei Menschen nach dem Muster von *Simon Templar* in der Fernsehserie, die zu jener Zeit alle Welt verfolgte, mit Heiligenschein aus Zahnstochern. Wenn dann Großmutter uns allen von der Fischcreme anbot, achtete ich darauf, dass der eine Heiligenschein bei mir landete. Der andere stand Großvater zu.

Im Sommer darauf war Mitică in unseren Ferienwochen der Held zahlreicher Serien. Er folgte uns jetzt, wohin wir auch gingen, und war untröstlich, wenn er zu Hause bleiben musste. Eines Abends gingen wir ins Sommerkino zu einem Film mit Laurel und Hardy. Gezeigt wurde er auf einer improvisierten Leinwand auf dem Sportplatz von Olimpia unter der Zinne, reihenweise mit Holzbänken vollgestellt. Miticuţu konnten wir natürlich nicht mitnehmen, dafür streichelten wir ihn zum Abschied und ließen ihn in der Obhut von Onkel Ionel, der den jaulenden Hund an der Leine zurückhielt. Am Eingang gab es ein furchtbares Gedränge, wir kamen gerade noch an Karten, aber so war es immer bei den Filmen mit Laurel und Hardy. Der schmächtige Laurel mühte sich gerade mit einem Klavier auf einer Treppe ab, während der dicke Hardy ihm verheerende Anweisungen gab, als wir Murren, ja Rufe vom Ende der Bankreihe vernahmen und bald darauf eine feuchte Schnauze an den Knien spürten. Onkel Ionel hatte Mitică im Hof frei laufen lassen, und dieser hatte es etwa eine halbe Stunde später geschafft, auszubüxen. Nur er weiß, wie er unsere Spur aufgenommen, über den Zaun des Sportplatzes Olimpia gesetzt und uns inmitten einer großen, von Lachkrämpfen geschüttelten Menschenmenge ausfindig gemacht hat. Minutenlang war er Laurel und Hardy und dem ganzen Gelächter überlegen. Tagelang erzählten wir allen, die wir trafen, von seiner außergewöhnlichen Tat, es war eine Geschichte wie die Sagen des klassischen Altertums, die am Kopfende meines Bettes lagen.

Miticuţu lebte leider nicht mehr lange. Der Tierarzt, der ihn hin und wieder besucht hatte, sagte, er sei an Altersschwäche gestorben. In der letzten Zeit hatte er, wenn er mit uns unterwegs war, mit dem Schwanz gewedelt. Er hatte wieder gelernt, sich zu freuen, wenn auch nicht gerade wie ein Kind. Als er starb, war unser einziger Trost, dass wir ihn seine große Traurigkeit hatten vergessen lassen, welche die auch immer gewesen sein mag. Onkel Ionel meinte, er habe den Partner, Tante meinte, er habe sein Junges, Großmutter meinte, er habe sein Herrchen verloren. Er hatte noch drei Jahre gelebt. Er war also nach dem Zeitmaß der Hunde 14, nach dem der Menschen 96 geworden. Ein schönes Alter. Danach hatte niemand von uns jemals wieder einen Hund, auch unser Haus hatte keinen mehr. Das wäre ein Verrat an Mitică gewesen. So lernte ich, nachdem ich tote Häuser wie das von Hahner und Partenie gesehen hatte, dass die Tiere, die man gernhat, viel schneller altern als der Mensch und dass das Leben, das ihnen gegeben ist, in aller Kürze und heroisch abläuft. Den Mitică hat Onkel Ionel begraben, allerdings wollte er uns nicht sagen, wo, wir sollten nicht trauern.

»Er ist dort gut versorgt«, sagte er, »er mochte den Ort!«

Du hast, glaube ich, gleich begriffen, was GVW bedeutet:

Gesellschaft (zur) Verbesserung (der) Welt. Seit ich vier war, verbessere ich sie in einem fort. Sie wiederum verbiegt mich. Und ich erinnere mich an Großmutter: »Alles im Leben ist eine Qual, mein Lämmchen!«

Das Geheimnis des Antiquars

Wann hast du Geburtstag?

Es war schon einige Jahre her, seit wir der ruhmreichen Gesellschaft zur Verbesserung der Welt beigetreten waren. Ein Tag im August, alle Umrisse schmolzen, und die Stadt erschien weich wie ein Teig, die Leute hatten sich in die Häuser geflüchtet, die Strada Maiakowski lag verlassen da. Nur die Sonne zog sehr langsam ihre Bahn über sie hin und flutete ihre Rinnsale mit Licht. Deshalb versammelten wir uns, die vier Mitglieder der Geheimorganisation, im Keller, wo lauter Gegenstände herumlagen, die nicht zueinander passten, wie es ja auch Menschen gibt, die zu einem Fest eingeladen werden, wo sie niemanden kennen und sich darüber wundern, in welch eine Gesellschaft sie da geraten sind. Der Küchenherd mit Herdplatte lehnte an dem steinernen Backofen, auf dem ein Gestell mit verstaubten Reagenzgläsern stand. Eine Kiste, zu einem Viertel gefüllt mit runzeligen Kartoffeln, denen harte weißliche Schnurrbärte gewachsen waren, gesellte sich zu einigen Paar Skiern, ein Sessel mit blanken Sprungfedern stand neben einem riesigen Radio von einst, und so weiter. Unser altes Haus hatte in seinem Keller Habseligkeiten mehrerer Generationen gelagert. Natürlich gab es hin und wieder ein großes Aufräumen, aber das brachte wenig, denn weiterhin landeten alle Überbleibsel hier, die wegzuwerfen wir nicht übers Herz brachten.

Noch waren Ferien, und weil es draußen für eine Stadt in den Bergen ungewöhnlich heiß war, konnten wir kaum etwas unternehmen. Dina war 14 geworden und wusste schon Dinge vom Leben, mit denen ich nichts anfangen konnte. Doru machte auf eigene Faust allerhand Entdeckungen. Matei war wie stets der Lebhafteste in unserer Gruppe, immer wieder kam er mit einem ganz und gar unerwarteten Vorschlag an. Ich wiederum war gewiss die Unbeholfenste, glaubte alles, was man mir sagte, nahm alles ernst und konnte mit Metaphern nichts anfangen, was Wunder, dass schließlich gerade ich Schriftstellerin geworden bin, sozusagen. Beispielsweise sah mich einmal, als ich an der Hand der Tante durch den Park ging, ein spaßiger Herr an und sagte: »Schau mal an, was du für schwarze Augen hast, wieso hast du sie heute Morgen nicht gewaschen?«, worauf meine Tante auflachte und ich in Tränen ausbrach: Ich hatte mich gewaschen! Ich wusch mich jeden Morgen! Ähnlich war es an diesem warmen Tag, von dem ich dir erzähle, als Dina sich auf die Lehne des Sessels mit den blanken Sprungfedern setzte und etwas theatralisch ächzte: »Mein Gott, ist das warm, ich werde ja ganz weich in der Birne«, worauf ich sie entsetzt musterte, weil ich ein Loch oder eine Beule unter ihrem braunen Scheitel vermutete. Ich stellte mir die Hitze als Keule vor, und Dinas Kopf musste irgendwo unter dem glatten Haar eine »birnenweiche« Stelle haben, gewissermaßen eine Höhle. Sofort fasste ich an meinen Kopf, ob nicht auch ich eine weiche Stelle hatte, zum Glück aber war meiner rundum hart. Und just in dem Moment hörte ich meine Cousine sagen:

»Dieses Mädel ist etwas dickköpfig.«

Nun ja. Nachdem wir hin und her überlegt hatten, wie wir die Zeit am besten zubringen sollten, fragte Doru, der damals schon Familiengeschichten sammelte, ob wir etwas über unseren alten Oheim wüssten – Oheim war etwas weit hergeholt, er war ein ferner Verwandter –, der ein Antiquariat führte. Ich wusste nichts über ihn, ich wusste nur zufällig, was ein Antiquariat ist, weil es unweit von uns eines gab und wir oft an dem Schaufenster mit aufgeklappten und geschlossenen Büchern vorbeikamen. Ihr werdet euch also nicht wundern, dass ich, nachdem Dina mich gemustert und mir gesagt hatte, das habe mit Karies und Anti-Karies nichts zu tun (Großvater, der in seiner Praxis in unserem Haus auch stomatologisch tätig gewesen war, drohte uns dauernd, wir bekämen Karies, wenn wir uns nicht die Zähne putzten), mich aufs Schmollen verlegte. Ich hatte keine Ahnung, wieso das Geschäft des Oheims einen derart kariesbefallenen Namen trug, immerhin wusste ich, dass drinnen alte Bücher verkauft und gekauft wurden. Zu meiner Verwunderung erfuhr ich auch, dass die Buben, Doru und mein Bruder, jeder für sich, diesen sehr entfernt verwandten Oheim bereits besucht hatten.

»Der ist ein Original«, sagte Doru, der auf einem umgekehrten großen blauen Kochtopf saß, »ihr werdet sehen, der scheint ein bisschen … Der ist etwas übergeschnappt, aber gut wie warmes Brot. Vor langer Zeit gehörte das Geschäft mit den ganzen Büchern ihm, jetzt ist er nur noch Verkäufer«, fügte mein Cousin hinzu.

Woher wusste dieser Junge so viele Sachen? Er war der Verschwiegenste unter uns, wenn er aber redete, sagte er lauter überraschende Dinge.

»Die Sache ist«, sagte Matei, »dieser Mann ist jemand.«

»Wieso das denn?«, wunderte ich mich.

Ich dachte zu jener Zeit, alle Menschen sind jemand. Ich dachte, auch ich bin jemand, heute bin ich mir nicht mehr so sicher. Mein Bruder kratzte sich die Kruste von einer Schramme am Knie und steckte sie in den Mund:

»Na ja, es ist wohl so, dass er den Kugelschreiber erfunden hat.«

Alle waren wir stumm vor Bewunderung, schließlich war er unser Anverwandter. Vielleicht war er jetzt, da wir wussten, was er gemacht hatte, ein noch näherer Anverwandter, als es den Anschein hatte. Später, als ich mehr zu verstehen begann, bestätigten mir die Eltern, dass dieser Oheim einen hölzernen Kugelschreiber mit Paste erfunden hatte, allerdings hatte er ihn mit einem Freund von Hand hergestellt. Ich habe auch das Erfinderpatent gesehen. Allerdings ist der offizielle Erfinder dessen, was wir heute Kugelschreiber nennen, ein anderer, frag mich nicht, wer.

Und da vernahm ich Dinas volle Stimme:

»Ach so, dann will ich ihn unbedingt auch kennenlernen …«

Ich sprach ihr sofort nach, wie ein Echo, was ich oft tat:

»Dann will ich ihn auch kennenlernen!«

Dina glitt von der Lehne des kaputten Sessels und nahm ihre Tasche, Doru stand von dem Kochtopf auf, in dem irgendwann Krautwickel gekocht worden waren, und nahm seine Schirmmütze, mein Bruder seine Sonnenbrille, auf die er sehr stolz war, und ich die Beine in die Hand, ihnen hinterher. Im Keller, da war es gut gewesen, jetzt aber in der prallen Hitze wurden wir wirklich weich in der Birne (auch ich mit meinem Dickschädel). Und da es nirgendwo Schatten gab, gingen wir durch die schmelzenden Straßen bis in die obere Vorstadt mit ihren alten Häusern, wo sich in einem langgezogenen Innenhof mit Gras und Sträuchern der Eingang zum Schatzkästlein des alten Antiquars auftat. Er empfing uns wie alte Bekannte, und wir wurden sofort Freunde, ganz und gar, wie man sich manchmal mit einem Menschen in einem Buch anfreundet. Er allerdings war ein lebendiger Mensch, nur war er, wie soll ich sagen, Doru hatte schon recht, ein bisschen merkwürdig, wie eine Romanfigur. Er hatte einen Rauschebart, drin hätten sich Vöglein ein Nest bauen können, einen Bart mit sehr krausen schwarzen und grauen Strähnen, und die Brauen wölbten sich über seinen Augen wie die Dachtraufen unseres Hauses. Mitten im Bart saß ein verschmitzter Mund, der sich das Lachen verkniff, und in den Augen blitzten Lichtlein, wie ich sie selten gesehen habe. Wenn ich mich recht erinnere, war er auch sehr bleich, das sah man aber kaum, wegen des Barts. Während der verbleibenden Zeit der Ferien gingen wir fast jeden Tag zu ihm.

◇

Unzählige wundersame Dinge gab es bei ihm, an denen ich mich nicht sattsehen konnte. Röhrenförmige Zauberstäbe, aus denen meterlange bunte Schals quollen, fein wie Spinnweben, rote Kugeln mit versteckten Hohlräumen, die man von zwei Seiten öffnen konnte, worauf sich stets ein anderer Blick ins Innere auftat, mal stieß man auf einen kleineren Ball, mal war da nichts weiter, Spielkarten mit allerhand Tricks und zwei weiße Tauben, denen man die Flügel streicheln konnte. Dieser einsame Mensch wurde nicht müde, neue Sachen für unsere alten Spiele zu erfinden, nicht umsonst war er der Erfinder des Kugelschreibers: Beispielsweise hieß er uns um die Wette laufen. Er zog einen Kreidestrich auf dem Gehsteig vor dem Hof, und statt zu sagen, »Wer die Ziellinie zuerst überquert, hat gewonnen«, sagte er verkehrt rum:

»Der Letzte gewinnt!«

Tja, das verwirrte uns alle. Zwar waren wir für den traditionellen Wettlauf einigermaßen vorbereitet, aber mit einem Wettbewerb, bei dem man verlieren musste, kannte sich niemand aus, noch nicht einmal ich, denn ich bekam altersbedingt immer einen Meter Vorsprung vor den andern drei, sodass auch ich meine Chance hatte. (Mittlerweile habe ich das Training aufgegeben, muss ich euch sagen, ja, ich habe mich zur Spezialistin im Verlieren entwickelt.)

Dann wieder lobte er Rosinenbonbons mit Schokoladenguss aus, eine Leckerei ohnegleichen, um aber daran zu kommen, mussten wir Logikaufgaben aus einem seiner Bücher, dem *Buch des kleinen Logikers*, lösen:

»Mioaras Vater hat fünf fesche Mädels. Die ersten vier heißen Chacha, Cheche, Chichi, Chocho. Wie heißt die fünfte?« Ich, die ich gerade die Selbstlaute a, e, i, o, u gelernt hatte, war sehr stolz, als ich schnell antwortete:

»Chuchu!«

»Tschutschu!«, antworteten die anderen mit mitleidigen Blicken, was so viel hieß wie Pustekuchen. »Von wegen, die heißt Mioara.«

Ob sie die Aufgabe vorher gekannt hatten? Oder: »Du bist bei einem Wettrennen. Du überholst den Zweiten, an welcher Stelle bist du?« Sagt nicht, an erster, wie ich. Oder: »Du bist wieder bei einem Wettrennen, hundert Meter Sprint, sagen wir, du überholst den an letzter Stelle, an welcher Stelle bist du?« – Da könnt ihr sehen, wir rannten in einem fort, auch wenn wir nur dasaßen. Zerbrich du dir den Kopf, wenn du willst, ich mochte die Aufgaben einfach so und lachte schon beim Zuhören. Die anderen drei aber kamen hin und wieder auf die Lösung. Jedenfalls war es interessanter als in der Schule. Bei dieser Aufgabe mit »du überholst den an letzter Stelle« sagte mein Bruder, sie sei unmöglich, und erhielt als Prämie die ganze Packung Bonbons. Ich hoffe, du hast verstanden, wieso! Oder die Geschichte mit dem Kamelrennen, wie aus *Tausendundeiner Nacht*: »Einmal, vor langer, langer Zeit, wurden zwei Söhne eines Scheichs zu einem Kamelrennen durch die Wüste aufgefordert. Das gesamte Vermögen des Vaters sollte dem gehören, dessen Kamel als letztes die Ziellinie erreichte. (Aha, dieser Scheich ähnelte unserem Antiquar.) So irrten denn die Söhne durch die Wüste und liefen Gefahr, niemals anzukommen, sodass das Rennen nie zu Ende gewesen wäre. Sie hielten in einer Oase voller Düfte, saßen ab und baten einen berühmten Weisen um Rat. Dieser flüsterte jedem einzeln ins Ohr, was er tun sollte, und sofort bestiegen die beiden jungen Männer jeder sein Kamel und jagten in wildem Galopp auf das Ziel zu. Was hatte der Weise ihnen gesagt?«

Wir hatten Riesenspaß mit unserem Freund, dem Antiquar, und ich bin mir sicher, auch er mit uns. Nur dass er dabei meistens sitzen blieb und erst recht oft erschöpft aussah, dann bat er uns, nach Hause zu gehen. Ich redete ihn mit du an, wir waren ja verwandt, und damals duzte ich alle Leute, mein Bruder sagte einmal du, einmal Sie, Dina und Doru nur Sie. Und eines Tages beschloss Dina, die alles bedachte wie die Großen, wir sollten ihm ein Geschenk zu seinem Geburtstag machen. Wir hatten Geld gespart und beabsichtigten, ihm eine wasserdichte Uhr zu kaufen, die bei uns »antiaquatisch« hieß. Frag mich nicht, wozu er die hätte gebrauchen können, allerhöchstens um damit in die Badewanne zu steigen, aber uns gefiel schon, wie das klang: eine antiaquatische Uhr für einen Antiquar.

»Wann haben Sie Geburtstag«, fragte meine Cousine höflich.

Und ich sofort hinterher, wie ein Echo:

»Wann hast du Geburtstag?«

Darauf gleich mein Bruder, fröhlich, wobei er seine Sonnenbrille aufsetzte, als wollte er sich tarnen:

»Wir haben eine Überraschung für dich.«

Doru sagte nichts, allerdings war seinen verkniffenen blauen Augen die Spannung anzusehen. Aber unser erfinderischer

Oheim war nicht irgendwer. Er sah uns alle an, nahm uns in den Blick seiner Augen voller Lichtlein, die ganz, ganz schnell hinweghuschten wie die Sternschnuppen über den Augusthimmel, und beschied uns knapp:

»Das ist geheim!«

Geheimnisse waren wir schon gewohnt und wussten sie zu lüften. Ich kann dir gar nicht sagen, wie oft wir versucht haben, ihm das Geheimnis zu entreißen, es verging kein Tag, an dem wir nicht auf seinen Geburtstag zu sprechen kamen und ihn anflehten, ihn uns zu verraten, es würde ihn nie jemand erfahren, es bleibe unter uns – dabei drehten wir den imaginären Schlüssel vor unseren Mündern zweimal um. Er aber blieb dabei, sein Geburtstag sei geheim, niemand kenne ihn, und er könne ihn uns nicht verraten. Wir fragten auch unsere Eltern danach, aber entweder wussten die nicht besonders viel über diesen fernen Verwandten, oder sie wollten uns nichts sagen, was uns noch nichts anging. Eines Tages dann – das Ende der Ferien rückte heran – verriet uns der alte Antiquar, weil er es leid war oder wir ihn mit unseren Bitten weichgeklopft hatten, sein Geheimnis, allerdings auf seine merkwürdige Art, die es noch geheimer erscheinen ließ:

»Meinen Geburtstag feiere ich schon lange nicht mehr, weil an meinem Geburtstag irgendwann ein großes Unglück geschehen ist. Da kam die Geschichte über mich und nahm mir alles, was ich gernhatte. Wenn ihr ihn trotzdem erfahren wollt, dann sucht ihn hier im Antiquariat. Er steht bereit, auf einem der Bücher. Irgendwie gibt es einen Zusammenhang mit einer Frau. Wenn ihr das Buch entdeckt, werdet ihr meinen Geburtstag erfahren, und wir werden ihn nächstes Jahr gemeinsam feiern, denn dieses Jahr ist er schon vorbei.«

Es war gegen Ende August, also konnte sein Geburtstag nicht im September, Oktober, November und Dezember sein, sondern musste in einem der Monate von Januar bis August liegen. Vier Monate waren also ausgeschlossen.

◊

Ich glaube, jeder Mensch muss, damit er wirklich schön ist, sein eigenes Geheimnis haben. Ebenso glaube ich, jedes Buch muss sein geheimes Leben haben, damit es wirklich gut ist. Diese Geheimnisse sollten nur Leuten verraten werden, die im Inneren dafür bereit sind. Wenn man ein Geheimnis verliert oder es jemand erfährt, der es nicht erfahren sollte, dann ist das, als würde man weniger, als würde man an Größe verlieren statt zu wachsen. Wenn man es allerdings einem Menschen mit einer großen Seele verrät, macht einen das stärker. Die Geheimnisse der Bücher haben jahrelang Bestand. Bücher, die ein Geheimnis haben, können auch hundert, ja tausend Jahre später gelesen werden. Gewöhnlich hat diese ein Schriftsteller geschrieben, weil er einen großen geheimen Schmerz mit sich trug oder weil er jemanden erfreuen wollte, der traurig war, oder weil er vergessen wollte, dass er selbst sehr krank war, oder weil er die Liebe von jemandem erobern wollte, der ihm keinerlei Beachtung schenkte, oder weil er sein eintöniges Leben mit einem Tropfen Abenteuer würzen wollte. Das darf man dem Buch allerdings nicht ansehen, das Buch tut so, als wüsste es nichts vom Geheimnis des Schriftstellers. Und der Schriftsteller tut so, als wollte er dem Buch sein Geheimnis gar nicht entlocken, er lässt sich sogar von ihm belügen. Das wahre Geheimnis aber besteht weiter und bindet den Schriftsteller an das Buch, sodann bringt es das Buch den Lesern näher.

Mit meinen sieben Jahren hatte ich keine Ahnung von diesen Dingen. Wie ich dir schon sagte, begriff ich eigentlich gar nichts so richtig. Mit meinem kleinen Verstand von damals konnte ich mir gerade mal vorstellen, dass der Geburtstag unseres Freundes der Titel eines Buches war. Wieso hatte er aber gesagt, es gehe auch um eine Frau? Die andern überlegten wohl anfangs ebenso. Also nahmen wir uns die Buchrücken in den Regalen vor, teilten die Arbeit geschwisterlich und vetterlich auf, jeder kriegte um die zwanzig Regalböden zugeteilt und hatte nach einem Titel des Typs 1. Juli (das war Dinas Geburtstag) oder etwas in der Art, verbunden mit einem Frauennamen, zu suchen. Und alle horchten wir auf, als mein Cousin ein Buch von Erich Kästner entdeckte, das *Der 35. Mai* hieß. Na, das war ja vielleicht ein Geburtstag! Als wir aber unserem Onkel den Titel nannten, da lachte der mit geschlossenen Lippen, wie er zu lachen pflegte, eher nach innen, und sagte, er wäre gern an einem solchen Tag geboren und werde sich den 35. Mai für spätere Geburtstage aufheben. Als er das versprach, verfinsterten sich seine Züge, wir alle merkten es. Dann gab er uns noch einen Hinweis:

»Der Monat stimmt, nur der Tag ist ein anderer, aber da seid ihr ja wohl selbst draufgekommen.«

Nun, das war kinderleicht. Das Buch, nach dem wir suchten, hieß irgendwie mit *mai*, und das bedeutet auf Rumänisch auch *noch*. So kam Dina drauf, dass das Wort im Titel nicht unbedingt als Monatsname stehen musste.

»Etwas in der Art von *Es sind noch sieben Tage vergangen*«, setzte mein Bruder – der es sofort kapiert hatte – hinzu, »also 7. Mai.«

(Nicht von ungefähr kam er als Erster auf die Lösung der Aufgaben aus dem *Buch des kleinen Logikers*, außerdem ist er, nebenbei gesagt, Mathematiklehrer geworden.)

Wir stießen auf viele Titel mit Zahlen: *Fünf Wochen im Ballon, In achtzig Tagen um die Welt, Zwanzigtausend Meilen unter dem Meer, Der Wolf und die sieben Geißlein, Die drei Musketiere, Zwanzig Jahre danach, Die Fünfundvierzig*, was aber Bücher mit Frauennamen betrifft, was soll ich sagen, da gab es unzählige, auf Rumänisch, Französisch, Englisch, Deutsch, allein mein Name, Ana, kam in mindestens drei Titeln vor. Trotzdem fanden wir keines, das uns auf das geheime Datum gebracht hätte, weder ich noch die andern.

◇

Es liegt in der Grausamkeit des Alterns, dass man seine Freunde vernachlässigt, kein Lebenszeichen mehr gibt, bis irgendwann plötzlich eine Todesnachricht kommt. Als die Schule wieder begonnen hatte, rafften wir uns immer seltener dazu auf, ins Antiquariat zu gehen. Meine Cousine war nach Ştefi, der Giuliano Gemma leider nicht ähnlich sah, verliebt in Radu, einen Jungen aus einer Parallelklasse, wir eiferten ihr nach und suchten ebenfalls nach der Liebe unseres Lebens, selbst ich, obwohl ich nicht so recht wusste, was das sein sollte. Deshalb schien es mir, als sei die Liebe meines Lebens ein Klassenkamerad meines Bruders, der mit Familiennamen Honigberger hieß und honigmilde, goldbraune Augen hatte. Oder waren sie grün? Dieses Problem, will sagen, die Liebe, sie hatte uns im Griff, Logik und Bücher hatten wir vergessen. Etwa zwei Wochen vor Weihnachten kam dann ein an uns adressierter Umschlag mit einem schwarzgeränderten Brief. Es wurde mitgeteilt, dass der Antiquar gestorben war. Offenbar war er schon sehr krank gewesen, als wir ihn kennenlernten, wohl auch schon sehr alt, und da erst wurde uns bewusst, dass er ganz schnell müde geworden, dass er immer schwer atmend sitzen geblieben war. Möglicherweise hatten wir ihm die letzten Monate seines Lebens ein wenig aufgehellt, sagten uns die Eltern, um uns zu trösten, denn wir waren erschrocken und traurig, hatten wir ihn doch nicht mehr besucht. So kamen wir also nicht mehr dazu, den Geburtstag unseres Freundes zu feiern, und so blieb der über Jahre der 35. Mai, wenn du verstehst, was ich meine.

Sein Geschäft übernahm ein anderer, eine gewöhnliche, brave fremde Person, die keine Ahnung hatte von Zaubereien, Logikaufgaben und Wettrennen, bei denen der Letzte gewinnt.

Mittlerweile bin ich Studentin an der Fakultät für Literatur geworden, einer Art Fakultät für Bücher. Hier habe ich unter anderem erfahren, dass »Antiquariat« von antik herrührt und nicht von Anti-irgendwas. Und an einem Tag des Monats Mai, als ich ziemlich lustlos eine Liste Bücher durchgehe, die für eine Prüfung zu lesen sind, sehe ich etliche Titel von Mircea Eliade. Ins Auge springt mir dabei die Novelle *Das Geheimnis des Doktor Honigberger*, und ich zucke zusammen. Der Name erinnerte mich an einen Jungen mit honiggelben Augen, einen Klassenkameraden meines Bruders, und an den Schulanfang in der ersten Klasse. Das Wort »Geheimnis« lässt mich an den alten Antiquar denken, der uns gelehrt hat, Geheimnisse zu lieben. Ich weiß nicht, wieso ich gespürt habe, dass ich jetzt gleich etwas ungeheuer Wichtiges erfahren würde. Und just in diesem Moment sah ich einen weiteren Titel, dabei erschienen mir die Buchstaben von Lichtlein durchzuckt wie von Sternschnuppen an einem Abend im August: Hinter den Vorhängen meiner Kindheit tauchte ein unkrautüberwucherter Innenhof auf und eine Stube voller Schätze, in der vier Kinder den Geburtstag eines ausnehmend erfinderischen Menschen herauskriegen wollten, um ihm eine wasserdichte antiaquatische Uhr zu schenken. Wie hatte der Antiquar gesagt? Sein Geburtstag stehe zum breiten Anblick auf einem Buch. Es gehe um eine Frau. Der Roman von Eliade hieß *Das Mädchen Maitreyi*, der Name eines Mädchens aus Indien, der sich auf Rumämisch liest wie Mai drei. Du verstehst doch, oder?

Mai-treyi. Da kam mir der Umschlag des Romans in den Sinn, den der alte Antiquar vor seiner und uns unter die Nase gehalten hatte auf einem Tischchen, auf dem die Registrierkasse stand. Seither denke ich jedes Jahr am Tag drei des Monats Mai, also dem 3. Mai, an die geheimnis- und büchervollsten Ferien meines Lebens. Und ich wünsche mir, ich hätte jemanden, dem ich eine antiaquatische Uhr schenken könnte.

Die große Flucht

Haben sie ihn lebendig begraben?

Im Jahr darauf packte uns das Fluchtfieber. Dina las jetzt den *Grafen von Monte Christo* und erzählte uns den Anfang des Romans mit persönlichen Zusätzen.

»Edmond Dantès ist ein Typ von 19 Jahren, fünf Jahre älter als ich … Ich könnte mich in ihn verlieben … Wenn da nicht Radu wäre, natürlich! Schön, sportlich, mit schwarzen Augen und schwarzem Haar, das glänzt wie Ebenholz – es geht um Edmond –, ein Seemann, der konnte schwimmen wie ein Fisch und kannte das Mittelmeer und all seine Inselchen noch besser als Tante, obwohl sie ein Leben lang Erdkunde unterrichtet hat. Edmond ist – leider, und ich weiß auch nicht, warum – in eine Mercedes verliebt …«

»Was ist das denn für ein Name? Die heißt ja wie ein Auto«, ereiferte sich belustigt mein Bruder, Dina hatte den Namen auch wirklich wie den des Autos ausgesprochen.

»Wenn mich noch jemand unterbricht, erzähle ich nichts mehr! So … Und als sie sich verloben wollen, hoppla, da tauchen drei Typen auf, die ihn aus heiterem Himmel der politischen Verschwörung beschuldigen, eigentlich sind sie aber auch in diese Mercedes verliebt, deshalb frisst sie der Neid, sie bringen ihn ins Gefängnis, obwohl er vollkommen unschuldig ist. Das Gefängnis ist eine Festung auf einem Felsen mitten im Meer. Von dort kann man nicht fliehen. Er sitzt 14 Jahre lang in einer Zelle, also doppelt so lang, wie du auf der Welt bist, Matei ...«

»Also bis er 33 ist«, sagte Doru, damit auch er irgendwie einen Platz in dieser Geschichte hatte.

»Nun ja. Dort im Gefängnis freundet er sich mit einem sehr alten italienischen Abbé an.«

»Was ist das, ein Abbé?«, fragte ich.

»Weiß ich nicht«, sagte Dina, »ich meine, das ist eine Art Professor, ein Gelehrter oder so. Der öffnet ihm die Augen, also er sagt ihm, wer an all dem Bösen schuld ist, und lehrt ihn Fremdsprachen, mit denen sie auch uns dauernd kommen, nur geht das bei ihm schneller, denn er hat ein phänomenales Gedächtnis: Italienisch, Spanisch, Englisch und wer weiß was.«

»Und was ist mit Rumänisch? Und Esperanto?«

»Esperanto, nein, das glaube ich nicht, Rumänisch auch nicht. Dieser Abbé, Faria heißt er, verrät ihm das Geheimnis eines unvorstellbaren Schatzes und den Ort, wo der zu finden ist. Die beiden Freunde graben einen Tunnel zwischen den beiden Zellen und besuchen sich gegenseitig.«

Die Geschichte mit dem Tunnel und die mit den Fremdsprachen deckte sich mit unseren Bestrebungen, ebenso die Schatzsuche, waren doch auch wir den Goldfüchslein und anderen älteren Geheimnissen in den Mauern hinterher, von denen nur unser Haus Bescheid wusste, weise wie ein Abbé. Immer wieder kam es vor, dass wir uns selbst in einem Buch zu entdecken meinten, wiewohl wir die extravagantesten Abenteuergeschichten lasen. Die Geschichte interessierte uns also zunehmend. Eine Weile unterbrachen wir Dina nicht mehr, sie hatte ein Bein über das andere geschlagen und fuhr mit dem starren Blick, den sie aufsetzte, wenn sie sich konzentrierte, und tönender Stimme fort.

»Als Faria dann stirbt, kriecht Edmond anstelle der Leiche in einen Sack, Särge hatten die dort nicht, die Leiche aber legt er an seiner statt ins Bett – das alles durch den Tunnel, hin und her. Und da kommen nachts zwei, wie heißen die nur ... Totengräber.«

»Was sind das?«, fragte Matei. »Machen die einen Graben?«

»Einen toten Graben?«, fragte auch mein Cousin.

Ich suchte ebenfalls nach etwas, was ich sagen könnte, aber mir fiel nichts ein.

»Das sind Leute, die kümmern sich darum, dass die Toten begraben werden. Die kommen und holen den Sack, in dem vermeintlich der Abbé steckt. Edmond glaubt, sie bringen ihn zum Friedhof, und er will sich lebendig begraben lassen, brrr ...« – uns alle schauderte es –, »und sich dann mit dem Messer aus der Erde freischaufeln, er war sehr gut im Graben, er hatte auch den Tunnel zwischen den Zellen gegraben, er war gut in Form ...«

»Haben sie ihn lebendig begraben?«

»Wenn du mich weiter unterbrichst, musst du selber lesen«, drohte mir meine Cousine, weil sie ja wusste, dass ich keine so komplizierten und kleingedruckten Bücher lesen konnte. »Nein, sie haben ihn nicht begraben, genauer, sie haben ihn im Wasser begraben, der Friedhof des Gefängnisses war das Meer. Sie binden also eine Kugel an seine Fußfesseln, packen ihn am Kopf und an den Beinen und schaukeln ihn hin und her, wobei sie sich wundern, wie schwer dieser alte und magere Abbé ist, aber die Totengräber meinen, jedes Jahr werden einem die Knochen um ein Kilo schwerer ... Das könnte gut sein, denn auch wir wiegen jedes Jahr mehr, mich mästen die Tante und der Onkel Ionel, zum Glück kann ich mich wehren ... Nun ja ... Und sie schmeißen ihn, eins, zwei, drei, los, ins Wasser! Edmond, dem Ertrinken nahe, zerschneidet mit seinem Messer blitzschnell die dicken Seile an der Kugel und dann den Sack auf, schwimmt an die Oberfläche und dann eine Stunde durch die hohen Wellen bis zu einer Insel, von der er weiß ...«

Weiter kam Dina mit ihrer Erzählung nicht, denn wir begannen über die Einzelheiten der Flucht zu debattieren und sie in Frage zu stellen. Schließlich kamen wir überein, dass alles ganz und gar wirklich wahr und alles, was Edmont Dantès gemacht hat, möglich ist und dass selbst wir, wenn wir ein bisschen trainierten, auf dieselbe Weise fliehen könnten. Vor allem diese eine Stunde Schwimmen schien überhaupt nichts Besonderes, das kam auch in unserem Meer vor, dass wir so viel schwammen, zumal wenn wir uns dann und wann mit ausgebreiteten Armen auf den Rücken legten und ausruhten. Dazu ist das Mittelmeer noch salzhaltiger – das wussten wir von Tante – und hält einen besser an der Oberfläche. Für einen Seemann ist das ja nun wirklich ein Pappenstiel!

Wir waren also der Flucht auf den Geschmack gekommen, nur gab es da ein Problem: Uns hielt niemand gefangen! Wir gingen, wann wir wollten, wir mussten nur den Eltern oder den Großeltern, der Großtante oder dem Großonkel sagen, wohin wir gehen und wann wir wiederkommen. Das Haus aber würde bei den Fluchtübungen helfen, es zeigte sich sehr entgegenkommend, sooft wir es um Hilfe baten. Wir stiegen aufs Dach und taten ein paar Schritte, wobei wir versuchten, keine Ziegel zu zerbrechen, dann blieben wir stehen und nahmen die Dächer der Häuser auf der Hinterseite, an der zu Ehren der Roten Armee umgetauften Strada Armata Roşie, in Augenschein. Mein Bruder kletterte immer wieder durch das Badezimmerfenster hinaus auf die Terrasse und sagte, er fliehe, dann kroch er durch das Fenster wieder herein und sagte, er komme in die Zelle zurück, und mein Cousin hatte ein Stück Blech aufgetan, aus dem er ein Messer machen wollte, das er immer bei sich tragen wollte für den Fall, dass er in einen Sack eingenäht würde. Dina sagte ihm, es wäre besser, er würde Tante und Onkel Ionel um ihr Toledo-Messer bitten, das nur zu bestimmten Gelegenheiten hervorgeholt wurde, es war zum Fleischschneiden und Zwiebelwürfeln vorgesehen. Dieses Messer mit schwarzem Griff war aus einem Toledo-Säbel gefertigt worden. Ich weiß nicht, woher der kam, wem er gehört hatte und wie er in unsere Familie geraten war. Da es aber, seit die Kommunisten am Ruder waren, nicht ratsam war, dass man Säbel im Haushalt hatte, wurde er, dieser schneidende Säbel, selbst zerschnitten, und es wurden mehrere Messer daraus, von denen im Haus nur eines noch übrig war. Dina wiederum hatte keinen persönlichen Fluchtplan gefunden, dafür las sie den zweiten Band des *Grafen von Monte Christo* und redete nur noch von Rache, ich aber flüchtete heldenhaft aus dem Leben in die Bücher, allerdings nur in jene mit großen Lettern.

Eines Tages bekam ich »auf dem Dachboden« ein halblaut geführtes Gespräch unserer vier Eltern mit, unsere und der der Cousins. Vater fuhr sich dauernd mit der Hand durch das gewellte, nach der Zwischenkriegsmode zurückgekämmte Haar, und meine Tante befühlte ständig ihr Handgelenk, als wollte sie ihren Puls messen. Ich mühte mich ab, Zeichnungen in einem Malbuch auszumalen, ohne über die Umrisse hinaus oder meine Finger zu bekleckern mit diesen Filzstiften, die gerade erst ein Japaner erfunden hatte, wie man uns sagte, und die Erwachsenen hielten mich wohl, was ihr Gespräch anlangte, für gerade so gefährlich wie eine Katze. Da traf mich das Wort *Flucht*. Ich weiß nicht mehr, wer von ihnen den andern vorschlug, man sollte weglaufen, fliehen.

»Auch ich möchte flüchten«, sagte ich plötzlich, so bestimmt es irgendwie ging, während ich die Sonne an dem noch weißen Himmel auf dem Blatt gelb ausmalte. Die Bäume hatten schon braune Stämme und grüne Blätter bekommen, das Reh war lila, diese Farbe mochte ich ebenso wie Rosarot, und bei den Blumen hatte jedes Blütenblatt eine andere Farbe.

Die Großen hörten sofort auf zu reden, erst da schienen sie zu merken, dass auch ich anwesend war. Sie waren verärgert. Gnadenlos wurde ich ins Erdgeschoss geschickt, damit ich Tante und Onkel Ionel Gesellschaft leistete. Ziemlich böse nahm ich mein Malbuch und ging hinunter.

»Ich will flüchten«, sagte ich bestimmt anstelle eines Grußes, um zu sehen, ob das auch Tante und Onkel Ionel erschreckte.

»Wie Willi, der Bruder vom Hahner«, warf die Tante ein, ohne sich zu wundern oder aufzuregen. Ich hatte schon bemerkt, dass die Alten im Haus meistens gelassener waren als die Eltern.

Dann gab mir Tante ein Butterbrot mit verzuckertem Honig von der Farbe, mit der ich gerade die Sonne im Buch ausgemalt hatte, und begann, ohne mich besonders zu beachten, aber wohl doch so, dass ich es mitbekam, mit ihrem Mann ein Gespräch über die Flucht von Willi Hahner, dem Bruder von Gevatter Hahner, unserem Nachbarn. Den hatten auch wir manchmal gesehen: ein zarter, sehr schmächtiger Mann mit schütterem Haar, welken Augenlidern und einer schwarzen Warze über dem einen, dessen durchscheinender Körper eine scheue Gebrechlichkeit ausstrahlte. Seine Geschichte, die ich dann, als ich größer wurde und manches zu verstehen begann, noch oft gehört habe, war genauso spannend und abenteuerlich, seine Flucht war ebenso mutig wie die von Edmond Dantès und endete ebenso traurig. Ich habe sie mir aus mehreren Gesprächen zusammengereimt, an denen ich als Heranwachsende beteiligt war.

Willi Hahner war zusammen mit seiner Frau am Ende des Zweiten Weltkriegs an der Postwiese, wo sie wohnten, ausgehoben worden. Viele Deutsche aus Rumänien, Frauen und Männer, Jung und Alt, wurden damals in sogenannte Arbeitslager in die Sowjetunion verbracht. Sein älterer Bruder in der Strada Sfântu Ion, von Beruf Fassbinder, war nicht im Krieg gewesen, weil er zu alt war (so alt wie Großvater), und irgendwie davongekommen. Liese, ihre Tochter, deren Gesicht manchmal in dem Fenster mit länglichen Kakteen auftauchte, damals ein zierliches blasses Mädchen mit arglosem Lächeln, war noch zur rechten Zeit unter Wehklagen bei rumänischen Freunden auf dem Land in Sicherheit gebracht worden. Es waren allerhand Gerüchte im Umlauf darüber, wie die russischen Soldaten mit Mädchen umgingen und was sie ihnen antaten, in den Geschichten kam das Wort Vergewaltigung immer wieder vor. Bald wurden Lieses Onkel und Tante getrennt und sollten sich nie wiedersehen. Sie waren Gefangene der Sowjets. Bis ans Ende seines Lebens fragte sich Willi Hahner, ob seine Frau noch lebte oder gestorben war oder vor Leid den Verstand verloren hatte. Dass er das Übel nicht im Einzelnen kannte, sondern es stets in drei Varianten durchlebte, verschärfte sein Leid.

Auf dem Bahnhof Bartholomä unweit der ältesten Kirche Kronstadts wurden Männer und Frauen in wildem Durcheinander in Güterwaggons gesperrt. Niemand hatte den Mut, die Stimme zu erheben oder gar etwas zu fragen. Willis einziger Gedanke war von allem Anfang an, bei der ersten Gelegenheit zu flüchten und in sein Häuschen mit Garten an der Postwiese zurückzukehren. Hoffnungsvoll wandte er seine blauen Blicke zu dem Himmel von derselben Farbe.

Der Zug hielt auf freiem Feld. Die Luft war aschfahl und sollte bald schwarz werden wie die Rückseite eines Spiegels. Es folgte die erste Nacht in Gefangenschaft. Bevor die Menschen sich, wie sie in dem Gedränge eben konnten, schlafen legten, wurden sie unter Aufsicht aus den Waggons geholt, mussten sich in langer Reihe aufstellen und ihre Notdurft verrichten, wobei jeder krampfhaft nur geradeaus blickte. Die Soldaten, die sie behandelten wie Vieh, trieben sie auseinander, die Männer auf die eine, die Frauen auf die andere Seite des Waggons. Im Übrigen war Scham längst nicht mehr am Platze. Mit dem Körper hatte es von nun an, vielleicht für immer, eine andere Bewandtnis: Er musste gleichermaßen geschützt und vernachlässigt werden. Wie viele andere hatte auch Willi vier Paar lange wollene Unterhosen übereinander angezogen, sodass es eine mühselige Prozedur war. Dann wurden sie wieder in die Waggons bugsiert, mit Gebrüll und Stößen mit den Gewehrkolben, aber niemand begehrte auf. Willi umso weniger, denn sein Kopf schwirrte von Fluchtplänen, die sich von Minute zu Minute änderten. Wie alle andern fand auch er in der ersten Nacht keinen Schlaf.

»Wohin bringen sie uns?«

Die anfangs klammheimliche Frage kam immer wieder auf. Manche hofften, den daheimgebliebenen Freunden und Verwandten den künftigen Standort angeben zu können, aber niemand wagte eine Voraussage. Irgendwo weit weg würde es sein, irgendwo in der Kälte. Willi schätzte sich glücklich, dass er vorausahnend so viele Kleider übereinander angezogen hatte, von den Socken bis zu den Hemden, selbst wenn er anfangs schier verging vor Hitze. Er musste stets alles bei sich haben, denn unter solchen Umständen, mutmaßte er, wurde alles gestohlen. Beim Abschied hatte ihm sein Bruder, der ihm gleichsam Vater war, eingeschärft, niemandem zu vertrauen und sich in Geduld zu üben. Er redete sich hartnäckig ein, er würde der Erste sein, der flüchtete. Später sollte er Großvater erzählen, dass er in den Jahren der Gefangenschaft mindestens tausendundeine Fluchtgeschichte ausgeheckt hatte, und dass dies ihm, genau wie der berühmten Erzählerin, das Leben und den Verstand gerettet hatte. Nach und nach gelangten alle in seinem Waggon und in dem ganzen Zug zu der Überzeugung, dass es nach Sibirien ging.

Von Sibirien hatten auch wir gehört. Tante hatte es uns einmal auf ihrem Globus gezeigt, den sie (ganz anders als ich) sanft drehte, als streichelte sie ihn, und uns schien das am Rande der Welt zu sein. »Es macht einen großen Teil Russlands aus, also der Sowjetunion«, verbesserte sie sich mit beziehungsreichem Unterton, »und ist ein Gebiet mit vielen Reichtümern, von Diamanten bis zu Gold und anderen wichtigen Metallen.« Das erschien uns reizvoll, aber Tante nahm uns gleich allen Schwung als Goldsucher und Diamantenschürfer. Sie warnte uns, dass die Temperaturen oft unter minus fünfzig Grad Celsius sanken, was mir unvorstellbar vorkam. Wir froren schon bei minus zehn Grad, spürten, wie unsere Nüstern verklebten, und kamen oft, so viele Wollstrümpfe wir auch in den Stiefeln haben mochten, mit Füßen wie Eisklötze nach Hause. Wenn sie auftauten, fühlte sich das an wie Nadelstiche, und wir schnitten Grimassen, bis die Schmerzen nachließen. Noch dazu wies uns Tante darauf hin, dass in Sibirien im Schnitt drei Menschen pro Quadratkilometer leben. Das konnte man sich ebenso wenig vorstellen, lebten wir doch zu zwölft in unserem Haus, dazu Omama als täglicher Gast, auf einigen Quadratmetern. Die bedeutendsten Städte Sibiriens hatten Namen mit der Endung -sk: Nowosibirsk, Omsk, Tomsk, Irkutsk, Krasnojarsk. Tante sagte uns, dass in Krasnojarsk während des Ersten Weltkriegs auch ihr jüngerer Bruder Gyuri in Gefangenschaft gewesen war. Was ihm schon bei der Ankunft im neuen Lager einen Schlag versetzt hatte, waren die

Toten, deren gefrorene Leichen im Hof lagen, wahllos übereinandergeworfen auf einem Haufen, steifgefroren, wie Baumstämme. Es war ein harter Winter, die Erde war festgefroren und nahm in den Wintermonaten niemanden auf. Erst bei Tauwetter wurden die Toten, die zu riechen begannen, in Riesengräber geworfen. Tante sagte uns noch, woran Sibirien im Norden, Süden, Osten und Westen grenzt, zeigte uns seine Gebirge und Ebenen und Gewässer, das interessierte uns jetzt aber nicht mehr besonders. Die Erdkunde gefiel uns wie all die anderen Dinge, die wir im Vorübergehen aufschnappten, nur dann, wenn wir sie, zumindest ein bisschen, mit unserem Leben in Verbindung bringen konnten.

In den immer kälteren Güterzügen, in denen die Ausgehobenen verschleppt wurden, erzählte man sich Schauergeschichten über das Leben und das Sterben in Sibirien, immerhin aber war nicht erst das die Endstation. Als er erfuhr, wo sie waren, war sich Willi sicher, dass das Schicksal ihm günstig war und dass er es irgendwann, auch wenn es noch so lange dauerte, schaffen würde, nach Kronstadt in das Haus an der Postwiese und zu seinem Bruder und seiner Nichte in der Strada Sfântu Ioan zurückzukehren. Es war Winter, und Willi hoffte, im Frühjahr seinen Fluchtplan ausführen zu können.

Sie befanden sich – wie sie erfuhren – im Donezbecken, dem Donbass. In einer der vielen kleinen, von Hungersnot heimgesuchten Ortschaften im Nordosten der leidgeprüften Ukraine. Alles war weiß und fremd, nur hie und da ein steilerer Hügel. Das Lager befand sich im Bergbaugebiet. Sie sollten also in Kohlebergwerken arbeiten. Die gesamte Region war voller Deportierter: Sachsen aus Siebenbürgen und Schwaben aus dem Banat, sodann Deutsche aus Mitteleuropa. Er betrat seine künftige Wohnung. Der Raum war 13, höchstens 14 Quadratmeter groß, und mit ihm kamen weitere etwa zwanzig Leute, gefrorene Sardinen. Die Aufregung wuchs: Ist denn hier nichts, gar nichts, nur ein leerer Raum? Ob es bei den anderen genauso war? So war es, weder Bett noch Tisch, noch Stuhl, kein einziges Möbelstück. Willi erzählte einem Mann, mit dem er sich angefreundet hatte, Ludwig, von seinem Häuschen am Hang, von den roten Kletterrosen am Eingang, von den traulichen Stübchen, in denen er und seine Frau ihr einfaches Leben gelebt hatten. Als er ihren Namen nannte, kamen ihm die Tränen, und er konnte nicht weiterreden. Ludwig wiederum hatte in der Hirschergasse in einer Mietwohnung im ersten Stock eines kleinen Hauses gewohnt und schilderte ebenfalls die mit roten Blumen bemalten geschnitzten Möbel, die Stuhllehnen mit herzförmigen Ausschnitten, den gewachsten Dielenboden und die Fülle an weißen und roten Geranien vor den Fenstern.

Willi hatte in Kronstadt allerhand Berufe gehabt. Sein älterer Bruder, unser Gevatter Hahner, hatte lange vor unserer Geburt riesige Fässer gebaut, hinter denen meine Mutter, ihre Schwester und Liese Verstecken spielten. Willi war ihm bei den Holzarbeiten zur Hand gegangen. Er hatte auch in der Vulkanisierwerkstatt von Partenie gearbeitet, verstand sich ein bisschen aufs Schneidern, war Elektriker, Installateur, kurzum, er war zu allem zu gebrauchen, trotz seines schmächtigen, scheinbar zerbrechlichen Körpers, bei dem man meinte, er würde bald in Scherben gehen. Hier im Lager waren einstweilen Tischler gefragt, die im Handumdrehen Betten, Tische, Stühle zimmern konnten. Willi hatte bei den anderen den Eindruck zu erwecken vermocht, dass er sich keinen Fehlgriff leistete, wenn es ums Handwerk ging. Gemeinsam mit Ludwig tat er noch zwei Leute auf, sie bastelten Hobel, einen Winkel, schnitten Holz in dem kahlen verschneiten Wald in der Nähe und verarbeiteten es, feucht wie es war, denn man konnte nicht länger warten. Das alles ging schnell und ziemlich gut, als aber das Holz nach ein paar Wochen trocknete, waren die Möbel schief und krumm, die Betten, die Stühle. Auf den neuen Tischen standen die Blechnäpfe schief, die Brühe lief über, darum hielten die Leute sie lieber auf dem Schoß, allerdings machte das niemand Willi zum Vorwurf. Aus dem überschüssigen Holz hatte er Kleinigkeiten für sie gefertigt, eine Flöte dem einen, ein Becherlein dem andern, ein Kreuz einem Pfarrer, der in der Sankt-Martins-Kirche auf dem Burgberg Gottesdienst gehalten hatte, und weil das die einzigen Geschenke waren, die sie seit ihrem Abschied von der Heimat erhielten, waren sie ihm alle dankbar zugeneigt, ja baten noch um den einen oder anderen kleinen Gefallen. Er galt gewissermaßen als Künstler. Sie hatten ihre Freude an eigenen Gegenständen in der fremden Stube im fremden Land.

Die Hauptspeise im Lager war Buchweizengrütze: morgens, mittags und abends, flüssig oder fest. Und ein Viertelkilo Brot, also zwei dickere Scheiben, nach der Schufterei im Bergwerk. Auch gab es zwei Zigaretten am Tag, die Willi allerdings versteckte und für die Flucht aufhob. Sein Status als Meister und Alleskönner war mittlerweile gefestigt und bewahrte ihn vor dem Kohleschürfen im Bergwerk. Er durfte das Lager sogar verlassen, allerdings wurde seine Nummer, 260, am Tor aufgeschrieben und erst gestrichen, wenn er wieder in das mit zwei Reihen Stacheldraht umzäunte Lager zurückgekehrt war. Im Dorf neben der Kolchose gab es einen Ort, wo verschiedene Dinge teuer verkauft und noch teurer gekauft wurden. Mehl, Maisgries, ja sogar Tabak wurden mit Bechern bemessen, es gab Nadel und Faden, Werkzeug und Handschuhe, er aber kaufte nur Dinge, die er für die Flucht unbedingt brauchte. Er war sehr genügsam, gab keinen Rubel unnötig aus, sondern hielt sie zusammen für den langen Weg nach Hause. Er hatte von daheim drei Bleistifte, darunter einen Tintenstift, mit dem er seine Berechnungen anzustellen pflegte. Den Tintenstift konnte er zu einem sehr guten Preis verkaufen, zwanzig Rubel, denn hier wurde, wie er erfahren hatte, Tinte daraus gemacht. Für die gewöhnlichen Bleistifte vermochte er nicht mehr als sieben Rubel herauszuschlagen, aber auch das war zufriedenstellend. Nach und nach hatte er die hundert Rubel für die Flucht beisammen.

»Was heißt Tintenstift?«, unterbrach ich Tante beim Erzählen.

Onkel Ionel zog eine der sechs Schubladen der Kommode auf und nahm einen Bleistift mit einer lila Spitze heraus. Er hieß mich die Spitze auf die Zunge legen, dabei sollte ich nicht schlucken und nachher in den Spiegel schauen. In der Tat schien der Bleistift im Unterschied zu den anderen zu schmelzen, sobald er mit Speichel in Berührung kam. Obwohl ich mir den Mund gleich mit reichlich Wasser ausspülte, hatte ich auch noch am nächsten Tag eine lila Zunge, die ich immer wieder reckte, um sie im Spiegel zu bewundern. Vielleicht auch aus Sympathie für das Reh im Malbuch, für das ich eine ähnliche Farbe gewählt hatte.

Eines Tages Ende Februar ging Willi, das Geld in der langen Unterhose gut eingenäht, aus dem Lager, als ginge er wie immer gerade einmal ins Dorf, und ließ wie immer seine Nummer am Tor zurück, die mit Kreide an die Tafel geschrieben wurde, 260. Er kaufte sich im Geschäft noch eine Mütze und Stiefel, dann war er weg. Schon 21 Stunden später fingen sie ihn ein und sperrten ihn in ein Kriegsgefangenenlager, wo es strenger zuging als in den sogenannten »Arbeitslagern«. Sie verhörten ihn:

»Woher kommst du?«

Willi hat nachher dem Großvater erzählt, er habe ein ernstes Gesicht gemacht, das bei ihm zwei Stirnfalten hatte, und in gebrochenem Russisch die Zahl genannt, die ihm als erste einfiel: 103. Und sich dann, noch finsterer, verbessert: 301. Und schließlich ohnmächtig: »*Niesnaju*!«

»Wie heißt du?«

Wieder:

»*Njesnaju*!« Um sie aber nicht weiter gegen sich aufzubringen, brüllte er wie ein Besessener: Vasile Hanu, Rumäne, *Românska*! Die Russen aber scherten sich nicht um seine Antworten, und diesmal wurde er zur Nummer 511. Sie hatten ihn barfuß und beinahe erfroren zurückgebracht. Sein Pech war, dass er zuerst auf drei Offiziere gestoßen war, die ein Auge auf seine für einen Haufen Geld erstandenen Stiefel geworfen und ihn mit vorgehaltener Pistole gezwungen hatten, sie auszuziehen. Der eine bedrohte ihn mit der Waffe, die beiden anderen, älter und dicker und mit achtunggebietenden Schnauzbärten bewehrt, musterten ihn mit bedrohlichen Blicken. Allerdings waren die Stiefel bei dem Frost klamm geworden, und er war außerstande, sie auszuziehen, sie lagen kompakt an. »Wir erschießen ihn und hacken ihm die Füße ab, oder wir hacken sie ihm gleich ab«, entnahm er, ohne es eigentlich zu verstehen, dem, was die Offiziere miteinander redeten. Der mit der Waffe aber, der eine arge Schnapsfahne hatte, zögerte. Schließlich kam gerade dieser ihm zu Hilfe und zog ihm, wobei er selbst sich nach Kräften dagegenstemmte, den rechten Stiefel aus. Das brachte die beiden anderen dazu, sich noch so lange in Geduld zu üben, bis er auch den linken ausgezogen hatte. Einer von den beiden Dicken hielt sie bewundernd hoch, ihn aber ließen sie barfuß und trotz des Frostes nassgeschwitzt mitten auf dem Weg zurück, wobei sie ihm mit rohem Lachen versicherten, er werde entweder erfrieren oder in spätestens einer Stunde eingefangen. Schon nach wenigen Minuten spürte er seine Füße nicht mehr, also machte er sich auf und klopfte widerwillig ans Tor eines baufälligen Hauses, um das er vorher einen weiten Bogen geschlagen hatte. Ein alter Mann empfing ihn mit dem Gewehr im Anschlag und allerhand Fragen. Mit Zeichen und einzelnen Wörtern sagte er ihm die Wahrheit und bot ihm fünfzig von seinen so hart ersparten Rubeln, damit er ihn nicht verriet und ihm einen Tee gab. Der Mann umarmte ihn, drückte ihm einen schmatzenden Kuss auf den Mund, mit Tränen in den Augen heizte er den Samowar an und bereitete Tee, dann sagte er, er habe draußen zu tun, und keine Stunde später war Willi festgenommen.

Er kam in ein anderes Lager. Das durfte er nicht mehr verlassen, er galt als Flüchtling, wenngleich niemand wusste und sich auch niemand darum kümmerte, wer er wirklich war und woher er geflüchtet war. »*Smirna*!«, brüllte der Zugkommandant, und alle standen sie still und starr. Aber während er stillstand, waren Willis Gedanken und Pläne erst recht in Bewegung, und nach einer Zeit flüchtete er wieder. Diesmal wurde er nach zwei Tagen eingefangen. Und flüchtete wieder. Er flüchtete wieder und wieder, schlug sich durch die Stadt Stalino im Donezbecken, dann über die Dörfer nach Odessa durch und eines Tages mit einer an die Umstände angepassten Geschichte in seiner Heimatstadt auf. Er hatte fast den gesamten Weg zu Fuß zurückgelegt. War nur noch Haut und Knochen und wog um die vierzig Kilo, wie zuletzt damals, als er 15 gewesen war. Hier warteten lauter Enttäuschungen auf ihn, wie das schon bei Edmond Dantès gewesen war. Über seine geliebte Gattin Mercedes vermochte er nichts zu erfahren. Hätte er sie doch wenigstens mit sonst jemandem verheiratet vorgefunden! Das Haus am Hang mit den Kletterrosen am Eingang, die er mit eigener Hand gepflanzt hatte, gehörte ihm nicht mehr, er ging da auch nicht mehr hin, er konnte es einfach nicht. Die Sachsen in Kronstadt waren weniger geworden, einige seiner

Verwandten und Freunde waren gestorben, andere waren in Lagern verschollen, wieder andere waren nicht wiederzuerkennen. Er wohnte bei seinem älteren Bruder, bis auch das Haus mit den blühenden länglichen Kakteen im Fenster abgerissen wurde.

Willi allerdings hegte keine Rachepläne. Er war ein sanfter Mensch, und wenn er von den Tagen im Lager erzählte, sprach aus seinem Blick nichts als Verwunderung über das, was ihm zugestoßen war. Er hatte sein Lebtag niemandem etwas Böses getan. Er hatte sodann erfahren, dass andere das sehr wohl getan hatten. Er klagte also nicht, er schwieg. Von Geschichte verstand er nichts. Er begann bei verschiedenen Leuten zu arbeiten. Auch hier wurden, wie im Lager, Handwerker gebraucht, die sich auf alles verstanden. Nach und nach nahm die Stadt ihn wieder auf, und er hat sie nicht mehr verlassen. Er ist nicht mit den anderen Sachsen weggegangen, ein Abschied hatte ihm gereicht. Sein Grab liegt in Kronstadt, und mindestens einmal im Jahr gingen wir hin und legten Rosen nieder, wie die an seinem Zaun.

An dem Tag, als ich meinen Wunsch zu fliehen verkündete, war Willis Geschichte wohl noch kaum an mein Ohr gedrungen, allerhöchstens unverständliche Bruchstücke, von denen mir nur das mit dem Tintenstift deutlich in Erinnerung geblieben ist. Tante und Onkel Ionel nahmen mich mit in den Park, wo ich durch das Herbstlaub watete. Dina erzählte uns nichts mehr von dem, was sie noch über Edmond Dantès gelesen hatte, nur dass er zum gefürchteten Grafen von Monte Christo geworden war. Als ich dann größer war, las auch ich den Roman und hatte großes Mitleid mit dem Mädchen, das wie ein Auto hieß, Mercedes. Die meisten Menschen bleiben Gefangene, gleich welchen Gefängnisses, und für die Flucht braucht man viel Geschick und zumindest ein bisschen Glück.

Dies Schwein von einem Ninel

Wer wohl auf den Gedanken gekommen ist?

Die erste Stadt, in der Willi Hahner sich bei seiner Rückkehr nach der Flucht aus dem Lager im Donbas versteckte, noch bevor wir, die Kinder des Hauses in der Strada Maiakovski, zur Welt kamen, hieß Stalino. Als er schließlich nach monatelangem Fußmarsch in seiner Geburtsstadt ankam, die einst auf allen Postkarten Kronstadt / Braşov / Brassó geheißen hatte, hieß die Stadt zu seiner Verblüffung anders, nämlich Stalinstadt. Er sollte *in* Stalinstadt leben wie Jonas im Bauch des Wals. In allen Ländern gab es nun, nach der Spaltung Europas, je eine Stadt, die diesen Namen trug: in Ostdeutschland, in Polen, der Tschechoslowakei, in Bulgarien, Albanien und in unzähligen Ländern, die auf der neuen Weltkarte die Sowjetunion bildeten. Tante hatte einen alten Atlas, in dem es keine einzige Stalinstadt gab. In dem neuen aber gab es mehr als zehn Variationen zu dem einen Thema: Stalinstadt, Stalingrad, Stalinváros, Stalingròd ... Tante ließ durch ihre Lippen, geschürzt wie jene von Jane Fonda, Luft ab und fuhr mit zitterndem Finger von der einen zur anderen. Onkel Ionel sagte geheimnisvoll:

»Ein ganz großes Schwein, dies Schwein von einem Ninel! Und die andern auch.«

Wir hatten uns an diese Redensart gewöhnt und schenkten

ihr keine weitere Beachtung, irgendwann aber wollte ich doch wissen, was es mit diesem Ninel auf sich hat, und ich fragte mich im Haus durch, zuerst meinen Bruder, dann meine Cousins, dann die beiden Eltern- und Großelternpaare, aber alle antworteten, sie hätten keine Ahnung. Also fragte ich Onkel Ionel, der aber antwortete mir kurioserweise genauso, er wisse es nicht. Stalin war es jedenfalls nicht. Den Namen Stalin nahm Onkel Ionel jetzt, zu unseren Lebzeiten, genauso wenig in den Mund wie zu den Zeiten, als Stalin gelebt hatte. Im Übrigen war das auch gar nicht nötig: Der große Führer war überall, sein großer Schnurrbart, sein großer Name, seine hohe Bildung, seine unermessliche Weisheit, sein Haupt in Holz, Stein, Bronze, Pappe, seine Gefängnisse, sein Rot, seine Toten, unsere Toten. Der Luftkurort Schulerau, rumänisch Poiana, hieß, wie auch sonst, Stalin. Fast alles war Stalin, und Kronstadt, das, wie ich dir sagte, wegen der Farbe der Dachpfannen, wie man sie von der Zinne sah, als rote Stadt galt, war jetzt die rote Stadt der Sowjetmacht. Und die Hauptstadt der Region Stalin.

Schon bei seinem ersten Gang durch die Innenstadt sah Willi, der Kronstadt sieben Jahre zuvor verlassen hatte, den Schnauzbart hoch oben auf einem ehrfurchtgebietenden Sockel stehen, sodass man zu ihm emporblicken musste wie zu einem Riesen, mit erhobener Rechten auf dem Platz vor dem Justizpalast, wo sich keine Rose mehr fand. Dort nahm der Lenin-Boulevard seinen Anfang, oder, logischerweise, sein Ende.

»Merkwürdigerweise«, sagte die Tante, die am Ende einer Karriere als Erdkundelehrerin stand, »haben sie ihn eher nach Nordwesten zeigen lassen, statt nach Osten. Ob das etwas zu bedeuten hat?«

»Das bedeutet, dass die keine Schulbildung haben. Und keine Ahnung von den Himmelsrichtungen, so viel bedeutet das«, antwortete ihr Mann.

Auf den frisch gedruckten Ansichtskarten stand auf der einen Seite *Oraşul Stalin/Stalinstadt* und auf der Rückseite beim Empfänger *Genossen, Genossin*, nicht wie auf den alten *Herrn, Frau* oder gar *Dem gnädigen Herrn* oder *Der gnädigen Frau*, schon gar nicht, wie Tante mir einmal auf einer von den alten an sie adressierten Karten gezeigt hatte, *Dem netten Fräulein M.* Auch die Marken waren nicht mehr dieselben, und die Länderkennung hieß nunmehr RPR, Republica Populară Romînă, Rumänische Volksrepublik.

Die Zeitungen verkündeten, die Stadt werde »auf brennenden Wunsch der arbeitenden Bevölkerung Kronstadts« den Namen des genialen Führers der Sowjetunion tragen, obwohl niemand je einen Arbeiter gehört hatte, der diesen Wunsch geäußert hätte, nicht einmal aus Versehen. Das Merkwürdigste aber war, dass am steilen Berghang der Zinne, von der Stadt aus gesehen zur Linken, derselbe Name mit frisch gepflanzten Tannen in Großbuchstaben dargestellt war: STALIN.

»Da ist zumindest die linke Seite eine gute Wahl«, kommentierte die Tante, »obwohl mich wundert, dass man sie eher an den Rand gepflanzt hat, oder? Wer wohl auf den Gedanken gekommen ist?«

Die Antwort haben weder sie noch wir, die wir später kamen, jemals erfahren. Die Geschichte schweigt, und ich habe nie gehört, dass jemand mit der Idee geprahlt hätte, die sechs Buchstaben auf dem Berg inmitten der Stadt zu verwurzeln – und das im Wortsinn.

Wir Kinder waren also alle vier in Stalinstadt geboren, mir allerdings wurde des Öfteren gesagt, ich hätte ihr Glück gebracht: In dem Jahr meiner Geburt erhielt Kronstadt im Advent, der nur »illegal« gefeiert wurde, seinen alten Namen zurück, und die Postkarten erhielten wieder ein anderes Gesicht. Beim Absender schrieben manche noch *Gen.*, andere aber griffen, je nach Mut oder Unmut, auf *Hr.* oder *Fr.* zurück. Die Tannen, mit denen die Buchstaben dargestellt waren, wurden nicht gefällt, die Forstwirtschaftler fanden eine andere Lösung, sie pflanzten weitere Tannen in die Lücken, die den ersten Teil des Namens, STA, ziemlich schnell schluckten. Nur LIN hatte noch einige Jahre Bestand am Hang der Zinne, und die Eltern zeigten es uns und den Gästen auf der Terrasse inmitten der Dächer, damit wir sahen, »wie Geschichte geschrieben wird«. Mit Großbuchstaben natürlich, damit sie einem ins Auge springt wie Zeitungstitel. Ich kann dir nur sagen, dass ich bei ihrem Anblick nichts empfand, und beim Wort *Geschichte* umso weniger.

An jenem Sonntag zeigte uns Großvater etwas ganz anderes auf dieser Terrasse, wo wir drei Kinder uns versammelt hatten, Dina war mit der Klasse verreist, und mein kleiner Cousin Adrian war noch nicht geboren. Es war viel schöner als die Geschichte. Großvater holte einen Stuhl ohne Lehne aus dem Haus, packte ihn unten an einem Bein und hob ihn immer wieder in die Höhe, während wir im Chor mitzählten: eins, zwei, drei, vier, fünf, sechs, sieben ... Er kam bis 17, dann setzte er sich auf die alte Bank mit der geschwungenen Lehne. Die Buben versuchten, den Stuhl wenigstens einmal an zwei Beinen hochzuheben, aber sie schafften es nicht, meinem Bruder fiel er sogar aus den Händen, fast wäre er zerbrochen. Ich selbst konnte ihn nicht einmal mit beiden Händen tragen.

Dass er ein guter Turner gewesen war, wussten wir von anderen aus der Familie, mit uns redete er nicht besonders viel, es sei denn, wir waren krank und brauchten seinen medizinischen Rat. Er war schweigsam, behielt seine Gefühle für sich, seine wahren Gefühle, würde ich jetzt sagen, vielleicht müssen Ärzte das tun. Wir wussten nicht einmal genau, was er von seiner Frau hielt, geschweige denn von uns, aber dann und wann tat sich eine Gelegenheit auf, da brachen seine Gefühle heftig aus ihm heraus, sie schossen hervor, um sich dann in die Tiefe zurückzuziehen, wie Fische, die aus dem Wasser springen und zurückfallen in die geheimnisvolle Welt, die sie für wenige Augenblicke verlassen haben. Es gab sogar fröhliche Augenblicke, wenn er über seine Kindheit in Rosenau sprach und uns zum Lachen brachte.

»Großvater war der beste Turner seines Jahrgangs im Şaguna«, erzählten uns die Erwachsenen.

Şaguna, das weißt du wohl, ist das erste rumänische Knabengymnasium in Siebenbürgen, das später mit dem Meşotă rivalisierte, eine Rivalität, von der uns Vater, ein Meşotist, immer wieder erzählte, obwohl er, ein hübscher Junge, seinerzeit gewiss kein Streber, sondern immer verliebt gewesen war und seine Sorgen, wie einst Onkel Ionel, in einem *Tagebuch* festhielt, das auf den hinteren Seiten seines Lateinheftes versteckt war. Zu der Zeit, als Großvater, der Sohn eines Hirten, Schüler des bedeutendsten Gymnasiums in Kronstadt-Braşov-Brassó geworden war, wurde hier eine Tradition gepflegt: Jedes Jahr wurde am 24. Oktober, genauer am Vorabend, unter allerhöchster Geheimhaltung, aber mit dem stillschweigenden Wohlwollen der Lehrer, ein Junge vom Şaguna dazu ausersehen, einen Blumenstrauß am Grab von Andrei Mureşanu niederzulegen. Das war ein gefährliches Unterfangen. Soldaten der Staatsmacht – Siebenbürgen gehörte zu Österreich-Ungarn –, die um diese Tradition wussten und jede allzu offene Kundgebung der Rumänen fürchteten, hielten Wache am Eingang zum Friedhof der Dreifaltigkeitskirche Auf den Rinnen in der Oberen Vorstadt, wo das Grab des ehemaligen Revolutionskämpfers lag, der das Gedicht *Rumäne, erwache* verfasst hatte. Sie patrouillierten die ganze Nacht entlang der steinernen Einfassungsmauer des Friedhofs. Der Junge mit dem

Blumenstrauß, der von einem Band in den Farben der rumänischen Trikolore gehalten wurde, musste lautlos auftreten, leichtfüßig und flink und ein geschickter Turner sein, damit er die Mauer in der kurzen Zeitspanne zwischen zwei Patrouillen überwinden konnte. Als er um die 15 war, stand Großvater immer an der Spitze der Pyramide, die in der Turnstunde von den Buben gestellt wurde: Er war der Leichteste und Wendigste von allen. Die Wanderungen mit seinem Vater und der Schafherde, das Klettern über Felsen bergan und in den Bäumen auf der Suche nach Honig, die Kindheitsjahre in Rosenau hatten ihm die Geschmeidigkeit einer Wildkatze verliehen. Außerdem turnte er gekonnt an den Ringen, am Seil und am Barren.

»Wie Fanfan la Tulipe«, sagte Doru, denn wir hatten den Film vor kurzem im Kino gesehen. Und dieser Fanfan la Tulipe ruhte nie, lächelte dauernd und focht mit anmutigem Geschick. Den Großvater stellte ich mir eher ernst vor, mit blitzenden grünen Augen.

In jener Nacht schaffte es Großvater, also der Schüler, der er damals war, mit dem Blumenstrauß am Gürtel, damit er die Hände frei hatte, über die Mauer zu klettern, wie ein Schatten huschte er zwischen den Gräbern hindurch, doch was musste er sehen? Anders als in anderen Jahren war ein Wachsoldat am Grab abgestellt worden. Er saß ans Kreuz gelehnt auf dem Boden und rauchte, man sah einen rotleuchtenden Punkt, der aufglomm, wenn der Soldat einen Zug aus der Zigarette tat. Ansonsten war alles still, nur aus der Ferne, von der Allee unter der Zinne, tönte Hundegebell herüber. Der Bub überlegte nicht lange, hätte er es getan, hätte er vielleicht ganz aufgegeben. Er machte einen Bogen um das Kreuz und legte, während ihm der Herzschlag in den Ohren dröhnte wie dann, wenn er die Spitze der Turnerpyramide erklomm, den Strauß am Fußende des Grabes ab, um dann zwischen den Grabsteinen zu verschwinden. Alles Übrige lief genauso schnell ab, es war ein Spiel, allerdings nicht ohne Gefahren, denn als er die Mauer überwunden hatte und losrannte, stolperte er und wäre fast gestürzt.

»Jeder Bergsteiger weiß, die ärgste Herausforderung ist nicht die Bewältigung des Felsüberhangs mit dem Abgrund unter sich, wenn man alle seine Kräfte zusammennimmt, sondern der Abstieg, wenn man glaubt, man hätte es geschafft, und sich nicht mehr konzentriert, dann passiert das Unglück«, belehrte uns Großvater. »Merkt euch, bei jeder Bergwanderung, jeder Auto- oder Radfahrt, bei jeder Art von Reise muss man alle Aufmerksamkeit am Ende zusammennehmen, wenn man sich schon in Sicherheit wähnt.«

»Ich meine, im Leben ist das genauso«, sagte Großmutter.

Der junge Mann kam über die Rinnen herunter zum Şaguna, wo im Hinterhof zu den Eforie-Bädern ein paar Schulkameraden und der Turnlehrer auf ihn warteten.

»Hat geklappt.«

Das war alles, was er sagte, dann erst spürte er den Knoten der Aufregung im Hals, sein Adamsapfel hüpfte auf und nieder, als er den Speichel hinunterschluckte, sie aber hoben ihn auf ihre Schultern und warfen ihn in die Höhe, »Hipp, hipp, hurra!«, dann umarmten sie ihn und bestürmten ihn mit Fragen.

»Wer ist Ninel?«, fragte ich ihn plötzlich dort auf der Terrasse mit Blick auf die Zinne.

»Wer?«

»Ninel, von dem Onkel Ionel immer sagt, er ist ein Schwein.«

»Ach«, sagte Großvater. »Habe ich dir denn nicht gesagt, dass ich das nicht weiß?«

Und dabei blieb es. Eines Tages dann erlebten wir Kinder eine Überraschung. In der Zarge der Tür zum ersten Stock, wo Großmutter und Großvater sowie meine Cousins mit ihren

Eltern wohnten, hingen plötzlich zwei Turnringe. Sie waren oben wohlverankert, die Seile waren fast so stark wie meine Arme zu jener Zeit, die Ringe waren mit braunem Leder ummantelt und schon durch viele Hände gegangen, denn an der Unterseite glänzten sie fast schwarz. Großvater brachte uns, vor allem den Buben, ein paar Übungen bei. Ich gebrauchte sie vor allem als Schaukel, steckte meine Beine in die beiden Ringe, hielt mich an den Seilen fest und schwang wie auf den Schaukeln im Park hin und her, wenn's hoch kam, ließ ich mich nach hinten fallen und hing kopfüber wie die Fledermäuse in der Höhle. In den Händen hatte ich keine Kraft, Muskeln in den Armen auch nicht, aber das war auch nicht nötig: Jetzt konnten wir Sträuße am Grab von Mureşanu niederlegen, ohne über die Mauer zu klettern.

Großvater legte die mittlere Reife und die Reifeprüfung am Şaguna ab, ging an die Medizinfakultät nach Wien, dann Budapest, und machte den Großen Krieg als Militärarzt durch. Großmutter bewahrte seine Auszeichnungen und seine herausoperierten Gallensteine in einer ärarischen Blechbüchse auf, in der seinerzeit die Spritzen aufgekocht worden waren. Auf einem Tisch in ihrem Esszimmer stand eine Vase aus einer Granatenhülse, ein Baum voller Blätter und Birnen zierte mit seinen verwundenen Ästen die bronzene Oberfläche. Wenn sie Wäsche bügelte, schob Großmutter die Vase zur Seite und deckte den Tisch mit einer gewöhnlichen, rauen schwarzen Decke ab, über die sie ein weißes Leintuch breitete. *Pferdedecke* nannte sie die, und viel später erst kam ich drauf, dass es die Decke war, die Großvater im Krieg verwendet hatte. Er hatte sie wahrscheinlich nachts als Kopfkissen benutzt, ebenso gerollt, wie Großmutter sie im Schrank verstaute. Und dann hatte er sie unter den Sattel gelegt. Uns Kindern, die in der Stadt geboren waren und Großeltern in der Stadt oder schon auf dem Friedhof hatten, erschien die Tatsache, dass Großvater reiten konnte und ein eigenes Pferd gehabt hatte, noch merkwürdiger, als dass er im Krieg gewesen war. Die Decke war nicht kaputtzukriegen, ebenso wenig wie die Vase, obwohl sie beide dem Tod ins Auge geblickt hatten. Die Vase war ein Geschenk, gefertigt von einem Soldaten, den Großvater gerettet hatte, so erzählte man in der Familie, und sie war großartig, mit viel Liebe gearbeitet. Jetzt aber steckten darin anstelle des Granatensprengstoffs Blumen, die Großmutter bekommen hatte, so einfach war der Tod, der an den Männern hing, ersetzt worden durch das Leben, das an den Frauen hing. Und ebenso verhalten war Geschichte in unserem ganzen Haus gegenwärtig, ohne dass wir sie bemerkt und als solche erkannt hätten.

»Dies Schwein von einem Ninel«, polterte der Riese unseres Hauses mit seiner zweiten, der wütenden Stimme, und wir begannen zu spüren, dass auch dies mit der Geschichte zusammenhing, wie jedoch, das kriegten wir nicht aus ihm heraus. Wir wandten uns an Tante und baten Dina, die Frage zu stellen. Sie hatte gewöhnlich Erfolg.

»Tante, über wen spricht denn Onkel Ionel? Wer ist dieser Ninel?«

»Das werde ich euch sagen, wenn Anuţa zehn wird.«

Mir war, als sollte es nie so weit kommen, schon ein Jahr erschien mir endlos, gleich mehrere aber unendlich. Nach und nach merkten wir, dass jeder alte Mensch in unserem alten Haus seine eigene Geschichte hatte. Großvater war der mit dem Grab von Andrei Mureşanu, er war Ehrenmitglied der Gesellschaft Astra gewesen und später, in den dreißiger Jahren, von Iuliu Maniu, dem Ministerpräsidenten Groß-Rumäniens, den er schon lange kannte, in die Regierung berufen worden. Er hatte den ehrenvollen Ruf ausgeschlagen, weil er nicht nach Bukarest ziehen wollte. Hätte er ihn angenommen, wäre er wie alle anderen ins Gefängnis gekommen. Großmutter und ihre Schwester, unsere Tante, sprachen von der Flucht, und mich packte die Unruhe, wenn sie erzählten, wie sie in allerhöchster Eile alles durcheinander zusammengepackt hatten, die Seife mit dem Essen, den Schmuck mit den Schuhen, die Papiere mit allerhand Nebensächlichem. Etwas von jenem Schrecken hat sich, meine ich, auch auf uns vererbt, denn auch Dina und mich erfasst eine seltsame Unruhe, wenn wir für eine Reise packen. Onkel Ionel wiederum wäre irgendwann fast von einem waschechten Rumänen umgebracht worden, weil er, ein Rumäne nach alter Väter Sitte, es gewagt hatte, »eine Ungarin zu heiraten«. Der Tante hatte eine ehemalige Klassenkameradin vorwurfsvoll zu bedenken gegeben, dass sie jetzt einen rumänischen Namen werde tragen müssen. Großmutter war vor der Geburt ihres ersten Kindes vom römisch-katholischen zum orthodoxen Glauben übergetreten und von den Ihren exkommuniziert worden. Das hinderte sie nicht daran, bei der Kirche Sfântu Ioan die Strada Sfântu Ioan, die jetzt Maiakowski hieß, zu überqueren und zu beten, dass wir alle gesund und munter blieben.

Unser Haus barg Geschichte mannigfachster Art und Geschichten »von Leben und Tod«. Es ließ, das war klar, alle gewähren. Wenn es Zwist gab – und den gab es –, so hatte der keine historischen Gründe, sondern lag an den kleinen und wechselvollen Ereignissen des alltäglichen Lebens.

»Wer ist Ninel? Und wieso ist er ein Schwein? Über wen redet Onkel Ionel so garstig? Wir dürfen nicht so reden. Als ich gesagt habe, ›das Schwein von einem Hannes‹, da hast du mit mir geschimpft«, unternahm mein Bruder irgendwann den Versuch, Mutter das Geheimnis zu entlocken.

»Ich weiß es nicht. Frag doch ihn!«

Die für uns Kinder spannendste historische Geschichte

handelte von der Jugend unserer Eltern und war traurig wie alle historischen Geschichten. Mutter erzählte sie uns an einem Abend, den wir in dem Tal Valea Hornului zubrachten, einem Ort, über den ich dir bald mehr sagen werde, ein Holzfeuer flackerte im Ofen, ich und mein Bruder machten, bevor wir einschliefen, Schattenspiele mit Flügeln, die über eine der Wände und das heilige Abendmahl flatterten, das unsere Herbergsmutter mit ihren knochigen Händen gestickt hatte.

»Etwa zwei Jahre, nachdem Willi Hahner aus dem Lager zurückgekehrt und gegenüber von uns bei seinem Bruder eingezogen war, weil er kein Haus mehr hatte …«

»Wieso?«

»Nun, weil …«, Mutter hatte offenbar Zweifel, ob sie uns das sagen sollte oder nicht, »so waren halt die Zeiten«, ging sie drüber hinweg. »Gerade da heirateten wir, euer Vater und ich.«

Dieses »gerade da« tauchte immer wieder auf, wenn von den Ereignissen in Stalinstadt die Rede war. Später habe ich begriffen, wieso: Das eigene Leben unternimmt schon mal den Versuch, sich gegen die Geschichte zu stellen, hin und wieder gelingt es ihm sogar, sich dagegen aufzulehnen und sie auszulachen. Manchmal erlebt man kurze paradiesische Momente mitten in der Hölle. Ich hatte es ganz besonders gern, wenn Mutter oder Vater uns über Dinge aus der Welt vor unserer Geburt erzählten. Das war fast wie dann, wenn ich las.

»Wir verbrachten unsere Sommerferien zusammen, wir waren Studenten. Ich werde dir über unseren ersten Ausflug erzählen, eine denkwürdige Wanderung in den Fogarascher Bergen. Geld hatten wir in jenen Jahren keins, wir ernährten uns von geröstetem Brot mit Schmalzaufstrich, oder wir brieten es in Öl an. Deshalb liehen wir uns alles Notwendige für den Ausflug aus. Wanderstiefel konnte ich mir keine leihen (Mutter trug 34er), also musste ich mir neue kaufen. Merkt euch: Bergwanderungen tritt man mit Schnürstiefeln an, das ist eine goldene Regel.«

Wir nickten beide, etwas gelangweilt, wussten wir doch bestens Bescheid. »Vater«, erzählte Mutter, »hatte die Stiefel eines Kommilitonen geliehen, aber sie waren ihm zu groß, also legte er eine Brandsohle ein und zog zwei Paar dicke Socken an.« Die gerade erst gegründete Familie der Eltern unserer Cousins lieh der gerade erst gegründeten Familie unserer Eltern einen wunderschönen, nagelneuen khakifarbenen Rucksack – es war der erste in der von Herrn Blau gefertigten Serie – unter der Bedingung, dass sie darauf achteten wie auf die Augen im Kopf, weil sie selbst noch gar nicht dazugekommen waren, ihn zu verwenden. Dergestalt ausgestattet mit Leihgaben von allen im Haus, einschließlich Großvaters ehrwürdiger Feldflasche aus in Filz eingeschlagenem Aluminium, die ebenfalls den Ersten Weltkrieg überstanden hatte, machten sich die beiden Studenten mit nunmehr gemeinsamem Namen fröhlich zu ihrer Hochzeitsreise in die Berge auf, der sogenannte Honigmonat sollte eine Woche dauern.

Die Forststraße bewältigten sie locker in einer größeren Gruppe, denn schon beim Ortsausgang hatten die mit dem ersten Bus angereisten Touristen das Glück, einen leeren Lkw anzutreffen. Sie kletterten mühsam auf die Ladefläche, die Herren halfen den Damen und wuchteten dann die prallgepackten Rucksäcke hinauf. Da waren auch sie beide in dem Haufen, bemüht, auf der holprigen Straße das Gleichgewicht zu halten, die noch kalte Morgenluft im Gesicht, froh, dass ihnen der lange und langweilige Marsch auf der Forststraße erspart blieb. Vater kannte den Herrn in abgetragenen kurzen Hosen vom Sehen, er war Postbeamter. Mutter hatte das betagte Ehepaar, das zuerst aufgestiegen war, gegrüßt, beide waren sie Großvaters Patienten gewesen. Sie, die Jüngsten, ausgenommen, waren alle gut ausgestattet, man sah, dass sie ihre eigene Bergausrüstung hatten, keine geliehenen Wanderschuhe und Rucksäcke. Auf der ganzen Fahrt mit dem Lkw mühte sich Vater ab, die Stiefel fester zu schnüren, weil seine Füße darin schwammen. Am Fuß des Berges, am Ausgangspunkt des Wanderpfades, legten die Touristen eine Rast ein und aßen, um sich für den Anstieg zu stärken und die schweren Rucksäcke um ein paar Gramm zu erleichtern. Sie beachteten sich gegenseitig kaum, dazu gab es auch keinen Grund, ihre Bewegungen glichen sich, Rucksack aufschnüren, Blechbüchse mit gekochten Eiern, Paprika, Tomaten, Salz, Brot herausnehmen, die Reste äußerst sorgfältig einsammeln, die Feldflasche hervorziehen, sie an der Quelle füllen, aus runden Bechern trinken, Wasser nachfüllen, die Sachen verstauen, den Rucksack verschnüren, die Tragriemen über den Schultern zurechtlegen und aufbrechen.

»Genau wie wir das machen«, sagte ich erfreut, weil ich jede Bewegung wiedererkannte.

»Na und?«, fauchte mein Bruder und versetzte mir einen Stoß in die Rippen, ich solle Mutter erzählen lassen, denn er sah schon die Begegnung mit einem Bären kommen oder etwas noch Tolleres.

Die Leute machten sich nacheinander auf, und als niemand mehr zu sehen war, seufzten unsere Eltern, die damals noch niemandes Eltern waren, erleichtert auf und begannen unvermittelt zu lachen. Obwohl auch ihr Gepäck zum Aufbruch bereit war, brachen sie nicht auf, ja nicht nur das, sie streckten sich auf den im Gras ausgebreiteten Windjacken aus. Dann nahm Vater ein Bad in einem Felsgumpen des klaren Gebirgsbachs, und als er herausstieg, war seine Haut gerötet, als hätte er heiß gebadet.

Hier legte Mutter eine lange Pause ein, als wäre die Geschichte zu Ende, erst später habe ich begriffen, dass in ihrem Kopf ein Film mit allerhand Begebenheiten ablief, die sich dort auf dem Gras ereignet hatten und von denen uns zu erzählen sie damals nicht für ratsam hielt. Dann setzte sie wieder ein, und wir lauschten in der Dunkelheit der Stube und dem Duft des Holzfeuers.

»Schließlich machten auch wir uns auf, lange nach den andern, ohne Eile, mit gemessenem Schritt wie wahre Bergsteiger. Wir hatten unsere Freude am frühen September, am Wald, an der Einsamkeit. Euer Vater ging anfangs kaum einen Meter vor mir her, aber langsam wuchs der Abstand. Ich richtete mich nach dem khakifarbenen Rucksack auf seinen Schultern. Dann und wann blieb er stehen, wandte sich um und wartete auf mich. Irgendwann, an einer Stelle, wo der Weg eine scharfe Biegung nahm, war der neue Rucksack plötzlich verschwunden, das Grün des Waldes hatte sich hinter ihm geschlossen. Mich packte, ich weiß nicht, wieso, die Unruhe, und ich schritt aus, um ihn einzuholen.«

Wir beide, ich und mein Bruder, hielten den Atem an, wir spürten, dass hinter der Biegung etwas passieren würde, sonst hätte Mutter nicht davon gesprochen. Sowas kannten wir aus Büchern.

»Als auch ich um die Biegung herum war, traute ich meinen Augen nicht ... Es war wie bei Karl May. Vor mir stand ein bärtiger junger Mann mit einem Gewehr, genau ›wie es im Buche steht‹. Ich war überhaupt nicht erschrocken. ›Na endlich‹, sagte der junge Mann mit dem Gewehr, sichtlich erleichtert, ›ihr habt aber auf euch warten lassen! Ich hab gedacht, ihr kommt nicht mehr. Auf geht's!‹ Ohne weitere Erklärungen dirigierte er uns mit dem Gewehr in eine Art Hohlweg, der bei Gewitter vom Wasser ausgewaschen worden war, und schnell stiegen wir zu dritt hinunter.«

»Ihr habt ihn nichts gefragt?«

»Nein, nichts. Wir waren stumm vor Staunen, dachten uns aber natürlich alles Mögliche. Fünf Minuten später waren wir auf einer Lichtung, wo wir alle, mit denen wir im Lkw bis zum Fuß des Berges gefahren waren, im Gras sitzen sahen. Bei ihnen stand ein weiterer Bärtiger mit einem weiteren Gewehr. Dann tauchten noch ein paar Unbewaffnete auf und zwei Hirtenhunde, die mit dem Schwanz wedelten und gleichzeitig bedrohlich knurrten. Ich musterte den Hagersten unter den Bärtigen, der wirklich aussah ... wie der hier.«

Mutter zeigte in die Mitte der Stickerei an der Wand, wo, nicht zu verkennen, Jesus am Tisch saß. Die anderen Jünger beim »Letzten Abendmahl«, wie die Stickerei hieß, waren nicht auszumachen, mit Ausnahme von Johannes, der ein kindlich-weibliches Gesicht hatte, im Unterschied zu den anderen bartlos. Wir fragten uns, wer unter ihnen Judas sein mochte, das war aber nicht zu sehen, jeder an dem Tisch konnte es sein.

»Und der sagte genau wie der Mann, der uns hierhergeführt hatte: ›Endlich, ich hab gedacht, ihr kommt nicht mehr ...‹ Da war nichts Bedrohliches in seinem Tonfall, er war ganz ruhig. Auch die anderen hatten trotz der beiden Gewehre nichts, was einem Angst einflößte. ›Setzt auch ihr euch hin‹, sagte er. ›Es sieht folgendermaßen aus. Ich fasse mich kurz, denn ihr habt viel Zeit verloren, und das tut mir leid. Ich möchte allerdings, dass ihr alle rechtzeitig zur Hütte kommt, das wäre auch in unserem Sinn. Ihr könnt euch denken, wer wir sind. Wir sind weder Räuber noch Mörder! Die Leute hier helfen uns, vor allem die Hirten, die bringen uns allerhand Käse, süß oder gesalzen. Neben dem Essen brauchen wir allerdings auch Kleidung ... vor allem Schuhwerk. (In der Tat trug er abgerissene Treter, die immerhin fester waren als die der anderen, die mehr oder weniger barfuß herumliefen.) Aus diesem Grund müssen wir, ob wir wollen oder nicht, genauer, ob ihr wollt oder nicht, euch allen die Stiefel abnehmen. Ich bin mir sicher, ihr habt Turnschuhe oder Mokassins für die Hütte dabei, wie es sich für Wanderer gehört. Wenn nicht, müsst ihr sie uns erst recht geben, also mit uns tauschen, auch wenn ich meine, dass sich das keiner wünscht.‹

Die Leute hatten die Lage schnell erfasst und begonnen, die Schnürsenkel zu lösen, aber der Redner war noch nicht fertig. ›Das wären die Schuhe, aber bitte zeigen Sie uns auch, was Sie in Ihrem Gepäck haben, dann werden wir uns ein paar unabdingbar notwendige Dinge aussuchen, die Sie uns leihen werden … Wir haben keine Wahl, wir müssen so handeln, und ich hoffe, Sie verstehen es, auch wenn Sie nicht einverstanden sind …‹

Er ging auf das älteste Paar zu, Vaters ehemalige Patienten. Die beiden hatten ihre Stiefel akkurat nebeneinandergestellt wie besonders kostbare Gegenstände. Die seinen waren klobig, fest und gut gefettet, er hatte auch die Büchse mit dem Lederfett dabei und in einen der Stiefel gesteckt, was mich ebenso rührte wie den hageren Bärtigen, der einen kurzen Dank sagte. Die Spitzen der ihren hatten Ausbuchtungen für die seitlich verhärteten Fußballen, die in den Turnschuhen erst recht zur Geltung kamen. Die vier Stiefel wiesen tiefe Falten auf, die mir jenen in den Gesichtern der Eigner ähnlich erschienen. Die Rucksäcke waren mit äußerster Sorgfalt gepackt, die Gewichte gleichmäßig verteilt, die Wasserflasche war so verstaut, dass keine Feuchtigkeit an die wärmeren Kleidungsstücke kam und keine spitzen Gegenstände störten, alles steckte in besonderen Säcken, von den Medikamenten und dem Verbandzeug bis zum Taschenmesser, der Taschenlampe, den Streichhölzern und den Wollstrümpfen. Die Bärtigen nahmen schnell eine kleine Arzneitasche, eine Blechdose und die beiden Streichholzschachteln an sich. Mittlerweile nahm der junge Befehlshaber von allen die amtlichen Daten auf. Ich horchte ziemlich neugierig auf das, was unsere Nachbarn sagten, wir kamen ja alle aus derselben Stadt. Die beiden Alten waren natürlich Rentner. Der Herr in den abgetragenen kurzen Hosen war in der Tat Postbeamter. Er hatte den ärmlichsten Rucksack und auch keine Turnschuhe, das Einzige, was die Leute reizte, war ein Päckchen Spielkarten. Da war noch ein Professor der Philosophie, der ihnen, recht freigiebig, seine Fliegeruhr der Marke *Longines* überließ, seine Frau gab ihnen zwei Dosen Leberpastete und ihr Nähzeug. Dann waren da noch, recht bizarr, drei Angestellte der Müllabfuhr. Als wir an der Reihe waren und sagten, wir seien Studenten, sagte der eine, den wir für den Anführer der Gruppe hielten: ›Ach so, ist schon gut, packt eure Rucksäcke, von Studenten nehmen wir nichts. Ich bin ja auch einer, na ja, ich war einer‹, fügte er hinzu, darauf bedacht, dass man nicht sah, wie leid es ihm tat. Ich durfte meine Stiefel wieder anziehen, denn, grinste er, ›Kinder haben wir keine dabei …‹ Euer Vater freute sich, dass er seine übergroßen Treter loswurde, die irgendeiner von denen verpasst bekam, und dem jungen Anführer passten just die Wanderstiefel der Alten, ich erinnere mich noch, dass die seitlichen Ausbuchtungen sich an seinen Füßen lustig ausmachten. Etwas nahmen sie schließlich auch uns weg, nämlich den neuen, von Herrn Blau gefertigten Rucksack, dabei baten sie um Entschuldigung und trösteten uns sogar. Dafür bekamen wir einen ganz und gar ranzigen, der so fürchterlich nach Schafskäse stank, dass es einem den Atem verschlug. ›Nur noch zwei Worte, und ihr seid frei. Wir werden aufbrechen und in wenigen Minuten sehr weit weg sein. Dieser Junge‹ – er zeigte auf den, der uns hergebracht hatte – ›bringt euch zurück zum Wanderweg. Bis ihr bei der Hütte seid, wird es dunkel. Die Soldaten dort sind Neulinge in den Bergen, wir nicht. Sobald ihr bei der Hütte seid, könnt ihr natürlich tun und lassen, was euer Herz begehrt ...‹ (Dabei sah er niemand Bestimmtes an.) ›Man wird euch mit ziemlicher Sicherheit fragen, ob ihr uns begegnet seid ...‹«

»Wem denn, wer war das?« Mein Bruder konnte sich die Frage nicht verkneifen, und auch ich wollte Näheres wissen. »Was hatten die im Gebirge zu suchen, mit dem Gewehr, und wieso hatten sie nicht, was sie brauchten?«

»Partisanen«, sagte Mutter sanft. »Sie gehörten zum Widerstand, sie kämpften gegen die Kommunisten. So war das ... Der eine, der aussah wie dieser« – wieder zeigte sie in die Mitte der Stickerei –, »sagte noch: ›Ihr könnt ihnen mit *nein* antworten, wenn ihr nach uns gefragt werdet, die können euch nichts anhaben, glaubt es mir. Wenn ihr *ja* sagt, wird man euch zwingen, mit den Soldaten hierher abzusteigen und ihnen den genauen Platz des Zusammentreffens zu zeigen. Wir aber werden dann an einem ganz anderen Ort sein, mitsamt unseren Hunden ... Wir wissen unsere Spuren sehr wohl zu verwischen. Die Entscheidung überlasse ich Ihnen ... Wir sind Ihnen dankbar für die Hilfe und für ... alles.‹ Sie packten die Sachen in unseren großen geliehenen Rucksack, und wir empfanden Stolz dabei.

Dann brach die Gruppe zur Hütte auf, mit festem Tritt, vor lauter Aufregung war alle Müdigkeit von uns gewichen. Es war fast dunkel. Der ganzen Gruppe war eine einzige Taschenlampe geblieben – die hatten sie uns eigens übriggelassen –, sie war in der Hand des Anführers, die anderen mühten sich, mit ihm Schritt zu halten. Derweil uns der Postbeamte auf die Nerven ging mit seinem Gejammer, es werde dunkel, es beginne zu regnen, seine Füße schmerzten, kamen wir zur Hütte. Wir nahmen sie im Sturm, und das Erste, was wir bemerkten, war eine Gruppe Soldaten. Sie saßen bequem an einem Tisch und tranken aus großen Tassen, dem Geruch nach Tee mit viel Rum. Die Soldaten musterten uns von Kopf bis Fuß, bis zu den Füßen nämlich, die in Turnschuhen oder Espadrilles steckten. Nur zwei von uns hatten noch Wanderschuhe an, ich und der Beamte, sein Schuhwerk war so armselig, dass sie es ihm gelassen hatten. Als wir mit dem nach Käse stinkenden Rucksack eintraten, wussten die Soldaten gar nicht mehr, wie sie dran waren. ›Ist etwas passiert?‹, fragte der eine den Philosophieprofessor, der denen die Armbanduhr gegeben hatte. ›Pardon?‹, fragte der zurück. ›Pardon, mein Herr?‹ Ich weiß noch, wie er das R rollte.

Dann ging die Fragerei los, gleichzeitig alle durcheinander, als hätten wir es vorher abgesprochen: Wir fragten nach Zimmern, es gab aber nur noch Schlafplätze in Gemeinschaftsräumen, wir redeten von dem aufkommenden Sturm, die einen bestellten Tee, die anderen etwas zu essen, andere wieder Kerzen, weil, wie sie sagten, ihre Taschenlampe kaputtgegangen oder die Batterie ausgelaufen sei, sie verlangten nach Salz, Konserven. Und das ganze Lokal stank scharf nach Käse.

Im Gemeinschaftsraum bat mich die betagte Dame, die von Vater behandelt worden war, wir sollten den Rucksack draußen stehen lassen, wir waren schon so recht zahlreich und kriegten kaum Luft. Ich träumte von meiner Schwester und meinem frischgebackenen Schwager, und als ich erwachte, fragte ich mich, wie ich ihnen diesen Rucksack anstelle des ihren geben sollte. Auf der Rückfahrt im Zug starrten uns alle naserümpfend an, aber das war uns egal«, sagte Mutter noch, sie schien müde geworden zu sein.

Wir aber waren wacher denn je, uns war überhaupt nicht nach Schlafen zumute.

»Und was ist mit den Partisanen geschehen?«

»Das weiß man nicht«, sagte Mutter. »Sie haben ein paar Jahre durchgehalten. Am Ende aber ist wohl keiner von ihnen übriggeblieben, die haben sie alle umgebracht«, sagte Mutter, und ihre Stimme war dermaßen traurig, wie sie es sich uns gegenüber sonst nie erlaubte. Dabei fixierte sie die Mitte der Stickerei mit dem heiligen Abendmahl. Das Antlitz Jesu war äußerst linkisch gestickt, gut auszumachen waren nur der Bart und der Heiligenschein, wie ein Teller über seinem Kopf.

Weder ich noch Matei konnten uns mit diesem Tod abfinden. In den Tagen danach erfanden wir allerhand gefährliche Abenteuer, bei denen die jungen Leute allerdings ins Ausland entkamen, wo wir, das kann ich dir versichern, eine strahlende Laufbahn für sie vorgesehen hatten. Dazu ist noch zu sagen, dass Vaters Wanderschuhe und der neue Rucksack vom Herrn Blau eine entscheidende Rolle spielten. Ja mehr noch, Mutter traf Jahre danach den bärtigen Kommandanten und erinnerte ihn an den Rucksack, der fürchterlich nach Schafskäse gestunken hatte. Worauf sie beide lachten.

◊

Um Geschichte ging es auch bei dem großen Festmahl in dem Wohn- und Schlafzimmer von Dinas Adoptiveltern, in dem sie hinter einem Schrank eine Art Nische mit einem Sofa hatte, auf dem sie schlief und in dessen samtenem Bezug sie ihre Süßigkeiten verstecken konnte. Lange bevor wir geboren wurden und kurz bevor die Pendeluhr zwölfmal schlug, wurden an dem festlich gedeckten Tisch, wo auf dem gestärkten weißen Tischtuch mit zwei Rotweinflecken, die geschickt durch zwei Tabletts kaschiert waren, unter dem Lüster das Familiensilber blinkte und die Champagnerkelche funkelten, Vorhersagen im Hinblick auf die folgenden 365 (oder 366) Tage des nächsten

Jahres getroffen. Die Männer ergingen sich in kurzgefassten, gelehrten Vorträgen über die Lage an der Front oder die Einstellung der Großmächte oder den Kalten Krieg oder die politische Großwetterlage. Die Frauen waren in ihren Äußerungen nicht so ernst, dafür kategorischer. Jahr für Jahr beschränkte sich Großmutter auf eine einzige Voraussage: 31. Dezember 1939 – Hitler stirbt. 1940 – Hitler stirbt. 1941 – Hitler stirbt. 1942 – Hitler stirbt. 1943 – Hitler stirbt. 1944 – Hitler stirbt.

Am 31. Dezember 1945 beschied sich Großmutter damit, die anderen darauf hinzuweisen, dass ihre Voraussage sich bewahrheitet hatte. Um das Jahr 1948 nahm sie ihre Prognosen wieder auf und wiederholte sie an den Übergängen zwischen den Jahren im Wortlaut: Stalin stirbt, und Willi Hahner kommt wieder nach Hause. Auch diesmal erfüllten sich ihre Voraussagen, in umgekehrter Reihenfolge, zuerst kam Willi zurück nach Stalinstadt, dann starb Stalin in der Stadt Moskau. Warum sie nicht auch die Stadt Moskau zur Stalinstadt umgewidmet hatten, weiß ich nicht.

Onkel Ionel war der Meinung, alles Schlimme komme von diesem Schwein von einem Ninel. Und all den andern, fügte er hinzu und winkte verdrossen mit seiner riesigen Hand. Dabei zitterte sein Schnurrbart, in dem es noch Spuren von Schwarz gab. Lange schon hatte ich es aufgegeben herauszufinden, wer die alle waren. Eines Tages jedoch ging ich mit Tante und Onkel Ionel am Dramatischen Theater vorbei Richtung Boulevard.

»Boulevard Ninel. Ein großes Schwein! Fluch seiner Amme!«

Wir waren auf dem Boulevard Lenin. Zu Hause erst begriff ich den geheimnisvollen Fluch. Ninel ist Lenin, von hinten gelesen. Er hatte das Rad der Geschichte in Bewegung gesetzt, das auf einem derart holprigen Weg über uns hinweggerollt war.

Schlechtes Wetter in der Valea Hornului

Gehen wir zum Fluss und schauen, dass die Brücke weg ist!

Obwohl sie uns nicht interessierte, hatte die Geschichte auch uns eingeholt. Noch dazu mitten in der Wildnis. Es regnete seit Tagen, und das Brücklein über den Bach war von der Strömung fortgerissen worden. Wir waren vollkommen abgeschnitten von der Welt. Von Telefon oder Radio konnte natürlich überhaupt keine Rede sein.

Wir waren im Tal Valea Hornului im Vorgebirge, dem Paradies unserer Sommerferien, an dem Ort, wo uns Mutter von den Partisanen erzählt hatte. Wie sich aber zeigte, gab es selbst im Paradies furchtbares Wetter. Im Übrigen fürchte ich, dass so mancher den Ort für ein Drecksloch gehalten hätte: Elektrischen Strom gab es nicht, Licht kam von der Sonne (wenn es kam), von einer Gaslampe und vom Holzfeuer. Kanalisation gab es dort auch keine, wir tranken Wasser von der Quelle im Wald und wuschen uns im Bach, das Klo war auf dem Hof in ordentlichem Abstand zum Haus. Das bisschen Geschirr spülten wir im Bach mit kaltem Wasser und Sand. Es gab zwei Häuser in dem Tal: das des Waldhüters am anderen Ufer an der Forststraße und das unserer Herbergseltern. Als sie noch jung waren, hatten die Besitzer der kleinen Wirtschaft eine Gattersäge und zwei Pferde, beim Regimewechsel hatte man ihnen aber die Pferde weggenommen und umgebracht, wie man alle Pferde der »Großbauern« umbrachte, die ehemaligen Besitzer weinten ihnen immer noch hinterher. Die Gattersäge war verschrottet, in dem Schuppen standen zwei Kühe, von denen nur die eine gemolken werden konnte, ein seltsamer Vorgang, dem wir manchmal beiwohnten und beobachteten, wie die Milch aus den vier Zitzen strömte, die die Hände des Alten gnadenlos eine nach der anderen auspressten. In die Nähe des Hauses gelangten wir mit dem unlängst von meinem Onkel gebraucht gekauften bordeauxroten Renault 10 – Renata geheißen –, beladen mit einem Sack Kartoffeln, Zucker, Maismehl, Brot und weiteren Dingen, die in der Wildnis von Nutzen waren. Das alles schafften wir über ein hölzernes Brücklein. Die Stube, die wir im Sommer zu einem Spottpreis für einen Monat mieteten, war eher baufällig, immerhin war das Dach intakt, sodass wir uns drinnen aufgehoben fühlten. Was war zu tun bei Dauerregen, ohne Brücke und ohne jede Verbindung zur Außenwelt?

Stundenlang lasen wir abwechselnd *Im Tal des Todes* von Karl May, schließlich war auch dieses Tal eine Art Valea Hornului. Es war der erste Band der Reihe, die uns, wie ich dir gesagt habe, Familie Hahner, unsere ehemaligen Nachbarn, gegeben hatten, nachdem ihr Haus abgerissen worden war, leider war alles in Fraktur gesetzt. Deshalb stotterte ich, wenn ich an der Reihe war, recht kläglich die merkwürdig gewundenen Lettern entlang, welche Mutter, die in der deutschen Schule gewesen war, nicht nur in Druckschrift lesen konnte, sie beherrschte sogar die Schreibschrift Sütterlin. Das A glich einem U, das V glich einem zarten B und wurde als F gelesen, das S ähnelte dem G, dieses aber war rundum ein Kunstwerk, das ck, Zecka, war als k zu lesen und das sch als Zischlaut. Glücklicherweise fand ich die Handlung spannend, und die Neugier überwand die graphischen Hindernisse ebenso, wie die Helden in dem Buch ihren Herausforderungen gewachsen waren. Die Lektüre erwies sich als passend, denn Wildnis gab es hier wie dort, dauernd fehlte es denen ebenso wie uns an etwas Wichtigem, sie hatten Hunger oder Durst, sie froren oder fürchteten sich vor Räubern oder Bären, wie unsere Gastgeber auch. Karl Mays Helden sprachen zwar sehr gut Deutsch, befanden sich allerdings in Amerika, wir wiederum befanden uns in Rumänien, ansonsten aber waren keine großen Unterschiede auszumachen. Als wir es satthatten, Deutsch zu lesen, gingen mein Bruder und ich zum Schuppen Brennholz holen und machten oft nichts anderes, als das Feuer zu betrachten und unsere jeweiligen Scheite zu loben, weil sie besser brannten und schönere Flammen warfen. Die meinen knackten eigentlich nur deshalb, weil ich ausgerutscht und mitsamt dem Holz ins regennasse Gras gefallen war. Die nassen Scheite knacken und werfen aufgeregte kleine Funken, als ob Wassertropfen in eine Pfanne mit heißem Öl fallen. Feuer bietet bei eingehender Betrachtung ein richtiges Schauspiel an Farbe, Tanz, Klang und Düften. Mal säuseln die kleinen Flammen an einem Holzscheit entlang, dann lachen sie auf und zischen in Garben empor, die rote Glut teilt sich in Orange und Gelb, bläuliche Zünglein lecken an den Rändern, darunter aber glühen und funkeln die Kohlen wie ein zornblitzendes oder, kurz vor dem Erlöschen, unvermittelt milde dreinblickendes, schläfriges Auge. Es duftet natürlich nach Holz, die Nase schnuppert ebenso daran, wie das Auge an den Flammen hängt.

Mittags, wenn Mutter in einem Regenmantel mit Kapuze über den steil ansteigenden Hof zur Sommerküche hinaufeilte, um uns eine Suppe zu kochen, gingen Matei und ich in den Stall die Kühe beobachten. Wir Stadtkinder konnten nicht genug davon kriegen, unsere Blicke strichen von dem Kringel auf ihrer Stirn bis zur Schwanzquaste und den ausgestellten Hinterhufen. Die Besitzer, die im Märchen Mütterchen und Väterchen geheißen hätten – wie sie sich gegenseitig und auch wir sie nannten –, waren Ungarn, sie lebten den Winter über in dem etwa zehn Kilometer entfernten Dorf und im Sommer hier. Väterchen war hochgewachsen und ging krumm, Mütterchen war klein, schmächtig und hatte knotige Hände. Ich betrachtete die Kühe gerne von der Seite, sah ihnen in das eine milde Auge mit schütteren weißen Wimpern. Sie aber hatten das nicht so gern, meine ich, denn sie zwinkerten und wichen meinem Blick aus. Damals habe ich erfahren, dass die Tiere dem Blick des Menschen nicht standhalten, und Matei und ich probierten in einem fort unsere Macht an allen Vierbeinern der Umgebung aus, nur die Katzen hatten ihr dann und wann etwas entgegenzuhalten. Den Kühen gaben wir immer wieder von dem frisch gemähten Heu zu fressen, obwohl wir das nicht durften. Sie aber waren ganz zufrieden mit uns, sie führten ihre großen, feuchten rosaroten Mäuler mit den riesigen Nüstern heran, fassten mit den dicken Lippen die Grasbüschel – ich hatte Angst, sie würden meine Hand mitnehmen – und kauten seitlich, anders als die Menschen, satt wurden sie nie. Gleichzeitig schwang ihr Schwanz unabhängig hin und her und verjagte den Mückenschwarm, der zwar rechtzeitig auswich, aber sich gleich wieder an denselben Stellen des Hinterns und der mächtigen Schenkel niederließ. Niemals hat, glaube ich, ein Kuhschwanz eine Fliege tödlich getroffen. Ich mochte die Hautfalten am Hals, der noch üppiger war als der Kropf einer der Freundinnen von Tante, der Tante Lili. Der schwingende Schwanz, die wie auf einem Flughafen ständig landenden und startenden Fliegen, die langsam mahlenden Kiefer, die kurz und nervös zuckenden Ohren machten die Kuh zu einem Spielplatz mit stets wechselnden Möglichkeiten.

Einmal versetzte uns die große Kuh in Aufregung. Sie hatte eines Morgens bereifte Luzerne gefressen, und zum Glück war Väterchen zur Stelle, als sie aufging wie ein Ballon kurz vorm Platzen. Damals wurde ich Zeugin der irrsinnigsten Operation. Väterchen hatte ein Taschenmesser dabei und rammte es ganz einfach in die Kuh, dann rannte er in die Küche und holte eine Röhre mit einer Art Stilett in der Mitte, zog die Klinge heraus und ließ die Röhre in der Kuh stecken. Die Luft entwich über die Röhre, und der Bauch schwoll zur gewohnten Größe ab. Die gleichwohl beeindruckend war und von Tag zu Tag wuchs. Von da an drohten Matei und ich uns immer gegenseitig, wenn wir zu viel gegessen hatten, wir würden schwellen wie ein Ballon und einen Stich in den Bauch bekommen wie die Kuh, dabei wussten wir wohl, dass der Mensch dieses Glück nicht hat. Noch ein Beweis, dass das Tier dem Menschen überlegen ist.

Als weitere Möglichkeit zum Spielen gab es am Tor zwei Hunde, die gewöhnlich angekettet waren, sich aber an einem über den Hof gespannten Draht bewegen konnten; die Mischlinge hatten keinerlei Ähnlichkeit mit irgendeiner bekannten Rasse. Ursu, groß, schwarz und zottig, hatte eine tiefe Stimme, Lupu, grau und flink, bellte durchdringend. An Intelligenz reichten sie bei weitem nicht an unseren Mitică heran, das war aber nicht wichtig, wir liebten auch sie. Die Fresshäppchen fingen sie im Flug, wobei sie die Schnauze gekonnt aufrissen, geräuschvoll wieder zuklappten und die Bissen unzerkaut hinunterschluckten, wie wir es nicht tun durften, wir wurden angehalten, langsam zu kauen – auch so ein Kehrreim, wie wir sie bei Tisch zu hören bekamen, neben »Matei, sprich bitte nicht mit vollem Mund!«, »Ana, mach dich nicht so breit!«, »Die Suppe schlürft man nicht, das ist unanständig!«. Etliche Hennen, ein Hahn, der auf dem kaum verlockend aussehenden und noch weniger verlockend dünstenden Misthaufen thronte, rundeten das Spielangebot auf dem Hof ab, allerdings ist zu sagen, dass die Hennen uns nie interessierten, wir hielten sie für dumm, weil sie nichts anderes konnten, als den ganzen Tag zu picken und Kot zu hinterlassen. Zum Spielen waren sie jedenfalls nicht geeignet, weder für uns noch miteinander.

An jenem regnerischen Tag gingen wir in Windjacken und Stiefeln in den Stall. Uns schlug der Geruch von frisch gemähtem Gras, das zu trocknen begann, und nach etwas stechend Scharfem entgegen, wie wir ihn von zu Hause in Kronstadt, wo es keine Tiere gab, nicht kannten. Unser Haus hatte seine Gerüche, die viel gedämpfter waren als die des Hofes hier im Tal Valea Hornului. Die große Kuh stand nicht im Stall. Wir wunderten uns nicht allzu sehr, denn wir kannten die Gewohnheiten der Kühe nicht. Wir fütterten die kleine, kraulten dann ihren Kringel auf der Stirn, obwohl sie ständig den Kopf hochwarf, wenn man sie berührte, sie schmiegte sich nicht an den Menschen wie die Katze und freute sich auch nicht mit grundlosem Schwanzwedeln wie der Hund. Dann kam mein Bruder auf eine Idee, daran mangelte es ihm Gott sei Dank nie.

»Gehen wir zum Fluss und schauen, dass die Brücke weg ist!«

Wir rannten über den Hof, ich fiel in dem nassen Gras zum zweiten Mal hin und bekam zu hören: »Was bist du doch blöd! Klein und blöd!« Als dann auch Matei ausrutschte, gab ich es ihm auf der Stelle zurück: »Was bist du doch blöd! Groß und blöd! Und eine Dumpfbacke!«, sodass die Dinge von selbst wieder in Ordnung kamen. »Der es sagt, der ist es selber, wie die allerdümmsten Kälber!«, trumpfte mein Bruder auf. »Ich bin nicht der, ich bin die!«, fauchte ich. Derlei Wortwechsel machten uns nichts aus, das waren einfache Übungen in Angriff und Verteidigung, und mir tut es leid, dass ich heute ganz aus der Übung gekommen bin. Allerdings habe ich nie erfahren, wer diese »allerdümmsten Kälber« waren, von denen immer die Rede war, und was es mit ihnen auf sich hatte. Wir stapften durch den knöcheltiefen Morast auf dem Pfad. Das Rauschen des Wassers hörten wir, noch ehe wir es sahen.

»Herrje, schau an, wie das geschwollen ist in einer einzigen Nacht!«

Täglich beobachteten wir den Fluss, und der war seit dem Vorabend, als die Brücke noch an ihrem Platz gewesen war, aufs Doppelte gestiegen.

»Wenn der noch weiter steigt, kann er uns überschwemmen«, sagte mein Bruder mit lauter Stimme, um das Brausen zu übertönen, und betrachtete mit ernster Miene das einstige Flüsschen, das jetzt zum richtigen Fluss angeschwollen war, als könnte er ihn mit Blicken bannen. Diesen durchdringenden grünen Blick hatte er, wie ich dir schon sagte, von Großvater geerbt, dem er sehr ähnlich sah, mit Ausnahme der Glatze.

Die Möglichkeit, dass der Fluss über die Ufer trat, erschien uns reizvoll. Zu jener Zeit war jedes außergewöhnliche Ereignis ein Glücksfall, selbst wenn es zum Fürchten war. An gewöhnlichen Tagen plätscherte der Fluss Hornului vor sich hin, war klar und nicht sehr tief, man sah den Sand und die vom Wasser rundgeschliffenen Kiesel, die Wellen kräuselten sich oder bildeten kleine Wasserfälle. Die Holzbrücke spannte sich etwa einen Meter über dem Wasser. An einigen Stellen, die wir kannten, kam man auch ohne Brücke hinüber, indem man vorsichtig von einem der großen Steine, die aus dem Wasser ragten, zum anderen sprang. Rutschte man aus, war das nicht schlimm, man wurde nass, und das war's. Zum Baden bauten wir in harter Arbeit Wehre, schleppten die schwersten Steine heran und schichteten sie an einer ausgesuchten Stelle zu einer Mauer, hinter der sich ein recht tiefes Becken staute. Darin konnten wir plantschen, zwar nicht so wie im Schwimmbad des alten Hotels Aro oder im Zeidner Waldbad, von dem ich dir später erzählen werde, wir taten es aber mit derselben Begeisterung und demselben Gekreische.

Was wir jetzt zu sehen bekamen, war ein anderer, ein furchterregender Fluss. Das lehmige Wasser tobte zu Tal, und in den trüben Wirbeln wurden allerhand krumme Hölzer mit unglaublicher Wucht flussabwärts gerissen. So war es auch mit unserer Brücke geschehen, die aus zwei Baumstämmen und quergenagelten Brettern sowie einem wackligen Geländer bestanden hatte.

Wir begannen zu singen: »Die Brücke ist gebrochen, wir woll'n sie wieder machen, aus lauter Gold und Edelstein ...«, dabei störte uns nicht, dass unsere aus Holz gewesen war, dann aber regte sich bei mir die Sorge. Wie sollte Vater jetzt zu uns kommen, durchs Wasser schaffte er es ja bestimmt nicht? Er hatte nicht so lange Urlaub wie wir Ferien, also kam er jeden Samstag, nachmittags – du erinnerst dich bestimmt, dass am Samstag gearbeitet wurde –, blieb bis Montag und brach dann in aller Frühe zur Arbeit auf. Wir Kinder liefen ihm entgegen, nahmen die Melone aus seinem Rucksack in Empfang und brachten sie zum Kühlen zur Quelle im Wald.

»Wie soll Vater zu uns kommen?«

»Es gibt noch eine größere Brücke flussabwärts, von dort muss man über den Waldweg zur Quelle kommen. Aber vielleicht ersetzen sie ja diese bis Samstag, es sind noch zwei Tage.«

Beide waren wir trotz der Windjacken arg durchnässt, also lösten wir uns widerwillig von dem Schauspiel des entfesselten Flusses, das abwechslungsreicher war als das der Flammen, und kehrten in unser Zimmerchen zurück. Mutter hatte sich etwas Sorgen gemacht, und die Tomatensuppe stand schon in drei Blechnäpfen auf dem Tisch. Sie gab uns trockene Sachen, und kaum hatte ich den ersten Löffel geschlürft, hörte ich es an der Tür klopfen. Es war Väterchen. Gleich doppeltes Unglück hatte es gegeben.

»Unsere Kuh ist verschwunden«, sagte er in seinem Rumänisch mit starkem ungarischen Akzent. »Ich weiß nicht, wer die Stalltür offen gelassen hat ... Das ist sehr schlimm, denn sie muss jeden Moment kalben.«

Deshalb also war sie so dick, sie kriegte ein Kalb. Allerdings konnte ich mich nicht erinnern, dass wir die Stalltür offen gelassen hätten, als wir am Vorabend mangels anderen Zeitvertreibs wieder alle Ecken des Hofes abgeklappert hatten. Ich tauschte einen Blick mit meinem Bruder, er schüttelte den Kopf, nein, wir nicht. Ich war beruhigt, denn wenn es unsere Schuld gewesen wäre, hätte er mir ein anderes Nein bedeutet, nur ja nichts sagen, dies aber war ein positives Nein.

»Auch Lupu ist weg, er hat die Kette zerrissen und ist abgehauen. Das macht er nur, wenn ein Bär in der Nähe ist.«

Wir boten uns zu dritt an, nach der Kuh zu suchen, aber Väterchen sagte, das sei zu gefährlich. Er werde mit dem Förster losziehen, den er jeden Moment erwartete. Er war nur gekommen, um uns zu verständigen.

Wir aßen schweigend zu Ende und begannen Domino zu spielen, in Gedanken aber waren wir woanders. Die leidenschaftlichsten Dominospieler in unserem Haus in Kronstadt waren Tante und Onkel Ionel, sie hatten Steine aus Elfenbein, nicht wie die unsern aus Plastik. Die Tante sagte uns, Domino sei wie das Spiel des Lebens, es habe mit Glück und Geschick zu tun, und das *Do* komme ebenso wie das *Do* in der Tonleiter von *Dominus*, Gott. Nun war das Spiel des Lebens im Tal Valea Hornului interessanter als das in der Kiste mit den Steinen. Mutter ging hinüber in die Sommerküche, um Mütterchen ein wenig Gesellschaft zu leisten, denn sie meinte, die sei bestimmt niedergeschlagen und besorgt.

»Wir gehen in den Stall«, sagte Matei, »damit nicht auch die andere Kuh wegläuft.«

Diesmal zwinkerte er mir ein Nein zu, aber ein anderes Nein, und ich begriff, dass wir etwas anderes tun würden. Und in der Tat sagte er, als Mutter weg war, ich solle mich gut anziehen, wir würden auf die Wiese hinterm Stall gehen und die Kuh suchen.

»Der Regen hat fast aufgehört, wir nehmen die Pfeifen mit, um den Bären zu erschrecken.«

»Was wird die Kuh dort schon suchen?«, sagte ich.

Der Einfall mit unseren Spielzeugpfeifen, die man kaum hörte, stimmte mich nicht besonders froh.

»Wie, was wird sie suchen, hast du denn nicht gehört, dass sie kalben muss! Da ist sie hingegangen! Das habe ich in einem Buch über Elefanten gelesen!«

Ich verstand den Zusammenhang nicht recht, aber ich war es gewohnt, Dinge zu hören, von denen die Großen wussten, auch Matei, und ihnen zu glauben. Blöd fand ich, dass Dina und Doru nicht dabei waren, wären wir zu viert gewesen, hätte ich Mut gehabt, so hatte ich Angst.

Nichtsdestotrotz zog ich wieder meine Stiefel an, die immer noch durchgeweicht waren, obwohl ich sie beim Feuer abgestellt hatte, warf meine ebenfalls feuchte Windjacke über, steckte die Pfeife in die Tasche, und wir gingen zum Stall, allerdings nicht hinein, sondern um ihn herum. Den hinteren Zaun, aus dünnen, weit abstehenden Stämmen gezimmert, nahmen wir leicht, wobei wir uns fragten, wo die Kuh durchgekommen sein mochte, worauf wir in der Tat eine Stelle ausmachten, wo der Zaun beschädigt war. Ob sie hier ausgebüxt und kalben gegangen war, wie Matei sagte?

Am Zaun entlang wuchsen riesige Kletten, deren Blätter wir als Regenschirme hätten benützen können, aber sie waren schon nass. Wir stiegen steil bergauf, die Gegend war uns wohlbekannt. Es war unser Weg beim Pilzesuchen. Jetzt, nach so viel Regen, war alles voller Pfifferlinge, meinen Lieblingspilzen. Mutter machte daraus ein Ragout mit Petersilie, von dem ich wann immer wie viel immer essen konnte, leider war es stets schnell verzehrt und niemand satt geworden. Wir hatten nichts dabei, deshalb knöpfte Matei seine Kapuze von der Windjacke ab, und weil es kaum noch tropfte, tat ich es ihm nach. Die Pfifferlinge oder Eierschwammerl sind orangegelb und bilden Kolonien, von den kleinen in Knopfgröße über die in der Größe eines Blumenkohltriebs bis hin zu den Riesenbrocken. Die Unbewanderten, und ich fürchte, du bist einer von denen, können sich vergiften, denn es gibt gemeine Doppelgänger, und die strotzen vor Gift. Wir allerdings konnten sie auseinanderhalten, die giftigen haben anstelle der Lamellen an der Unterseite granulierte Sporen. Der Saft, den sie absondern, wenn man den Hut mit dem Fingernagel ritzt, ist ein anderer. Außerdem haben sie einen anderen Geruch, den ich zwar nicht beschreiben kann, der aber unter den Gerüchen meiner Kindheit abgeheftet ist wie der des Holzfeuers. Gab es auch nur den geringsten Zweifel, ließen wir sie stehen, weil wir belehrt worden waren, dass Gier den Menschen nicht nur beschädigen, sondern sogar umbringen kann. Jemand aus unserer Familie hat bei einem ausnehmend reichhaltigen Festessen gerade noch gesagt, »Es war ein königliches Mahl!«, und ist gleich darauf gestorben! Wir füllten beide unsere Kapuzen und ließen sie an der Wurzel eines leicht markanten Baumes zurück, dann stiegen wir weiter hinauf zur Wiese. Es dauerte nicht lange, und wir waren da, keuchend, aber hoffnungsvoll, dass wir es sein würden, die die Kuh und das neugeborene

Kälbchen finden würden, das in den Arm zu nehmen ich kaum erwarten konnte. Kälbchen hatte ich ja auch noch nie gesehen, nur in Büchern.

Die Wiese war leer. Wir ließen unsere Blicke schweifen. Nasses Gras, Blumen mit geschlossenen Kelchen, wie tot, erloschenes Grün, darüber dünne Dunstschwaden. Es war bei weitem nicht so schön wie an den Sonnentagen, wenn die Wiese lebte, wenn die Blumen Besucher empfingen, wenn wir rund um den riesigen Baumstumpf nach Erdbeeren suchten und die Ameisenstraßen beobachteten, wo es ein ständiges Kommen und Gehen, ein ständiges Auf und Ab gab wie heutzutage in einer *Mall* am Stadtrand. Ich sagte zu Matei, wir sollten umkehren, weil sie wohl mittlerweile auch uns suchten. Mein Bruder aber gab nicht klein bei, umso weniger, wenn er ein edles Ziel verfolgte – und er verfolgte, das muss ich sagen, stets ein edles Ziel. Also gingen wir über die Wiese und dann stracks bergab.

Ich glaubte nicht an unser Glück, ich spürte die Nässe an mir hochkriechen und wünschte mir nichts mehr, als nach Hause zurückzukehren, wo es warm war. Just in dem Augenblick aber hörte ich ein herzerweichendes Muhen, es war wohl der traurigste Laut, den ich je von einem Lebewesen vernommen habe. Und da erblickten wir zu unserer Verblüffung die Kuh, die in einer Blutlache lag, und ein hilfloses Kälbchen daneben, das sich nicht rührte.

Es sah ganz anders aus als jenes im Buch, das auf vier dünnen Beinen stand und mit seinem Mäulchen am Euter der Kuh hing. Dies war der Tod, den ich noch nie gesehen hatte. Es hatte aufgehört zu regnen, und große schwarze Fliegen zogen in Schwärmen auf. Mich packte eine Verstörung wie nie zuvor. Ich war hilflos. Ich wusste, dass dieses Mal nichts zu tun war. Gleichzeitig fragte ich mich, ob nicht doch ich es gewesen war, die, ohne es zu wollen, die Stalltür offen gelassen hatte, und das Kälbchen meinetwegen gestorben war. Dieser Gedanke ließ mich erstarren. Wir rannten zurück, so schnell wir konnten, rutschten aber ständig auf den hervorstehenden Wurzeln und in dem Morast des Waldwegs aus. Zwar hatten wir mittlerweile andere Sorgen, aber unterwegs stießen wir auch auf unsere Kapuzen und nahmen sie mit. Ich glaube, wir brauchten nicht länger als zehn Minuten bis auf Väterchens Hof. Dort standen mehrere Männer, darunter der Förster und ein Fremder, Mutter sagte, es sei der Veterinär. Ich weiß nicht, wie sie übers Wasser gekommen waren, wahrscheinlich hatten sie einen Stamm von dem gegenüberliegenden Stapel drübergelegt. Unser Ausreißen hatten sie nicht bemerkt, sie waren zu beschäftigt.

Matei ging beherzt auf sie zu, ich hielt mich hinter seinem Rücken versteckt. Als er zu sprechen begann, hörten sie nicht auf ihn, zu tief steckten sie in ihren Sorgen, irgendwann jedoch schnappte jemand etwas auf, und es wurde plötzlich still. Ganz wirr schilderte mein Bruder, was wir im Wald gefunden hatten. Allerdings konnte er den Ort ganz genau angeben. Ich brachte kein Wort hervor, aber ich nickte zweimal, bei »Mir scheint, das Kalb ist tot« und bei »Die Kuh lebt«.

Niemand kam auf den Gedanken, uns zu schelten, und sobald die Männer wussten, wo die Kuh war, machten sie sich schnell in jene Richtung auf, Mutter aber kümmerte sich um Mütterchen, die leise weinte. Ich erinnere mich, dass sie sich ständig mit ihren knotigen Fingern über die Augenlider fuhr, wie es die Leute gewöhnlich tun, wenn sie die Brille abgesetzt haben, nur dass zwischen ihren Lidern Tränen hervorquollen. Die Kapuzen unserer Windjacken voller Eierschwammerl blieben tagelang am Rand der Holzbank auf dem Hof liegen. Die Pilze verdarben, und Mütterchen warf sie weg, ohne ein Wort.

Als Väterchen, der Förster und der Veterinär zurückkehrten, hatten alle drei finstere Gesichter. Die Kuh und das Kälbchen waren beide gestorben, mehr erfuhren wir nicht. Weder über das Wie noch über das Warum, nur von irgendeinem Riss und einer Blutung war die Rede. Das war nichts für Kinder. Merkwürdigerweise bestätigte der Veterinär, was mein Bruder gesagt hatte: Die Kuh hatte zum Kalben einen Ort gesucht, wo sie ungestört war. Die Geschichte mit den Elefanten passte also. Wenn sie im Stall geblieben wäre, wäre das Kälbchen wohl auch tot geboren worden, so viel bekam ich heraus, dennoch treibt mich der Gedanke, dass ich die Tür offen gelassen haben könnte, bis heute um.

Lupu kam tags darauf unversehrt zurück und wedelte wie immer fröhlich mit dem Schwanz, als er uns sah. In all dem Elend hatten unsere Herbergseltern immerhin diese kleine Freude. Sie hatten ihn verloren geglaubt, derlei war ihnen schon passiert, sagten sie, Hunde, die von Bären getötet worden oder einfach nicht zurückgekehrt waren. Wir rafften alle Essensreste zusammen und warfen sie der weit aufgerissenen Schnauze zu, die, nachdem sie den Bissen geschickt im Flug gefangen hatte, zuklappte und diesen unzerkaut hinunterschluckte, wie wir das kannten. Was Lupu anging, hatte sich nichts geändert. Noch einen Tag später holten Väterchen und ein paar Leute aus dem Dorf im Tal die Brücke wieder ein, besserten sie aus und verankerten sie von neuem. Samstagnachmittag überquerte sie Vater mit einer rotfleischigen Melone im Rucksack, die wir zum Kühlen in das Wasser der Quelle im Wald legten. Das Wetter war wieder schön. Am Nachthimmel erschienen die großen Sterne ganz nahe, mit Händen zu greifen, und weit oben die vielen kleinen wie Schaum, die Milchstraße mittendrin. Nur die Kuhmilch aus dem Stall war versiegt, denn die verbliebene Kuh gab keine Milch. Wir fielen uns gegenseitig ins Wort, als wir Vater erzählten, dass er einen Tag früher nicht über den Fluss Hornului gekommen wäre.

»Ich wäre auch durchs Wasser gekommen«, sagte er einfach, und alles Leid der letzten Tage war im Nu hinweggeschwemmt, wie die entwurzelten Stämme von der Strömung fortgerissen worden waren. Das Wasser unseres Flusses wurde wieder klar, und das Leben kehrte zurück. Ich glaube, es hing mit dem trübe schwellenden Wasser zusammen, dass Vater sich an eine Geschichte erinnerte, die er uns abends vor dem Schlafengehen erzählte am Holzfeuer, dessen rötlichgelblichen Lichter über die dunkle Wand huschten, wo die Stickerei mit dem Letzten Abendmahl hing.

»Ich war einmal mit ein paar Buben an der Donau. Die Leute dort sagten, wir sollten nicht ins Wasser gehen, es gebe dort Wirbel, aber wir taten es doch. Eine Weile schwamm ich vor mich hin, wurde dann aber abgetrieben und geriet unvorbereitet in einen Strudel. Ihr könnt euch nicht vorstellen, was das bedeutet. Als hätte man in der Badewanne den Propfen gezogen, dreht sich das Wasser erst langsam in großen Kreisen, die dann immer enger werden, bis es schließlich vom Abfluss geschluckt wird. Alles wird von dieser Kreisbewegung erfasst, herumgewirbelt, in die Tiefe gerissen. So zog es auch mich jetzt in den Wirbel hinein, vergeblich konnte ich schwimmen, ich spürte, dass es aus ist mit mir. Meine Kraft war viel geringer als die der Donau, gegen sie kam ich nicht an.«

»Und was hast du dann getan?«

Ich hatte Angst und war doch voller Hoffnung.

»Da fiel mir ein, was mir ein Junge beigebracht hatte, mit dem ich mich dort angefreundet hatte. Im Strudel darf man keinen Widerstand leisten, man wird nur müde, schluckt schließlich Wasser und ertrinkt. Vielmehr muss man sich möglichst schnell in die Tiefe ziehen lassen, denn ganz unten, am

Grund des Wassers, ist der Wirbel am schwächsten, man kann leicht aus ihm heraustreten, er ist zu dünn, als dass er einen noch erfassen könnte, er lässt einen los. So machte ich es denn auch und kam frei, aber fast hätte es mich erwischt. Nie wieder habe ich in der Donau gebadet, und ihr sollt es auch nicht tun. Hier im Tal Valea Hornului kommen glücklicherweise keine Wirbel zustande … Und jetzt schlaft.«

Trotz der Aufforderung schwatzten wir Abend für Abend weiter, und dann trug Vater uns ein Gedicht »aus dem Altreich« vor, wo er geboren war. »Beim Popen vor dem Tor/ schaut eine tote Katz' hervor./Wer da redet oder lacht,/dem wird sie auf den Tisch gebracht/zum Frühstück schon mit Spiegelei/und Hundefett und allerlei.« Sobald die Drohung verklungen war, kicherte eines von uns beiden oder sagte etwas, worauf das andere triumphierte: »Du hast die Katz' gefressen.« Und das Ganze ging von vorne los, bis wir, erschöpft von all den Katzen mit Hundefett und allerlei, nicht mehr aßen, nicht mehr schwatzten, sondern aus der verflossenen Welt des vergangenen Tages hinübertraten in die Traumwelt voller Neuigkeiten.

Schon am nächsten Tag waren wir wieder an dem Staudamm, den der entfesselte Fluss ebenfalls fortgerissen hatte. Viele unserer Beschäftigungen im Tal Valea Hornului erinnerten an Überlebenskurse, wie man sie heute auf *Discovery* sieht. Im Wald und auf der Wiese lernten wir Sauerampfer und Sauerklee kennen, die gegen den Durst helfen, wenn man kein Wasser hat, wir sammelten Haselnüsse und knackten sie zwischen zwei Steinen, worauf wir den Kern aus dem braunen Häutchen schälten und ihn aßen, wir schnitten gradgewachsene Haselstangen, die als leichte und feste Wanderstöcke bei steilen Abstiegen helfen, wir beschmissen uns mit Kletten, die an den Kleidern und in den Haaren hängenblieben – das war nicht nützlich, aber lustig –, wir lernten Reisighütten bauen, in einem kleinen Steinkreis Feuer machen und beim Aufbruch die Glut löschen, auf Bäume klettern und nach wildem Honig suchen (obwohl wir nie welchen fanden) und vieles mehr. Zu unseren Lieblingsbeschäftigungen gehörte das Beerenpflücken, ob Erdbeeren oder Himbeeren, Heidelbeeren oder Brombeeren oder Preiselbeeren, die wir Bergribisel nannten. Wie bei allen Kindern war auch bei uns der Sinn fürs Praktische viel ausgeprägter als der Sinn fürs Ästhetische, sodass wir stets, wenn wir mit essbaren Produkten von Ausflügen heimkehrten, eine gewisse Befriedigung empfanden. Dann sagten wir wohl: »Das würde auf dem Markt fünf Lei kosten! – Ach was, mindestens sieben, wenn nicht sogar acht!«, und waren sehr stolz auf uns.

Himbeeren, die sehr schnell matschig wurden, verarbeitete Mutter gleich zu Himbeerschaum, dort, auf dem abschüssigen Hof, grasbestanden und sonnenbeschienen. Die Früchte hatten eine intensive Farbe, die Beeren waren klein und äußerst aromatisch, nicht riesig und beinahe geruchlos, wie wir sie dann im Flachland erlebten. Wir achteten darauf, dass keine Würmer oder Blättchen zwischen den Früchten zurückblieben, und dazu brauchte man gute Augen; Gott sei Dank hatten wir die. Der Schaum musste natürlich von Hand geschlagen werden, und der ganze Vorgang hatte etwas von Alchimie. Anfangs zerstoben die Beeren in kleine Körnchen, das Eiweiß bildete einen glibberigen Kreis darum, und der weiße Kristallzucker knirschte und funkelte unter der Gabel. Dann wurde alles zu einer gleichförmig weichen, cremigen Masse, das Schlagen ging eine Zeitlang leicht von der Hand, sodass die Schüssel auch mir überlassen wurde. Ich hatte meinen Spaß daran, wie die Farbe immer heller und die Masse immer zäher wurde. Bald darauf begann mein Arm wehzutun, und ich übergab die

Schüssel meinem Bruder oder meinem Vater, bis sie schließlich von Mutter übernommen wurde. Ich war nur noch Zaungast, langte aber mit dem Finger in den Schaum, sooft es ging. Sobald der Farbton ins schönste Rosa wechselte, zu jener Zeit, wie ich dir schon sagte, meine Lieblingsfarbe neben Lila, rann die zähe Masse nicht mehr von der Gabel, Blei wurde zu Gold, und wir fühlten uns unsterblich.

An einem der Nachmittage, als wir gerade zu einer solchen Schaumschlägerei angesetzt hatten, tauchte unverhofft Vater auf, es war kein Samstag, an dem wir ihn erwartet hätten. Es war mitten in der Woche. Wir freuten uns, als wir ihn den Hof heraufkommen sahen, merkten aber gleich, dass er in Eile war, erhitzt und mit äußerst finsterem Gesicht:

»Die Russen sind in der Tschechoslowakei einmarschiert!«, sagte er, und Mutter hörte auf, den Schaum zu schlagen, aus dem auch nie mehr etwas werden sollte. Wie das halt ist, wenn sich die Geschichte ungebeten mit an den Tisch setzt.

Im Himmel und auf Erden

Sicherheitsgurte anlegen!

Ein Jahr nach der Besetzung der Tschechoslowakei durch unsere östlichen Nachbarn erlebte das Haus, in dem wir wohnten, ein freudiges Ereignis, einmalig im Leben eines Hauses, das gewöhnlich viel länger ist als ein Menschenleben. In Rumänien war eine gewisse Öffnung zu spüren, und es schien, als sollte die Annäherung an den Westen von Dauer sein, vor allem an die Amerikaner, die in einem Krieg mit den Russen waren, den man kalt nannte. Viele Menschen, unter ihnen auch Vater, waren nach der öffentlichen Lossagung von der Sowjetunion in die Partei eingetreten - es gab nur eine. Das führte manchmal zu Spannungen im Haus, denn die Alten, unter ihnen auch Omama, aber auch die Jungen, unter ihnen auch Mutter, hielten Vater für naiv. Er beharrte darauf, mehr noch als die anderen sich selbst zu überzeugen, dass das nicht stimmte, und das Fernsehprogramm stand ihm dabei zur Seite.

Die Amerikaner waren in Rumänien angekommen, zumindest auf dem Fernsehschirm (so klein der damals auch war!), es gab Woche für Wochen fünfzigminütige Serienfilme, wie man sie bei uns noch nie gesehen hatte, mit schönen Menschen in eleganten Autos, die tranken Pepsi-Cola oder Coca-Cola, ohne sich zu wundern oder wenigstens zu freuen an dem Glück, das über sie gekommen war. Bei der einen oder anderen

Folge merkten wir, dass die Pendeluhr von Onkel Ionel statt fünfzig nur vierzig oder fünfundvierzig Minuten anzeigte.

»Schau mal an, Liebchen«, sagte Onkel Ionel zu seiner Frau, die in der Küche zugange war, »wieder haben sie die Folge gekürzt.«

Diesmal aber, an einem 20. Juli, hatten die Rumänen das Privileg, die ersten Schritte des (amerikanischen) Menschen auf dem Mond im Fernsehen zu verfolgen. Es war am Tag des heiligen Elias, der ja auch im Himmel unterwegs ist, allerdings mit dem feurigen Wagen und nicht mit der Raumfähre namens Apollo 11. In unserem Haus gab es ein Doppelereignis: das Jubiläum der Großmutter, die an dem Tag geboren war, an dem sie ihre älteste Tochter geboren hatte. Beide hatten sie nun einen runden Geburtstag: Großmutter wurde siebzig, Tante Mica vierzig. Mit Ausnahme von Onkel Ionel hatten beim vorangegangenen Festmahl alle den Geburtstagskindern »Hoch soll sie leben« gesungen, beseelter als sonst. Doch die Nachspeisen, die uns einzig und allein wirklich interessierten, sollten erst nach der Sendung aufgetragen werden. Aus der Küche strömten die Düfte des Apfelkuchens in das Zimmer zur Straße, er kühlte im Backofen und machte den Amerikanern Konkurrenz. Dazu sollte es noch allerhand Überraschungen geben, *»pour la bonne bouche«*, wie Tante zu sagen pflegte.

Es gab im ganzen Haus diesen einen Fernseher, ein russisches Fabrikat – das einzige, das zu kriegen war –, und der stand, wie ich dir sagte, in der Wohnung im Erdgeschoss. Die Fernsehantenne war oben auf unserer Terrasse und vorab von Hand durch Zuruf von unten eingestellt worden, was entscheidend zur Bildqualität beitrug.

Nicht entscheidend für die Mondlandschaft war das Schwarzweiß des Fernsehers, der liebe Gott hatte dort nicht in Farben geschwelgt. Wir versammelten uns alle ernsthaft erregt vor dem Bildschirm, wie man zu sein hat, wenn sich ein kosmisches Ereignis ankündigt. Unser altes Haus empfing den Mond zu Besuch. Wer würde so etwas schon versäumen? Auch Omama war da, wie bei allen wichtigen Anlässen. Die Erwachsenen saßen alle am Tisch. Vater, der kurzsichtig war, mit der Jubilarin an der einen Seite, die dem Fernseher am nächsten war. Der Vater meiner Cousins und Omama, die perfekt sah, an der am weitesten abgelegenen, und alle anderen, wie es gerade kam. Bevor die erste *Live*-Übertragung unseres Lebens begann, ging Onkel Ionel, der sich noch nicht gesetzt hatte, immer wieder ans Fenster und blickte zum Himmel, als könnte er seinen Gevatter im Mond sehen, wie die Märchengestalt Dănilă Prepeleac. Draußen aber war nichts zu sehen, weder Menschen noch der Mond. Wir Kleinen hockten auf dem Fußboden, knapp vor der Kommode, mit dem Rücken zum Tisch (auch Adi war dabei, unser anderthalb Jahre alter Cousin, der unterm Tisch zwischen den Beinen der Erwachsenen herumkrabbelte). Wir fühlten uns wie im Kino, in der ersten Reihe: Wollten wir den Mond im Fernseher sehen, mussten wir steil nach oben schauen, als ob wir den Mond am Himmel sehen wollten. Die Tante nahm die Gelegenheit wahr und sagte, die Entfernung von der Erde zum Mond betrage etwa 384 000 Kilometer, etwa tausendmal so viel wie die Entfernung zwischen Kronstadt und Baia Mare. So formuliert, erschien das nachvollziehbar.

Onkel Ionel stellte fest, dass draußen keine Menschenseele zu sehen war. Um zehn Uhr abends war Kronstadt menschenleer wie sonst nie, alle Welt saß buchstäblich um die Fernsehgeräte. Großmutter hielt es für ein gutes Zeichen, dass just an dem Tag, an dem sie siebzig und ihre älteste Tochter vierzig wurde, die Menschheit, also der Mensch den Fuß auf den Mond setzte. Großvater war, wenngleich der Tag seiner Geburt am weitesten zurücklag in einer Zeit, als Automobile nur so häufig verkehrten wie Raumschiffe in der unseren, äußerst ruhig. Schließlich hatte er in seinem Leben die meisten und größten Veränderungen mitangesehen. Wir anderen ließen das Ereignis auf uns wirken, als wären wir unvermittelt in Jules Vernes Roman *Von der Erde zum Mond* geraten, *live*.

Tante und Großmutter erinnerten sich an ihren Bruder, der im Großen Krieg in Gefangenschaft geraten war und sie in Krasnojarsk in Sibirien durchgemacht hatte, ehe ihn die Amerikaner über das Rote Kreuz freikauften, weshalb sie ihnen und ihrer Raumfahrtmission größtes Wohlwollen entgegenbrachten.

Die Übertragung, die Millionen Menschen mit ähnlichen Gefühlen verfolgten, war, recht besehen, nichts Besonderes. Hätten wir nicht gewusst, worum es ging, wir hätten gar nicht zugeschaut, das alles war weit unter den TV-Serien am Sonntagnachmittag, etwa *Verschollen zwischen fremden Welten*. Eine Art metallisches Kriechtier, unbestimmte Gestalten mit wabernden Umrissen, die sich mit zeitverzögerten Sprüngen langsam fortbewegten, eine Flagge, das alles war auf dem Schwarzweißfernseher kaum auszumachen. Trotzdem waren die drei Amerikaner Neil Armstrong, »Buzz« Aldrin und Michael Collins unsere Helden. Wochenlang wiederholten wir ihre Namen, wie wir die der vier Beatles aufsagten: John, Paul, Ringo … George vergaß ich regelmäßig. Eigentlich hätten auch sie, unsere vier *Bittels*, es verdient, zum Mond zu fliegen. Das Wort von Armstrong, »Ein kleiner Schritt … aber ein gewaltiger Sprung …«, das war ja eine Art »Let it be« oder »We all live in a yellow submarine«. Saßen doch auch die Kosmonauten in ihrer Kapsel wie in einem Unterseeboot. Ich musste noch wachsen, ehe ich mich fragte, was gerade Apollo, der Gott des Lichts, auf dem Mond und die Amerikaner in einem russischen

Fernseher zu suchen hatten. Damals waren wir allesamt kosmische Kinder, denen alles im Leben möglich und gleich wichtig erscheint.

»Wenn ich groß bin, werde ich Kosmonaut«, erklärte Doru eines Tages.

»Und ich Kosmonautin«, sagte ich gleich darauf, denn als ich ihn hörte, schien mir, als hätte ich mir das immer schon gewünscht. Kurz davor hatte ich erfahren, dass man mir am Tag des ersten Weltraumflugs von Gagarin den Haarschopf gestutzt hatte. Ich fand es natürlich schade, dass Gagarin kein Amerikaner war, aber da konnte man nichts machen, die Wirklichkeit musste klaglos hingenommen werden.

»Kosmonautinnen gibt's keine«, sagte Doru, »nur Kosmonauten.«

»Das kannst du eh nicht werden«, sagte mein Bruder, der sich oft mit Doru verbündete, »weil du Karies hast. Kosmonauten dürfen keine Karies haben, das hat mir Vater gesagt.«

»Die war an einem Milchzahn, und den habe ich nicht mehr.«

»Man muss sehr sportlich sein, du machst keine Liegestütze, nicht einmal einen schaffst du.«

»Ich mache die Brücke, und den Spagat. Und im Lotussitz bin ich besser als du.«

»Lotus auf dem Mond, so ein Blödsinn! Ich mach Lotus im Handstand, wenn du's wissen willst! Und wenn du's genau wissen willst, Kosmonaut werde ich auch nicht«, fuhr mir Matei über den Mund, dabei wusste ich genau, dass er es werden wollte. »Lotussitz auf dem Mond«, wiederholte er, »was soll das denn?«

Just in der amerikanischen Periode unserer Kindheit machten wir auch die indische durch: Wir turnten täglich, machten Yoga nach dem Buch – es gab nur ein einziges –, atmeten bewusst, ausgestreckt auf dem Teppich, wir »entspannten« dauernd, obwohl wir nicht wer weiß wie angespannt waren. Die Entspannungsübungen hätten den Großen gutgetan, die aber hatten mit Yoga keine Freude, darum waren sie oft recht angespannt. Unser Ziel war allerdings ein viel erhabeneres: die Levitation. Ebenfalls eine Art Flug, nicht so hoch hinauf wie der der Amerikaner, aber nicht weniger reizvoll. Jeder von uns teilte hin und wieder den anderen mit, sie sei ihm gelungen, aber »nur ein paar Sekunden«, dann sei er wieder auf dem Teppich gelandet. Und schilderte, wie er die Welt aus ein bis zwei Metern Höhe betrachtet hatte. Alle hörten wir aufmerksam zu, als glaubten wir es. Ja, ich glaube sogar, wir glaubten es.

Ein Jahr vor der Mondlandung war ein sehr dickes Buch übersetzt worden, es hieß *Der Tod eines Präsidenten*. Auf dem Umschlag ein Bild von Kennedy und die amerikanische Flagge, die ich zum ersten Mal sah. Vater las lange Zeit Abend für Abend darin, es war neunhundert Seiten stark, und so waren auch wir bald vertraut mit John Fitzgerald und seiner Frau Jacqueline, die im selben Jahr geheiratet hatten wie Mutter und Vater. Wir debattierten beim Abendessen über die Hypothesen zu seiner Ermordung, und natürlich lösten Matei und ich den Fall ohne besondere Schwierigkeiten auf unseren imaginären Reisen in den nächsten paar Tagen. Alsbald kriegten wir beide (mit der Hilfe von Dina und Doru, wir hatten nichts dagegen, den Ruhm mit anderen zu teilen) die Mörder, es waren nämlich mehrere und gewichtigere als jener eine, der abgedrückt hatte, bei der Verfolgung setzten wir auch Levitations- und sonstige Yogaübungen ein, und jetzt saßen die Schurken wohlbewacht im Gefängnis. Wir hatten sie der CIA übergeben, das Kürzel hieß, wie wir von Vater erfuhren, Central Intelligence Agency. Das klang gut, in unserem Haus wurde Intelligenz geschätzt. Bei dem Einsatz hatten wir flugs Englisch gelernt. Somit hatten wir, höchst effizient, auch die Frage nach dem Tod des Präsidenten der Vereinigten Staaten von Amerika gelöst und ein weiteres Mal Gerechtigkeit in der Welt geschaffen! Abends beim Schlafengehen waren wir zufrieden wie jeder Mensch bei dem Gefühl, dass er seine Pflicht getan hat und ruhig schlafen kann.

Der einzige amerikanische Gegenstand, den wir im Haus hatten, war ein Reisenähzeug von Soldaten aus dem Zweiten Weltkrieg. Ich weiß nicht, woher Großmutter es hatte, die es an Mutter weitergab. Wir hatten es auf allen Reisen dabei. Es war aus grünem Stoff wie die Uniformen der Einsatztruppen, ließ sich einrollen und mit zwei angenähten Bändern verschnüren. Wenn man es aufrollte, entdeckte man eine Menge kleiner Taschen, vor allem aber Nadeln, die der Größe nach gesteckt waren, davon einige mit vergoldeter Spitze. Nähgarn in allen Farben, ein Fingerhut, der, wie ich meine, nicht auf den Finger eines Soldaten gepasst hätte, und elastische Bänder, davon einige aus »Zwickigummi«, rundeten das Set ab. Diese dünnen Gummis verwendeten die Buben als kleine improvisierte Zwillen, mit denen sie von der Terrasse aus die Katzen auf den umliegenden Dächern beschossen. Genauso verführerisch wie »Zwickigummis« war Kaugummi, der bei den Kindern auf der Straße *Tschiunga* hieß. Ich weiß nicht, woher wir ihn hatten, mal der eine, mal die andere, aber er hatte einen hohen Tauschwert.

Ich brauche dir nicht zu sagen, dass Kronstadt eine Stadt der Kaufleute ist. Das war, glaube ich heute, ihr Glück: Sie blieb eine offene Stadt, wo die Fremden kamen und gingen, zum gegenseitigen Nutzen, und es spielte keine Rolle, welchem Volk man angehörte. Auch wir, die Kinder in der Strada Maiakovski, Rumänen, Ungarn, Juden, Sachsen, tätigten von klein auf Tauschgeschäfte, die schon nach Handel aussahen, und *Tschiunga* war immer eine begehrte Ware. Ein jedes hatte etwas anzubieten: ich dann und wann eine bunte Papierserviette aus meiner Sammlung, die ich in einer Bonbonschachtel aufbewahrte. Die gewöhnlichen Servietten waren ein einfaches Stück Krepppapier, das an Klopapier erinnerte, nur weißer war, deshalb sammelten viele Mädchen »Restaurantservietten«, und jene, die einmal zu aufwendigeren Festmählern gelangten, steckten die unberührte Serviette ein. Nicht zu reden von den ausländischen, die wurden eine zu sieben getauscht. Mein Bruder hatte ein herrliches Album mit Briefmarken aus aller Welt und Glasmurmeln mit bunten Einschlüssen, die vom Asphalt hochsprangen, Doru wiederum hatte Kugellager und Magneten, die ebenfalls sehr begehrt waren, vor allem die Magneten. Man wurde nicht müde, metallische Gegenstände an sie heranzuführen und zu beobachten, wie sie sich an die Magneten hefteten, oder umgekehrt, wie dieser mitsamt der Hand von einem festinstallierten Eisenrohr angezogen wurde.

Nach der Besetzung der Tschechoslowakei verfasste Matei als Geburtstagsgeschenk für Vater ein Gedicht. Es hieß *Gedicht 1 von Matei*. Die erste Strophe war meiner Meinung nach vollkommen, sowohl von der Form als auch vom Inhalt her, wie es heißt:

Guter Vater mein,
Kein Gewehr soll sein
In deinem Krieg
Bis zu dem Sieg.

Im zweiten Teil war der Inhalt genauso gut, an der Form hätte man noch arbeiten müssen:

Lange sollst du leben,
Wie ein Bart so lang,
Mit Mutter zusamm'
Als guter Ehemann.
Damit wir glücklich sind,
Erwachsen oder Kind.

Vater hielt sich allerdings nicht mit Kleinigkeiten wie der Reinheit des Reims auf, er packte Matei und warf ihn in die Höhe, dass der fast mit dem Kopf an die Decke gestoßen wäre. Die Decke war bei uns »auf dem Dachboden« sehr niedrig und alles im Zimmer klein gehalten. Glücklicherweise waren auch wir nicht zu sehr in die Höhe geschossen. Ich schenkte ihm ein Päckchen Kaugummi, das ich für vier meiner schönsten Servietten eingetauscht hatte, und Vater sagte, er werde es ein Leben lang als Erinnerung behalten. Allerdings teilte er es nach ein paar Tagen erst recht unter uns auf und behielt nur ein Blättchen, das er unter unzähligen »Hmm! Hmm!« kaute, damit ich merkte, wie gut es ihm schmeckte.

Wir spielten zu jener Zeit oft Amerikaner, Tom Sawyer, Huckleberry Finn und Becky. Der kleine Adrian, der noch keine Ahnung von Mark Twain hatte, musste Sid sein, ein braver Junge, dessen Rolle niemand wollte. Mein Bruder war Tom, Doru war Huck, meine Cousine war natürlich Becky. Ich wurde dazu verdonnert, als Neger Jim ein Rotwelsch zu sprechen, das ich ganz gut hinkriegte.

An einem Sonntagnachmittag, während wir uns *Invaders* anschauten, eine Serie, die wir atemlos verfolgten, weil wir mit Sciene-Fiction und fliegenden Untertassen noch keineswegs vertraut waren, sagte Onkel Ionel zur Tante:

»Liebchen, pass auf, ich glaube, die Invasoren, das sind die Russen.«

»Wo hast du das denn wieder her?«

»Ja siehst du's denn nicht?«

Es lief die Folge *Der Unschuldige, The Innocent.* Die fünfzig Minuten erschienen mir wie Stunden, denn es wurde eine derartige Spannung aufgebaut, dass man vor Schreck meinte, die Zeit sei stehengeblieben. Die Musik kündigte jeweils an, dass man achtgeben sollte, weil etwas Furchtbares geschehen würde, und kaum hatte man den Schrecken hinter sich, kam ein neuer. Folge für Folge war David Vincent der schönste Mann, sodass man zu ihm hielt und glaubte, was immer er sagte. Wichtiger noch war, dass seine Schönheit niemals trog, er war auch der Beste. Manchmal waren auch die Invasoren schön, aber böse. David Vincent hatte gesehen, wie eine fliegende Untertasse gelandet war. Dennoch glaubte ihm keiner, sie hielten ihn für verrückt, ja sie internierten ihn sogar in einem Irrenhaus. Er hatte gleich bemerkt, dass die Invasoren den kleinen Finger steif abgespreizt hielten. Bei allen Folgen achteten wir, sobald eine neue Gestalt auftauchte, auf seine Hand, um zu sehen, ob er gut war oder böse. Trotzdem lagen wir manchmal daneben, wie auch David, zumal die Frauen ihre Hände verbargen. Damals begann ich auf die Hände der Leute zu achten und stellte fest, dass die einen ihren Händen ähnlich sahen, andere nicht. Nach der Serie glotzten wir auch die Leute auf der Straße an, um herauszufinden, ob es zu einer Invasion aus dem All gekommen war. Wenn sie starben, verdampften die Eindringlinge und hinterließen nur eine Dunstspur.

»Äußerst praktisch«, sagte Tante, »dann brauchen sie keine Friedhöfe und Beerdigungen mehr.«

Wir wussten, dass Tante Beerdigungen hasste, zu denen sie in letzter Zeit immer gehen musste. In der Folge *Der Unschuldige* wird David Vincent von den bösen Außerirdischen, die wie Menschen aussehen, aber keine sind, gefangen genommen und in eine fliegende Untertasse verfrachtet. Wir hielten den Atem an, weil er in einer Art Zahnarztstuhl aufgrund der schier unerträglichen Geschwindigkeit ohnmächtig wurde. Statt dass sie auf einem anderen Planeten gelandet wären – was wir begrüßt hätten, weil wir gern gewusst hätten, wie es bei ihnen, den Eindringlingen, ausschaut –, tat sich auf dem metallischen Bildschirm des Raumfahrzeugs, siehe da, erst recht Amerika auf. Seinem Auge eröffnet sich eine Welt, die wirklich, gut und schön erscheint, allerdings gibt es sie nur in seiner Vorstellung. Eher aus einem Misstrauen, das auf Erfahrung beruht, denn aus besonderer Intelligenz, entdeckt David, dass es sich um einen Trick handelt:

»Ihr nehmt eine Gehirnwäsche an mir vor«, sagt er irgendwann zu den Eindringlingen, und gerade diese Replik schnappte Onkel Ionel auf. Die sagen dann noch, sie hätten nur die besten Absichten mit den Menschen und es werde ihnen gutgehen unter ihrer Macht, dabei sieht David Vincent, dass nur verfluchte Dinge im Gang sind.

Tante kam allerdings nicht mehr dazu, etwas zu sehen, denn damit endeten die 48 Minuten der Folge, und zwei folgende wurden gestrichen. Doru, der alles die ganze Zeit über konzentriert und mit katzengleich starrem Blick verfolgt hatte, fragte: »Wieso habt ihr dauernd ... dauernd auf die Amerikaner gewartet?«

Wenn er so redete, fiel mir die Kinnlade runter. Woher wusste er das? Er redete, als gehörte er zu den Erwachsenen und nicht zu uns, den Kindern.

»Wir haben sie erwartet, weil Rumänien wie eine Königstochter war, die von einem Drachen gefangen gehalten wird und darauf hofft, von einem Prinzen befreit zu werden«, sagte Tante und schürzte dabei ärgerlich ihre Lippen, die jenen von Jane Fonda ähnlich sahen.

»Allerdings hatte der Prinz nichts mit ihr vor, weshalb sie mit dem Drachen zurechtkommen musste, ihm zu Diensten sein wie eine wahre Gattin, und wenn sie nicht gestorben sind, leben sie noch heute«, fügte Onkel Ionel hinzu, wobei sein Schnurrbart, der noch weißer geworden war, leicht bebte.

»Was ist das für ein Märchen?«, fragte ich misstrauisch. »Sowas habe ich noch nie gehört.«

»Dieses heißt Geschichte«, sagte Tante, »aber na, ich bin halt für Erdkunde zuständig.« Sie ging zu der Kommode, zog die ehemals verbotene Schublade auf, die jetzt nicht mehr abgeschlossen war, holte ein Heft hervor und sagte, es sei das Tagebuch einer Reise durch Amerika. Da gab es also noch ein weiteres Tagebuch, nicht nur das von Onkel Ionel.

»Wo ist meine Brille?«

»Da ist sie, Liebchen.« Onkel Ionel reichte ihr die Brille mit derselben unverbraucht jugendlichen Zärtlichkeit, wie wir sie in seinem Heft niedergelegt gefunden hatten.

Tante las die mit violetter Tinte geschriebenen, schön geschwungenen Lettern vor: *Eindrücke von der Reise, unternommen anlässlich des Internationalen Kongresses für Statistik in Washington im Jahre 1947*. So hieß das eigentlich gar nicht, denn es war Ungarisch, aber die Tante dolmetschte perfekt.

»Wer hat das geschrieben?«

»Das werde ich euch am Schluss erzählen«, sagte Tante, »es handelt sich um jemanden, der oft bei uns im Hause war. Ein Mann, schön und klug wie ein Märchenprinz, im Übrigen ein Meister des Schachspiels. Kein einziges Mal ohne Fliege.«

Mein Bild von einem Märchenprinzen war eins ohne Fliege, und dass so einer Schach gespielt hätte, konnte ich mir irgendwie nicht vorstellen.

»Nach Amerika ist dieser Mann allerdings, wie die Überschrift sagt, als Statistiker gereist.«

»Was ist das?«

Keiner von uns hatte jemals davon gehört.

»Man zählt und ordnet und vergleicht, das ist eine Wissenschaft, die mit Mathematik, aber auch mit Soziologie zu tun hat, darüber werdet ihr später lernen, hoffe ich wenigstens, wenngleich die Schule nicht mehr das ist, was sie einmal war. Nehmen wir zum Beispiel die Statistik unseres Hauses. Wie viele Menschen sind wir in diesem Haus?«

»13«, sagte Matei sofort, aber ich glaube, er hatte sich die Antwort schon vorher überlegt.

»Wie viele davon sind weiblichen Geschlechts?«

Matei begann an den Fingern abzuzählen.

»Du, Dina, Ana, Großmutter, Mutter, Mica (die Mutter unserer Cousins): sechs. Und wenn wir Omama mitzählen, sieben.«

»Wie viele männlichen Geschlechts?«

»Ebenfalls sechs, nein, mit Adi sind wir jetzt sieben.«

»Wie viele Fernseher gibt es im Haus?«

»Einen.«

»Also ein Fernseher für 14 Leute, davon sieben weiblichen und sieben männlichen Geschlechts. Das ist die Statistik. So, in Zahlen, tun die Dinge nicht so weh. Daraus kann man bestimmte Schlüsse ziehen, das werdet ihr aber erst in etwa zehn Jahren tun.«

Mir erschien schon ein Jahr unendlich lang, erst recht zehn. Dieser Refrain, in wer weiß wie vielen Jahren, kehrte in den Versprechungen der Erwachsenen immer wieder, tröstete uns aber keineswegs über die gegenwärtigen Unzulänglichkeiten hinweg.

»Manchmal hat die Statistik auch Seiten, die schwer zu erklären sind. So hat euer Großvater festgestellt, dass in Zeiten eines großen Krieges fast nur Buben geboren werden.«

»Wieso?«

»Weil in einem Krieg mehr Männer sterben als Frauen. Wenn viele Buben geboren werden, ist das ein Zeichen, dass ein Krieg kommt.«

»Beim Spielen auf der Straße sind wir genauso viele Buben wie Mädels …«, sagte Matei und richtete seine fragenden grünen Blicke auf die Tante.

»Das ist sehr gut«, sagte sie, »dann kommt kein Krieg. Und wenn ihr wissen wollt, was ein richtiger Flug ist, sogar einer nach Amerika, dann hört mir zu, denn das ist interessanter als diese *Invasoren* mit geknicktem Finger …«

»Und einem Knick in der Optik«, ergänzte Onkel Ionel und lachte. An jenem Sonntag war er gutgelaunt und sprach mit seiner guten Stimme.

»Nun denn … Dieser Mann, über den ihr später mehr erfahren werdet, ist zuerst mit dem Zug nach Paris gefahren, aber ich lese euch nicht vor, was er dort gesehen hat, sondern sage nur, dass er das Café de la Régence, den traditionellen Treffpunkt der Schachspieler, besucht hat und dann … ja, dann ist er von Paris aus über den Ozean geflogen … Und welcher Ozean war das?«

»Der Atlantik«, sagte Doru gleich.

»Bravo«, lobte ihn Tante.

Gut, dass ich geschwiegen hatte, obwohl ich sonst immer als Erste eine Antwort parat hatte, ich hätte Pazifik gesagt.

»Passt auf, noch vor der Ankunft am Flughafen heißt es: ›Fast hätte ich Kummer bekommen, denn von den drei Impfbestätigungen fehlte mir die gegen Pocken, *smallpox.*‹ Ihr müsst immer wissen, welche Impfungen ihr bekommen habt und welche nicht«, mahnte uns Tante, dann setzte sie fort mit dem Abflug des Mannes aus Paris in dem unwirklich weit zurückliegenden Jahr 1947, dabei hätten wir nur zu gern gewusst, wer er war, hatte er sich doch in unserem Haus aufgehalten. Alles, was folgte, erschien uns, die wir nicht nur noch nie geflogen waren, sondern überhaupt keinen Flieger in Wirklichkeit gesehen hatten, tatsächlich wie in der Fernsehserie.

»›Erst um acht Uhr bestiegen wir den Bus, der uns vom Flughafen zum Flugzeug brachte. Dieses hatte vierzig Sitze, die man zum Schlafen zurückklappen konnte. Das Personal bestand aus vier oder fünf Personen, zwei Piloten, die sich abwechselten, und einer Dame (der Stewardess), die sich um die Reisenden kümmerte, Erfrischungsgetränke und andere Dinge brachte, etwa Kaugummi.‹ Ihr werdet sehen, ständig zählt und vergleicht er, wie es sich für einen Berufsstatistiker gehört«, merkte Tante an, die das Heft offenbar schon gelesen hatte.

Was hätten wir nicht darum gegeben, selbst zu fliegen, wenigstens mit dem Flugzeug, wenn schon nicht mit der Untertasse, und Kaugummi von einer Dame zu bekommen, die Stewardess hieß! Wir schluckten und horchten weiter zu:

»›Zu Mittag und zu Abend aßen wir am Boden bei den beiden Zwischenlandungen, der ersten in Shannon (Irland, setzte Tante hinzu), der zweiten auf dem Gander Airport (Terra Nova oder Neufundland, Kanada, erklärte Tante). Ich hatte mich vor dieser Flugreise gefürchtet. Erst einmal war ich geflogen, eine halbe Stunde über Berlin, als ich den Eindruck hatte, wenn ich mit dem einen Fuß fester aufträte, würde die kleine Maschine aus dem Gleichgewicht und ins Schlingern geraten. Beim Start auf dem Flughafen in Irland wehte heftiger Wind. Windy, sagte ich. Very windy, antwortete mein Nachbar. Keine rechte Ermutigung für den Flug über den Ozean. Trotzdem gewann ich mein Vertrauen sehr schnell zurück. Langsam stiegen wir in ruhigere Luftschichten auf. Eine Leuchtschrift über dem Eingang zur Pilotenkanzel mahnte uns dann und wann: *Sicher-*

heitsgurte anlegen! Anfangs machten mir solche Ankündigungen Angst, ich dachte, wir würden in gefährliche Turbulenzen geraten, es ging aber nur darum, dass wir am Sitz festgeschnallt blieben, wenn es zu steileren Steig- oder Sinkflügen kam.‹«

Während ich Tante zuhörte, fragte ich mich, wer der Fluggast sein mochte. Das Zeug zum Serienhelden schien er nicht zu haben, fürchtete er sich doch vor dem Fliegen. Er erschien mir eher wie ein durch und durch normaler Mensch.

»›Wir flogen fast die ganze Zeit über den Wolken. Wenn dann und wann die Wolkendecke aufriss, sahen die großen Wellen da unten aus wie Straßenzüge von Städten und die weißen Schaumkronen wie die Dächer der Häuser. Die Landung in Irland (der Grünen Insel, bemerkte Tante dazu) verursachte mir Ohrenschmerzen, ich war auch ein wenig erkältet. Die zweite Pause legten wir in Neufundland-Labrador ein, woher gewiss auch die schönen Hunde gleichen Namens stammen.‹«

Alle fielen wir Tante ins Wort, sie möge uns sagen, wie der Labrador aussieht, der Hund interessierte uns, aber über seine weiße Färbung und seine Freude am Schwimmen und Fischen hinaus erfuhren wir nichts. Tante bestand darauf, mit dem fortzufahren, was sie interessierte, die Erwachsenen machen das oft.

»Unterbrecht die Fernsehserie nicht mehr«, sagte uns die Vorleserin. »Es ist wie bei den *Invaders*, und dieser Mann ist David Vincent, lasst ihn nach Amerika gelangen, sonst kriegen ihn … die roten Invasoren. Also, wo waren wir … ›Neufundland-Labrador … eine Inselgruppe in der Nähe von Kanada, die zu England gehört. Unfruchtbares, sumpfiges Gelände. Die Landung verursacht Kopfschmerzen. Obwohl ringsum nichts wächst, bietet man uns zum Abendessen schneeweißes Brot und Ente. Merkwürdigerweise hat dieser Transport in drei- bis viertausend Metern Höhe meine Erkältung geheilt. Über das Flugzeug will ich nur Folgendes sagen: Die Toilette funktioniert nicht mit Wasserspülung, sondern einer Art chemischer Reinigung. Weil wir in westlicher Richtung flogen‹« – Tante sprach mit Nachdruck wie in den Erdkundestunden –, »›zog sich die Nacht in die Länge, sodass wir in Labrador die Uhren viereinhalb, in New York schließlich noch anderthalb Stunden zurückstellen mussten.

Aufregend war, zu sehen, wie sich unter uns in der nächtlichen Finsternis das Panorama der beleuchteten Wolkenkratzer auftat. Wie ein Igel mit Tausenden von leuchtenden Stacheln. Wieder wurden die Papiere der Reisenden von drei oder vier Beamten genau untersucht. Polizisten, Zöllner, verschiedene Inspektoren überprüften die Pässe, die ärztlichen Bescheinigungen, die mitgeführten Devisen und so weiter.‹«

Am Ende ist das ein internationaler Betrüger, dachte ich, wenn der doch dauernd von Zollkontrollen redet, als hätte er Angst davor. Tante fuhr fort:

»›Der erste Eindruck, den man schon im Flugzeug von New York bekam, war entzückend ...‹ Welches ist die Hauptstadt der Vereinigten Staaten?«, besann sich die Vorleserin ihrer erzieherischen Pflicht und nahm ihre kleine häusliche Klasse in den Blick.

»New York«, sagte ich.

»Washington«, sagte Doru, in solche Fallen tappte er nicht.

Schade, dass ich nicht wieder geschwiegen hatte, wo doch Vater das Sprichwort so oft wiederholte: »Hättest du geschwiegen, wärst du ein Philosoph geblieben.« Er sagte das auf Latein.

»Washington, D. C.«, ergänzte die Vorleserin. »Wieso D. C.?«

Niemand wusste es.

»District Columbia, abgekürzt D.C., *Diessie*«, dann senkte die Tante ihren Blick wieder zum Buch. »›... war entzückend, nichts als Lichter, nichts als Glanz, auch noch nach Mitternacht. Den zweiten, diesmal unangenehmen Eindruck bekam ich beim Taxi. Ich wechselte ein paar Worte mit dem Träger, der mein Gepäck schleppte, dann mit dem Fahrer und erschrak, weil ich das Englisch nicht verstand. Sie sprachen allerdings auch kein Englisch, sondern *Amerikanisch*, und auch da einen Slang, während ich nur Hochenglisch konnte, und auch eher das geschriebene als das gesprochene.‹ Ich überspringe noch ein paar Seiten«, sagte Tante, »denn das interessiert euch jetzt nicht, in ein paar Jahren werdet ihr das selbst lesen, wenn ihr Ungarisch lernt, obwohl ich da keine Fortschritte sehe!«

Wir verstanden noch nicht einmal die einfache »Küchensprache«, von Lesen ganz zu schweigen.

»Er fährt mit dem Zug nach Washington, denn dort ist der Kongress. ›Hier pflegt man nicht vor der Abfahrt des Zuges einzusteigen wie bei uns. Eine Dreiviertelstunde vor Abfahrt war keine Menschenseele im Zug. Ich dachte schon, mein schwarzer Freund hätte sich im Zug geirrt. Bevor er ging, sah ich, wie er in einem Eingang stehen blieb und etwas trank. Ich hatte Zeit genug, hinzugehen und nachzusehen. Da stand eine lange Reihe Pappbecher, von denen ich auch einen nahm, aus einem dünnen Rohr rann eiskaltes Wasser, das mir sehr guttat, denn hier ist es auch im September noch recht warm. Wie im Flugzeug waren alle Sitze gleich ausgerichtet, es gab kein Gegenüber wie bei uns. In der Mitte war ein Gang, links und rechts je ein Doppelsitzer wie ein Sofa. In einem anderen Wagen gab es etwa hundert Stehplätze.‹«

Tante hielt inne, um Luft zu holen und ihre Brille zu putzen.

»Ganz der Statistiker«, wiederholte sie, unüberhörbar liebevoll, sodass mir der Gedanke kam, dass auch sie früher mit jemand anderem verheiratet gewesen war, wie Onkel Ionel. Ich blickte zu ihm hinüber, er aber saß ruhig und etwas schläfrig da und schien zu wissen, wie es weiterging.

»›Die Reisenden stiegen einzeln in den Wagen mit Sitzen. Neben mich setzte sich niemand, wahrscheinlich hatten sie bemerkt, dass ich viel mehr Gepäck hatte als die andern. Die Zweisitzer sind äußerst praktisch, denn man kann die Lehne zurückklappen und sich ausstrecken, ich hätte sogar schlafen können, zog es aber vor, die Gegend zu betrachten, vor allem aber die Mitreisenden. Die Hälfte davon waren Schwarze, und je näher wir an Washington, also weiter südlich waren, desto mehr wurden es. Ich weiß nicht, ob es daran lag, dass Sonntag war, sie waren sehr fein gekleidet, die meisten in weißen Seidenhemden und gut gebügelten Hosen. Ich bemerkte, dass Weiße und Schwarze sich nach Möglichkeit nicht nebeneinandersetzten. Vor mir beispielsweise setzte sich ein Schwarzer vorübergehend neben einen Weißen. Dann sah er sich um und wechselte auf einen Platz neben einem Gleichfarbigen. Ich glaube allerdings, das wird sich mit der Zeit ändern. Ein fetter Riesenkerl führte ein Kofferradio mit sich, das er die ganze Fahrt über quäken ließ. Wenn der Verkäufer mit Essen und Erfrischungsgetränken vorbeikam, kaufte er ihm jeweils etwas ab, und die Krümel vom Weißbrot, das an einen Hefezopf erinnerte, ließ er achtlos zu Boden fallen. Die Getränke (Bier, Limonade, Milch) wurden entweder in Metalldosen oder in Pappbechern angeboten.‹«

Auch wir versuchten, uns dergleichen vorzustellen, aber wir kannten nur Glasflaschen und Glasbecher. Natürlich kriegten wir in null Komma nix Faltbecher aus Papier hin, dachten uns aber, dass die Pappbecher, von denen der Reisende sprach, etwas anderes waren. Das alles war wie in einer Science-Fiction-Serie und regte in der Tat unsere Phantasie an. Für einen Augenblick stellte ich mir den Mann als einen Schwarzen vor, dann als einen schachspielenden schwarzen Prinzen mit Fliege, aber ich sagte nichts. Ich war gespannt auf die roten Invasoren.

»›Vom Zug aus konnte ich schon ab New York auf der ganzen langen Reise feststellen, dass alle Gebäude, sowohl die gewerblichen als auch die Wohnbauten, nur aus Eisen und Glas bestanden. Ich ließ mein Gepäck am Bahnhof zurück und fuhr mit der Straßenbahn und dem Bus zum Shoreham Hotel, dem Tagungszentrum. Überhaupt ist Autofahren ziemlich kompliziert, vor allem weil es keine Verkehrspolizisten gibt, die den Verkehr regeln, sondern nur Ampeln. Ich eilte zum Kongress. Statistik ist hier stark automatisiert. Die Apparate arbeiten mit Lochkarten, und die Ergebnisse werden sofort angezeigt. All diese automatischen Maschinen bringen unwahrscheinliche Leistungen. Weiße und schwarze Gesichter stecken zusammen und bedienen die Maschinen. Gerade mal eine Frau allein überwachte bis zu drei Geräte, die selbständig arbeiteten. So konnte ein und derselbe Text beliebig oft ausgedruckt werden, ohne dass es einen Unterschied zwischen Original und Kopie gegeben hätte. Oft wurden Daten stark verkleinert auf Mikrofilm übertragen, was die Verarbeitung erleichterte.‹«

Dabei ging mir durch den Kopf, der Mann könnte Spion sein, einer, wie es ihn in so vielen Serien gibt. Dort gab es auch Mikrofilme, die stets sehr wertvolle Informationen enthielten, Mord und Totschlag gab es ihretwegen. So gewinnt auch der Gedanke, alles bis ins Einzelne aufzuschreiben, eine andere Bedeutung.

»›Die Mikrofilme wurden gerollt und mit Gummis gefasst. Bei uns gibt es so etwas nicht. Ich bat auch um ein paar von den Gummis. Im Allgemeinen geht die Arbeitszeit in solchen

Institutionen bis halb fünf, allerdings mit einer ein- bis zweistündigen Mittagspause. Sie bekommen jede Menge zu essen, zu einem sehr günstigen Preis, in Sälen, wo die Kunden sich mit Tabletts bedienen. Wir aßen ebenfalls dort.‹«

»Selbstbedienung«, sagte Onkel Ionel plötzlich lebhaft, »gibt es auch bei uns, aber das Essen ist nicht gut.«

»›Mein Mitreisender aus New York und Mitbewohner war R. Bachi, ein Universitätsprofessor aus Jerusalem. Professor Bachi, ein jovialer Jude, erwies sich bei unseren Streifzügen durch New York als großartiger Partner. Sein Vater war Universitätsprofessor in Italien gewesen, der Sohn aber zum großen Zionisten geworden, den das Schicksal Palästinas umtrieb, seines neuen Vaterlandes. Überall suchte er nach dem einen oder anderen Nexus (vom lateinischen *nexus*, erklärt hier Ddd ... erklärt der Autor in Klammern, stotterte die Tante, fast hätte sie einen Namen genannt ...). Es war ein etwas merkwürdiger Auftritt, als ich mich gemeinsam mit dem Professor Bachi vor dem Hotel Commodore einfand. Er hatte um die zehn Gepäckstücke, darunter große Landkarten, die er eingerollt unterm Arm trug, er hatte einen Vortrag beim Kongress damit bestritten. Wir luden das gesamte Gepäck aus dem Taxi und legten es auf dem Bürgersteig ab. Bachi ging nach unseren Zimmern fragen, die wir im Vorhinein reserviert hatten. Während ich das Gepäck bewachte, kam einer unserer indischen Freunde mit einem seiner Gefährten aus dem Hotel. Er bot sofort an, uns, wenn wir kein Zimmer bekämen, seines zu überlassen. Natürlich hatte alles seine Ordnung, unsere Zimmer standen uns zur Verfügung.‹«

Jedenfalls machte der Autor des Tagebuchs den Eindruck eines freundlichen Menschen, der den Invasoren nicht gefährlich werden würde. David Vincent war schließlich auch von dieser Art.

»›Das Hotel Commodore war wohl das zentralste in ganz New York. Es liegt in der 42. Straße. Hier befindet sich auch die Metrostation. Dazu gibt es eine S-Bahn, die über der Straße verläuft. Das Hotel, ausgestattet für alle Bedürfnisse und mit allen Bequemlichkeiten, hat zweitausend Zimmer auf 28 Stockwerken. Wir wohnten im neunten Stock. In der großen Halle (*lobby*) war ein ständiges Kommen und Gehen, die Türen der Aufzüge gingen dauernd auf und zu. Wer weiter oben wohnte, ging zu dem Aufzug, der erst im zehnten Stock hielt. Wir hatten ein überaus luxuriöses Badezimmer. Statt eines Schrankes gab es hinter einem Vorhang ein Garderobenzimmer, *dressing* genannt, wo man alle seine Sachen auf Bügel hängte. Auf dem Korridor stand am Ausgang des Fahrstuhls eine Dame, die für die Etage zuständig war. Obwohl es beim Auspacken spät geworden war, machte ich mich noch auf zu einem Spaziergang auf dem Broadway. Das Flimmern der vielfarbigen Lichtreklamen verwirrt einen. Auf einem Haus wurden in farbigen Lettern am laufenden Band die neusten Nachrichten angezeigt. Eine witzige Reklame zeigte einen Mann mit weit geöffnetem Mund, der eine Art … eine Art …‹«

Leider konnte Tante gerade hier die Schrift nicht mehr lesen, also wussten wir nicht, was der Mann von sich gab.

»›Jeder Kongressteilnehmer erhielt einen elektrischen Rasierapparat‹«, sagte die Tante, und Onkel Ionel überwand seine Schläfrigkeit mit dem Bedauern, dass er nicht dabei gewesen war, weil ihm die Nassrasur mit dem Pinsel immer schwerer fiel, zumal es auch keine Wilkinson-Rasierklingen mehr gab.

»›Am 24. September besichtigten wir die New Yorker Börse (*Stock Exchange*). Erläuterungen, großes Gewusel unten in der riesigen Halle. Im Lauf des Tages besichtigten wir die Universität von Columbia, genauer, die Watson'schen Statistiklabors.

Die Liegenschaft an sich ist ein fast winziges Gebäude unter vielen anderen. Die Universität hat mehrere Fakultäten mit beinahe 40 000 Studenten, Professoren gibt es zu Tausenden. Im Watson-Institut wurden uns alle Typen von Maschinen vorgeführt, die von Statistikern verwendet werden. Sie boten uns auch einen *lunch*, bei dem mein Hut abhandenkam, sich aber nach einer halben Stunde wiederfand.‹«

Das gefiel uns. Als hätte sich der Hut, überdrüssig all der Ziffern und Statistiken, die auch wir satthatten, allein zum Spaziergang aufgemacht und wäre dann zu dem Kopf zurückgekehrt, nach dem er sich sehnte wie jeder treue Hut. Der Mann war vielleicht Zauberer. Tante merkte, dass wir uns zu langweilen begannen, und schloss deshalb mit etwas Reizvollem:

»Da haben wir etwas über Spielzeug. ›Ich trieb mich noch auf der 42. Straße und auf der 8th Avenue herum – ihre Straßen tragen nämlich Nummern statt Namen. Ich unterhielt mich mit dem polnischen Professor Lipinsky in der Hotelhalle. Ich besichtigte das größte Kaufhaus in New York, *Gimbel's Department Store*. Es erstreckt sich über zehn oder noch mehr Stockwerke. Die verkaufen lebende Tiere und Fertighäuser. In Sachen Spielzeug haben sie keine besondere Phantasie. Aus Paris hatte ich zwei magnetische Hunde mitgebracht, die sich, sobald man sie absetzt, zueinander kehren und vor einer Puppe Purzelbaum schlagen. In Amerika gibt es *boballoon* mit einem Röhrchen wie einer Zigarettenspitze, durch das man einen Ballon aufbläst, mit dem man lange spielen kann. Ein sehr praktischer Artikel ist auch das Klebeband, das man nicht befeuchten muss und das einwandfrei haftet, man kann sogar den Regenmantel provisorisch damit flicken. Abends verfolgten wir das Fernsehprogramm der CBS im Studio auf der Vanderbilt Avenue. Das Fernsehen scheint hier noch in den Kinderschuhen zu stecken. An die zwei Stunden lang waren irgendwelche *Cowboys* bemüht, mit Hilfe von *Ponys* Raubzüge zu unternehmen. Ich bin vor Müdigkeit fast vom Stuhl gefallen.‹«

Uns hingegen hätte ein Film mit Cowboys geweckt. Tante sah hinüber zu Onkel Ionel. Auch er war auf dem Stuhl eingeschlafen, sein Kopf mit dem kurzgestutzten weißen Haar war ihm auf die Brust gesunken, er schnarchte leise.

»Nun, was meint ihr, wer ist der Verfasser der Geschichte?«, fragte Tante wispernd, um ihren Mann nicht zu wecken.

Wir legten, ebenfalls im Flüsterton, unsere Hypothesen dar. Die meinen waren: ein Zauberer mit einem Hut, der sich selbständig macht, ein ungarischer Spion, ein Schwarzer (dabei lächelte die Tante), ein CIA-Mann, ein Geliebter aus Jugendzeiten. Die andern versuchten sich mit Kombinationen: ein schwarzer Spion der CIA, mit Fliege und Hut. Eigentlich war es ganz einfach. Tante ging und brachte ein gerahmtes Foto aus ihrer Kindheit. In der Mitte einer ihrer älteren Brüder, ein junger Mann, den wir einvernehmlich für den hübschesten hielten, er trug eine Fliege. Wortlos legte die Tante den Finger auf seine Brust. Es war der Bruder, der in Amerika gestorben war, in der Zeit, als die Häuser in unserer Straße abgerissen wurden und wir befürchteten, dass auch das unsere abgerissen würde.

»Sein Name steht in der Kongressbibliothek, *Library of Congress*, wenn ihr jemals dorthin gelangt. Anuţa, meine liebe Kleine, und du, meine liebe Dina, oder ihr zwei Schlingel«, raunte die Tante, und mir wurde zu meinem Erstaunen bewusst, dass alles in der Welt zum Ereignis werden kann, selbst die Reise eines Statistikers nach Amerika.

Dann legte die Tante den Finger auf die Lippen und bedeutete uns, wir sollten auf Zehenspitzen hinausgehen. Sie wiederum kehrte wahrscheinlich zurück in eine Vergangenheit, in der noch all ihre Geschwister am Leben waren. Statistisch gesehen doppelt so viele Buben wie Mädchen. Nunmehr gab es in der Familie leider doppelt so viele Mädchen wie Buben. Es lebte nur noch einer ihrer Brüder. Diese Aufgabe mathematisch und statistisch zu lösen wurde uns am nächsten Tag aufgetragen.

Die Glöckchen

Was macht ihr da?
Was sucht ihr hier?

Glücklicherweise wohnten wir in einer Straße mit einem Namen, auch wenn der sich hin und wieder änderte, nicht in einer bezifferten wie in Amerika. Oft spielten wir in der Strada Maiakowski, auf der kaum Autos fuhren. Hier hatten wir unsere Bande, mit Cici und Mari, Ică und Livi und noch ein paar andern Kindern. Oft aber suchten wir das Weite auf den Hügeln und Bergen in der Umgebung, die an Abenteuerlichkeit den New Yorker Wolkenkratzern nicht nachstanden.

Es konnte nicht ausbleiben, dass uns irgendwann auf der Zinne etwas passierte. Mit ihrem massiven, leicht gewellten Rücken und einem felsschrundigen Buckel sah sie aus wie ein prähistorisches Ungeheuer mitten in Kronstadt, und von unserer kleinen Terrasse inmitten der roten Ziegeldächer aus war sie in ihrer ganzen Größe zu sehen. Man konnte sie als grüne Wolke am Himmel der Stadt betrachten. Oder als Tier, das ständig seine Färbung ändert. Im Frühjahr war ihr Grün frisch, dann wurde es intensiver und dunkelte nach, im Herbst dann erblühte es zu neuer Herrlichkeit, zuerst blinkten gelbe Flecken auf, dann ergossen sich warme Farben darüber, bis im November nichts mehr davon übrigblieb. Die Spitze war bereift, schließlich war sie ganz weiß. Als die Großeltern Anfang der dreißiger Jahre des zwanzigsten Jahrhunderts das Haus kauften, gab es keine Terrasse. Es war Großmutters Idee, sie anzulegen, und sie wurde zum meistbesuchten und begehrtesten Ort des altehrwürdigen Gebäudes. Die Zinne änderte ihr Aussehen in einem fort, kaum war sie zwei Tage lang dieselbe, und ständig passierte dort oben irgendwas. Der große Hügel oder kleine Berg der Stadt (wir hielten sie für einen Hügel, aber die Gäste aus der Ebene nannten sie Berg) war stets darauf bedacht, sich nicht ähnlich zu sehen, wie eine kokette Frau, die ihr Aussehen dauernd ändert. Dann und wann hüllte sie sich bis zur Hälfte in Nebel. »Sie hat ihre Mütze aufgesetzt«, äfften wir den weisen und erfahrungsgesättigten Unterton der Redensart nach, die von alten Wanderern auf uns gekommen war.

Weil sie von unserer kleinen Terrasse ständig zu sehen war, schien die Zinne zum Haus zu gehören und war Ziel unserer Erkundungen. Die Besteigung der Zinne war für mich ähnlich wie die Besteigung des Daches, die wir vier Cousins in der Kindheit ebenso regelmäßig in Angriff nahmen wie die Katzen. Wir redeten von ihr, wie wir über jeden anderen Teil des Hauses redeten, die Ereignisse in ihrem unendlichen Leben gingen uns unmittelbar an, sie gehörten zur Mythologie der Familie. Mal ließ sie sich von weichen Wolken liebkosen, mal versteckte sie sich darin, mal reckte sie neckisch triumphierend ihr Haupt.

»Ich erinnere mich genau daran, wie sie gebrannt hat«, sagte Mutter, »ich war groß genug, schon im Gymnasium. Wir beobachteten alles von der Terrasse aus ... Sie ist ganz und gar abgebrannt, und wir haben schon befürchtet, dass das Feuer auf die Häuser am Fuß übergreift und dann die ganze Stadt erfasst. Es war ein windiger Tag im August, Rauch und Brandgeruch waren schon bis zu uns gelangt, auf ihren Spuren mochten auch die Flammen kommen. Der Krieg war gerade vorbei, die Bombenangriffe waren überstanden, aber die Zinne, die unbeschadet davongekommen war, erlebte erst jetzt ihren ›längsten Tag‹, wie das bei Cornelius Ryan heißt.«

Das Buch stand in unserer Bibliothek, Vater hatte es gekauft, ich war aber noch nicht dazugekommen, es zu lesen.

»Und?«, fragte ich und fürchtete, dass auch unserem Haus in jener fiktiven Welt, in der es uns noch nicht gab – Gut und Böse gibt es schließlich nur in der Welt, in der man selbst lebt –, etwas passiert war.

»Gar kein Und«, sagte Mutter. »Das Feuer wurde gelöscht, aber vom August bis in den Dezember sah die Zinne entsetzlich aus, anstelle des Grüns war Schwarz getreten, man hatte den Eindruck, dass sie Schmerzen litt, dem Tod geweiht war, und erst als es schneite, wurden ihre Wunden vom Schnee überdeckt, ihr Anblick verursachte keine Übelkeit mehr. Dann kam das Frühjahr. Aus den verbliebenen Stümpfen sprossen Blättchen, und der Schimmer frischen Grüns zeigte an, dass die Zinne sich zu erholen begann.«

Merkwürdigerweise erlebten wir wenige Wochen nach diesem Gespräch etwas Ähnliches, als hätten Worte die Kraft, Ereignisse herbeizubeschwören. Es war Vorfrühling, noch waren keine Knospen zu sehen. Wir spielten auf der feuchten Terrasse, von der der Schnee soeben weggeschmolzen war. Ich hatte mit einem Stückchen Ziegel ein Hüpfspiel auf den Boden gezeichnet, und Dina hüpfte gerade auf einem Bein. Es war windig, und der Wind lüpfte ständig ihr Faltenröckchen, sie sah aus wie eine Ballerina, allerdings mit klobigen Schnürschuhen. Ich achtete darauf, dass sie nicht irgendeine Linie übertrat, während Doru, dem langweilig war, eine getigerte Katze auf dem Dach der Nachbarn fixierte.

»Das darf nicht wahr sein«, brüllte Doru, »das darf doch nicht wahr sein! Die Hütte brennt!«

Wie auf ein Zeichen hoben wir alle die Köpfe und sahen gelbe Feuerzungen, die scheu aus der Gipfelhütte leckten, welche Bethlen geheißen hatte und phantasiefrei zur Zinnen-Hütte umgetauft worden war. Sodann mehrten und verdichteten und verwoben sich die Flammen vor unseren schreckgeweiteten, hypnotisiert starrenden Augen. Wir meinten es kommen zu sehen, wie das Feuer den ganzen Berg erfassen und von dort auf die Stadt übergreifen würde. Ich weiß nicht, über welches schnurlose Netz die Nachricht verbreitet wurde, jedenfalls kamen bald darauf die Großeltern und Onkel und Tanten und Eltern, alle, die gerade im Haus waren, herauf und wuselten auf der Terrasse herum. Allerdings griff das Feuer nicht um sich, die Bäume waren nass, unter ihnen lag noch Schnee. Nur die Hütte war weg. Ich glaube, wir waren ein bisschen enttäuscht, weil wir kein Gespür für und keine Erfahrung mit Katastrophen hatten, wünschten wir uns das Schauspiel: je größer, desto besser.

Die Alten litten, *ihre* Hütte hatte voller Erinnerungen gesteckt. Erstaunlich war schon die Art und Weise, wie sie errichtet worden war. In dem felsigen Abschnitt unterhalb des Gipfels gab es eine Grotte von der Größe eines Zimmers. Irgendwann, Großvater war gerade erst geboren, hatte jemand die Idee, diese Höhle auszubauen und mit einer überdachten Terrasse auf Pfeilern über dem Abgrund zu verlängern. Eine schwindelerregende Angelegenheit. Zugang gab es auf einem Pfad, der über ein Brücklein führte. Damals waren Hütte und Dach mit Schindeln verkleidet. Die Männer stiegen die 25 ungleichen Serpentinen zur Zinne hinauf, mit Jägerhut, den Gehstock oder gar Wanderstab zur Hand. In den überwiegend männlichen Gruppen gab es auch ein paar Frauen mit ausladenden Hüten und dünnen Handschuhen. Bei der Hütte angelangt, nahmen sie alle die Hüte ab, holten die Jausen aus den

Rucksäcken und breiteten sie auf den Tischen aus. Öfter noch kauften sie dort, was sie brauchten: Käse, Brot, Obst, Wasser, Bier und Wein – Tag für Tag legte der Hüttenwart den Weg aus der Stadt zur Hütte mit einem kaffeebraunen Esel zurück, der mit all den guten Sachen beladen war. Wenn sie ihren Durst und ihren Hunger gestillt und sich mit einem Kaffee von der Farbe des Eselchens gestärkt hatten, stiegen einige von ihnen noch ein paar Meter bis zu der mit einem hohen, starken Mast gekennzeichneten Spitze, von wo aus die Stadt, klein und ziegelrot, zu sehen war.

In einem Sommer, als die Hütte noch stand, waren wir auf die Zinne gestiegen, um endlich den Tunnel zu entdecken, der zwischen dem Rathausplatz und einem Ort jenseits des Bergsattels verläuft, wie jedermann weiß, der in Kronstadt aufgewachsen ist. Alle wissen es, gefunden hat ihn noch keiner. Wir mussten ihn finden. Der Tunnel nimmt im Zinnensattel, wo irgendwann ein Altar der Burg Brassovia stand, seinen Anfang und reicht dreihundert von den vierhundert Metern, die unser Berglein hoch ist, hinunter. Wir wussten, dass es dort im Sattel eine Höhle gibt. Lange schon wollten wir deren Eingang entdecken, der zugleich der Eingang zu dem Tunnel sein mochte, und weil an jenem Ferientag kein anderes Abenteuer in Sicht war, hatten wir unsere Vorbereitungen getroffen.

Wir trugen kurze Hosen und graue Turnschuhe (nur Dina hatte weiße Chucks) und unsere kleinen Rucksäcke, die Herr Blau in der zum jeweiligen Alter passenden Größe angefertigt hatte, meiner sah aus wie ein Spielzeug, eingepackt hatten wir Brot und Äpfel. Aus dem Keller holten wir die Schaufel, mit der Onkel Ionel im Winter den Bürgersteig räumte, die war allerdings furchtbar schwer und deshalb keiner bereit, sie zu schleppen. Schließlich kramten wir eine Art Hacke hervor, mit der die Tante zum Friedhof ging, wenn sie Blumen pflanzen wollte auf den Gräbern von Verwandten, die wir nur aus Erzählungen kannten, und nahmen sie mit in der Hoffnung, dass niemand sie vermissen würde, dazu die Taschenmesser der Buben, ein Seil, Kerzen und Streichhölzer für den Fall, dass wir den Tunnel entdeckten. Wir hatten zwar auch Taschenlampen, allerdings waren die Batterien am Ende, sie flackerten nur noch, also belasteten wir uns nicht weiter damit. Wir brachten eine Menge Zeit damit zu, Taschenlampen niedrigster Güte zu reparieren.

»Wo steigen wir auf?«, fragte ich.

Mein Lieblingsweg führte über die Gabony-Stufen, das war ein steiler Pfad in felsigem Gelände, über den es allerhand traurige Geschichten gab, wie sie nur jene mögen, die sie nicht selbst erlebt haben, an der, von unserer Terrasse aus gesehen, linken Flanke des Berges.

»Auf dem Ritterpfad natürlich«, sagten die andern ärgerlich, weil ich so dumm fragte, und ohne mir zu erklären, was daran so natürlich war. Die 25 Serpentinen kamen jedenfalls nicht in Frage, die waren für uneingeweihte und berguntaugliche Touristen und kosteten viel Zeit, weil man nur langsam Höhe gewann. Wenn wir überhaupt jemals den Weg über die Serpentinen wählten, dann nur, um alle möglichen Abkürzungen zu nehmen, sodass er zu einem sehr schnellen und schweren Aufstieg wurde, bei dem man ins Keuchen geriet, während man beim Abstieg rutschte und sich nicht selten mit dem Hosenboden behelfen musste. So gehen hieß, warum, das weiß ich nicht, Ochsentour. Ich vermutete, dass Ochsen so auf- und absteigen, allerdings hatte ich noch nie einen Ochsen gesehen und konnte nicht einschätzen, inwieweit der Ausdruck stimmt.

Für mich hatte die Zinne im Sommer eine eigene Anziehungskraft, was ich niemandem eingestand. Ich habe dir schon gesagt, dass ich selbst in fortgeschrittenem Alter mit Metaphern nichts anfangen konnte, weshalb die Welt der anderen, voller banaler logischer Erklärungen, mir seltsam, ungeheuer stark, ja gar nicht selten übernatürlich erschien. Daran hatte ich mich gewöhnt, in meiner Welt aber war nichts unmöglich, mit anderen Worten, ich rechnete wann immer mit was immer. Vielleicht bin ich wegen dieses unzulänglichen Wahrnehmungsvermögens Schriftstellerin geworden, wie manche Menschen Maler werden, weil sie wegen eines Sehfehlers die Welt anders betrachten als wir. Nun, eine der vielen Blumen, die auf der Zinne wuchsen, war die Glockenblume. Eigentlich gibt es dreierlei Glockenblumen: Die schönsten Blüten hängen einzeln oder zu zweit an einem Stängel und wenden ihre riesigen Kelche der Erde zu, sodass man den Eindruck hat, sie gerieten beim leisesten Lufthauch in Schwingung. Dann gibt es kleine lilafarbene mit fünfblättrigen Blüten, die ihre Spitzen nach oben richten, dermaßen zart, als würden sie sich bald in Luft auflösen, und schließlich jene, die mir am wenigsten gefielen, deren zerknitterte Blüten sich rund um einen Stängel drängen. Als ich im Alter von etwa drei Jahren erfuhr, wie diese Blumen heißen, und man mir erklärte, wieso (die Blüte ist eine Glocke), maß ich ihnen auch gleich den diesem Gegenstand entsprechenden Klang zu. Zu Hause hatten wir gläserne und metallene Glöckchen, und ich wusste, wie die klingen. Wenn wir die Zinne bestiegen, erwartete ich bei jedem Windhauch, den Klang der blauen Glockenblumen zu vernehmen, und über all die Jahre habe ich gehofft und hoffe es bis auf den heutigen Tag, wenn der Wind weht, das Läuten des Berges zu hören. Die großen Glockenblumen, Campanula, tönen mit tiefer Stimme, die zerknitterten klingeln, es ist eher ein Säuseln, und die kleinen hört man kaum, gleichsam Pikkoloflöten im Konzert der Natur. Und alle Glockenblumen auf der Zinne läuten bunt, von blau bis lila. Die alten Glocken von Kronstadt finden ein kleines, frisches Echo in den Glockenblumen der Zinne. Aus Vorsicht, die von der Erfahrung herrührte, wie sie mir die vielen Momente beschert hatten, in denen die verschiedensten Kinder mich und meine Ideen verlachten, hatte ich es mir abgewöhnt, irgendjemandem von diesen Dingen zu erzählen.

Voller Glockenblumen war die Zinne, als wir hinaufstiegen, vorwiegend Campanula. Dann und wann stupste ich sie im Vorübergehen an, damit sie läuteten, gönnte mir jedoch kein Verweilen, ich musste mit den anderen Schritt halten, und deren Schritte waren länger als meine. Wir ließen das Wegekreuz auf der ersten Wiese hinter uns, im Wald stiegen wir an dem steilen, von den vielen Griffen und Tritten blankgescheuerten Felsen mitten im Weg entlang bergauf, überquerten den geheimen, von Grün überwucherten Pfad, der einen, wenn man den Weg kennt, zu den Serpentinen führt, und waren alsbald am Sattel. Von dort aus konnte man auch zum Berg unserer Winter, dem Schuler, gelangen, aber mit dem hatten wir jetzt nichts am Hut. Uns interessierte der jenseitige Hang des Sattels, von dem aus man auf den Krähenstein, den Hohenstein und den Butschetsch blickte. Wir hatten alle Pfade hinter uns gelassen. Hin und wieder zog eine zyklamenrote Bergnelke den Blick auf sich. Ich weiß nicht, wieso mich der Anblick dieser Nelken sofort fröhlich stimmt. Da gab es noch viele andere Blumen, deren Namen ich nicht kannte, und Nachtpfauenaugen, die mit den Flügeln unserem Kommen Beifall zu spenden schienen. Mir fiel auf, dass diese an der Unterseite eher fahl und kaum auszunehmen waren, aber in den wenigen Augenblicken auf den Blumen ihre ganze Pracht entfalteten, sodass die Zeichnung Augen und einen Sinn bekam. Später dann habe ich festgestellt, dass es bei einigen Menschen genauso ist: Sie erscheinen blass, der Umwelt angepasst, sobald sie aber ihr Inneres ausbreiten, und das geschieht gewöhnlich, wenn sie sich verlieben, sind sie ganz anders, schön gezeichnet und bunt gemalt, plötzlich haben sie einen festen Kern und Augen. Später hat man mir gesagt, dass Liebe blind ist. Ich dagegen glaube, die Liebe hat die besten Augen.

Die anderen waren weit voraus, also hastete ich ihnen hinterher und versuchte, hinter dem Rücken Beifall zu klatschen, wie die Schmetterlinge das mit den Flügeln taten. Mein Bruder hatte an den Fersen Flügel, ich hingegen offenbar Blei; immer war ich die Letzte, wenn ich zu ihnen aufschloss, erwarteten sie mich, ausgeruht. Sobald ich mich setzte, standen sie auf, um weiterzugehen.

»Da ist die Höhle«, sagte Matei, der wie immer als Erster da war.

In der Tat, er hatte sie gefunden: Mitten in dichtem, dornigem Gesträuch lagen riesige Steine, dazwischen ein schräges Loch, keinen Meter hoch. Über dem Eingang hingen dichte Grasbüschel wie ein Vorhang herab, und da wuchs, zu meiner Freude, auch eine Glockenblume. Ich streckte die Hand aus und schüttelte sie, als wollte ich wie mit einer Türklingel meinen Eintritt in den Tunnel ankündigen, der uns mitten in die Stadt führen sollte.

»Da haben auch Wildschweine gewühlt«, bemerkte Dina und versuchte, so gut es ging, ihre Furcht zu verbergen. Sie war die Größte, also hatte sie auch das größte Verantwortungsbewusstsein und war deshalb ständig in Sorge. Die Erde war an bestimmten Stellen von den Rüsseln der Schweine zerwühlt und umgegraben.

»Ich habe vorhin auch schon Bärenkot gesehen«, sagte Doru.

»Woher weißt du, dass der nicht von Wildschweinen war?«

»Ich weiß doch, wie die Losung von Bären aussieht«, sagte Doru beleidigt. »Außerdem war sie voller Himbeerkerne, das Wildschwein frisst keine Himbeeren.«

Auf der Zinne, so heißt es, kann man unvermittelt allerhand Wildtieren gegenüberstehen: Bären, Luchsen, Füchsen, Wildschweinen. Die Wahrheit ist, wir haben keines davon gesehen, obwohl wir sie zu allen Jahres- und Tageszeiten begangen haben, selbst um Mitternacht zu Silvester. Ein einziges Mal haben wir immerhin einen Frischling gesehen, der sehr verängstigt schien, noch verängstigter als wir, und husch, husch davonrannte, schwerfällig und hastig zugleich. Von Luchsen redeten selbst die alten Kronstädter nicht, ich glaube, das war eine Legende, mit der man Touristen anlocken wollte. Dafür trafen wir oft Eichhörnchen, Schlangen, Schmetterlinge und allerhand sehr flinke Vögel an.

Wir gingen alle in die Höhle hinein, brauchten allerdings keine Kerzen, um zu sehen, dass sie schon nach wenigen Metern vollkommen verstopft war. Drinnen war es kalt, und wir sahen eine verschlissene Decke. Vom Bären war die bestimmt nicht. Wir gingen schnell hinaus und hielten Rat. Möglicherweise lag der Eingang zum Tunnel irgendwo in der Nähe.

»Macht euch auf die Suche!«

Ich wusste nicht recht, was ich zu tun hatte, aber ich schlug mich auch in das dichte Unterholz und verlor die andern aus den Augen. Ich zerkratzte mir Arme und Beine, fand aber nichts, also suchte ich wieder das Freie und setzte mich auf einen flachen, von der Sonne gewärmten Felsen zum Rasten. Ich sah mich um, erregt wie immer, wenn man spürt, dass sich etwas Bedeutendes ereignen wird. Dieses Vorgefühl trog nie. Auch jetzt nicht.

Neben mir lag eine welkbraune Eidechse an der Sonne auf einem flachen Stein, der meinem ähnlich sah, für sie aber wohl eher ein Bett war. Sie schien tief zu schlafen. Ich ging, sie näher zu betrachten, sobald ich sie aber mit meinem Schatten berührte, schnellte sie mit einem Mal wie eine Peitsche davon und zeichnete in dem halbhohen Gras mit unbeschreiblicher Flinkheit eine ganze Reihe von umgekippten S. Offenbar hatte sie gar nicht geschlafen. Ich eilte ihr nach und stellte mir vor, wie es wäre, wenn auch ich mich in so schnellen S-Windungen bewegen könnte, dann verlor ich sie aus den Augen, fand sie irgendwann unter einem anderen Stein wieder, dann aber war sie, an einer ungewöhnlich flachen Stelle, plötzlich ganz weg. Dort, wo sie verschwunden war, tat sich eine Art Bau oder, wieso nicht, ein Tunneleingang auf. Sofort rief ich die andern, und sie kamen sofort angerannt, waren aber nicht so beglückt, wie ich es mir gewünscht hätte.

»Tu-Tunnel ist das k-keiner«, sagte Doru stotternd, ein Zeichen, wie ich dir sagte, dass es ihm wirklich darum zu tun war, »auf keinen Fall. Schon eher könnte hier der Brunnen gewesen sein, in den wer weiß wann die Türken die Gebeine der Getöteten warfen, sodass er irgendwann verstopft war.«

»Merkwürdig, dass es hier so flach ist«, sagte Dina. »Da könnte etwas gewesen sein, wovon nur dieses Loch übrig ist.«

Auch mir war ja die kleine Plattform aufgefallen.

Sie beschlossen: Ja, es ist der Brunnen. Das passte mir gar nicht, ich hatte keine Lust, Gebeine auszugraben, und sah auch keinen Sinn darin. Doru holte die Hacke hervor, mit der die Tante auf den Friedhof ging, allerdings Blumen pflanzen, nicht Gebeine ausgraben, obwohl sie dort bestimmt auf welche gestoßen wäre. Doru begann selbst um das Loch zu graben, in dem meine Eidechse verschwunden war. Ich hoffte sie wiederzusehen, da sie aber nicht mehr auftauchte, meinte ich, sie läge da drinnen, zitternd wie Espenlaub, und fragte sich, welches Erdbeben denn an ihrer Tür rüttelte. Immerhin gab es dann die realistischere Annahme, dass sie anderswo ins Freie geschlüpft war. Das ließ uns hoffen, dass wir doch auf einen Tunnel oder dergleichen stoßen würden. Als Doru müde wurde, hatte sich noch keine Höhle aufgetan. Dina nahm seine Stelle ein, ich setzte meinen Rucksack ab, holte einen Apfel heraus und biss hinein. Gerade als ich angewidert feststellte, dass ich das Loch einer Made angeknabbert und diese sich entsetzt ins Kerngehäuse zurückgezogen hatte, hieb Dina mit der Hacke einen Regenwurm entzwei. Ich konnte kaum glauben, dass er nicht nur nicht starb, sondern die beiden Hälften sich unabhängig voneinander weiterbewegten. Damals habe ich, wie ich meine, einen reichlich wirren Eindruck davon bekommen, dass die Evolution eine relative Angelegenheit ist. Niemand möchte ein Regenwurm sein, aber ein Mensch, der zweigeteilt zu zwei selbständigen Menschen wird, das wäre doch was! Nach dem Erlebnis mit dem Regenwurm weigerte ich mich kategorisch, selbst zu graben. Mein Bruder sagte, er werde auch meinen Teil übernehmen, sie hätten eh nicht die Zeit abzuwarten, bis ich in die Gänge käme. Vielleicht haben die alten Götter der Zinne ihn gehört und ihm seine Großzügigkeit entgolten, ich meine die im ersten Teil seiner Aussage, denn gerade er war es dann, der mit der Hacke auf etwas Hartes traf. Er wühlte mit seinen zarten Fingern in der Erde, ohne sich um Regenwürmer und anderes ekliges Getier zu kümmern - ich hätte sowas nicht getan -, und förderte einen Stein von der Größe und der Form einer Untertasse zutage. Wunderlich war sein vollkommenes, nur hie und da abgeflachtes Rund. Matei wischte die Erde ab, und wir alle konnten die auf einer Seite eingekerbten Rillen sehen. Er wendete ihn, und siehe da, auch auf der anderen Seite war eine kreisrunde Rille in den runden Stein gekerbt. Wir waren unheimlich aufgeregt: Die Sagen um die Burg Brassovia bewahrheiteten sich also. Noch ehe wir uns aber im Klaren waren, was die Zeichnungen bedeuten mochten, hörten wir in der Nähe ein Knacken im Gehölz. Wir dachten an einen Bären, stets bestand diese einerseits reizvolle, andererseits beängstigende Möglichkeit. Aber nein, es war kein Bär, es war ein wuchtiger, schwerfälliger bärtiger Mann, armselig gekleidet mit Kleidern von der fahlen Farbe, wie ich sie an der Unterseite der Schmetterlingsflügel und bei der Eidechse gesehen hatte, die sich im welken Laub tarnen. Mit einer unangenehmen Stimme, wie ich sie nie wieder gehört habe, brüllte er uns an:

»Was macht ihr da? Was sucht ihr hier?«

Unerwartet flink kam er auf uns zu. Ich glaube nicht, dass ich je im Leben solche Angst gehabt habe wie damals. Wir stürzten uns alle den Hang hinab, rutschten mehr, als wir liefen, weil wir möglichst senkrecht, ohne die üblichen Schleifen, hinunterkommen wollten, wobei wir uns immer wieder umsahen in der Hoffnung, dass unser Verfolger die Jagd aufgegeben hätte. Weit gefehlt! Obwohl er über die Serpentinen lief, die ihn Zeit kosteten, war er immer noch dran, mit empörend langen Schritten, wenngleich nicht so schnell wie die unseren. Jetzt erwiesen sich die Abkürzungen, die wir immer schon nahmen, und unsere ochsenmäßige Abstiegstechnik als Vorteil. Ich hatte damals wohl keine Zeit zu überlegen, was er von uns wollte und was er uns tun würde, wenn er uns erwischte. Aber alles, was ich in Büchern über Bösewichter gelesen hatte, gewann jetzt Gestalt in dem massigen Mann, der uns verfolgte und nicht aufgab. Als wir auf den Hauptwanderweg gelangten und in die bevölkerte Allee einbogen, sahen wir uns ein letztes Mal um, er war nicht mehr da, er hatte aufgegeben, war verschwunden, hielt sich hinter den riesigen Bäumen versteckt. Nie habe ich mich so gefreut wie damals, normale Leute anzutreffen, die mit ihren Kindern oder Hunden spazieren gingen. Es war wie bei Tagesanbruch, wenn man aus einem Albtraum erwacht. Die gefahrvolle Welt lag hinter uns in dem Wald am steilen Abhang der Zinne, und die Welt an ihrem Fuß, vertraut, gewöhnlich und frei von Gefahren, nahm uns auf und barg uns in ihren schützenden Armen. Der Bärtige hatte hier unten keinerlei Macht mehr, er zerstob wie ein Traum in der Morgendämmerung.

Erschöpft und immer noch verängstigt kamen wir heim. Dina hatte ihre weißen Chucks fürchterlich verdreckt, sie musste sie waschen, bevor ihre Eltern nach Hause kamen. Doru hatte seinen ganzen Unterarm bis zum Ellbogen aufgeschürft, wann, wusste er selbst nicht, er würde es mit Wasserstoffperoxid zu tun bekommen. Matei war bloß mit ein paar Steinchen in den Turnschuhen davongekommen, die ihm rote Blasen verursacht hatten. Ich war anscheinend ganz geblieben, obwohl meine Wangen immer noch glühten, meine Haare arg verstrubbelt waren, weil ich den Gummi verloren hatten, der sie zusammenhielt, und die Handflächen, mit denen ich die Rutschpartien abgebremst hatte, hochrot und lehmverschmiert.

»Wo ist dein Rucksack?«, fragte Dina.

Ich erstarrte. Als wir getürmt waren, hatte ich den Rucksack ganz vergessen. Er war oben geblieben, neben dem Loch, mitsamt dem Brot, einem Seil und einer Kerze. Das tat mir in der Seele weh, war er doch so klein und handlich und mein. Da aber bemerkte Doru ein anderes, ebenso großes Desaster: Wir hatten auch die Hacke der Tante am Rand der Grube liegenlassen. Einstweilen dachte niemand daran, zurückzukehren, das war offenbar das Reich des Bärtigen, dem auch die Decke in der Höhle gehörte. Wir waren am Boden zerstört, als Matei uns alles Schlimme vergessen ließ: Wir hatten den Stein! Er hatte ihn wirklich stets festgehalten und bei all dem Rennen nicht fallen lassen. Nachdem er sich gewaschen und auch ihn mit der Nagelbürste geschrubbt hatte, ging der Stein von Hand zu Hand. Glatt, wunderbar gerundet, mit feinen Rillen auf beiden Seiten. Die Zeichnung war merkwürdig und rätselhaft.

»Ich glaube, der ist bestimmt hundert Jahre alt«, sagte ich, denn hundert Jahre waren für mich das Äußerste an Zeit.

»Wenigstens tausend«, widersprach mein Cousin und kniff seine blauen Augen zusammen.

»Wenigstens tausend«, bestärkte ihn mein Bruder, und in seinen Augen blinkten Lichter auf.

Dina schwieg, betrachtete den Stein aber dermaßen intensiv, dass ich meinte, er würde blau wie ihre Blicke. Ich hoffte, sie könnte die Zeichnungen irgendwie deuten, schließlich war sie ja in der Achten.

»Wir müssen mehr über die Burg und über die Zinne erfahren«, sagte sie, »ich habe aber keine Ahnung, wie.«

Wenn man zu jener Zeit etwas erfahren wollte, gab es nur zwei Möglichkeiten: Entweder man fand ein Buch oder einen Menschen.

»Wieso heißt die Zinne denn auf Rumänisch Tâmpa, die Blöde?«, fragte ich.

»Damit alle Blöden sich wundern«, kam es gleich zurück.

»Der es sagt, der ist es auch!«, parierte ich umgehend, denn bei unseren Auseinandersetzungen wurden die Abwehrreaktionen automatisch ausgelöst. Es war eine einfache sprachliche Turnübung.

In den folgenden Tagen widmeten wir uns ganz und gar der Recherche zur Zinne und der Burg auf ihrer Spitze. Dina lieh ein Buch in deutscher Sprache aus der Bibliothek der Honterus-Schule, wir anderen bestürmten die Erwachsenen im Haus mit merkwürdigen Fragen, dass die sich wunderten, was denn mit uns los war.

Wir wären gern dorthin zurückgegangen, um weiterzugraben, die Hacke zu holen, ich hätte gern meinen verlorenen Rucksack wiedergehabt, dessen Fehlen noch nicht bemerkt worden war, aber die Erinnerung an den Bärtigen, der uns verfolgt hatte, war wie eine Mauer. Wir trauten uns nicht.

Eine Sache, die uns wichtig erschien, war die Entschlüsselung der in den Stein geritzten Zeichen. Da gab es ein besonderes Merkmal, das wir auch an uns wiederfanden. Beispielsweise war mein Bruder der Einzige von uns allen, der zwei Haarwirbel knapp nebeneinander auf dem Kopf hatte. Bei Dina waren die großen Zehen anders, als gehörte sie nicht zu derselben Familie wie die anderen acht. Doru hatte ein Muttermal hinter dem Ohr, ich wiederum hatte (und habe noch) am rechten Arm unterhalb der Schulter ein Zeichen aus kleinen Geburtsflecken, etwas, von dem man mir irgendwann sagte, es sei das Zeichen der Antiatombewegung (ähnlich wie bei der Automarke Mercedes, allerdings ohne Kreis): einen Punkt in der Mitte und drei in gleichen Abständen drum herum. Was aber bedeuteten die Zeichen auf unserem Stein?

Es gibt in Kronstadt noch einen uralten Stein mit Zeichen, wir kannten ihn gut. Er ist groß und steckt in dem Hang rechts der Straße zur Schulerau, ein einzigartiges heidnisches Denkmal, das von den Einheimischen allerdings Blaues Kreuz genannt wurde, an dem der Gelbe Weg beginnt. Er hatte keinerlei Ähnlichkeit mit einem Kreuz, sondern sah eher aus wie ein alter Grabstein. Irgendwann war er wahrscheinlich blau gewesen, und die Kronstädter malten ihn weiterhin so an. Ihn zierte ein Relief mit einer strahlenden Sonne und einem sichelförmigen Mond. Das sei nicht schwer zu verstehen, sagte Dina, er stamme aus einer Zeit, als Sonne und Mond als Hauptgottheiten galten, was aber der Blaue Stein dort am Anfang des Gelben Weges zu suchen hatte, begriff ich nicht. Auf unserem

Stein hingegen gab es merkwürdige Zeichen, keine Sonnen und Monde, die man hätte erkennen können.

Großvater war der Erste, der uns etwas über die Zinne sagte. Er war befreundet gewesen mit Olimpiu Ştefanovici-Svensk, dem Anglisten, der Herbert Spencers Buch *Mensch versus Staat* ins Rumänische übersetzt und im Literaturkreis von Lovinescu verkehrt hatte, wie ich später erfahren habe. Mutter und Tante hatten als Kinder englische Aussprache bei ihm gelernt. Großvater hatte ihn einmal zu dem rumänischen Wort Tâmpa für Zinne befragt. Olimpiu hatte geantwortet, man wisse nichts Genaues, aber das präromanische Wort sei offenbar die Bezeichnung für einen abschüssigen Felsen gewesen, wie Sextil Puşcariu, der Autor des Buches *Braşovul de altadată* (Kronstadt einst), annehme. Damit war der Felsen am Kamm gemeint, es sei im Übrigen, fügte der Sprachwissenschaftler hinzu, ein uraltes Wort, das man bei einigen Italienern am Mittelmeer und Albanern in Kalabrien antreffe. Uns erschien die Erklärung nicht befriedigend. Reizvoller war eine andere, die meine Eltern uns verrieten, allerdings unter der Vorgabe, wir sollten sie nicht weitersagen. Der Name komme nämlich von *tempus*, aus dem Lateinischen, also wäre die Tâmpa der Berg der Zeit, ebenso wie Kronstadt, der deutsche Name der Stadt, von Chronos komme, dem Gott der Zeit.

»Jetzt bleiben wir aber am Boden«, sagte Mutter, »alle Welt weiß, dass der Name von Krone kommt, die ist ja auch im Wappen. Die Stadt hat zu Österreich-Ungarn gehört, daher die Krone. Schön ist das aber schon.«

Omama, meine Großmutter väterlicherseits, die ebenfalls auf unserer Straße ein paar Häuser weiter wohnte, gab mir die poetischste Erklärung. Die hatte sie in einer der Erinnerungen aus Kronstadt von Timotei Cipariu gelesen. Tâmpa komme von *tâmpla*, der Altarwand, also der Ikonostase. Und in der

Tat, wenn man sich die Zinne so ansieht, hat sie die Form einer riesigen Altarwand. Möglicherweise haben die ersten christlichen Bewohner sie als großen Altar des kleinen Marktfleckens darunter gesehen, sagte sie. Vielleicht beteten sie mit Blick auf den Berg. »Die Menschen in der Nähe der Berge sind frommer«, fügte sie, die in der Ebene geboren war, hinzu, »und seit ich die Berge um mich habe, geht es mir besser.«

»Kurzum«, sagte Dina ärgerlich, »man weiß es nicht. Das Zeichen auf unserem Stein könnte also heidnisch, römisch, dakisch, christlich oder wer weiß wie sein.«

»Du meinst, auf meinem Stein, denn ich habe ihn gefunden und gerettet«, sagte mein Bruder.

Das stimmte voll und ganz. Dina war dennoch böse, sie war sehr empfindlich geworden, die Erwachsenen sagten, das liege am Alter.

»Mati, lass dir gesagt sein, das ist unser Stein: Alle haben wir gesucht, Ana hat den Ort gefunden (ich war dabei sehr stolz auf mich), Doru hat zu graben begonnen (bescheiden senkte Doru den Blick), dass du auf ihn gestoßen bist, das ist bloß ein Zufall, allein hättest du ihn im Leben nicht gefunden.«

»Das glaubst nur du!«, sagte Matei, aber das war auch eine von den sprachlichen Turnübungen. »Also gut, es ist unser Stein, ich überlasse ihn auch euch, sogar dir, die nichts dafür getan hat! Sag uns lieber, ob du etwas herausgefunden hast in dem deutschen Buch.«

Sie hatte eine Menge interessanter Dinge herausgefunden, aber nichts, was uns weiterbrachte, Tâmpa hieß dort Zinne, das wussten wir ja alle. Sonst stets darauf bedacht, die Erwachsenen bei unseren Entdeckungen draußen zu lassen, waren wir jetzt auf sie angewiesen. Natürlich weihten wir sie nicht in unser Geheimnis ein, sagten kein Sterbenswörtchen über den Stein, denn alle hatten wir einen pestbewehrten Eid geschworen, in alle Ewigkeit, Amen. Wir wussten, dass die erste Frage sein würde, wieso in aller Welt wir das wissen wollten, und hatten uns eine Antwort zurechtgelegt: Ein Klassenkamerad von Doru habe ihn einer Art Intelligenztest unterzogen. Die Sache mit den Tests, das klappte bei ihnen immer.

Dina, die am besten malte, brachte die Umrisse zu Papier. Wir waren uns im Klaren, dass der eine der Ziffer 24 ähnlich sah, allerdings waren die beiden Komponenten stilisiert und merkwürdig miteinander verbunden, sodass die 2, wenn es denn eine war, höher stand und die 4, wenn es denn eine war, tiefer. Ob das mit der Zeit, den 24 Stunden eines Tages zusammenhing? Und was war der Sinn? Auf der anderen Seite gab es nur einen einfachen Kreis.

Alle erkannten in dem einen Zeichen die Ziffern 2 und 4 wieder, das war es aber auch. Großmutter meinte, die 4, also 2 mal 2, sei eine bedeutungsschwere Zahl, schließlich gebe es vier Jahreszeiten, vier Himmelsrichtungen, vier Temperamente, vier Evangelisten und ihre vier Symbole, den Engel des Matthäus, den Stier des Lukas, den Löwen des Markus und den Adler des Johannes, die Zahl verweise also ebenso auf Gott wie die 1. Matei war ganz glücklich, dass sein Symbol der Engel war, er sah sich schon mit einem Heiligenschein ums Haupt wie Roger Moore in *Simon Templar*. Ich selbst freute mich, dass auch wir Kinder zu viert waren und im Haus jeweils in Vierergemeinschaften wohnten.

Dennoch vermochte niemand den Zusammenhang zwischen den Ziffern 2 und 4 herzustellen, und was den Kreis betraf, zerbrachen wir uns gar nicht erst den Kopf, der mochte was immer bedeuten. Wie so viele Dinge der Kindheit geriet der Stein mit seiner Zeichnung, nachdem wir uns tagelang leidenschaftlich mit ihm beschäftigt hatten, in Vergessenheit und lagerte sich irgendwo ab unter den vielen unerklärlichen

Dingen des Lebens, unter denen das Leben selbst an erster Stelle stand, unerklärlich wie es war.

Das alles hatte ich schon längst vergessen, längst wohnte ich in einer anderen Stadt, ohne Zinne, ohne Haus in der Strada Maiakowski, ohne Tante und Onkel Ionel, Großmutter und Großvater und uns vieren, wie wir damals waren, ohne Dina mit Zöpfen, Doru mit stets zusammengekniffenen Augen, Matei mit ewig aufgeschürften Knien und mir selbst mit dem Vollmondgesicht. Bis ich an einem der Tage meines ebenso unerklärlichen Erwachsenenlebens im Internet nach Bildern und Sinnbildern für einen Buchumschlag suchte. Da tauchten aus den Schichten, die in der Kindheit unerledigt liegengeblieben waren, die Ziffern 2 und 4 empor, merkwürdig miteinander verbunden. Ich hatte alle Linien und Schleifen der Zeichnung in Erinnerung. Hier vor dem weißen Hintergrund des Bildschirms wurden sie als Zeichen des Planeten Jupiter gedeutet, also des Zeus. In derselben Reihe, die mir das Internet mit der effizienten Kälte eröffnete, die es allein kennzeichnet, hatte der Kreis Dutzende von Bedeutungen. Was suchte Jupiter auf einem Stein von jenem Ort auf der Zinne, wo ehemals die Burg gestanden hatte? Leider war das Internet nicht in der Lage, mir darüber Aufschluss zu geben.

Damals, in der Kindheit, vermochte der Kronstädter Stein sein Geheimnis sehr wohl zu wahren. Wir fanden einen Platz für ihn im Keller, als wir ihn aber irgendwann suchten, fanden wir ihn nicht wieder, als wäre er in die Erde zurückgekehrt, aus der wir ihn hervorgegraben hatten. Bei unserem nächsten Familienausflug fiel das Fehlen meines Rucksacks auf. Da ich nicht lügen konnte (besser gesagt, die Wahrheit unter dem pestbewehrten Eid in alle Ewigkeit verschweigen musste), sagte ich wahrheitsgemäß, dass ich ihn auf der Zinne verloren hatte, ohne auf Einzelheiten einzugehen. Meine Leute trauerten ihm länger hinterher, als ich es mir gewünscht hätte. Herr Blau hatte die Ausreise beantragt und arbeitete nicht mehr, die Werkstatt hatte er aufgegeben, und ich hatte keinen Rucksack mehr. Eines Tages kam Herr Blau, um Abschied und noch ein paar Arzneien von Großvater mitzunehmen. Sie tauschten einen festen Händedruck, und weg war er. Tante drehte ihren Globus und zeigte uns, wohin er unterwegs war. In ein längliches, spitz zulaufendes Land mit Namen Israel, das am Mittelmeer zwischen ein paar exotischen Ländern eingezwängt war. So weit in die Welt hinaus reichte nun unsere Straße.

An einem der folgenden Samstage hörte ich im Vorbeigehen durch das Küchenfenster Tante und Onkel Ionel streiten. Sie beschuldigten sich gegenseitig, die Hacke auf dem Friedhof liegengelassen zu haben.

Die Glocken

Was denn für ein Retter?, sagte ich

Kleinen Kindern sollten niemals die Väter sterben. Es ist schon schwer genug, wenn sie erwachsenen Menschen wegsterben. Es war ein Tag im April, als mir und meinem Bruder der Vater starb. Großvater verlor seinen Schwiegersohn. Großmutter verlor ihren Schwiegersohn. Mutter verlor ihren Ehemann. Meine Cousins verloren ihren Onkel, weil aber die Mütter und Väter in unserem Haus nicht auseinandergehalten wurden, es waren ja die Unseren, kann man sagen, dass auch unseren Cousins ein Vater gestorben war. Das Haus aber hatte an jenem Tag im April sie alle verloren: den zweifachen Vater, den zweifachen Schwiegersohn, den einzigen Ehemann, den zweifachen Onkel. Es wusste am besten, wie viele Menschen in einem einzigen stecken. Es versank in Trauer und Schweigen. Unweit davon, in derselben Straße, hatte Omama ihren Sohn verloren. Nie sollten Kinder ihren Müttern wegsterben.

Bis dahin hatte Vater das Haus mit Freude und Energie, mit Jugend und Spaß, mit Büchern und Zukunftsplänen erfüllt, und wenn ich jetzt zurückdenke, meine ich, er war einer wie wir, mit uns, ein Kind des Hauses. Vater glaubte an die Unsterblichkeit. Einmal habe ich ihn darüber reden hören, er wirkte dabei ernst, ja feierlich: Wenn er es schaffen würde, noch dreißig Jahre zu leben – was mir unvorstellbar erschien –, dann seien bis dahin künstliche Herzen erfunden, darüber hinaus könnten alle Organe ersetzt werden, wie man einen Bestandteil am Auto oder die Glühbirne an der Decke ersetzt, und er wäre dann, wie alle Welt, zwar nicht unsterblich, aber um die dreihundert Jahre könnte er es schon schaffen. Mutter dämpfte ihn mit der Nachsicht der Wissenschaftlerin, an die dreißig Jahre glaubte sie aber ebenfalls, denn auch sie war jung. Vater packte danach nur noch drei. Der Herrgott hatte eine Null gestrichen, statt eine hinzuzufügen.

Kurz vorher hatte er es besser mit ihm gemeint. Der Herrgott nämlich.

Es war am Meer, ich war acht Jahre alt. Wir fuhren jedes Jahr in den Ferien nach Costineşti, zur Gevatterin Florica und ihrem Mann Petrică. Sie hatten ein Haus mit Blechdach, gekalkten Wänden, Maulbeerbäumen auf dem Hof, einem Ziehbrunnen und Mietzimmern zu bescheidenen Preisen. Telefon hatten sie keins, also schrieb ihnen Mutter etwa zwei Monate vorher, wann wir kommen würden. Die mit Großuchstaben gekritzelte und allerhand Schreibfehlern gespickte Antwort kam ebenfalls per Post. Der Gevatterin Florica war ihr Lebtag nicht ums Schreiben zu tun gewesen, das sah man. In jenem Jahr fuhren die beiden Familien gemeinsam ans Meer, wir und unsere beiden Cousins mit den Eltern.

Am 15. Juni war Schulschluss; ich hatte gerade die erste Klasse geschafft. Ich ging zur Schlussfeier, und gleich nach meiner Rückkehr mit dem Buchpreis *Abu Hasan* von Caragiale und dem Standarddiplom »für gutes Lernen und beispielhaftes Betragen«, das niemanden beeindruckte, nicht einmal mich, begann ich für den nächsten Tag zu packen. Dabei hörte ich zum ersten Mal, dass Großvater als Medizinstudent in Wien oder Budapest den Verfasser des *Abu Hasan* kennengelernt hatte, den größten Satiriker rumänischer Sprache. Auch dies beeindruckte mich damals kaum, es war ein ganz kleiner Zufall, der mit mir zusammenwachsen sollte, wie alle bedeutenden Begebenheiten mit allem, was wir mit uns herumtragen, an Bedeutung gewinnen. Die unbedeutenden bleiben klein und verschwinden. Den *Abu Hasan* ließ ich zu Hause zurück, obwohl mir das leidtat, weil es darin so viele wunderbare Bilder mit orientalisch gekleideten Menschen gab, Männer mit Turbanen und Frauen mit Schleiern und langen Kleidern in den ungewöhnlichsten Farben. So lernte ich Caragiale als Märchenerzähler kennen. Es dauerte ziemlich lange, ehe ich begriff, dass er etwas ganz anderes gewesen war. Um die Spielsachen gab es langes Palaver, schließlich wurden einige zugelassen unter der Bedingung, dass ich meine kleinen persönlichen Habseligkeiten selber schleppte.

Nach einer Nacht, in der ich vor Aufregung kaum schlafen konnte, nahmen wir den Zug von Kronstadt nach Konstanza. Unterwegs gab es ein paar höchst interessante Orte. Die ersten Attraktionen waren die beiden Tunnels bei Predeal, ein langer und ein kurzer, wo das Tageslicht verschwand, als hätte jemand die Sonne ausgeknipst. Mutter sagte:

»Der große Tunnel ist bei der großen, der kleine bei der kleinen Stadt!«

Den Trick hatte sie von Tante, so sollten wir uns die Anordnung der Tunnels merken. Ein weiterer Trick war die alphabetische Folge der Ortschaften hinter Predeal:

»A - Azuga, B - Buşteni, P - Poiana Ţapului, S - Sinaia.«

Das Alphabet konnte ich schon, also habe ich die Folge bis zum heutigen Tag im Kopf. Eine Menge Leute fragen ständig, was ist das für ein Bahnhof, welcher folgt, sind wir schon in Sinaia, und gehen den andern damit auf die Nerven. Sie sind offenbar nicht bei einer Lehrerin wie Tante in die Schule gegangen. Der Butschetsch lag im Nebel, sodass wir das Kreuz auf dem Caraiman nicht sehen konnten, das wäre ein weiteres

Ereignis auf der Reise gewesen. Mutter und ihre Schwester unterhielten sich über das Geheimnis des Drecks in unseren Zügen. Wir vier Kinder drückten dafür unsere Nasen an den dreckigen Fenstern platt und betrachteten die Landschaft, die sich irgendwann senkte, beruhigte, rundete und schließlich ganz platt wurde wie eine Luftmatratze, der die Luft ausgegangen war. Da es in unseren Augen ohne Berge oder wenigstens Hügel nichts mehr zu sehen gab, begannen wir auf dem Gang herumzurennen und rempelten allerhand Männer an, die an den offenen Fenstern rauchten. Im nächsten Wagen entdeckten wir zu unserem Glück ein leeres Abteil. Wir begannen es auszukundschaften, wie wir es mit neuen Dingen zu tun pflegten, fanden aber nichts, was unser Interesse erregte: Sitze in brauner Wachsleinwand, die stellenweise aufgeschnitten war, einen klapprigen Müllbehälter, der nicht einmal Müll enthielt, und das immergleiche dreckige Fenster, das Doru sofort zur Hälfte öffnete. Jenseits des Fensters nichts als öde Felder. Dennoch fiel uns etwas ein (wir waren jeder Lage gewachsen): Wir kletterten in die Gepäcknetze, die als Hängematten durchgehen mochten, und schüttelten uns vor Lachen, als ein untersetzter Herr, dem Watte aus den Ohren quoll, ins Abteil trat, das Fenster schloss und hinausging, ohne dass er uns gesehen hätte. Sofort kletterte mein Bruder aus dem Gepäcknetz und zog das Fenster wieder auf. Mit dem Schaffner erging es uns anders: Der erspähte uns auf den ersten Blick, gleichsam aus den Augenwinkeln, sodass wir unter Aufsicht zu unseren Plätzen zurückkehren mussten.

»Die Strafe erlasse ich Ihnen«, sagte der Schaffner gnädig zu den Eltern, »aber lassen Sie sie nicht mehr allein. Ich habe sie im Gepäcknetz bei offenem Fenster vorgefunden, Sie können sich vorstellen, was da hätte passieren können.«

In Bukarest hielt der Zug sehr lange. Vater stieg aus, und ich fürchtete, er könnte zurückbleiben, wenn wir weiterfuhren. Als wir dann wirklich fuhren, stand mein Herz still: Er war noch nicht zurück. Ich sah mich fragend um, aber die andern verfügten immer über Kenntnisse, die sich mir nicht erschlossen, sie waren alle vollkommen ruhig, als gäbe es keinen Vater-Onkel-Gatten-Schwager, der am Bahnhof ausgestiegen war. Tatsächlich öffnete er Minuten später die Tür und grinste über das ganze Gesicht; er hatte Spaß gemacht, um uns zu erschrecken. Zu unserer Verblüffung fuhr der Zug rückwärts, sodass die bis dahin Bevorzugten, darunter Dina und ich, gegen die, dafür die Buben in Fahrtrichtung saßen und lachten (natürlich über uns). Von dem langen Weg, der dann folgte, ist mir nur die Überquerung der Donau als weiteres Ereignis in Erinnerung geblieben, auf das wir lange hinfieberten. Wieder wurden wir inständig, damit wir es nie vergessen sollten, darauf hingewiesen, dass die Donau in etwas Schwarzem entspringt und in etwas Schwarzes mündet: im Schwarzwald und ins Schwarze Meer. Als dann jemand von uns sagte, »Die Donau!«, kam einstimmig von Mutter und Tante zurück:

»Nein, das ist Borcea!«

Geographie von Tantes Gnaden! Gleich darauf trat auch die Donau in Erscheinung, mächtig, träge und trüb. Der Vater meiner Cousins, ein Ingenieur alter Schule, erzählte uns über die Brücke von Cernavoda (ebenfalls mit Schwarz im Namen, »Schwarzes Wasser«) und Vater über den Erbauer Anghel Saligny, den er bewunderte. Die feingliedrige Brücke überquerten wir stumm, sie hatte keinerlei Ähnlichkeit mit irgendetwas, was es bei uns in den Bergen gab, und den Kopf aus dem Fenster strecken durften wir nur, um die Statuen der Dorobanzen der königlich-rumänischen Infanterie zu sehen, mit denen der eine Brückenkopf bewehrt war.

Dann sagten die Erwachsenen in einem besonderen Ton, der sich uns nicht erschloss:

»Der Kanal!«

Sie sahen sich dabei an. Dort gab es aber nichts zu sehen, deshalb achteten wir nicht weiter darauf. Ich hätte es wahrscheinlich vergessen, aber diese Dinge wiederholten sich Jahr für Jahr, bis auch mir klar wurde, wieso der Kanal sie dazu brachte, die Stimme zu senken bei dem Gedanken an die stalinistischen Arbeitslager, die dort so viele Todesopfer gefordert hatten.

In Konstanza stiegen wir aus dem Schnellzug um in einen Nahverkehrszug, der auch in Costineşti hielt. Diese zweite Fahrt erschien noch länger, der Zug schleppte sich so dahin, das war aber nicht schlimm, denn hin und wieder war das Meer zu sehen, das wir bejubelten, sooft es sich zeigte mitsamt den Sandstränden und den Menschen in Badebekleidung, die sie bevölkerten. Die einen badeten, und das bedeutete, dass auch wir gleich am ersten Tag würden baden können und nicht befürchten mussten, dass das Wasser noch kälter wäre als im Zeidner Waldbad, wo es gerade noch zu ertragen war. Die Großen redeten über die Ortschaften, durch die wir kamen, ihren Kram halt, ich weiß nur, dass wir bei Techirghiol auch in die Geschichte mit dem Schlamm einbezogen wurden:

»Ein kreuzlahmer alter Mann geriet mit seinem ebenfalls kreuzlahmen Esel, beide mit eiternden Wunden und verkrümmten Gliedern, in den Schlamm am Ufer des *Ghiols*.«

»Was heißt Ghiol?«, fragte ich, und schon verpasste mir mein Bruder einen Stoß mit dem Ellbogen, ich sollte die Geschichte nicht unterbrechen.

»Das heißt *See*, auf Türkisch. Der Alte und der Esel steckten dort fest und waren dem Tode nah. Ein Wanderer aber fand sie, zog sie heraus, wusch sie mit dem Wasser aus seinem

Brunnen, und als sie sich gegenseitig betrachteten, der Alte den Esel und der Esel den Alten, was sahen sie da? Ihre Wunden waren geheilt und ihre Glieder geradegereckt, wie durch ein Wunder. Seither weiß man, dass der Schlamm von Techirghiol kranken Gliedern guttut.«

»Was bei unseren Gliedern glücklicherweise nicht nötig ist!«, fügte Vater hinzu, der bei jeder Geschichte auf ein gutes Ende aus war.

Da hörte ich auch schon die Buben:

»Mamma miiia!«

»Teufel nochmal!«

Über einen Betonzaun in der Höhe des Eisenbahnwaggons, der so dahinkroch, war eine Menge splitternackter Leiber zu sehen, mit einer dicken Schicht schwarzem Morast verschmiert, sodass man wirklich meinte, das seien Verwandte des Gottseibeiuns, heraufgestiegen aus den Tiefen der Unterwelt, nur Hörner hatten sie keine. Nackte Bäuche, Brüste, Hintern und andere Merkmale, den offenen Augen dargeboten, in verschiedensten Formen und Größen, allesamt morastverschmiert – wir waren starr vor Staunen und mochten unseren Augen nicht trauen. Wir stießen uns gegenseitig an und kicherten verstohlen. Schließlich erreichten wir den Bahnhof Costineşti, der ein ordentliches Stück außerhalb des Dorfes lag. Schon auf dem Bahnsteig spürten wir, wie uns die warme Luft umfing, und atmeten die salzige Brise tief ein. Dina schloss glücklich lächelnd die Augen. Und wenig später, wenn auch noch müde von der Reise, plantschten wir im Wasser des Schwarzen Meeres, das uns fast zwei Wochen lang erfreuen sollte.

◊

Bis zu unserer Bucht von Schitu hatten wir eine Strecke zu gehen, aber es lohnte sich. Über der Steilküste gab es allerhand Vögel, Eidechsen, buntgepanzerte Kerbtiere, hin und wieder einen Käfer, so schwarz, als käme er aus Techirghiol, und einmal sahen wir sogar einen Paradiesvogel, er war ganz klein und schillerte in unzähligen leuchtenden Farben. Ich habe später kein einziges Exemplar dieser Gattung mehr gesehen, aber ich weiß genau, dass ich dieses gesehen habe und dass wir alle gestaunt haben, wie klein er war und wie er strahlte. Wie in vielen andern Fällen wollte sich später, wenn ich danach fragte, niemand daran erinnern, ja sie behaupteten sogar, so etwas gäbe es nur in meinem Kopf. Zur Bucht hinab führte ein steiler Pfad, in Badeschlappen schwer zu bewältigen, weil man dauernd ausrutschte, und wir waren es gewohnt, schwierige Wege in Bergstiefeln zu begehen. Unten war der Sand schön, wenige Leute waren dort, vor allem aber gab es keine Bojen und keine Wächter, die uns davon abhielten hinauszuschwimmen.

Langsam stellte sich Bräune ein. Matei und ich waren eins, zwei schwarzgebrannt, aber Dina und Doru hatten die weiße Haut ihres Vaters, deshalb wurden sie zuerst rot, man durfte sie nicht mehr berühren, noch nicht einmal aus Versehen, weil das sehr brannte, und sie waren rundum mit Joghurt eingeschmiert. Sonnencreme hatte damals niemand. Shampoo hatten wir auch keines, deshalb wuschen uns unsere Mütter, beide Chemikerinnen, die Haare mit einem rohen Ei, das sie uns wie in ein Nest auf den nassen Scheitel legten, aufschlugen und zu einem Shampoo einer originellen (nicht eingetragenen) Marke verrieben.

Sonnenbaden konnte ich nicht ausstehen, deshalb verbrachte ich fast die ganze Zeit im Wasser. Besonders gern fuhr ich mit gespreizten Fingern durch die Wellen, um ihren

Widerstand zu spüren, der zur süßen Liebkosung wurde. Die Wellen reizten den Tastsinn so angenehm, wie ich noch nie etwas ertastet hatte. Ich öffnete unter Wasser die Augen, und das Wassergrün entzückte mich dermaßen, als umspielte mich der Glanz eines riesenhaften Edelsteins. Die Augen brannten erst, wenn ich wieder an die Oberfläche kam. Die Kälte machte mir nichts aus – »weil du dicker bist«, neckten mich die andern –, also blieb ich lange im Wasser. Irgendwann, nachdem alle schon wieder an die Sonne geflüchtet waren, begann auch ich zu frösteln, wollte aber nicht hinaus. Wenn es dann doch so weit war, hatte ich eine Gänsehaut, blaue Lippen, verschrumpelte Fingerspitzen und zitterte, deshalb brachte Vater ein riesiges Handtuch ans Ufer, das mich ganz umfing, und rieb mir den Rücken, um mich aufzuwärmen. (Viele Jahre später habe ich das riesige Badetuch wiedergesehen und mochte kaum glauben, wie klein es eigentlich war.) Die ganze Familie schwamm gerne und gut, und wir fuhren auch zu Hause oft in unser Zeidner Waldbad. Hier im Meer, das natürlich auch unseres war, fiel das um einiges leichter, das Salzwasser hielt einen an der Oberfläche.

»Dich«, sagte mir Mutter, »legten wir, als du noch nicht einmal zwei Jahre alt warst, in Mamaia im Wasser auf den Rücken, und du triebst darauf wie ein Blatt. Die Leute, die vorübergingen, sahen ein braves, zufriedenes Baby, das auf den Wellen schaukelte, und waren starr vor Staunen.«

Es war wie in den Märchen mit den Findelkindern, nur das Fass fehlte. Ich erinnere mich nicht, jemals Angst vor dem Wasser gehabt zu haben, und so etwas kann gefährlich werden, wie es Vater widerfuhr. Das war an einem wolkigen, windigen Tag.

»Heute ist kein Strandtag«, sagte meine Tante, und wir beschlossen, den Zug nach Mangalia zu nehmen und die Moschee zu besichtigen. Das klang reizvoll, weil ich keine Ahnung hatte, was das Wort bedeutete. Ich fragte nach, und sofort fand sich jemand, der mich hänselte:

»Die weiß nicht, was eine Moschee ist. Ana die Ahnungslose.«

»Dich lassen die gratis rein, ahnungslos wie du bist.«

Es hat mich immer erstaunt, wie gut andere über etwas Bescheid wissen, wovon ich noch nie gehört habe, und das passiert mir oft, bis auf den heutigen Tag.

»Du wirst schon sehen, was das ist«, sagte meine Tante, »es wird dir gefallen. Drum herum gibt es alte Gräber, mehr als dreihundert Jahre alt.«

Die Sache mit den Gräbern gefiel mir. Wie alles Neue hatte sie etwas schaurig Geheimnisvolles. Noch wusste ich nicht, was einem ein Grab bedeuten kann, weil ein Stückchen Erde einen Menschen verschluckt hat.

Vater jedenfalls blieb in Costineşti und wollte in unsere Bucht schwimmen gehen, trotz des Wetters. Damit er nicht allein blieb, verzichtete auch mein Onkel auf die Moschee, er kannte sie bereits, also gingen die beiden zusammen. Ich glaube, es hatte Streit mit meiner Tante gegeben.

◊

Kronstadt ist eine Stadt der Glocken. Man erkennt sie an der Stimme und an der Tonlage, wie man eine menschliche Stimme erkennt. Wenn im Sommer die Fenster offen stehen, kann man sie alle hören, schon um sechs Uhr morgens, wenn sie zum ersten Mal läuten. Bei uns zu Hause hörten wir am besten die von Sfântu Ioan neben dem ehemaligen Haus der Familie Hahner, das man mittlerweile abgerissen hatte. Diese, die uns am nächsten waren, schlugen als Erste an, schwangen ihre runden Stimmen in der Luft, hin und her, etwa zwei Minuten lang, worauf sie wieder in Schweigen versanken. In der Zwischenzeit waren jene von der Strada 7 Noiembrie eingefallen, die in Omamas Dachstübchen, ebenfalls in unserer Straße, besonders laut zu vernehmen waren. Sie hatten dröhnende, stählern vibrierende Stimmen. Es war, als würde ein zarter Kinderchor von einem Erwachsenenchor verstärkt. Inzwischen mischten auch andere Glocken mit, es war eher ein Murmeln, denn sie waren so weit weg, dass man gar nicht wusste, woher es kam. Bis zum Tod unseres Vaters hatte ich mich um Glocken nie gekümmert. Weder sah noch hörte ich sie, sie waren ein Teil meiner Geburtsstadt und meiner selbst, wie die Zinne, wie die Schwarze Kirche oder die Langgasse oder unsere Straße und unser Haus. Auch diese sah und hörte ich normalerweise nicht, wie man die eigene Leber, das eigene Herz, die eigenen Lungen oder das eigene Blut weder sieht noch hört. Irgendwann vernahm ich den Klang der Glocken, wie man sein Herz hört, wenn man erschrickt, ich konnte ihn sehen, wie man das eigene unsichtbare Blut sieht, wenn man sich schneidet. Das war drei Jahre nach dem Gespräch meiner Eltern über die Unsterblichkeit. Ich hatte mich erschreckt und dabei geschnitten, und in meiner Stadt schlugen die Glocken wie das Herz, und der Klang floss wie das Blut. Ich konnte sie jetzt nicht mehr ignorieren. Eine neue Gestalt war in mein Leben getreten: der Tod.

An dem Tag der Moschee aber kümmerte mich das alles nicht. Es wehte ein scharfer Wind, der schwarze Wolken türmte und sie dann bis an den Rand des Himmels schob. Ein garstiger, kalter Tag, der nicht zum Baden einlud, gegen Abend aber war die Luft wieder mild, und jenseits der Bahnlinie ging die Sonne vor einem makellosen, abendlich geröteten Himmel unter, der einen schönen Tag ankündigte. Als wir bei Tante

Florica auf den Hof traten, saßen mein Vater und mein Onkel, in ein ernstes Gespräch vertieft, am Tisch unter dem Maulbeerbaum. Vater war blass, diesen Gesichtsausdruck hatte ich bei ihm noch nie gesehen. Mutter erschrak sofort, und der Onkel erzählte uns, dass Vater fast ertrunken wäre und gerade noch davongekommen war. Das erschien mir abenteuerlich, mehr aber auch nicht, er war ja da, lebendig und unversehrt, ich konnte seine Hand nehmen und fest drücken, was ich dann auch tat.

Aus Mangalia hatten wir Fisch mitgebracht. Alle betätigten wir uns um den Tisch unter dem Maulbeerbaum: Ich faltete kleine weiße Servietten, die für meine Sammlung zu Hause nicht in Frage kamen, Dina brachte die Teller und die Gläser, die Buben legten das Besteck auf und sorgten für Salz und Pfeffer, und unsere Mütter richteten einen Salat mit Gurken und Tomaten an, vor allem aber kümmerten sie sich um die mitgebrachten Fische. Bald duftete der ganze Hof nach gebratenem Fisch, und uns packte ein Riesenhunger. Wir setzten uns fröhlich an den Tisch. Wir waren immer fröhlich, wenn wir uns gemeinsam zu Tisch setzten. Mein Onkel begann zu erzählen, wie Vater trotz des Wetters und des hohen Wellengangs wie gewöhnlich hinausgeschwommen war, worauf er ihn irgendwann am Horizont aus den Augen verloren hatte. Nachdem er eine ganze Stunde abgewartet hatte, war er den Strand auf und ab gegangen, von Mal zu Mal aufgeregter und ohnmächtiger, er wusste nicht, was er tun und wen er zu Hilfe rufen könnte. Weit und breit war keine Menschenseele, weder in der Bucht noch oben über der wilden Steilküste. Und wie er, gerade als er ins Dorf um Hilfe laufen wollte, am Horizont einen schwarzen Punkt erspäht hatte, der näherzukommen, dann aber auch wieder auf der Stelle zu bleiben schien, von den Wellen überspült und auch wieder freigegeben. Und wie es noch etwa eine halbe Stunde gedauert hatte, bis dieser Punkt gewachsen, zur Murmel, dann zum Tennisball, zum Medizinball, dann zum Köpfchen und zum Kopf und schließlich zu einem angespannten, vor Anstrengung bleichen Menschengesicht geworden war.

»Ich selbst war aber genauso bleich, mein Lebtag habe ich nicht so eine Angst gehabt, noch nicht mal, als ich mit meinem Onkel geflogen bin.«

Der Onkel unseres Onkels war in der Zwischenkriegszeit Pilot gewesen und hatte ihn einmal im Cockpit mitgenommen, von ihm hatte er eine lederne Fliegerhaube mit Ohrenklappen, die wir probieren durften, sie ging uns bis über die Augen. Vater war jetzt ganz ruhig, seine gute Laune und sein Appetit waren wieder da.

»Ich dachte, es sei aus mit mir«, sagte er, »zum Glück fiel mir mein Retter wieder ein.«

»Was denn für ein Retter?«, sagte ich.

Und dann bekamen wir eine der schönsten und schrecklichsten Geschichten aus Vaters Leben zu hören.

»Ich habe schon einmal versucht, den starken Mann zu markieren wie heute, ebenfalls hier ...«, sagte Vater, der wieder Farbe im Gesicht hatte. »Ich war keine zwanzig und in den Ferien. Am Vorabend drückten die Wellen an Land, man hatte sie beim Rausschwimmen gegen sich, zurück aber schwamm man ganz leicht. Mittlerweile hatte der Wind gedreht, und die Strömung zog einen hinaus, dann fällt die Rückkehr, wenn man schon müde ist, doppelt schwer. Im Wasser fasse ich Fixpunkte am Ufer ins Auge. Anfangs sieht man nur die rötliche Steilküste um die Bucht, den Pfad und die Löcher, in denen die Möwen nisten, dann weitet sich der Blick, das Bild des Ufers ändert sich ständig, man sieht immer weitere Buchten, auf der einen Seite bis nach Tuzla, auf der anderen bis nach Mangalia.

Wenn ich die Fischerboote sehe, halte ich inne, ich weiß, es reicht, ich habe zwei Kilometer zurückgelegt.«

»Einen weniger, als die Langgasse lang ist«, sagte Dina.

»Und zwei zurück.«

»Also die ganze Langgasse lang und noch einen Kilometer dazu«, sagte Matei, und ich hatte eine ganz gute Vorstellung von der Entfernung.

»Ich war also an dem Punkt, an dem ich gewöhnlich kehrtmache, aber ich hatte es so leicht und locker geschafft, das Wasser war angenehm warm, also entschloss ich mich, weiterzuschwimmen. Wie verrückt, ich konnte gar nicht mehr aufhören. Wie das aber auch in den Bergen mit den Gewittern ist, kam von jetzt auf gleich ein Wetterumschwung, der Wellengang nahm immer weiter zu, er erschien mir nunmehr bedrohlich, von allen Seiten kam er auf mich zu, und das Ufer war kaum mehr zu sehen. Natürlich wendete ich sofort und kraulte auf das Ufer zu. Aber schon nach einem Kilometer war ich erschöpft, keuchte und musste mich aufs Brustschwimmen beschränken. Toter Mann spielen und mich ausruhen, das konnte ich nicht …« Vater legte eine Pause ein und ging die Melone holen, die in einem Eimer im Brunnen unweit unseres Tisches unter dem Maulbeerbaum lag.

Das mit dem Toten Mann verstand ich gut. Das war für mich immer die Reservelösung, also auf dem Rücken liegen. Es forderte mir keinerlei Anstrengung ab, ich hätte ewig so daliegen, ja sogar schlafen können. Nur hin und wieder musste ich mit einer trägen Armbewegung meine Lage korrigieren. Aber bei hohen Wellen? Da ging das nicht, ich wusste es nur zu gut, da musste man ständig bereit sein.

»Ich ruderte weiter mit den Armen, immer fahriger, kam nicht mehr voran, dann und wann vermochte ich nicht einmal einer Welle auszuweichen, die mir ins Gesicht schlug, und schluckte viel Salzwasser. Ich nahm alle meine Kraft zusammen und versuchte voranzukommen, aber die Entfernung zum Ufer schien gleich zu bleiben, sie nahm nicht ab, und ich bekam schreckliche Angst. Wen hätte man auch um Hilfe bitten können, wo doch nicht einmal eine Möwe in der Nähe war. Da war nur ich inmitten der Wellen. Noch ruderte ich mit den Armen, es brachte nicht viel, und irgendwann, ich erinnere mich genau, begann ich mich mit dem Gedanken des Todes abzufinden und allem nachzutrauern, was ich im Leben nicht geschafft hatte.«

Mittlerweile war die Melone aufgeschnitten, sie hatte, reif wie sie war, ordentlich geknackt, und alle hatten wir je eine große Scheibe mit weichem Innern voller glänzender schwarzer Kerne in dem saftigen Fruchtfleisch vor uns. Ich vermochte mir nicht vorzustellen, wie es war, wenn man sich mit dem Gedanken des Todes abfand. Ich sah hinüber zu meinem Bruder, der gerade in die Melonenscheibe gebissen und einen klebrigen Bart um den Mund hatte, allerdings waren seine Augen nach oben gerichtet, er hatte nicht das im Blick, was er aß, sondern starrte Vater erschrocken an.

»Ich spürte, dass ich keine fünf Meter mehr schaffen würde, geschweige denn die Entfernung zum Ufer. Und da, das muss ich euch gestehen, gab ich den Kampf auf, ich ließ mich vom Wasser treiben, ich versuchte nur, wenn eine Welle neben oder über mir brach, oben zu bleiben, zu atmen, aber voranzukommen mühte ich mich nicht mehr. Ich erinnerte mich an den Strudel in der Donau, dies hier aber war etwas anderes, ich wusste nicht, was ich tun sollte, und dachte, es sei mir halt beschieden zu ertrinken. Und wäre ich damals gestorben, säßen wir drei nicht hier am Tisch«, sagte Vater und beschrieb mit gerecktem Zeigefinger ein Dreieck in der Luft, das ihn, meinen Bruder und mich einbezog.

Das erschien mir äußerst merkwürdig. Es hätte also sein können, dass Vater heute nicht am Tisch saß, was bedeutete, dass es auch Matei und mich nicht gegeben hätte, die andern aber schon. Besonders befremdlich erschien mir, dass es Mutter an jenem Tisch auch ohne uns gegeben hätte, sodann hätten meine Cousins Dina und Doru, die ja irgendwie unsere Geschwister waren, ebenfalls in aller Ruhe Melone gegessen, ohne auch nur zu ahnen, dass sie uns verpasst hatten und dass der Entwurf von uns dreien als leerer Umriss wie in den Cartoons mit Gespenstern an ihrem Leben vorbeigehuscht war, ohne es zu berühren. Und leidgetan hätte es ihnen auch nicht. Der Gedanke war verrückt, ich konnte ihn gar nicht fassen.

»Und was ist dann passiert?«, fragte meine Cousine, den Mund voller Melone. Gewöhnlich redete sie nicht mit vollem Mund, jetzt aber war die Erregung groß.

»Ich glaube, Mütterchen hat für mich gebetet, denn aus heiterem Himmel, nun ja, stimmt nicht ganz, der war bewölkt, tauchte ein Mann neben mir auf.«

Wir erschauerten. Das war übernatürlich, als wäre ein Engel vom Himmel herabgestiegen. Woher war dieser Mann gekommen? Das Ufer war doch weit weg, es stürmte, in der Bucht gab es keine Boje und keine Seenotrettung. Wieso hatte ihn Vater nicht gesehen, ehe er bei ihm war?

»Er war an meiner Seite und redete mir mit tiefer, entschlossener, befehlerischer Stimme zu, wobei er hin und wieder den Kopf hob, einen Mundvoll Wasser nahm, um mich dann zu belehren: ›Keine Angst ... Wir schwimmen zusammen, ich lass dich nicht allein! Die Wellen haben die Richtung geändert ... Du musst ... dich auf den Kamm setzen ... Wir warten die Welle ab und ... wenn sie uns von hinten erreicht, so ... dann strecken wir uns aus und schwimmen mit ... solange wir können ... Die bringt uns voran, mit kleinstem Aufwand ... Wenn sie dann zurückflutet, paddelst du nicht sinnlos herum … Da wirst du nur müde … Du hältst dich einfach oben und ruhst dich aus. Los, jetzt, vorwärts! Fertig, halt … ausruhn! Los, jetzt!‹ Und so redete er mich nicht rein, sondern raus, bis ich Grund unter den Füßen spürte. Was das doch für ein Gefühl ist, in die Senkrechte zurückzukehren, den Fuß auf Grund zu setzen, nachdem man unendliche Minuten auf dem Bauch gelegen und Wasser geschaufelt hat. Seit dem Augenblick, als ich seine Stimme gehört hatte, wusste ich mich in Sicherheit, ich hatte keine Angst mehr und merkte, dass ich eigentlich noch Kraft zum Schwimmen, nur kein Vertrauen mehr gehabt hatte. Dieser Mensch hat mir das Leben gerettet.«

»Wer war das?«

Alle wollten das wissen.

»Ich weiß es nicht«, sagte Vater untröstlich. »Als wir das Ufer erreichten, lag ich flach, um mich zu erholen, durchzuatmen, aber als ich aufstand, war er nicht mehr da. Er war weg.«

»Hast du ihn denn nicht gesucht?«, fragte ich verwundert.

»Und ob, gleich am Tag darauf habe ich ihn gesucht und suche ihn seither, sooft ich am Meer bin. Ich bin mir nicht sicher, dass ich sein Gesicht wiedererkennen würde, ich habe es kaum gesehen, aber seine Stimme würde ich wohl wiedererkennen. Heute habe ich weit draußen in den Wellen, die fast so hoch waren wie damals, gehofft, ihn wieder an meiner Seite zu sehen, irgendwie. Er ist aber nicht wiedergekommen, was er mich aber gelehrt hat, habe ich nicht vergessen, und man kann sagen, er hat mich ein zweites Mal gerettet. Er war gewissermaßen wieder an meiner Seite. So bleiben die Toten an deiner Seite … Und was habt ihr in der Moschee getan?«

Ich beeilte mich, ihm zu erklären, dass ich nicht mehr Ana die Ahnungslose war, dass ich jetzt wusste, was eine Kirche für Muselmänner ist. (Wieder zu Hause, war ich ganz beglückt, gerade dieses sympathische Wort in dem Buch anzutreffen, das ich als Preis bekommen hatte.) Allerdings wollte ich die Dinge nicht auf sich beruhen lassen. Ich fragte Vater aus, wollte wissen, wie der Mann aussah, den wir alle wiederzuentdecken hofften. Wer war er? Wie war er dort aufgetaucht? Wie groß war er? Was hatte er für eine Haarfarbe? Wieso war er nicht wenigstens ein paar Minuten geblieben, um den Dank des Geretteten entgegenzunehmen? Wieso hatte nicht er, der Retter, Vater aufgesucht, um sich daran zu erfreuen, dass er einem Menschen zu all seinem bisherigen Leben noch weiteres geschenkt hatte? Wieso hatten sie sich nie wiedergetroffen?

In den Folgetagen wälzten wir das Problem unter uns. Wir Mädchen waren der Meinung, das sei wirklich ein Engel gewesen.

»Die Engel dürfen keinen Dank abwarten«, sagte Dina.

»Woher weißt du das, warst du denn bei denen und kennst ihre Gebräuche?«, nahm Doru sie auf den Arm.

Dina sagte, sie wisse das eben, und sie lächelte ihren kleinen Bruder so mitleidig an, dass kein Widerspruch möglich war. Die Buben meinten, das sei ein Seemann gewesen, geübt, unter allen Umständen zu schwimmen, der habe Vater vom Ufer aus gesehen und sei hinterhergesprungen, ihm zu helfen. Dann sei er zu seinem Schiff geschwommen und in See gestochen, wer weiß, wohin. Vielleicht sei er gar nicht mehr nach Rumänien zurückgekommen, wie so viele Seeleute zu jener Zeit. Seither hege ich ständig die Hoffnung, dass der Zufall mir jenen Engel oder Menschen über den Weg laufen lässt, dem zu verdanken war, dass es uns gab und wir, ich und mein Bruder, Melone mitessen konnten, nicht Mutter, Dina und Doru und die andern allein.

An jenem Tag hatte alles ein gutes Ende genommen. Vater war bei uns, ich war nicht mehr ahnungslos, wir rochen, wie jeden Abend, den Duft der Königin der Nacht, einer Blume, die unscheinbar erschien, aber sich nachts geheimnisvoll entfaltete, ich hatte gelernt, dass man einen guten Rat annehmen sollte wie einen lebendigen Menschen, der neben einem einherschwimmt. Ich wusste auch, was ich zu tun habe, wenn mich der Sturm weit draußen im Meer erwischt, und ich sage es auch dir, vergiss es nicht: Du lässt dich von der Welle mitnehmen, ruderst heftig mit den Armen, solange du oben bist, beim Rücklauf dann ruhst du dich aus. Ich glaube, das gilt auch für die Wellen des Lebens.

Im dritten Jahr nach der Geschichte mit dem Retter war Vater nicht mehr mit uns am Meer. Er war im Krankenhaus gestorben, eines Tages im April, kurz nach einer Operation. Lange Zeit konnte ich es nicht glauben, dass es mich und meinen Bruder gab, ihn aber nicht. Hatte er uns doch gesagt: Wenn es ihn nicht gegeben hätte, gäbe es auch uns nicht. Wie war das möglich, dass es uns gab und ihn nicht? Es war nicht möglich, einer jener Fehler, die die ganze Rechnung durcheinanderbringen, wie in der Arithmetik. Jeden Morgen beim Erwachen hoffte ich, eine andere Wirklichkeit vorzufinden, dass die Geschichte mit dem Tod sich als böser Traum herausstellte. Ich schlug die Augen auf und sagte mir: Jetzt werde ich sehen, ich habe geträumt, er aber lebt. Dann stand ich auf, und da war nichts, was mir gezeigt hätte, dass Vater noch bei uns wäre. Wir saßen nicht mehr zu viert am Tisch, sondern zu dritt, wir deckten nicht mehr vier Teller und vier Becher und je vier Löffel, Gabeln und Messer. Wir waren nicht mehr vier Himmelsrichtungen, vier Jahreszeiten, vier Temperamente, vier Tugenden, wir waren nicht mehr vier Evangelisten und vermochten Gottes Welt nicht mehr zu finden.

Eines Tages gingen wir auf den Butschetsch, wir nahmen den sehr schweren Bergpfad durch das Caraiman-Tal, das zum Kreuz hinaufführt. Ich weiß nicht, wieso, vielleicht war ich zu schnell in die Höhe geschossen, aber ich spürte einfach, dass ich nicht mehr konnte. Wir hatten das Tal zur Hälfte geschafft, da war mir bei jedem Schritt, als hätte ich Blei im ganzen Körper, nein, ich kam nicht an gegen den Berg. Ich wollte mich setzen und für immer dortbleiben. Wollte mich auf den Rücken legen, die Augen zum Himmel, und den Kampf aufgeben. Da erinnerte ich mich an den Mann, der Vater aus den Wellen gerettet hatte, und stellte mir vor, er wäre bei mir, stiege an meiner Seite den Berg hinauf und lehrte mich, was zu tun war, sodann stellte ich mir nach und nach vor, Vater wäre an meiner Seite und redete mir gut zu. Und ganz zum Schluss, als ich ganz und gar nicht mehr konnte, sagte ich mir: Wenn ich es schaffe, bis ganz hinauf, dann wird Vater auferstehen. Und ich schaffte es. Die Landschaft war ein Traum! Im Süden sah man die niedrigen roten Dächer im Prahova-Tal und die schmalen, wie mit dem Stift auf Papier gestrichelten Wege. Nach Norden hin lösten sich die Nebel in immer dünneren, immer zarteren weißen Schwaden auf. Bald sollten sie ganz verschwinden, als hätte es sie nie gegeben, vom klaren Blau geschluckt. Wie schön es doch war, mitanzusehen, wie die Dünste schwinden und das Tal einem nach und nach sein buntes, lange dem Blick verborgenes Inneres offenbart. Ein Bussard kreiste mit schrillem Schrei. Mein Herz pochte bis ins Trommelfell, und in meinem ganzen Körper schien ein Glockengeläut zu schlummern, das gleich losbrechen würde. Ich war mir sicher, dass mein Vater inzwischen auferstanden war, irgendwo dort unten in dem Tal mit den winzigen Dächern, über die meine Blicke schweiften. Als wir aber abends zu Haus ankamen, war er nicht da. Ich gab ihm einen Tag Zeit. Aber er kam weder am nächsten noch an den folgenden Tagen, obwohl ich ihm mehr Zeit einräumte. Seither ist alles, was ich mit viel Mühen, unter höchster Kraftanspannung zu Ende gebracht habe, dazu bestimmt, meinen Vater zum Leben zu erwecken und zur Rückkehr zu bewegen. Dann wieder sage ich mir, er ist vielleicht gar nicht fortgegangen, nur sehe und höre ich ihn nicht, er gehört zu mir wie das Herz, die Leber und das Blut und die Zinne und die Glocken und Gassen von Kronstadt.

In jenem unseligen Monat April war das nicht unser einziges Unglück. Großmutter hatte kurz nach dem Verlust ihrer Schwester und ihres Schwagers den Schwiegersohn verloren und wusste noch nicht, dass sie in wenigen Monaten auch ihren Mann verlieren würde. Mutter hatte kurz nach dem Verlust ihrer Tante und ihres Onkels ihren Mann verloren und wusste noch nicht, dass sie bald auch ihren Vater verlieren würde. Mein Bruder und ich hatten unseren Vater verloren und wussten noch nicht, dass Großvater folgen würde. Meine Cousins hatten ihren Onkel verloren, der wie ein Vater für sie gewesen war, und wussten noch nicht, dass im Herbst Großvater folgen würde. Außerdem sollten meine Cousins auch ihren Vater aus dem Haus gehen sehen, aber anders: Ihre Eltern ließen sich scheiden. So kam es, dass lange Zeit gar keine Väter mehr bei uns im Haus waren. Ich glaube, das Haus wusste das. Es war in ein furchtbares Schweigen versunken. Es mochte Väter.

Der Schattenreparierer

Vor allem Buben, sagte Großmutter mit Nachdruck

Nachdem es so viele Väter verloren hatte, warf unser Haus einen breiteren und dichteren Schatten als die Nachbarhäuser. Als würde es Trauer tragen, hüllte es sich in einen Schleier, der aus ihm selbst wallte. Die anderen Häuser hatten schmale, angenehme Schatten, die im Sommer Schutz boten wie Schirme oder Hüte. Das unsere hatte einen tiefen Schatten, der einen mit sich nahm wie Wasser, und wenn man nicht aufpasste, konnte man darin ertrinken, so schien es mir. Bald lernte ich, die Häuser nach ihrem Schatten zu unterscheiden. Jene mit abgründig tiefem Schatten hatten liebe Menschen verloren. Und da erinnerte ich mich an den Schattenreparierer, Großvaters Bruder, und musste lächeln.

Ein einziges Mal hatte ich ihn gesehen, viele Jahre, bevor der Schatten unseres Hauses sich zu verdichten begann, das hatte aber ausgereicht, dass er im Bild meiner Kindheit in die erste Reihe gerückt war. Geboren war er wie Großvater, allerdings etliche Jahre vor ihm, in der Familie eines Hirten, das war unser Urgroßvater, in einem Haus in einer steilen morastigen Gasse, deren Name sich so holprig ausnimmt, wie sie selbst ist, Pe Dobrice in Rosenau, einem Marktflecken in der Nähe von Kronstadt, über dem eine Burg thronte. Als er zu uns kam, nahm er uns sofort für sich ein. Zuerst weil er ein leutseliger

Mensch war und zahllose Arten des Lächelns beherrschte. Mit anderen Worten, er hatte für jeden Einzelnen ein ganz bestimmtes Lächeln. Wahrscheinlich hatte in ihrer Familie Großvater die gesamte Ernsthaftigkeit geerbt und Onkel Gheorghe die ganze Fröhlichkeit. Sein Bruder und seine Schwägerin in Kronstadt, also unsere Großeltern, hielten ihn für exzentrisch. Diesmal brauchte ich nicht weiterzufragen, ich wusste von Karl May, was exzentrisch bedeutete: wie ein englischer Lord! Die netteste Gestalt in Karl Mays Romanen (mit Ausnahme von Winnetou, dem edlen Häuptling der Apatschen) hieß David Lindsay, und der war Lord. Der Lord sagte *Well, well!*, die anderen nannten ihn *Mylord*. Er war Mitglied des erlesenen Travellers Club in London. Er war dermaßen aus auf Abenteuer, dass er sich vor nichts und niemandem mehr fürchtete. Bei sich daheim in England nämlich litt er an *Spleen*, einer ganz bösen Krankheit, die man von der englischen Langeweile bekommt. Ebenso auf Abenteuer aus musste nach meiner Vorstellung auch Onkel Gheorghe sein, bezeichneten ihn doch die Großeltern als exzentrisch, und so zeigte er sich auch, als ich ihn kennenlernte. An jenem Tag, als in unserem Haus noch alle beisammen waren und ich der jüngste Neuankömmling in seinen alten Mauern war, erschien Großvaters Bruder in einem grellorangen Baumwollhemd. Er sagte, er habe vor, solche Hemden herzustellen und zu verkaufen, damit wir alle reich würden. Zu jener Zeit war noch nicht einmal Leinen in Mode, im Gegenteil, gerade war die ungesunde Bequemlichkeit des Nylonhemds entdeckt worden, das in transparent blassen Farben gehalten war. Ein Mann, gekleidet wie Onkel Gheorghe, zog alle Blicke auf sich in einer Art, wie es sich niemand gewünscht hätte. Wie ein englischer Lord. Großvater fragte ihn unvermittelt mit belustigter Stimme:

»Gehst du als reifer Kürbis? Ist denn Fasching?«

Großmutter lachte gutmütig und schüttelte den ergrauten, aber noch nicht weißen Bubikopf. Sie war es gewohnt, dass der ältere Bruder ihres Mannes *Ideen* hatte. Sie nahm die ebenfalls orangen Gartenrosen aus seiner Hand, kürzte die Stängel und stellte sie in die kobaltblaue Vase, in der sie ihre Leuchtkraft besonders entfalteten. Sie lauschte seinen Erklärungen zu den drei Farbnuancen, die diese Rosen annahmen: eine dunklere, wenn sie knospen wie diese hier, eine hellere, gelb schimmernde, wenn sie aufgehen, und schließlich eine hin zu Aquarellrosa.

»Und du wirst sehen, sie gehen alle auf, ganz gewiss«, versprach er.

Stets brachte Onkel Gheorghe Fröhlichkeit ins Haus. Er blieb optimistisch selbst in schwierigen Zeiten, wie er sie gerade durchmachte, was ich erst Jahre später erfahren sollte. Fiel sein Name, heiterten sich die Gesichter auf, es legte sich ein Lächeln über sie wie über meins an jenem Tag, als der flutende Schatten des Hauses mich beinahe fortgeschwemmt hätte.

1930, als das durch den Verkauf der Schafe erlöste Erbe des Urgroßvaters zwischen den beiden Söhnen aufgeteilt worden war, hatte der Jüngere, also Großvater, mit seinem Anteil unser Haus erworben (wozu, wie ich dir wohl gesagt habe, auch Onkel Ionel und Tante beigetragen hatten), Onkel Gheorghe hingegen war in Geschäfte eingestiegen. Gute Ideen hatte er schon, aber leider stets gegen den Zug der Zeit. Würde er heute leben, wäre er reich und unsere ganze Familie mit ihm, da habe ich keine Zweifel. So aber machte er nur Verluste, auch wenn er nie pleite war. Er zog nach Sinaia und lebte dort zurückgezogen und bescheiden, oft ging er in die Berge. Wenn er in den Zwischenkriegsjahren nach Kronstadt kam, zog er sich mit seinem Bruder, dem Arzt, in dessen Kabinett zurück, und sie redeten über Geschäfte, in die Großvater allerdings trotz der überzeugenden Plädoyers seines unternehmenden Bruders nie einstieg. Jetzt aber wurde die Torte der Geschichte neu verteilt, der jüngere Bruder war kein Arzt mehr, sondern in Pension, und der ältere Bruder kein Unternehmer mehr, weil das nicht mehr ging, sodass sich dieses Ritual erübrigte. Schlimmes war geschehen, und in den Gesichtern der Großeltern zeichnete sich Kummer ab.

Natürlich wollten wir den Menschen, von dem es so viele ungewöhnliche Geschichten gab, auch gleich kennenlernen, zu unserem Erstaunen aber hielt uns Großvater davon ab:

»Lasst den Gheorghiţă in Ruhe, macht es ihm nicht noch schwerer, der hat Kummer genug.«

Darauf zog sich Großvater zurück, wie nur er das konnte. Als hätte er die Zugbrücke hochgezogen, brach er sämtliche Verbindungen mit dem Rest des Hauses ab und schloss die Tür seines ehemaligen Kabinetts, das nunmehr als Schlaf- und Wohn- und Lesezimmer dienen musste. Immerhin hatten wir noch die Großmutter zur Hand, in der Küche, die nach gebratenen Auberginen roch, und ich hängte mich an ihre nunmehr mit einer Schürze bedeckten Rockschöße:

»Wieso hat der Onkel Gheorghiţă denn Kummer, wieso können wir nicht mit ihm reden?«

»Der ist traurig, weil man seinen Sohn nicht mehr nach Haus kommen lässt, mein Lämmchen.«

»Wo ist er denn?«, fragten wir vierstimmig.

»Er ist im ... im Heim«, sagte Großmutter mit Nachdruck, offenbar versuchte sie unseren Fragen auszuweichen.

Ich wollte wissen, was das ist, worauf Dina mir sagte, das sei ein Ort, wo die höheren Töchter lernen. »Und die Söhne«, fügte sie nach einer Weile unsicher hinzu, in der sie wohl draufgekommen war, dass der Sohn von Onkel Gheorghe keine Tochter war, »ja, auch Söhne, manchmal.« Großmutter sagte nichts, und das schien mir sehr verdächtig.

»Stimmt das? Gibt es auch Buben in dem Heim?«

»Vor allem Buben«, sagte Großmutter mit Nachdruck.

Ihre Meinung in Bezug auf uns war diesmal eine andere als die von Großvater: Onkel Gheorghe wäre sehr wohl gerne ein wenig mit uns Kindern zusammen.

»Er ist rauchen gegangen vors Haus«, sagte sie, und wir betrachteten das als Aufforderung.

Wir stürmten die Treppe hinunter – merkwürdigerweise roch es auch im Erdgeschoss nach auf der Herdplatte gebratenen Auberginen – und durch das offene Tor auf die Straße. Tatsächlich stand Onkel Gheorghe da und qualmte, den Blick auf die gegenüberliegenden Häuser gerichtet, die damals noch unversehrt waren. Im Obergeschoss, bei der Familie Hahner, stand das Fenster offen, und die länglichen Kakteen trieben gerade Blüten. Im Erdgeschoss war Gevatter Partenie nicht zu sehen, er arbeitete wohl drinnen in seiner Vulkanisierwerkstatt.

Als unser neuer Verwandter uns sah, setzte er statt des melancholischen einen anderen Gesichtsausdruck auf und lächelte uns der Reihe nach an, stets mit einem anderen Lächeln, als wollte er einem jeden von uns ein Spielzeug schenken. Meine Cousine bekam ein Lächeln mit geschlossenen Lippen und einem hochgezogenen Mundwinkel, in dem eine gewisse Bewunderung saß, als hätte er etwas Erstaunliches entdeckt. Er nannte sie »Füchsin«. Seine Lippen waren schmal und ähnelten denen von Großvater, ebenso der Schnurrbart, der ein wenig darüber hing. Bei Dinu zog sich auch der zweite Mundwinkel in die Höhe, und die Bewunderung von vorhin wurde zur Neugier. Er nannte ihn »Meisenmännchen«. Mein Bruder Matei, der keinen Augenblick stillstand, bekam ein Lächeln mit leicht geöffneten Lippen, aufmerksam wie bei einem Tennismatch, und Onkel Gheorghe nannte ihn »ungebärdiges Fischlein«. Mir wiederum, die ich zu ihm aufblickte und darauf wartete, dass er auch mir irgendeinen Namen gab, schenkte er ein Lächeln mit allen Zähnen – sie waren klein und strahlend weiß –, als müsste er plötzlich lachen:

»Kälbchen!«

Ich gab ihm ein Lächeln zurück, mit all meinen Zähnen, die noch kleiner waren als seine, und war ziemlich stolz auf den Namen, den er mir gegeben hatte. Kälbchen mochte ich, noch hatte ich keines sterben sehen, obwohl ich, um der Wahrheit die Ehre zu geben, Eichhörnchen vorgezogen und auch gern eins zum Spielen gehabt hätte. Allerdings verhielt es sich wohl andersrum, wir waren das Spielzeug für Onkel Gheorghe. Und wir mochten auch das, wenn es denn sein musste.

Onkel Gheorghe schlug vor, einen Spaziergang auf der Postwiese zu unternehmen. Von uns zu Hause brauchten wir fünf Minuten bis zu dem Hügel, an dem einst die Postkutschen gehalten hatten, also sagte er, als wir dort waren, wir sollten vielleicht zum Kleinen Hangestein hinaufgehen, um uns die Beine zu vertreten, oder gar bis zur Teufelsspitze, einem allen Kronstädtern wohlbekannten Felsüberhang, von dem aus man das ganze Burzenland im Blick hatte. Wir hatten nichts Besseres zu tun, also stiegen wir mit bis zu dem Eichenhain, wo unser Begleiter den Hut abnahm – wir wussten, dass Onkel Gheorghe nie ohne Hut zu sehen war, während Großvater hin und wieder eine Schirmmütze oder das Arztschiffchen trug – und wir uns alle im Schatten der alten Bäume ins Gras setzten. Ich kauerte eher: Ich hatte grüne Marillen von dem Baum am Fuß des ersten Abhangs gegessen und deshalb Magenkrämpfe.

»Wir sind mit Vater in die Berge gegangen, mit den Schafen. Vater hatte seine Geheimnisse und gab sie an uns weiter, an mich und meinen Bruder, und ich sage sie euch, die ihr ja fast meine Enkelkinder seid … Vielleicht habe ich ja, wenn Gott will, irgendwann auch Enkelkinder von meinem Sohn … Eines von Vaters Geheimnissen war: ›Mit einem gekochten Ei kommt man über den Butschetsch.‹«

»Wie denn das?«, wunderte ich mich, weil ich mir vorstellte, dieses Ei wäre eine Art Zauberstab, den man betätigt und der uns wie eine Seilbahn über den Berg hievt.

»Das bedeutet, ein Ei im Rucksack reicht aus, dass man alle Anstrengung und allen Hunger bei der Überquerung des Gebirges übersteht, meinte Vater.«

Und Onkel Gheorghe lächelte mich an wie beim ersten Mal, mit all seinen kleinen strahlend weißen Zähnen. Ich lächelte nicht zurück, denn gerade krampfte sich mein Bauch zusammen.

»Vater machte das manchmal, er durchwanderte die Berge und hatte dabei nur ein gekochtes Ei als Wegzehrung dabei. Vergesst es nicht, das geht, und außerdem, ja vor allem geht das auch bei den anderen Bergen, die man nicht sieht.«

»Was denn … für Berge?«, fragte mein Cousin etwas befremdet.

»Die Berge des Lebens, später wirst du verstehen, was es heißt, durchzuhalten, mein Meisenmännchen. Ich hoffe, auch mein einhörniger Jungbulle hält durch, ich habe es ihm oft genug und wieder und wieder gesagt.«

Dabei tat Onkel Gheorghe einen tiefen Seufzer, und ich tat es ihm sofort nach. Seufzen und Gähnen sind für mich ansteckend, außerdem tat mir der Bauch weh.

»Wo ist er im Heim?«, fragte ich gequält.

Onkel Gheorghe musterte mich kurz, entdeckte in meinen Augen aber nichts als Unschuld. Er rupfte einen Grashalm aus und begann darauf zu blasen, wie wir es noch nicht einmal mit der Mundharmonika schafften. Es war schön, wir aber waren so zappelig, dass unser Begleiter wieder zu reden begann.

»Ein anderes Geheimnis von Vater war noch schöner, und ich erzähle es euch, damit ihr es überprüfen könnt, wenn ihr Glück habt, ich habe es nur ein einziges Mal sehen können.«

Jetzt waren die anderen auch stutzig geworden, deshalb fragte Dina, die als die Älteste oft für uns alle sprach, höflich nach:

»Wen sollen wir denn sehen?«

»Nicht wen, sondern was«, rückte Onkel Gheorghe die Sache zurecht und lächelte sie an wie beim ersten Mal, mit dem einen Mundwinkel, diesmal allerdings melancholisch. »Wenn man den Butschetsch besteigt, kann man von der Spitze aus, vom Caraiman, an Tagen mit kristallklarer Sicht das Meer glitzern sehen.«

»Das Schwarze Meer?«

»Welches denn sonst? Vater hat es oft gesehen, das war aber vor dem Ersten Weltkrieg, als die Luft noch so kristallklar und rein war, dass einen auch der liebe Gott besser sehen konnte. Dennoch habe auch ich es gesehen, wie gesagt, es war wie ein Wunder. Ich war allein zum Caraiman aufgestiegen und spähte, als ich oben war, in die Weite. Ich konnte es kaum glauben, als ich in der Ferne etwas glitzern sah, als machte mir jemand Zeichen mit einem langen, schmalen Spiegel, und da besann ich mich, dass Vater uns davon erzählt hatte. Obwohl er in eher einfachen Worten darüber sprach, merkte man, dass es eines seiner bedeutendsten Glückserlebnisse war, denn am Meer ist mein armer Vater sein Lebtag nicht gewesen. Das Meer war zu ihm gekommen. Mutter allerdings sagte, Vaters Herz sei bei einer Frau, die in die Küstenebene der Dobrudscha gezogen war …«

Wir waren oft am Meer gewesen, erst recht erschien es uns als das Schönste, was man erleben konnte, vom Gipfel des Butschetsch aus das Meer leuchten zu sehen.

»Sonst noch Geheimnisse?«, fragte ich unersättlich.

»Schauen wir, mein Kälbchen, ob ich noch eins habe. Aber lass erstmal sehen, was mit deinem Bauch los ist. Tut er weh?«

Ich nickte.

»Eins von Mütterchens Geheimnissen ist ein Zauberspruch, mit dem man Schmerzen durch Handauflegen nehmen kann. Sagt eurem Großvater nicht, dass ich euch den gelehrt habe, denn der ist Doktor der höheren Schule. Streck dich hier aus, mein Äffchen.« (Offenbar hatten meine Grimassen ihn veranlasst, meinen Namen zu ändern.)

Ich streckte mich aus, und Onkel Gheorghe ließ seine rauen Finger im Uhrzeigersinn über meinen Bauch kreisen, wobei er pausenlos murmelte:

»Fleuch du auch,
geblähter Bauch,
durch Nas und Mund entweich, zieh fort
weit in die Moldau hinten dort,
wo der Hirsch seine Hörner reckt
und das Gras von Reif bedeckt.«

Dann schlug er mir unverhofft mit der flachen Hand auf den Bauch und sagte mit aller Bestimmtheit: »Zu deinem Segen!«

»Es tut nicht mehr weh«, sagte ich, »er hat meinen Bauch repariert.«

»Mich hat es auch gepackt«, sagte mein Cousin, aber Onkel Gheorghe glaubte ihm nicht, und ich auch nicht. Mein Bruder und Dina musterten mich neidisch, es tat ihnen leid, dass nicht ihnen der Bauch wehgetan hatte, damit sie hätten sehen können, wie das ohne die Davilla-Tropfen verging, die Großvater uns in solchen Fällen zu verschreiben pflegte. Bei dieser Gelegenheit lernten wir auch alle den Spruch der Urgroßmutter (von dem wir, fürchte ich, einiges vergessen haben, sodass der Zauber nicht immer seine volle Wirkung entfaltet, immerhin funktioniert er meistens).

»Du kannst alles reparieren?«, fragte ich ihn.

»Fast.«

»Auch den Schatten?«, fragte ich.

Am Vorabend hatten wir Schattentreten gespielt, und die andern hatten mir gesagt, sie hätten meinen zertreten und ich würde ihn nie wieder richtig gebrauchen können.

»Auch den!«, sagte Onkel Gheorghe, der wieder eine Zigarette paffte, einfach. »Man repariert die Seele des Menschen, und sein ganzer Körper ist repariert. Wenn es dem Körper gutgeht, kommt auch der Schatten wieder in Ordnung, von selbst, wie das Gras und die Blumen sich erholen, wenn es regnet. Es muss aus der Seele auf den Körper regnen und aus dem Körper auf den Schatten.«

Das schien sonnenklar.

»Sonst noch Geheimnisse?«

»Ja, eins habe ich noch, ebenfalls von Vater. Von ihm habe ich gelernt, wie man sich nachts an den Gestirnen orientiert und den Himmel als Uhr gebraucht. Das kann ich euch jetzt nicht beibringen, weil man keine Sterne sieht, obwohl sie, wenn man richtig überlegt, ständig über uns stehen, ja auch weit unter uns, nur dass wir sie tagsüber nicht sehen. Nachts kann ich euch ein paar davon zeigen, wenn eure Eltern das zulassen. Wenn der Mond zunimmt, wenn er also wie ein D ausschaut, bleibt das Wetter, wie es ist, wenn aber Vollmond war, rund wie dein kleines Gesicht« – er zeigte auf mich –, »dann ändert sich das Wetter. Bei Neumond, wenn er wie eine Sichel ist, berührte meine Frau, die Sabina, mit dem goldenen Ring meine Stirn, auf dass es mir den nächsten Monat gutgehe, ich kann aber nicht garantieren, dass das stimmt. Jedenfalls ist es mir, seit sie nicht mehr auf der Welt ist, immer schlechter gegangen.«

»Sonst noch Geheimnisse?«, fragte ich wieder, denn mein Bauch tat nicht mehr weh, und an Geheimnissen konnte ich gar nicht genug kriegen.

»Schau mal, mein Kälbchen, ich werde euch ein paar heilende Pflanzen zeigen. Haltet sie ein Leben lang im Sinn.«

Wie immer hatte mein Bruder, der dauernd herumrannte und hinfiel, eine verkrustete Wunde am Knie, die Kruste hatte er abgekratzt und zerkaut, deshalb blutete die Narbe. Onkel Gheorghe nahm ein Blatt Wegerich und klebte es darauf.

»Wegerich ist für Wunden«, sagte er.

Wir setzten ihn nur als Geschoss ein, indem wir den länglichen Fruchtknoten in eine aus dem Stängel geformte Schlinge zwängten, aufeinander zielten und abzogen. Onkel Gheorghe pflückte ein paar Kamillenblüten und gab sie mir.

»Wenn dir wieder mal der Bauch wehtut, mein Äffchen, dann brüh dir einen Kamillentee. Sammle diese Blüten, lass sie trocknen, damit du welche hast, wenn du wieder grüne Marillen isst.« Den Dost mit seinen kleinen rosaroten Blüten gab er Dina und sagte, der heiße auch Wilder Majoran. Sie solle ihn unters Kopfkissen legen, wenn sie nicht schlafen könne vor Sehnsucht nach irgendjemandem – wir meinten, das wäre ja wohl die Höhe, wenn sie wegen Radu nicht schlafen könnte –, oder Tee daraus machen, der werde sie beruhigen. »Der hilft immer, den kannst du immer trinken«, fügte er hinzu. Die interessanteste Blume aber bekam Doru, als wir wieder hinabgingen. An Zäunen wuchs eine gelbe Blume mit kleinen Blättern, die an jene der Eichen erinnerten, unter denen wir gesessen hatten. Onkel Gheorghe pflückte eine kleine, frische, und aus ihrem Stängel rann ein gelblicher Saft. Wo immer man sie anriss, ob Blatt oder Stängel, die Pflanze blutete gelb. Er hieß meinen Cousin den Finger ausstrecken und bestrich die beiden Warzen, die er wer weiß wo aufgelesen hatte, wie es auch uns öfter passierte. Er rieb sie mit dem Saft ein, der vom Gelb sofort ins Braun wechselte, pflückte noch ein paar Blumen und sagte ihm, er solle seine Warzen täglich damit einreiben. Er erklärte uns, die Blume heiße Schellkraut, was mir schallend albern erschien, sodass ich es dauernd wiederholte, darum habe ich es auch im Sinn behalten.

So, erfüllt von Onkel Gheorghes Geheimnissen, ein jedes mit einem Sträußchen in der Hand, hielten wir in geschlossener Gruppe wie eine siegreiche Armee Einzug in unser Haus, wo uns Großmutter erwartete, schon besorgt ob unserer Verspätung. Auch sie hatte Bauchweh, allerdings vor Aufregung. Onkel Gheorghe lächelte sie an, mit einem neuen Lächeln, das nur für sie bestimmt war.

Später sagte uns dann Onkel Ionel, das wahre Geheimnis sei ein ganz anderes: Die Rosenauer hätten um das Jahr 1900 verschiedene Produkte ihrer Schafzucht geschmuggelt. Sie hätten den österreich-ungarischen Grenzposten in Predeal umgangen und seien über den Butschetsch nach Rumänien gewechselt. Daher all die Geheimnisse, vermutete Onkel Ionel, und all die Methoden, den Butschetsch zu bezwingen und sich in der Nacht zu orientieren. Wir fragten Großmutter, ob sie etwas davon wisse, und sie sagte, zwischen Siebenbürgen und dem Altreich habe es etwa zu der Zeit, als Onkel Gheorghe und Großvater geboren wurden, einen Konflikt gegeben, den »Zollkrieg«, der dazu geführt hatte, dass man keine Waren aus Rumänien mehr einführen und verkaufen konnte und viele Menschen in Kronstadt, einer Stadt der Kaufleute, aber auch in der Umgebung verarmt waren. Wir fragten Großvater, ob auch sein Vater geschmuggelt hatte, konnten aber nichts herauskriegen als eine wegwerfende Handbewegung: »Lasst den Blödsinn.«

◇

Am dritten Tag schimmerten die orangen Rosen von Onkel Gheorghe rosa. Ich wusste, bald würden sie welken. Sie hatten ihre drei Farben durchlebt. Es stimmte also, dass sie sich ganz und gar verfärbten. Wie alles, was uns unser lordmäßig exzentrischer Gast gesagt hatte, bewahrheitete sich auch dies. Als ihre Blütenblätter abzufallen begannen, tat Großmutter sich schwer, sie wegzuwerfen. Die Kobaltvase stand dann lange leer, als gäbe die Erinnerung an die Rosen von Onkel Gheorghe keinen Raum für andere Blumen frei.

Der T-Effekt

Ich habe das Zeichen entdeckt!

Wir stiegen dann oft auf den Butschetsch in der heimlichen Hoffnung, wir könnten das Meer erspähen, das unser Urgroßvater und sein älterer Sohn hatten glitzern sehen, aber es sollte nicht sein.

»Die Luft ist allzu verschmutzt. Sie ist heutzutage nicht mehr kristallklar«, sagte Mutter.

»Auch die Leute sind schlechter geworden«, fügte Tante Mica hinzu, als hätte auch das zur Luftverschmutzung beigetragen.

Bei einer dieser Wanderungen tat sich mir ein Wunder meiner Kindheit auf, nach dessen Entschlüsselung ich jahrelang gesucht habe. Als ich es erlebte, war ich drei oder vier Jahre alt.

In dem zur Straße gelegenen Zimmer von Mutters Onkel und Tante hing über der Kommode mit sechs Schubladen, neuerdings über dem Fernseher, das düstere Ölgemälde, von dem ich dir schon gesagt habe, dass ich es gar nicht mochte, eine Winterlandschaft mit schwarzen Flecken, die Vögel andeuteten, zwei kahlen Bäumen mit krallenähnlichem Geäst. Ihre Schatten sahen ihnen nicht ähnlich, sie zogen sich langgestreckt über den Boden. Sie schienen einer Reparatur zu bedürfen. Und der Schnee war keineswegs »schneeweiß«, wie ich ihn gemalt hätte, sondern spielte ins Graue und Rötliche, sodass er sich gar nicht abhob von den grauen Bergen im Hintergrund und dem ebenso grauen Himmel. Ein steiler Pfad, eher ein Hohlweg, spaltete die Landschaft. Das Bild brachte keinerlei Licht in die dunkle Stube mit Fenstern nach Norden und schwerfälligen schwarzen Möbeln, die mir in der Landschaft unseres Hauses stets wie reglose Gebirge erschienen.

Eines Tages hockte ich auf einem Polstersessel an dem Tisch in der Mitte des Zimmers, bei dem ich untenrum jeden Winkel kannte, weil ich dort viel Zeit zubrachte. Ich sah gern zu, wenn der Tisch ausgezogen und seine beiden Flügel ausgeklappt wurden, sodass er kaum noch in den Raum passte. Dann erst wurde das Zimmer erleuchtet, der Lüster erstrahlte, und das Silberbesteck, vor allem aber die Kristallbecher, in allen Regenbogenfarben schillernd, wurden sorgfältig auf dem gestärkten Tischtuch angerichtet, das viel weißer war als der Schnee auf dem Bild. Dazu ertönte verhaltenes Klirren, das meinen Ohren schmeichelte. Das Bild, der Tisch und die Möbel hatten einen gewissen Wert, sie stammten aus dem Haus mit dem Garten, von dem uns Großmutter erzählte und das jetzt nicht mehr unserer Familie gehörte, was ich aber erst später erfuhr, als ich schon größer war.

Ich war allein in dem bewussten Zimmer, vor mir lag ein Zeichenheft. Ich zeichnete sehr gerne zu jener Zeit. Es war Sommer, und die Sonnenstrahlen drangen bis in das Zimmer, was sehr selten und nur zu bestimmten Tageszeiten vorkam. Wie immer zeichnete ich ein schiefes Haus mit spitzenbewehrtem Zaun zu beiden Seiten, zwei ebenfalls schiefen Fenstern, roten Blumen an den Fenstern, einer strahlenden Sonne in der rechten und einer molligen Wolke in der linken Ecke. Die Sonnenstrahlen in meiner Zeichnung sahen denen, die durchs Fenster kamen, überhaupt nicht ähnlich, aber ich stellte keine Vergleiche an, ich zeichnete nach der Vorstellung, nicht nach der Anschauung. Ich konzentrierte mich auf das leicht poröse Papier des Zeichenhefts und die Spitzen der Buntstifte, die nicht brechen durften, schließlich hatte sie mir Onkel Ionel mit der schnurrenden Kurbel angespitzt. Ich weiß nicht, wie es geschah, aber als ich den Kopf hob, hatte sich die Stube, in der ich saß, belebt wie in den morgenländischen Märchen des Wilhelm Hauff.

Da passierte etwas! Ich spürte, dass ich Zeuge einer außergewöhnlichen Begebenheit werden sollte, und spähte hoffnungsvoll in die Runde. Alles war wie gewöhnlich, nur die Fenster des großen Schrankes, schräg geschliffen, schillerten blassfarben, und wenn ich den Kopf bewegte, glitten die Farben über ihre Oberfläche nach oben oder nach unten. Allerdings war die Luft eine ganz andere, sie schien sich zu bewegen, obwohl kein Wind wehte, sie hatte eine andere Dichte, sie schien zu atmen.

Da sah ich *mit meinen eigenen Augen*, wie der Himmel im Bild sich auftat und es über dem steilen Pfad zu schneien begann, ein silbern und golden schimmernder Schnee, so schön, wie ich ihn noch nie gesehen hatte. Ich saß starr vor Staunen, nur mein Herz schlug schnell und heftig. Ich suchte jedes Glitzern einzeln zu erhaschen, aber die Flöckchen rieselten unablässig und überdeckten sanft das Grau des Schnees. Ich stand auf, wollte näher gehen, damit ich besser sah. Ein unverzeihlicher Fehler. Als hätte ich durch meine Bewegung den Zauber gebrochen, hörte es plötzlich auf zu schneien, und das Bild sank in seine düstere Stimmung von vorhin zurück. Gerade jetzt kam auch Tante herein und fand mich in unerklärlicher Aufregung vor.

»Es hat geschneit, es hat im Bild goldene Flocken geschneit, schau doch!«

Irgendwie hoffte ich, dass die Schneeschicht auf der Leinwand in der Zwischenzeit gewachsen wäre und das Glitzern der Flocken angenommen hätte.

Die Tante nahm ihre Haltung von früher ein, als sie noch Schuldirektorin gewesen war, setzte die Brille auf, stieg auf einen Schemel und nahm das Bild aus nächster Nähe in Augenschein, fast hätte sie es mit der Nase berührt, dazu strich sie sachte mit der Spitze des Zeigefingers darüber. Pädagogisch gestikulierend zeigte sie mir den sauberen, ganz und gar weißen Finger. Sodann wischte sie die Leinwand sorgfältig mit einem weichen Lappen ab. Aus ihrer Sicht gab es keine weiteren Fragen. Aus meiner schon: Sie hatte den Finger auf die Stelle mit den krallenbewehrten Bäumen gelegt.

»Nein, nicht dort, weiter unten, auf dem Pfad«, versuchte ich verzweifelt zu berichtigen.

Auf dem Pfad war auch nichts. Ich versuchte sie zu überzeugen und ihr klarzumachen, was ich gesehen hatte, aber die Worte, die ich in jenem Alter hatte, reichten nicht aus. Bald darauf erschien auch die massive Gestalt von Onkel Ionel im Türrahmen. Er sah meinen hochroten Kopf und das bekümmerte Gesicht eines Menschen, dem Unrecht geschah, wie ich es machte, wenn man mich nicht verstand.

»Es hat im Bild goldene Flocken geschneit, und Tante sagt, das ist nicht wahr!«

»In welchem Bild?«, fragte er und sah hinüber zu dem anderen, ebenfalls einer Winterlandschaft in Pastell unter Glas. Später sollte ich erfahren, dass Pastellbilder gegen Ausbleichen geschützt werden müssen, während Ölgemälde viel widerstandsfähiger sind.

Ich wies mit vorwurfsvoll gerecktem Zeigefinger wortlos auf die Stelle, um die es ging.

»Wo ist das Gold, Liebchen?«, sprach Onkel Ionel seine Frau an.

Dann, zu mir gewandt: »Ich will mir einen neuen Wintermantel kaufen, und deine Tante gibt mir kein Geld.« Dann wieder zu ihr: »Komm schon, Liebchen, gib mir wenigstens etwas zu essen, ich habe einen Wolfshunger.«

Dabei begann er zu lachen, sein sanftes, gutmütiges Lachen, bei dem sein Schnurrbart zuckte, während Tante schnaubend ihre schönen Lippen schürzte, sie war uns jetzt beiden böse, und damit hatte sich der Zwischenfall mit dem goldenen Schnee erledigt. Sie lobten mein Bild mit dem schiefen Haus über die Maßen und baten mich, es ihnen zu überlassen, damit sie es in ihre Sammlung aufnähmen, was mich ein wenig tröstete, und Tante gab mir einen Riesenpfirsich, dem sie die flaumige Haut abgezogen hatte, die sich schön weich anfühlte, aber ganz schlecht zu kauen war. Das Fruchtfleisch allerdings, gelb und glitschig, vor allem aber äußerst schmackhaft, steht für mich in Zusammenhang mit dem Glück, das ich bei dem Schneefall empfunden hatte, und dem Ärger darüber, dass man mich nicht verstand. Ich fand überhaupt kein Verständnis, bei keinem der Hausbewohner, sie nahmen mich nicht ernst, ja die einen und anderen neckten mich sogar: »Die« – dabei zeigten sie auf mich – »bringt uns noch irgendwann die Henne mit den goldenen Eiern, und dann sind wir alle Sorgen los.« Mutter suchte uns den Aberglauben auszureden, den wir von den Kindern auf der Gasse, von Cici, Ică, Livi, Radu, Mari und all den andern anschleppten. Einmal, als ich schon größer war, sagte ich ihr, dass ich erfahren hatte, dass die Hölle nach Schwefel stinke. Da legte Mutter aber los: »Schwefel ist eine feste, gelbe Substanz von unangenehmem Geruch. Er ist allerdings sehr nützlich, er kommt in Lebewesen und in der Natur vor, bei uns gibt es Schwefelbäder, beispielsweise in Pucioasa, wo die Leute hinfahren, um ihren Rheumatismus zu kurieren. Und wenn du Homer lesen wirst, dann wirst du sogar in der

Ilias auf Schwefel als Zeichen des Zeus stoßen, im Übrigen wurde er schon in der Antike als Heilmittel eingesetzt. Gäbe es Schwefel in der Hölle, dann wären die Leute dort auf Kur, gegen verschiedene Krankheiten und um allerhand Schmerzen loszuwerden. Die Hölle wäre ein Kurort.« Stießen wir auf Schimmel, der andere Mütter zum Wahnsinn trieb, sagte die unsere: Macht nichts, daraus wird Penizillin. Sie brachte das Leben stets in einen erstaunlichen Zusammenhang mit der Chemie.

Die Großen verdächtigten mich wohl kaum der Lüge, sie meinten eher wie Großmutter und Großvater, das Mädchen habe *Phantasie*. Ich aber kannte die Wahrheit. Unzählige Male spielte ich, nur für mich, die Begebenheit mit dem Bild durch, und immer wieder, allerdings immer seltener, kam es vor, dass ich, wenn ich das Zimmer zur Straße betrat, es betrachtete in der Hoffnung, dass es sich wieder ereignete. Der Schnee aber blieb grau, die Berge ebenso, die Vögel waren schwarze Flecken, die kahlen Bäume reckten ihre Krallen in den grauen Himmel und warfen einen Schatten, der ihnen nicht glich. Auf dem steilen Pfad gab es keinerlei Bewegung. Vielleicht war ihn irgendwann jemand gegangen, denn in dem Schnee im Vordergrund sah man tiefe Fußstapfen, jetzt aber lag der Pfad unbenutzt da. Je älter ich wurde, desto fahler wurde meine Erinnerung, sie ging mir nicht mehr nahe, allerdings wusste ich im Innersten, dass ich sie erlebt hatte. Etliche Jahre später dann war ich mir aber auch dessen gar nicht mehr sicher. Ich überlegte, ob nicht vielleicht die andern recht gehabt hatten.

Bis zu einem bestimmten Tag meiner Jugend. Alle, die wir übrig waren, machten einen Ausflug ins Gebirge, bei mildem Wetter gegen Ende August: Dina und Doru, Matei, ich und unsere Mütter. Nur Großmutter wartete zu Hause auf uns, ihre Unruhe wuchs, je mehr Zeit verging. Wir wählten abgelegene Pfade, um nicht auf Leute zu stoßen, die ihr Kofferradio mitschleppten und die neue volkstümliche Musik voll aufdrehten, wie es manche zu jener Zeit, als es noch keine Kopfhörer und keinen Walkman gab, zu tun pflegten. Irgendwann beim Abstieg verlor sich der Pfad, ebenso die Markierung (die Bäume mit dem gelben, weiß eingefassten Punkt mochten vom Sturm umgestürzt worden sein), also mussten wir auf die Ochsentour absteigen. Einfach war es nicht, zwischen den Bäumen und durchs Unterholz über Wurzeln hinunter mehr zu rutschen als zu gehen. Mit Müh und Not gelangten wir auf eine Höhe, von der aus der Hang etwas sanfter abfiel und man fest auftreten konnte. Der Baumbestand hier war schütter, und wir erfreuten uns der Schönheit des immer noch grünen Waldes. Gerade als jemand rief, »Ich habe das Zeichen entdeckt!«, nämlich den ersehnten gelben Punkt, schwammen meine Blicke in dem schrägen Sonnenlicht, das den Wald wie eine Schauspielbühne erleuchtete. Der Lichtkegel aus pfeilgeraden Strahlen hatte etwas Feierliches und zugleich Geheimnisvolles und erinnerte mich an das schräge Licht aus Kindheitstagen.

»Der *Tyndall-Effekt*«, sagte Mutter, ganz Wissenschaftlerin, und erklärte uns, was es damit auf sich hatte, ich fürchte jedoch, ich habe es vergessen.

John Tyndall war ein Physiker des 19. Jahrhunderts, er hat eine Menge Entdeckungen gemacht, die ich ebenfalls vergessen habe. Jedenfalls werden bei diesem Lichteinfall die Staubkörner in der Luft – Mutter nannte sie »Partikel« – sichtbar. Meine goldenen Flocken waren Staub, der Staub in der Stubenluft, gewesen. Ich war genauso erregt wie beim ersten Mal und eine Weile starr vor Staunen. Dann eilte ich, den anderen meine neue Entdeckung zu offenbaren, die zugleich die Erklärung für ein Ereignis war, das einen Tag meiner Kindheit verschönert hatte, damit sie wenigstens jetzt sahen, dass ich nicht gelogen und keine überschüssige Phantasie hatte, sondern damals, in der Kindheit, wirklich jenen goldenen Schneefall erlebt hatte wie Danae beim Besuch des Zeus.

Leider erinnerte sich außer mir niemand mehr an die Episode mit dem Bild, die etwa zehn Jahre zurücklag. »Ich kann mich nicht erinnern«, sagte Mutter. »Was denn für ein Schnee?«, fragte Dina zerstreut. »Kinderkram …«, gaben die Buben unisono zurück. »Such du lieber das nächste Wegzeichen«, sagte jemand, und meine Tante strich mir über den Scheitel, ihre einzige Sorge war die Zeitspanne, die wir noch bis zum Sonnenuntergang hatten. Die Freude, dass wir den Weg wiedergefunden hatten, ließ jedenfalls keinen Raum für andere Gefühle.

◇

Für mich war der Tyndall-Effekt eine Offenbarung: Er erfüllte eine rätselhafte Einbildung plötzlich mit Sinn. Es war die Freude des inneren Gesichts. Die neue Schönheit der alten Welt. Und er gemahnte mich an eine andere Erfahrung, die ich in der Kindheit gemacht hatte, in demselben spärlich beleuchteten Zimmer, das nach Norden lag, an einem Abend im November, als in dem weißen Kachelofen Feuer brannte.

Tante war darauf aus, uns durch ein Experiment die Luft zu veranschaulichen, die ja nicht zu sehen war. Sie stellte eine brennende Kerze in einem Glas (das als Kerzenhalter diente) auf den Boden. Die andere gab sie ihrem Mann, er sollte sie hochhalten, bis unter die Decke, denn ihre Hand zitterte. Sie bat meine Cousine, das Licht auszuschalten und sachte die Tür zum Hof zu öffnen, worauf wir mit eigenen Augen sehen konnten: Die Kerze am Boden neigte ihre Flamme dem Zimmer zu, nach innen, die oben in die entgegengesetzte Richtung, nach außen. Uns war, als hätten wir das Nichts gesehen, das Ungesehene in Bewegung.

»Die kalte Luft vom Hof ist schwerer und fließt unten herein, und die warme Luft in der Stube ist leichter und strömt oben hinaus. In jedem Raum ist es oben wärmer. Gut zu wissen, wenn man sich in einer Hütte oder im Schlafwagen einen Platz aussuchen muss. Frostbeulen sollten in den oberen Betten schlafen.«

»Darum habe ich immer Schweißperlen auf der Stirn«, sagte Onkel Ionel und erhob sich mit seinem gütigen Lächeln unter dem vollkommen ergrauten Schnurrbart. »Ich gerate mit dem Kopf immer in die warme Luft.«

Wir waren begeistert. Wir hatten die Luft gesehen, die sich unbeobachtet wähnte und hin und her wehte.

»Wie der Doktor Griffin«, sagte Matei, der den *Unsichtbaren Mann* von H. G. Wells las. »Der hatte es geschafft, unsichtbar zu sein, aber er durfte nichts essen, weil man das Essen sah, wie es in der Luft schwebte und in seinem unsichtbaren Bauch verschwand. Und dann die Kleider ... Sooft er unsichtbar sein wollte, musste er sich nackt ausziehen.«

Wir begannen der Sache auf den Grund zu gehen. Unsichtbar wären wir gerne gewesen, das wäre ein riesiger Vorteil, aber der Gedanke, dass man dem durch Kauen zerkleinerten Essen beim Verschwinden hätte zusehen können, war widerlich. Auch pudelnackt herumzulaufen sagte uns nicht zu, selbst wenn uns niemand sehen konnte. Tante hatte, als sie uns über das Für und Wider der Unsichtbarkeit debattieren hörte, noch einen Einfall. Sie wurde nie müde, wenn es darum ging, uns Ungewöhnliches zu offenbaren.

»Kommt, ich zeige euch noch etwas.«

Wir gingen in die Küche.

»Ach, ich habe keine Zitronen«, fiel Tante ein.

Ich bot an, hinaufzugehen und Großmutter zu fragen, ob sie eine Zitrone für uns hatte. Das ist der große Vorzug eines »Familien«-Hauses, man kann alles kriegen, was einem gerade fehlt. Manchmal bekam man nur zur Antwort: »Hab ich nicht, woher auch, denkst du, ich bin die Madame Mălai?« Eines Tages erfuhr ich auch, wieso sie das sagten. In unserer Kindheit gab es in der Nachbarschaft einen kleinen Laden, geführt von einer Frau, die, nicht gerade glücklich, wie der Maisgries hieß: Mălai. Die Inhaberin jedoch hatte ihren Namen werbewirksam eingesetzt, auf dem Firmenschild über der Tür prangte ein Spruch, in dem er sich auf das rumänische Wort für »Bedarf« reimte. Und in der Tat hatte sie etwas für jeden Bedarf, verschiedene Lebensmittel wie ein Kolonialwarenladen, Kurzwaren und allerhand Kram wie auf einem Flohmarkt. Das Einzige, was man bei der Frau Maria Mălai nicht kriegte, war just Maisgries. Und das, weil sie, wie sie sagte, sich nicht verkaufe. Glücklicherweise bekam ich diesmal nicht zur Antwort: »Denkst du, ich bin die Madame Mălai?« Großmutter hatte eine halbe Zitrone und gab sie mir. Ich sprang, so schnell ich konnte, mit der Beute die Treppe hinunter in der Hoffnung, dass sie ausreichte, weil ich mir einbildete, wir würden davon trinken und unsichtbar werden. Die Tante presste den ganzen Saft in ein Tässchen und rührte irgendwas hinein. Das restliche Fruchtfleisch an der Schale knabberte ich genüsslich ab, während die anderen mir mit gekräuselten Lippen in den verzogenen Gesichtern zusahen. Dann gingen wir wieder in das Zimmer zur Straße, setzten uns an den großen Tisch, und die Tante gab uns je ein Blatt Papier aus einem Schreibheft Typ *Dictando*. Sie gab Dina einen Federhalter in die Hand (mit ihr begann sie alle »Tests«, denn sie war die Größte).

»Schreib hier eines deiner Geheimnisse nieder, kein besonders wichtiges, denn ich werde es schließlich herausbekommen. Diese Tinte ist unsichtbar, und man wird nicht sehen, was du schreibst. Wir schauen auch nicht hin.«

Dina, die in allem flink war, daran merkte man die Schule der Tante, setzte die Feder an und schrieb, ohne nachzudenken, einen Satz auf, während wir krampfhaft wegsahen. Dann flatterte sie ein wenig mit dem Blatt, damit es trocknete, zeigte es uns, und tatsächlich war nichts darauf zu sehen. Sodann schrieb Doru etwas auf sein Blatt und zeigte es uns. Leer, weiß auch seines. Es folgte Matei, der ebenfalls nur einige Augenblicke brauchte. Ich war in der zweiten Klasse und reihte bauchige Buchstaben zu krummen Zeilen, und alles ging sehr langsam. Auch drückte ich zu stark, die Feder spreizte sich und kratzte auf dem Papier. Außerdem wusste ich nicht, was für ein Geheimnis ich dem Papier anvertrauen sollte. Die anderen hatten es satt, Wände und Decke anzustarren, schließlich aber, nach langem Zögern und vielen Ermunterungen, schaffte auch ich es, obwohl ich nicht wusste, ob sich nicht Buchstaben und Zeilen ineinander verknäult hatten. Tante nahm die Blätter und mischte sie durch, sodass wir nicht mehr wussten, welches von wem war.

Dann rief sie uns an den weißgekachelten Herd, öffnete das gusseiserne Türchen und hielt das erste Blatt vor die Flamme. Wir starrten gebannt auf das Blatt und warteten gespannt auf das, was da kommen mochte. Es dauerte lange. Trotzdem traten nach einiger Zeit wunderbarerweise bauchige, kraklige Buchstaben in Erscheinung, wild verschlungen, in einem Braunton. Tante las vor:

»Kronstadt, du meine Heimatstadt,
mit den ganzen Tannen und Fichten,
für dich würde ich gerne bei Tag und Nacht
ganz viele Gedichte dichten.«

Das d bei »dichten« wies einen furchtbaren Klecks auf, wie die von der deutschen Schule sagten, also die andern alle, außer mir. Tante lobte mich, sie sagte nur, das mit den »ganzen Tannen und Fichten« müsse man noch einmal überlegen, das sei nicht so schön, »ganz« stehe außerdem auch zwei Zeilen weiter. Es war die erste Strophe eines Gedichtes mit dem Titel »Heimatstadt«, das uns die Lehrerin in der Lesestunde aufgetragen und das ich noch niemandem gezeigt hatte. Irgendwie spürte ich damals schon, dass jedes Gedicht ein Geheimnis und dass ein Gedichtband ein Bündel von Geheimnissen ist. Allerdings wusste ich im Moment nichts zu sagen, als die andern mich auslachten:

»Hör dir das an, *bei Tag und Nacht*!«, begannen sie zu höhnen. »Was ist das denn für ein Blödsinn?«

»Und wo ist das Geheimnis? Das ist das Gegenteil von einem Geheimnis! Du hast dich nicht an die Spielregeln gehalten!«, setzte Doru noch einen drauf.

»Und reimen tut es sich auch nicht. *Heimatstadt* reimt sich auf … auf …, jedenfalls nicht auf *Nacht*.«

»Das reimt sich auf *Wagenrad* und *Felsengrat*«, sagte Tante.

»Es reimt sich auf *Studienrat*«, sagte Onkel Ionel. »Oder auf *Kronenstadt*.«

»Für dich wäre ich gerne Studienrat«, sagte einer von den Buben, und alle lachten, außer mir. Schließlich nahmen sie mir das Gedicht weg und kehrten darin das Unterste zuoberst: »Kronstadt, du meine Kronenstadt / mit all deinen Tannen und Fichten, / ich hoffe, ich werde Studienrat / und kann dir vom Felsengrat dichten.« Dann ließen sie von mir ab und wandten sich den anderen Geheimnissen zu. Ich war bis dahin sehr stolz auf mein kleines Gedicht gewesen, das in Ton und Wortschatz genau jenen entsprach, die wir in der Schule lernten, dabei hatte es daheim nur Hohngelächter ausgelöst. Nicht einmal Tante, die es anfangs gelobt hatte, konnte sich das Lachen verkneifen, ihre volle Brust bebte unter dem Winterkleid. Das führte dazu, dass ich tags darauf in der Schule sagte, ich hätte meine Hausaufgabe zu Hause vergessen, worauf mich die Genossin Lehrerin rügte, das sei gelogen, ich würde sagen, ich hätte sie vergessen, dabei hätte ich sie gar nicht gemacht. Ich war gewöhnlich eine brave Schülerin, und sie sagte, sie sei sehr erstaunt, wie ich mich verändert hätte.

Tante hielt ein anderes weißes Blatt vor die Flamme, und wieder geschah das Wunder. Es traten braune Buchstaben in Schönschrift hervor.

»Ich will Tennischampion werden.«

»Mati«, sagten wir alle.

»So soll es sein!«, wünschte ihm Onkel Ionel.

Eigentlich war auch das kein Geheimnis, jedenfalls kein größeres als ein Gedicht, in dem man den Stolz darüber ausdrückt, dass man in Kronstadt geboren ist, so meinte wenigstens ich.

Das dritte Blatt enthüllte:

»Ich habe keine Geheimnisse.«

Ich schwankte zwischen Dina und Doru. Schließlich erriet ich, dass es Doru war, denn meine Cousine weihte mich oft in ihre Geheimnisse ein, ich war mir also sicher, dass sie welche hatte.

»Das ist ja vielleicht ein Geheimnis, haha! Du hast die Spielregeln nicht eingehalten«, sagte ich zu ihm, denn derlei Rechnungen beglichen wir immer sofort.

Schließlich warteten wir gespannt auf Dinas Geheimnis.

»Ich liebe ihn nicht mehr, den ..., ja ich verachte ihn.«

»Man kann nicht lesen, was du hier geschrieben hast«, sagte Tante und setzte die Brille ab, »das kommt bei Geheimbotschaften schon mal vor, dass ein Wort unlesbar ist.« In der

Tat, wir konnten uns überzeugen. Da waren zwar Spuren von Schrift, aus denen sich jedoch kein Name herauslesen ließ.

»Wen liebst du nicht mehr?«, wollten wir wissen, Dina jedoch zog es vor, mit tragischem Lächeln zu schweigen. Das hatte sie von Großmutter geerbt, sie konnte ihren Gefühlen sehr gut Ausdruck verleihen.

»Das nennt man sympathische Tinte oder eben Geheimtinte«, sagte die Tante. »Die wird nur sichtbar, wenn man sie der Wärme aussetzt. Manchmal kann man sie auch aktivieren, indem man sie mit warmem Atem anhaucht.«

Wir kamen überein, dass der Name sehr gut passte, und nahmen uns vor, Mitteilungen nur noch auf damit beschriebenen Zetteln auszutauschen, damit sie niemand, der sie zufällig fand, entschlüsseln konnte. Einige Wochen schienen die Zitronen im Haus zur Verwunderung unserer Mütter einfach hinwegzuschmelzen. So nahe wir die Blätter aber auch an den Ofen hielten, bei uns war nichts zu sehen. Wir hatten das mit der sympathischen Tinte also nicht richtig kapiert, und die Tante verriet uns nicht, was sie noch hineingerührt hatte. In den Jahren danach, als es keine Zitronen mehr gab, gaben auch wir die Versuche auf, unsichtbar zu schreiben. Wir hatten jetzt andere Fragen. Wir begannen uns mit der Zukunft zu befassen. Also mit dem, was geschehen würde, wenn wir groß sind.

In unserer Straße wurde ein Gebäude errichtet, das der Zukunft anzugehören schien. Offiziell hieß es Hotel Carpaţi, die Kronstädter aber nannten es das neue Aro. Es stand neben dem alten Aro, das zehn Jahre jünger war als Vater. Und Vater hätte ich nicht alt genannt: Er war noch keine vierzig.

Das alte Aro

Vater hat hier gewohnt,
wiederholte ich

Das alte Hotel Aro ragte in der Stadtmitte auf, die Rückseite unserem Haus, die Vorderseite dem Park zugewandt. Es hatte seine Augen überall, wie ein Cherubim von hoher, aufrechter Gestalt, nach hinten versetzt an die Straße, in der wir wohnten, mit zwei kleineren Seitenflügeln, die bis zum Boulevard vorsprangen. Der dünne, kleinteilige Klinker in zartem Gelb, mit dem es verkleidet war, schien im Sonnenlicht zu glühen. Irgendwann war dies der Eingang zur Stadt gewesen, jetzt war es ihr Kern. An einem frühen Sonntagnachmittag war ich mit meinem Bruder und Cici auf der Gasse, da kamen wir auf den Gedanken, uns bis zum Schwimmbad auf dem Aro durchzumogeln. Cici war außer sich, er wusste nicht, dass es oben auf dem Dach des Hotels Wasser gab. Ich nehme an, wir nannten es deshalb Schwimmbad, weil man dort Wind und Regen ausgesetzt war, denn das Becken war nicht überdacht, sondern nur seitlich mit Glaswänden geschützt, zwischen denen und dem Terrassenrand man promenieren konnte.

Cici war ein Junge, kein Mädchen, wie Vater geglaubt hatte, als ich ihm den Namen nannte. Ich habe keine Ahnung, wie er hieß, wir nannten ihn Cici, den Ică nannten wir Ică, die Maria Mari, den Radu Moldoveanu Radu, Cori war Corina und Livi war Livia. Wir gaben uns nicht mit Nebensächlichkeiten ab, etwa was Ică oder Cici bedeuten könnten, und kürzten die Namen nach Möglichkeit ab. Von den unseren konnte man nur den von Matei abkürzen, der von den Kindern auf der Strada Maiakovski und, seltener, auch von uns Mati gerufen wurde.

Wir zogen unsere Badesachen an (Cici hatte keine Badehose, aber eine schwarze Unterhose, wir sagten ihm, das würde niemand merken), damit wir uns nicht mehr umzuziehen brauchten, und machten uns auf, ganz hinauf, bis zur Hotelterrasse. Cici war beeindruckt, als wir den alten Pförtner freundschaftlich grüßten und der uns ohne Eintrittskarte einließ, obwohl wir das Geld dabeihatten, und der Aufzugfahrer Marinică uns über den Scheitel strich und fragte, wie es uns gehe, ja mir erlaubte, den Knopf für die letzte Etage, neun, zu drücken. Wir waren schließlich Stammgäste, nicht irgendwelche Kunden. Oben tat man vom Aufzug noch einen Schritt und war im Wasser.

Das Becken auf der Hotelterrasse war klein, das waren wir aber auch. Ich hatte ein eigenes Weltbild und die Vorstellung, dass ich so weit oben näher an der Sonne und deren Wärme war. Kronstadt war eher kühl, da bedeuteten sieben Stockwerke (plus Erdgeschoss und Terrasse) einiges an Sonnennähe. Außerdem hatte ich das Gefühl, im Himmel zu schwimmen, vor allem wenn ich mich auf den Rücken legte und meine braunen Augen den blauen Himmel aufnahmen.

Im Aro fühlten wir uns irgendwie zu Hause, das Schwimmbecken war ein wenig auch unseres, und das nicht nur, weil wir von dort unseren Leuten unten Zeichen machen konnten. Da gab es auch eine Verbindung zu Omama und dem anderen Großvater, den ich nicht kennengelernt hatte, der mich aber im Bauch meiner Mutter hatte wachsen sehen, vielmehr Mutters Bauch hatte wachsen sehen mit jemand Unbekanntem drin, und das war schließlich auch mehr als nichts. Er war zwei Monate zu früh gestorben, als dass er hätte wissen können, ob sein zweites Enkelkind ein Bub werden würde wie Matei oder ein Mädchen.

Wir hatten Großmutter angekündigt, wohin wir gingen, und sie hatte es erlaubt. Nicht nur waren wir gute Schwimmer, das Becken war auch zu seicht, als dass es hätte gefährlich werden können, eine Waschschüssel, mehr nicht! Und es war auch nicht das erste Mal, dass wir allein dorthin gingen. Das Terrassengeländer war weitläufig und niedrig. Einem Erwachsenen ging es bis zum Bund, uns fast bis zum Hals. Großmutter stand am Fenster, bis wir ihr von oben winkten, tropfnass und zitternd, weil wir zu lange im Wasser gewesen waren und draußen der Wind wehte.

Eigentlich war uns im Wasser, wo es keinen Wind gab, viel wärmer. Wieder staunten wir über den Anblick unseres Hauses von oben. Es erschien klein, unbeholfen, eingezwängt zwischen den anderen mit geraden Hausnummern, man hätte ihm über den Scheitel streichen mögen. Die ganze Stadt sah von der Höhe anders aus.

Wir blickten hinunter auf den Rathausplatz, der nun 23. August hieß, schauten aufs Rathaus und in unmittelbarer Nähe den gotischen Bau der Schwarzen Kirche, einer Art Kathedrale, die, asymmetrisch, nur einen Turm hatte, weil für einen zweiten das Geld nicht gereicht hatte. In Kronstadt gab es auch noch einen Weißen und einen Schwarzen Turm, die ebenfalls durch die Bäume auf der Warthe hindurchschienen. Alles Schwarze hieß so, weil es einst gebrannt hatte und die Rückstände des roten Feuers die Mauern geschwärzt hatten. Ich weiß nicht, ob du das auch festgestellt hast: Manchmal spielen die Erinnerungen ins Rote und glühen, dann wieder schwärzen sie sich ein und werden hässlich, wenige nur erblühen vor deinen Augen wie Bäume im Frühjahr. Bevor sie die »Schwarze« genannt wurde, hieß sie Marienkirche, aber so nannte sie längst niemand mehr.

»Da ist auch meine Schule«, sagte Matei stolz.

Eigentlich war die Schule, von uns aus gesehen, völlig von der massiven Kirche verdeckt, wir aber scherten uns nicht um armselige Mauern, wir sahen sehr wohl, was Matei uns zeigte. Wussten wir doch, wie die Honterus-Schule aussah, wo Dina, Doru und Matei lernten, ich leider noch nicht. Ich hatte es kaum erwarten können, Schülerin zu werden wie die anderen Kinder im Haus, aber gerade als ich sieben wurde, erging in Rumänien ein kommunistisches Gesetz, dem zufolge nur Kinder aus deutschen Familien deutsche Schulen besuchen durften. Man musste beim Einschreiben nachweisen, dass unter den Vorfahren wenigstens ein Sachse war. Meine Eltern waren bereit, jedweden Namen, der halbwegs glaubwürdig klang, als deutsch auszugeben und der Ausbildung zuliebe jedes genealogische Opfer zu bringen. Sie durchforsteten alle Verästelungen der Stammbäume beider Familien, aber da war nichts, es ließ sich kein Teutone entdecken. Mutter hatte einen angeheirateten Verwandten, Walter, einen Schaufensterdekorateur aus Wien, den ich um seinen Beruf beneidete, zu gern hätte ich den später auch ausgeübt, nur saß der pensionierte Dekorateur leider nicht auf einem Ast des Stammbaums, der mir von Nutzen hätte sein können. Dann passierte Furchtbares: Die Meinen beschlossen, mich noch ein Jahr im Kindergarten zu lassen in der Hoffnung, dass die Anwendung des Gesetzes lascher würde und auch die rumänischen Kinder nach Kronstädter Tradition in den Genuss deutschen Unterrichts kommen könnten.

Und das mir, die ich mich schon von den Knirpsen verabschiedet hatte, mir, der es um nichts leidtat, obwohl ich gesungen hatte: »Auf Wiedersehen, Kindergarten, auf Wiedersehen, denn wir gehen. Und wisse, lieber Kindergarten, es tut uns leid. Auf Wiedersehn«, das mir, einem der wenigen Kinder, die in die Schule gehen wollten, um endlich mitreden zu können! Jetzt musste ich wegen eines Gesetzes, das die ganze Familie als untragbar erachtete, und zu meiner Schande zurück in den Kindergarten. Dort war ich nun die Größte, alle Kameraden hatten am 15. September mit der *Schule* begonnen, die einen, weil sie Deutsche in der Familie hatten, die anderen, weil sie gar nicht in die Honterus-Schule wollten. Nur ich hatte keine Deutschen und wollte trotzdem ins Honterus. Da bekam ich die Härte des Gesetzes zu spüren. Dieses erwies sich leider auch im Jahr darauf als unerbittlich, als ich, fast acht, endlich in die Schule kam. In die rumänische natürlich.

»Da ist auch meine Schule«, sagte ich also, weil ich nicht hinter meinem Bruder zurückstehen wollte, und wies mit dem Finger darauf, als wir auf der Hotelterrasse weiter nach rechts gingen.

»Da ist auch meine«, sagte Cici und reckte den Zeigefinger nach demselben Gebäude, als hätten wir nicht gewusst, dass er mein Schulkamerad war.

Die Schule Nummer 6, mit einem rumänischen Teil und einer ungarischsprachigen Abteilung, breitete sich majestätisch unter uns aus, der Blick ging auf den Hof und die Innenfassaden. Nachdem wir bibbernd das Panorama von Kronstadt bewundert, die Berge, die es rundum beschützten, ausgemacht und abschließend zu dem Fenster unseres Hauses hinuntergewinkt hatten, in dem sich Großmutters Kopf mit der weißen Kurzhaarfrisur ausnahm, gingen wir noch einmal ins Wasser in der Hoffnung, wir könnten uns aufwärmen.

Das kleine Becken des Aro ließ sich natürlich nicht vergleichen mit jenem im Wald bei Zeiden, dem Städtchen bei Kronstadt, wo Großvater Kurarzt gewesen war. Auch dort fühlten wir Kinder uns als Miteigentümer, dabei lebten wir in einer Welt, in der die Eigentümer bedrohlich weniger wurden, ja im Verschwinden begriffen waren.

Das Freibad von Zeiden, das von Großvater und allen in seinem Alter Waldbad genannte wurde, war zu der Zeit eröffnet worden, als er 16 war und Schüler im Lyzeum Şaguna. An einem Julitag war er mit zwei Schulkameraden, sportlich wie er selbst, dorthin gefahren, um in dem baumumstandenen Becken auf einer Waldlichtung zu schwimmen. Die Erinnerung an jenen Tag der Freiheit und Ruhe hatte sich ihm tief eingeprägt. Viel später, als er Arzt in Zeiden war und zuständig für sämtliche Badeorte in der Gegend, bestand er darauf, dass das Bad, das inzwischen zu klein und verkommen war, erneuert wurde. Sein Bekannter Thomas, ein beherzter und tüchtiger Sachse, der dieselbe Idee hatte, beriet mit ihm die von einer modernen Hygiene an einem solchen Ort gebotenen Maßnahmen und ging an die Arbeit, wobei er eine Menge Leute und verschiedene Vereine einband. Großvater erzählte stolz, dass auch er bei der Erneuerung tagelang die Schaufel geschwungen hatte.

Wie in einem Versteck lag das Waldbad, eine gewundene Forststraße unter den grünen Baldachinen der Bäume führte dorthin. Auf der rechten Seite, das zeigte uns Großvater immer, wenn er dabei war, hatten auch wir ein Plätzchen. Es war, soweit ich das begriffen habe, ein Streifen Land, den er gekauft hatte, er war uns bei der Enteignung weggenommen worden, gehörte uns aber rechtmäßig immer noch. Das Becken in einem Kessel, umgeben von blühenden Wiesenhängen, spiegelte das Grün der Bäume, die von drei Seiten ihre Kronen darüberbreiteten. Irgendwo rechts oben gab es Umkleidekabinen und Duschen.

Von zwei Sprungbrettern, einem hohen und einem niedrigen, wurde den Zuschauern am Rand ein Schauspiel geboten, unterhaltsamer als Kino. Von dem niedrigen sprang auch ich, wobei ich die Beine streckte und mir die Nase zuhielt. Ich spürte, wie das Wasser um mich wirbelte, wenn ich seinen Spiegel durchschlug, wie es meinen Fall bremste, während mich leichter Schwindel ankam. Gleich darauf merkte ich, dass es nicht weiter nach unten ging, sondern unverhofft nach oben, und mit zum Bersten gefüllten Lungen, kurz vor dem Ersticken, schoss ich wieder durch den Spiegel, diesmal in entgegengesetzter Richtung, reckte meinen Kopf mit den nass anliegenden schwarzen Haaren und sah hinüber zum Ufer, wo es immer Zuschauer gab. Das Wasser aus dem Becken floss über einen Wasserfall ab, unter dem die Männer standen, um es auf ihre Rückenmuskeln prasseln zu lassen. Wir Kinder kreischten und hielten höchstens einen Fuß oder eine Hand unter das wild herabrauschende Wasser.

Einmal waren wir gerade an Großvaters Geburtstag am 28. Mai dort. Kein Mensch war da außer uns. Das Becken war ein einziger blaugrüner Spiegel. Auf den steilen Wiesen hinauf zu den Umkleidekabinen blühten Vergissmeinnicht und Bergnelken.

»Da, schau!«, rief ich überrascht.

An der Einstiegsleiter sonnte sich ein Salamander, das merkwürdigste Geschöpf, das ich bis dahin gesehen hatte. Er lag reglos da, und auf seinem schwarzen geschwungenen Körper flimmerten orangene Flecken. Wir betrachteten ihn eingehend. Ein Dinosaurier in Miniatur. Er hatte einen langen Schwanz, Glubschaugen mit Lidern aus Hornhaut, das Maul reichte von der einen Seite des Kopfes zur andern, der Leib lastete schwer auf den Klauen.

»Ein merkwürdig Ding«, sagte mein Bruder, »hast du gesehen?«

Über diesen Ausdruck in *Alice im Wunderland* hatten wir unlängst minutenlang gelacht.

»Was hätte ich denn sehen sollen?«

»An den Vorderklauen hat es vier und an den hinteren fünf Krallen.«

Es war wirklich so, ich habe nachgezählt: vier Krallen an den vorderen und fünf an den hinteren Klauen. Ich überlegte, wie der Mensch mit nur vier Fingern an jeder Hand zurechtkäme. Und auf welchen er verzichten könnte. Das wäre wohl der, den ich am meisten liebte, der kleine. Und das würde sich auf alle Klavierkompositionen der Welt auswirken. Großvater sagte uns, dass dem Salamander, wenn er durch ein Missgeschick eine Klaue verliere, eine andere nachwachse. Ich dachte sofort an den Sohn von Onkel Gheorghe, der im Krieg ein Bein verloren hatte. Wie glücklich der wäre, wenn ihm das Bein nachwüchse! Diese Salamander, die so dahinkrochen, waren in vielen Beziehungen glücklicher als der Mensch. Gleich in der Nähe flatterte ein weißer Schmetterling. Ich rief Dina und Doru, die sich heranschlichen, um das Geschöpf nicht aufzustören. An jenem Tag badeten wir, obwohl noch nicht Sommer war, alle vier im Zeidner Waldbad, als Einzige im Becken, unter den Glubschaugen des Feuersalamanders und jenen von Großvater, der zufrieden am Rand saß. Nicht umsonst hatte er an der Erneuerung des Beckens mitgewirkt. Dann gingen wir – mir tat es leid, jene Kreatur aus anderen Zeiten zu verlassen – an den nahen See. Allerdings umfing uns auch dort jene magisch wilde Atmosphäre. Wir wurden Zeugen einer Art rituellen Tanzes der Fische in dem See, die aus dem Wasser sprangen und für wenige Augenblicke ihre geschwungenen Silberrücken sehen ließen, einzeln oder zu zweit oder zu mehreren, unvorhersehbar und unermüdlich. Es schien ein Fest der Fische zu sein, an dem wir zum Geburtstag unseres Großvaters teilnehmen durften. Es war wie ein Geheimnis. Und wir waren wie hypnotisiert. Wir konnten uns kaum losreißen, aber es wurde dunkel, und wir hatten noch einen langen Weg durch den Wald vor uns.

Das Bad im Aro hatte natürlich keinerlei Ähnlichkeit mit dem Zeidner Waldbad, allerdings zwei Vorteile: Es war nur ein paar Schritt weit weg, und das Wasser war viel wärmer. Über Jahre habe ich die Temperatur eines jeden Wassers, in das ich stieg, mit der des Zeidner Waldbads verglichen. Von Großvater wusste ich, dass die Waldquelle, die es speiste, 18 Grad hatte, nicht mehr und nicht weniger. »Achtzehnkarätiges Gold«, pflegte er zu sagen – denn das Wasser floss als Goldbach weiter –, »und Gold ist, wie wir wissen, bei all seinem Glanz kalt.« Dass das Wasser sich im Becken an der Sonne erwärmt hätte, war eher unwahrscheinlich, denn es strömte stetig und unmerklich dem Wasserfall zu und verschwand wieder in der Erde, aus der es gekommen war. Deshalb war es außergewöhnlich klar. Nur dass man es nicht lange drin aushielt.

Im Aro also war es diesbezüglich besser. Wir zappelten im Becken und am Rand herum, dann lagen wir auf den Fliesen, um zu trocknen (den Badeanzügen gelang es nie), dann zogen wir uns an, feucht wie wir waren, und wollten hinunterfahren. Als ich den Fahrstuhlknopf drücken wollte (Marinică war nicht da), hatte mein Bruder eine Idee. Er konnte einfach nicht stillhalten, er musste dauernd etwas erfinden.

»Kommt, zeigen wir auch Cici, wo Vater gewohnt hat.«

Zu Fuß liefen wir die Treppen hinunter bis zum Zimmer 240 am Ende des Korridors, neben dem Aufzug, von dem aus unser Haus zu sehen war. Die schallgedämmte Tür stand offen, die Zimmerfrau war gerade mit dem Staubsauger zugange. Sie kannte uns nicht, schien aber ein guter Mensch zu sein, was wir zuerst abschätzten, wenn wir mit Fremden zu tun hatten.

»Hier hat unser Vater als kleiner Junge gewohnt«, erklärte mein Bruder, »erlauben Sie uns bitte, das Zimmer unserem Freund zu präsentieren?«

Dabei zeigte er feierlich auf Cici, als wäre der mindestens ein Staatschef. Cicis Gesicht sah eher aus wie das eines Stammeshäuptlings in Kriegsbemalung: Die schmalen Lippen und die kleine Nase waren blau gefroren, und seine bleichen Wangen glühten sofort rot auf. Er zog den Kopf ein und blickte scheu zur Seite. Ich mit tropfnassem Haar grinste verlegen, um zu zeigen, dass alles in Ordnung war.

»Vater hat hier gewohnt«, wiederholte ich.

Die Zimmerfrau warf einen überrascht belustigten Blick auf uns und ließ uns ein. Sie meinte offenbar, Vater wäre als Tourist hier gewesen. Das war falsch. Vater hatte, als er etwa zehn Jahre alt war, als ständiger Gast im Aro gewohnt. Er war einer der ersten Bewohner. Das Zimmer war klein und licht, bis zur halben Höhe mit hellem Holz in effektvollem Karomuster vertäfelt. Das Bad war klein, aber kokett, es hatte eine Wanne und eine vollverspiegelte Wand. Von dem Zimmer aus sah man die Straßenseite mit den geraden Hausnummern und, schräg gegenüber, das Haus, in dem zu jener Zeit zwei Schwestern wohnten, die Töchter des Herrn Doktor, die Vater höchstens vom Sehen gekannt haben dürfte. Die eine sollte er später heiraten.

»Das Hotel hat der Enkel des Schriftstellers Ion Creangă gebaut«, sagte Matei noch, zur Verblüffung der Zimmerfrau, die das nicht wusste.

Wir hatten es von Omama erfahren.

»Wieso heißt es Aro?«, fragte Cici.

Das wussten wir leider nicht, und das warf einen leichten Schatten auf unseren Triumph. Wir bedankten uns artig bei der Zimmerfrau, wie wir es Großmutter zufolge tun sollten, wenn wir die Welt verbessern wollten, und gingen hinunter. Cici war hin und weg, er war im Aro im Schwimmbad gewesen, und das umsonst, dabei hatte er nie zuvor ein Hotel betreten, allerdings rannte er schnell nach Hause aus Angst, dass sein Vater ihn wegen seiner nassen Unterhose hauen würde (mit einer Tracht Prügel war der schnell zur Hand). Wir statteten Omama einen Besuch ab, vielleicht konnten wir etwas über das Aro herausbekommen.

Omama wohnte in unserer Straße in einer Einzimmerwohnung. Küche und Bad waren ein winziger Raum. Den stets geschlossenen Klodeckel maskierte ein schöner bunter Teppich. Herd hatte sie keinen, nur einen Kocher mit zwei Brennern (ich sagte immer »zwei Bränden«), gleich daneben war die Badewanne. Sie aß im Vorzimmer, wo ein Tischlein und eine kleine Anrichte standen. Das Schlafzimmer war allerdings annehmbar, es hatte große Fenster und Fensterläden. »Dürfen wir hinter den Schrank kriechen«, fragten wir sie, das war allerdings Formsache, nie haben wir eine negative Antwort bekommen. Diesen Ort ließen wir nie aus, sooft wir Omama besuchten. Hinter dem schräg im Zimmer stehenden Schrank gab es eine Nische, in der Decken und Kissen verstaut werden konnten. Vom Sofa aus kletterten wir in diese Nische und stapften auf den Kissen wie auf weichen Hügeln, hüpften und rutschten herum, durchwühlten alles, und Omama schimpfte nie. Zu Hause hätten wir so etwas nie gedurft.

Omama kannte keine Zurückhaltung, wenn sie uns zeigen wollte, wie sehr sie uns liebte, und das kam wohl daher, dass sie aus dem Altreich stammte. All ihre Verwandten – die aus dem Altreich – waren gesprächig und gesellig, sie bewunderten uns und wunderten sich über uns, als wären wir Weltwunder, wenn sie zu uns in die Berge kamen, sie lachten, schwatzten, umarmten uns bis zum Ersticken, zwickten, streichelten und küssten uns schmatzend auf die Wangen, und wenn wir gebräunt auf der Rückreise vom Meer in Bukarest Station machten, wurden wir auch schon mal neckisch als »Zigeunerlein« angesprochen, wobei sie andeuteten, dass sie angesichts unseres appetitlichen Aussehens am liebsten zubeißen würden, allerdings bissen sie nicht nur nicht zu, sondern füllten uns ab, als hätten wir eine Speisekammer im Bauch. Wir waren in unserem Element bei »denen aus dem Altreich«, weil bei ihnen alles, was wir taten, gut war, wir alles verlangen konnten und auch bekamen, reden konnten, wie wir wollten, ohne dass man uns belauschte, während die Dinge in unserem Haus anders bestellt waren. Zum Glück kamen die aus dem Altreich nur für ein paar Tage und reisten dann wieder ab, sodass sie nicht unsere gesamte Erziehung kaputtmachen konnten, wie Tante lachend sagte. Omama aber blieb, und bei ihr ballten sich all die Wohltaten eines ganzen Schwarms von Schwestern und Schwägern von ihrer und von Großvaters Seite, wenngleich auch sie sich für unsere Erziehung verantwortlich fühlte, allerdings anders, als sie ein paar Häuser weiter auf derselben Straße üblich war. Wenn man sich richtig geliebt fühlen wollte, war Omama zur Stelle. Auch sie konnte streng sein, nur spürte man, dass man ihr nichts erklären musste. Sie hatte ganz einfach Verständnis, wie wohl nur noch der liebe Gott Verständnis hat.

◇

Dass Omama nur ein paar Häuser von uns entfernt ebenfalls in der Strada Maiakovski wohnte, und zwar ebenfalls auf der Seite mit geraden Hausnummern, war eine Fügung des Schicksals. Mutter und Vater waren also in derselben Straße aufgewachsen, ohne dass sie sich gekannt hätten. Anfangs hatte Vater mit seinen Eltern im Aro gewohnt, die Einzimmerwohnung hatten sie nur als Sicherheit angeschafft, nachdem Kronstadt dann »auf innigsten Wunsch der Arbeiter« zu Stalinstadt geworden war, wie ich dir schon sagte, zogen sie zu dritt in dieses kleine Appartement. Bei uns gab es auch nicht Raum im Überfluss, dennoch verstanden wir nicht so recht, wie sie dort Platz gefunden hatten, vor allem in dem winzigen Küchenbadezimmer. Dann war Vater als Student nach Bukarest gegangen. Erst dort hatte er Mutter kennengelernt. Ich staune immer über die Umwege in Raum und Zeit, die das Schicksal nimmt, als wolle es nicht vorzeitig zum vereinbarten Treffpunkt gelangen, es geht noch ein wenig in der Gegend spazieren, und erst wenn es an der Zeit ist, kehrt es, die Uhr im Blick, an den Ort zurück, wo es schon zu Anfang gewesen ist. Großvater war gestorben, und Omama bewohnte jetzt das kleine Einzimmerappartement allein, ohne sich auch nur einmal über irgendetwas zu beklagen.

»Wir waren im Aro«, riefen wir, sobald sie öffnete. »Und die Zimmerfrau hat uns in Vaters Zimmer gelassen!«

Omama holte zwei duftende Handtücher aus dem Schrank und begann uns die Haare zu trocknen, während wir ihr von dem Abenteuer erzählten.

»Habt ihr Marinică getroffen?«

»Der lässt uns die Knöpfe am Aufzug selber drücken«, sagte ich ganz begeistert.

Omama bekam feuchte Augen, sie war sehr nah am Wasser gebaut.

»Was heißt Aro?«, fragte mein Bruder, dem Cicis Frage nachging.

»Asigurarea Românească, rumänische Versicherung«, sagte Omama auf der Stelle. »Das war eine Gesellschaft, die viele schöne Gebäude errichtet hat. A-Ro.«

Bei einem der Festessen der Familie hatte Omama erzählt, dass sie bei der Eröffnung des Hotels den Architekten kennengelernt hatte, der es entworfen hatte, den Enkel von Ion Creangă namens Horia. Der berühmte Großvater hatte seinen Enkel ebenso wenig erlebt wie mein Großvater mich. Das fand ich erstaunlich: Man konnte Großeltern haben, ohne die man nicht zur Welt gekommen wäre, und doch konnte man selbst, der ohne sie nicht wäre, ein Nichts ganz und gar, allerhand über sie wissen, während sie, die einen ja irgendwie gemacht hatten, nichts von einem wussten, noch nicht einmal, dass es einen gab. Vielleicht ist das auch bei Gott genauso, dachte ich mir: Wir wissen von Ihm, Er aber weiß nicht von uns. Natürlich sagte ich niemandem etwas von diesen Gedanken, weil ich spürte, dass sie nicht gut aufgenommen würden.

»Der Herr Horia Creangă war wenigstens 15 Jahre älter als mein Mann, er hielt sich aber noch gut. Er ähnelte dem Schriftsteller Creangă, hatte allerdings keinen Bart, nicht einmal einen Schnurrbart, aber ein rundes, volles Gesicht und die Haare nach hinten gekämmt, wie es damals Mode war.«

Ich schaute zu Vater, der sein welliges Haar ebenfalls nach hinten gekämmt trug, was seine hohe Stirn zur Geltung brachte, ebenso wie der Vater meiner Cousins, nur dass dessen Haar glatt war. So hatten es irgendwann alle jungen Männer getragen.

»Kräftig, nicht fett, ein sehr angenehmer Mensch, der einen zum Lachen brachte, fröhlich war und, ebenso wie mein Mann Mitică, gutes Essen und guten Wein zu schätzen wusste, dessen Aroma er mit einem Nasenloch einsog, oder zumindest einen Kaffee der Marke Marghiloman. Und er mochte schöne Frauen.«

Omama war selbst eine solche Frau, und unser Haus war stolz darauf, wie jung sie noch aussah. In der Tat war sie die jüngste Großmutter auf der Strada Maiakovski. Dazu war sie lustig und humorvoll. Vielleicht hatte auch Omama dem Architekten gefallen, sie aber, das wussten wir sicher, liebte nur ihren Mann.

»Gewöhnlich rauchte er Pfeife, manchmal aber paffte er eine Havanna. Den Geruch der Havanna habe ich nie gemocht«, merkte Omama verächtlich an, »den Pfeifenrauch schon. Er ist jung gestorben, knapp über fünfzig, wie Mitică«, seufzte Omama, und ihre Augen, die der Familie zufolge meinen glichen, verschatteten sich. »Im Kriegsjahr 43 kam es, wie zur Mahnung, zu einer Tragödie in dem anderen, kleineren Hotel, das er gebaut hat, dem Aro Sport.«

Wir wussten, wo das war. Das Aro Sport lag in unserer Straße, allerdings auf der Seite mit den ungeraden Hausnummern, an der Ecke zur Strada 7 Noiembrie, es hatte drei Stockwerke, am Ende des Ganges mit den Zimmern zu beiden Seiten lag ein Gemeinschaftsbad. Es war ein sehr billiges Hotel, in dem man nur auf der Durchreise übernachtete. Es machte keineswegs den Eindruck, als sei es mit dem schönen Aro verschwistert.

»Ach ja, ich glaube, ich habe davon gehört«, sagte Großvater, »im Sommer war das, oder? Da war ein junger Mediziner, etwas über zwanzig, meine ich, Emil oder so ...«

»Ja, Emil ... Den Nachnamen habe ich auch nicht mehr im Kopf«, sagte Omama. »Sie fanden ihn morgens auf dem Pflaster der Strada Sfântu Ioan. Das war im Juli, und im August starb auch Horia Creangă, der das Hotel und damit auch das Zimmer des armen jungen Mannes entworfen hatte.«

»Wieso ist er gestorben?«, wollten wir wissen, denn der Tod faszinierte uns wie jedes Geheimnis, mit dem wir als Kinder in Berührung kamen. Ihn hatten wir noch nicht kennengelernt.

»Etwas mit den Nieren, er ist in einem Wiener Spital gestorben«, sagte Omama und tat, als hätte sie nicht begriffen, dass wir nach dem Medizinstudenten gefragt hatten, nicht nach dem Architekten. Mutter sah finster drein und sagte etwas auf Französisch. Wir wussten also, dass dies eines der Themen war, über die man in unserer Gegenwart besser nicht redete.

»Hatte er Kinder?«, kam einer der Erwachsenen auf Horia Creangă zurück, denn die waren mehr noch als am Geheimnis des Todes am Geheimnis des Lebens interessiert. Die fragten immer nach Kindern.

»Es hieß, er habe eine Tochter, Mihaela oder so, die Urenkelin des Schriftstellers, habe sie aber nicht selbst aufgezogen, und die Leute mieden das Thema, aus Rücksicht. Ich frage mich, ob er nicht auch weitere Kinder hatte, die jetzt andere Namen tragen und nicht wissen, dass sie seine Söhne und Töchter sind«, sagte Omama mit einem Lächeln, das nur für die Großen bestimmt war.

»*Pater semper incertus est*«, brachte Großvater einen seiner Lieblingssprüche an.

»*Mater certissima*«, ergänzte Vater.

Omama und mein Vater, also meine Großmutter und ihr Sohn, tauschten hintergründige Blicke aus, und ich war einigermaßen beunruhigt. Es wurde Schaumwein ausgeschenkt (Champagner wie einst im Aro gab es nicht), und die Großen stießen an. Wir Kinder tranken Himbeersirup mit Sprudel. Dann kam Großvater darauf zu sprechen, wie er als Student Caragiale kennengelernt hatte, bei einer Begegnung der Societatea România Jună, Gesellschaft Jugendliches Rumänien, in Wien.

»Er war ein leutseliger Mensch, er sprach mit uns so natürlich, als wären wir seine Freunde«, sagte Großvater.

Von Caragiale hatte ich *Abu Hasan* gelesen, die Geschichte, die ich als Bilderbuch mit schönen, orientalisch bunten Illustrationen als Auszeichnung nach der ersten Klasse bekommen hatte, wie ich dir erzählt habe. Von Creangă kannte ich ein paar Geschichten, die ich nicht so ganz verstanden hatte. Von beiden hatte ich ein Bild, ganz fern der Wirklichkeit, und was sie geschrieben hatten, interessierte mich viel mehr als ihr Leben.

»Caragiale war sehr sorgfältig gekleidet und eindrucksvoll auf Haltung bedacht. Er las uns aus seinen Artikeln vor. Leider hatte ich damals nicht den Mut, ihn etwas zu fragen, und das bereue ich jetzt.«

Eine Reue, die auch ich jetzt, nach Jahren, verspüre. Alle Erwachsenen bei den Festessen, wo auch ich dabei war, hätte ich allerhand zu fragen. Offenbar aber soll die Vergangenheit in unserem Leben ebenso voller Möglichkeiten stecken wie die Zukunft. Es ist jedermanns Sache, auf welchen Weg in die Zukunft er sein Leben ausrichtet und in welcher von den Tausenden Varianten der Vergangenheit er seine Spur auszumachen vermag.

Einige Dinge klärten sich Jahre später, wenn man sie bis dahin im Sinn zu behalten vermochte. Seit einer Weile sprach Omama, wenn ich sie in ihrem Kämmerchen besuchte, auch über Sachen, die sie früher ausgespart hatte. So fragte ich sie eines Tages, als ich auf dem Gehsteig vor dem Hotel Aro Sport einer Gruppe lärmender junger Leute ausgewichen war und dabei die Rufe »Emil! Emil!« vernommen hatte, wieder nach dem Studenten, der auf unserer Straße gestorben war. Omama zögerte, da sie meinen Bitten aber nicht lange widerstehen konnte, was ich weidlich ausnutzte, erzählte sie mir, was sie damals bei Tisch im Dunkeln gelassen hatte.

»Diese Dinge sind nichts für ein Kind, ich müsste noch ein paar Jahre warten. Nur weiß Omama halt nicht, wie lange sie noch bei dir bleibt, meine Kleine ...«

Aufgebracht widersprach ich beiden Aussagen und behauptete, sie werde allezeit bei mir, bei uns bleiben, und mir könne sie alles sagen. Sie lächelte ein Lächeln, wie man es nur nach langer Zeit und einer ganzen Menge Leben erlernen kann.

»Ich hoffe …«, allerdings sagte sie mir nicht, worauf sie hoffte, sondern blickte lange durchs Fenster auf den Innenhof. Der wurde von den Katzen der Nachbarin im Erdgeschoss bevölkert, daher auch der unerträgliche Gestank, der einen schon im Torbogen empfing. Nach einer Weile erzählte Omama:

»Es gibt eine Frau, Sanda, mit dickem Haarknoten, rot lackierten Fingernägeln und dick geschminkten Lippen, sie arbeitet jetzt als Sekretärin im Rathaus, du wirst sie nicht kennen. Sie ist sogar in die Partei eingetreten, dort hat sie mit irgendjemandem etwas gehabt, nun, es heißt, sie tippt schnell und gut. Ich kannte sie schon lange, noch vom Aro. Als sie jung und schön war, und kess dazu, hatte sie den Empfangschef vom Aro Sport geheiratet, den Namen habe ich vergessen, das ist alles wie aus einem anderen Leben. Auch damals pflegte sie sich grellrot zu schminken, ebenfalls dick aufgetragen, das ist jetzt aber ihre einzige Ähnlichkeit mit der jungen Frau von einst. Sie hat mir von diesem Jungen, von Emil erzählt. Mag sein, dass einiges sich nicht gerade so zugetragen hat, man konnte sich nicht so ganz verlassen auf das, was Sanda sagte, allerdings hat mich beeindruckt, was sie mir erzählt hat. Es war während des Krieges, die Menschen waren ständig in heller Aufregung, man rechnete jeden Augenblick mit einer Katastrophe. Sanda hatte häufig Streit mit ihrem Mann, sie haben sich dann gleich nach dem Krieg getrennt. Der junge Mann soll gegen Abend ohne Gepäck angekommen sein und ein Zimmer im obersten Stockwerk des Hotels verlangt haben. So wollte er es haben, er sagte lachend, er möge es möglichst hoch oben. Er schien guter Laune zu sein, allerdings war er sehr angespannt, als erwartete er ein Ereignis, das sein Leben verändern würde, aber jung Männer sind oft angespannt und gutgelaunt. Er zückte die Brieftasche und zahlte sofort, er müsse früh abreisen. Da Gäste, vor allem junge, oft Zimmer im obersten Stockwerk wollen und viele im Voraus zahlen, war daran nichts Besonderes. ›Sind Sie Student?‹, fragte ihn der Empfangschef, Sandas Mann, als er ihn ins Melderegister eintrug. ›Nein, war ich, zwei Semester Medizin, jetzt geht es mir ums Klavierspielen und ums Schreiben, eigentlich geht es mir um gar nichts mehr‹, sagte er und lachte wieder. Der Empfangschef meinte, diese Entmutigung liege am Krieg. ›Wie heißen Sie?‹ ›Emil.‹ Mehr weiß ich nicht. ›Geburtsdatum?‹, fragte er wie üblich. ›8. August 1921.‹, ›8. August! Wie meine Frau! Dann haben Sie bald Geburtstag‹, bemerkte der Empfangschef freundlich. Sanda, die sich in der Nähe herumdrehte, rechnete schnell aus, dass der Gast erst 22 war, fünf Jahre jünger als sie. Der junge Mann hatte ihr auf den ersten Blick gefallen, er hatte markante Gesichtszüge, wenngleich er nicht schön war, durchdringende Blicke, lange, feingliedrige Finger und eine gepflegte Ausdrucksweise, er wirkte intelligent, und sie wäre, weil sie sehr wütend war auf ihren Mann und ihn eifersüchtig machen wollte, bereit gewesen, eine Nacht mit diesem Kerl zu verbringen, ja, sie machte sich sogar an ihn heran. Allerdings tat Emil, als könne er mit ihren Avancen nichts anfangen. Ehe er auf sein Zimmer ging, sagte er etwas Merkwürdiges, und es ist klar, dass Sanda so etwas nicht hätte erfinden können!

Er sah sie starr an und fragte in leidenschaftlichem Ton: ›Kennen Sie sich mit Träumen aus, gnädige Frau? Ich habe letzte Nacht von einer kleinen, recht geraden Straße geträumt, der die Häuser links wie rechts die Rückseiten zukehrten. Als wären sie der Straße böse und hätten sich von ihr abgewandt. Was hat das zu bedeuten?‹ Der Empfangschef bemerkte eher gelangweilt – ständig hatte er die Launen irgendeines Gastes zu ertragen –, das komme von zu vielen Büchern, Sanda aber lief es kalt den Rücken hinunter, ihr erschien das als ein sehr schlechtes Zeichen. Und tags darauf hörte sie …«

Omama hatte Tränen in den Augen. Sie sagte mir mit tonloser Stimme, der junge Mann sei aus dem Fenster gesprungen. Dazu war er hergekommen und hatte ein Zimmer im obersten Stock genommen. Sanda aber war sich sicher, dies wäre, wenn sie damals mit Emil aufs Zimmer gegangen wäre, nicht passiert.

»Vielleicht hätte ich dir das alles nicht erzählen sollen, meine Kleine.«

Und Omama ging rasch über zu einem anderen Thema, einem fröhlicheren, das mehr zu ihrem Wesen und zu meinem Alter passte, als hätte sie alles löschen wollen, was sie mir gesagt hatte.

Ich wusste, dass Vater seine ersten Jahre in einem Häuschen mit Garten zugebracht hatte, und kam lange nicht hinter die Beziehung von Vaters Familie zum Aro, bis ich es schließlich begriff. Nach der Eröffnung des Hotels im Jahr 1939 wurde mein Großvater Chef des Restaurants. Er und seine Familie hatten nicht nur das Recht, sondern sogar die Pflicht, im Hotel zu wohnen, zumal die Festlichkeiten sich lange hinzogen und Großvater bis zum Schluss bleiben musste. Auch wohnten gewisse Leute zu jener Zeit über Monate in Hotels. Omama hatte sich wie Großmutter im Unterschied zu den anderen Frauen im Haus mit der Rolle der Ehefrau abgefunden. Ich bezweifelte nicht, dass das ein sehr schwerer Beruf war, vielleicht der schwerste überhaupt, und dass sie ihn mit Freuden ausübte. Aber statt wie wir ein Haus ein ganzes Hotel zur Verfügung zu haben, das muss großartig sein. Zugang zu haben zu der riesigen, weißstrahlenden Küche des Restaurants, wie die Kinder von Schauspielern Zugang haben zu den Kulissen, in den Kinosaal mit dem Eingang auf der Strada Sfântul Ioan gehen dürfen, wo es manchmal Vorträge in französischer Sprache gab – darum beneidete ich Vater von ganzem Herzen. Omama erzählte uns eine Begebenheit, bei der ich mir ihn in meinem damaligen Alter, also zwölf, vorstellen musste, was nicht besonders schwer, aber widernatürlich war. Für mich begann nämlich Vaters Leben zur selben Zeit wie meins. Der da vorher gelebt hatte, das war bestenfalls ein Verwandter, wenn nicht gar ein Fremder. Schon damals spürte ich, dass jeder Mensch mehrere Leben hat und dass die Geburt eines Kindes einen aus einem Leben in ein anderes wirft.

Als Kind also hatte sich Vater mit einem der beiden Liftboys angefreundet, die dafür sorgten, dass die Gäste rauf und runter kamen, mit Marinică. Unser Marinică, nach dem Omama uns gefragt hatte, war zu jener Zeit ein Junge mit einer runden roten Mütze und einer betressten Livree mit kleinem Täschchen, in das großzügigere Gäste ihm Bakschisch zusteckten. Er stammte aus Craiova, hatte keine Mutter, und Omama hatte sich ein wenig seiner angenommen. Vater war elf, Marinică 18. Oft hatte ihn Vater gebeten, er sollte ihm die Mütze und die Livree leihen und ihn wenigstens eine Stunde an seiner Stelle arbeiten lassen, damit er den Beruf als Liftboy kennenlernte, um den er ihn beneidete. Marinică verweigerte das lange Zeit, er war streng ausgebildet, eines Tages aber willigte er ein. An jenem Nachmittag war wenig Betrieb im Hotel, und er konnte ein Schläfchen gut gebrauchen, er war dauernd müde. Die Livree hing dem elfjährigen Buben über die Hüften herab, die Mütze rutschte ihm über die Stirn, das gab ihm eine ganz lustige Anmutung und ließ sein jungenhaftes Gesicht mit lebhaft lächelnden Augen besonders hervortreten.

Eine Zeitlang ging das gut. Es klingelte, das Lichtlein für

eine bestimmte Etage ging an, Vater fuhr hinauf oder hinunter, je nachdem, betätigte den Hebel, die Leute wunderten sich oder auch nicht und waren angetan oder auch nicht, dass ein Bub den Fahrstuhl führte, er fuhr sie hinunter und hinauf, der Fahrstuhl hielt, sie stiegen aus, die Frauen küssten ihn, ein dicker Mann gab ihm sogar einen Geldschein, den er verwahrte, um ihn dem rechtmäßigen Inhaber der Uniform auszuhändigen, das war die Abmachung. Dann surrten vier Klingeln fast gleichzeitig, und die Lichtlein der Etagen 2, 3, 5 und 7 gingen an. Vater hatte gerade jemanden im vierten Stock aussteigen lassen, fuhr also zuerst zum fünften, wo er zwei ältere Damen aufnahm, dann holte er einen Mann von der siebenten Etage ab, drückte aber in seiner Verwirrung den Knopf fürs Erdgeschoss. Unterwegs fielen ihm die Bestellungen vom dritten und dem zweiten Stock ein, er wollte anhalten, machte aber etwas falsch, und der enge Aufzug mit drei Leuten und dem Buben blieb zwischen den Stockwerken mit einem Ruck stecken. Vater hatte keine Ahnung, was zu tun war, er betätigte den Hebel, aber vergeblich, die Leute wurden unruhig, und eine der älteren Damen begann zu schreien. Zehn Minuten lang, die längsten in Vaters Leben, steckten sie zwischen den Stockwerken fest, die Klingel schrillte zum Verzweifeln, alle Lichtlein blinkten, Vaters Wangen glühten, es wurde immer heißer, und die drei, die anfangs über einen so süßen Liftboy gestaunt hatten, begannen sich zu fragen, wieso ein Kind eine dermaßen verantwortungsvolle Aufgabe hatte, das Schlimmste für ihn aber war, dass alle drei die Bestrafung von Marinică forderten, der, wie sie meinten, an allem schuld war. Nach einer Wartezeit voller Anspannung und schrillender Klingeln gelang es dem Herrn aus dem siebenten Stock, seines Zeichens Ingenieur, den Aufzug in Bewegung zu setzen, und so gelangten sie ins Erdgeschoss. Dort gab es ein Riesentrara, Omama kam hinzu, dämpfte den Skandal ein bisschen mit Takt und viel diplomatischem Geschick – die hatte sie im Blut – und verteidigte Marinică, der brutal aus seinem Nachmittagsschläfchen gerissen worden war. Sie vermochte damals seine Entlassung abzuwenden, und er blieb ein Leben lang Liftboy im Aro. Als Großvater, erst eine Woche später, Wind davon bekam, musste Vater zur Strafe einen Monat lang die Treppe nehmen. Da sie im zweiten Stock wohnten, fiel ihm das nicht schwer. Marinică aber blieb all die Jahre weiterhin Vaters Freund und war Omama, zu jener Zeit eine elegante, nach Chanel N° 5 duftende Dame, zutiefst dankbar, weil sie ihn verteidigt hatte wie eine Mutter.

Paris war die Stadt ihrer Träume. Sie war anlässlich einer Weltausstellung dort gewesen, als Großväterchen am kulinarischen Stand von Rumänien beteiligt war. Omama erzählte uns von den erleuchteten Straßen, von Geschäften und Schaufenstern, die die Blicke auf sich und einem das Geld aus der Tasche zogen, von Autos und Cafés und feinen Speisen, von denen wir, die wir oft Schmalzbrote aßen, überhaupt keine Vorstellung hatten. Und von kleinen Flirts, die sie nie zu weit hatte kommen lassen. Sie zeigte mir Kleider und Fotos, ich bewunderte sie, weil sie in jeder Gruppe ihre eigene Ausstrahlung entfaltete und ihr Lächeln jedes Foto erleuchtete. Gern hätte ich das auch geerbt, aber es hatte nicht sollen sein.

Meine Großeltern hatten alles verloren, einschließlich der Stelle von Großväterchen, als »Seine Hoheit der König abgedankt« hatte, wie Vater in der letzten Lyzeumsklasse in sein Tagebuch geschrieben hatte. Das Tagebuch hatte er auf den hinteren Seiten des Lateinheftes geführt, nach Deklinationen und *consecutio temporis*, wo er Sätze zu übersetzen hatte wie »Nachdem die Gallier besiegt waren, kam Caesar nach Rom«. Begonnen hatte er es an seinem Geburtstag, als er zum ersten

Mal ohne seine Eltern in einem öffentlichen Lokal, der Krone, gewesen war und Billard gespielt hatte, nachdem er durch einen unglücklichen Zufall in Latein eine Vier bekommen hatte, über die er sich sehr grämte. Dort schrieb der Lyzeaner seinen Entschluss nieder, noch besser zu lernen und eine Evastochter zu vergessen, die just Eva hieß. Und ich glaube, er hat zumindest eines seiner Versprechen eingelöst, denn in unserer Kindheit gab es bei uns zu Hause zu allem, was wir taten, selbstverständlich lateinische Zitate.

In Stalinstadt musste Omama als immer noch junge, immer noch schöne Witwe mit einem studierenden Sohn Arbeit suchen. Zugelassen wurde sie nur als Kassiererin in einer Kneipe neben dem Aro. Als Kinder gingen wir zu ihr, ich kletterte auf ihren Schoß und drückte die Tasten der Registrierkasse oder nahm die Münzen aus ihrer Hand und zahlte das Restgeld an die Kunden aus, die mir feierlich dankten. Sie bestellten ein Bier oder einen Trester oder einen Pflaumenschnaps, eher selten ein Glas Wein. Ich habe meine Großmutter dabei nie anders als ausgeglichen und freundlich lächelnd erlebt, erst am Abend war ihr Gesicht fahl vor Müdigkeit. Sie nahm die Dinge, wie sie kamen, und sie war nicht verbittert darüber, dass sie nicht mehr war, was sie gewesen war, und die Kunden der Kneipe, zum Teil notorische Säufer, begegneten ihr mit einem scheuen Lächeln, dabei war es klar, dass sie sie schätzten und manchmal ein bisschen fürchteten. Vielleicht ahnten sie, dass sie sich verkleidet hatte wie das Mädchen in *Eselshaut*, manche wussten das genau, die kannten sie aus dem Aro.

Dann legte Omama aus ihrer Brieftasche ein paar Scheine in die Registrierkasse, und Matei, Dina, Doru und ich stolzierten mit je einem Bon an die Bar zu einem schläfrigen schmächtigen jungen Mann, der uns Himbeersirup mit Sprudel einschenkte. Damals merkte ich, dass Kneipen lustige Orte sind, wo die Leute ihre Sorgen vergessen. Auszusetzen hatte Omama an ihrem Arbeitsplatz einzig und allein den unerträglichen Zigarettenrauch und die monatlichen Sitzungen, bei denen sie einen »Rechenschaftsbericht« verlesen musste in einer Sprache, die ihr vollkommen fremd war, die weder mit dem Aro noch mit dem Bukarest ihrer Jugend, weder mit der Pariser Ausstellung noch mit Großvater oder anderen Sachen zu tun hatte, von denen sie, unter Lachen und Weinen, stundenlang erzählen konnte.

Viele Jahre später, als ich im ersten Jahr Sprache und Literatur studierte, entdeckte ich die Gedichte von Mircea Ivănescu. Irgendwie gingen sie mir nahe, nicht nur, weil darin die Atmosphäre einer mittelalterlichen Stadt aufgehoben war mit Gassen, durch die ich meinte, gegangen zu sein, nicht nur, weil er mich manchmal persönlich anzusprechen schien, sondern auch, weil da noch etwas war, eine Trauer, ein Schatten, von dem ich hätte wissen müssen und nicht wusste, aus einem anderen Leben vielleicht. Eines Tages dann erfuhr ich in einem Gespräch mit Studenten älterer Jahrgänge, dass der Dichter Mircea Ivănescu einen Bruder gehabt hatte. Der hieß Emil, studierte Medizin und brachte sich um, als er 22 war, in Kronstadt. Ich wusste genau, wo das war.

Das neue Aro

Wer ist Ivan?, fragte Dina

Obwohl Cici kein verbreiteter Name ist, erhielt der gerade geborene Zuwachs der Familie unseres Freundes in der Strada Maiakowski, ein Cousin, denselben Kosenamen. Von da an war Ersterer plötzlich der »große« und sein Cousin der »kleine Cici«. Der schüchterne Cici hatte etwa meine Statur, und das sagt schon alles. So verhielt es sich auch mit dem alten Hotel. Wie ich dir sagte, lag der Grund, weshalb das junge Aro – Vaters Spielplatz in der Kindheit – jetzt als alt bezeichnet wurde, darin, dass ein zweites Aro daneben hochgezogen wurde.

Nachdem die Häuser gegenüber abgerissen worden waren, hatten wir nicht lange einen freien Blick von unseren Fenstern auf den Park. Bald kamen die Arbeiter wieder, mit denen wir uns mittlerweile angefreundet hatten und die uns oft um Wasser oder um die Erlaubnis baten, das Klo auf dem Hof zu benutzen (inzwischen hatte das Haus selbst auch eins). Sie sagten uns als Erste, dass ein zweites Hotel gebaut würde, ein Zwilling des ersten, und beide Carpaţi heißen sollten. Das war nichts Außergewöhnliches, alles in unserer Stadt war umgetauft worden. Merkwürdig, was mit Namen passiert: Manche haften einfach nicht an einem Menschen oder einem Ort. Wenn wir auf dem Dach des alten Aro baden gingen, sahen wir die riesigen Lettern CARPAȚI von hinten spiegelverkehrt wie auf Großvaters Arztstempel. Wenn jemand den Neubau, der dem alten nicht ähnlich sah, »Carpaţi« nannte, dann war das kein Kronstädter. Die Kronstädter sagten nur Aro. Als würde die mittlerweile verschwundene Gesellschaft Asigurarea Românească weiterhin in der Stadt bauen.

Wir verfolgten den Bau des neuen Aro von den Fenstern der Großeltern aus, von wo wir, als wir noch ganz klein waren, den Abriss des Hauses beobachtet hatten, in dem Gevatter Hahner und Gevatter Partenie gewohnt hatten. Nur dauerte es jetzt länger. »Abreißen ist einfacher!«, kommentierte Großvater lakonisch wie stets. Wir Kinder freuten uns jedoch ohne Bedenken über alles Neue.

Etwas aber brach uns dennoch das Herz. Du erinnerst dich, dass ich dir von der hohen Tanne erzählt habe, die, als die Straße noch ganz war, unser Lieblingsspielplatz war. Sie war das älteste Lebewesen in der Straße, hatte eine dicke Borke, rissig wie die Panzer alter Schildkröten, und hätte es wirklich verdient, »alte Tanne« genannt zu werden. Wir hatten sie gern, wie wir unsere Spielkameraden gernhatten, alle hatten wir schon die Stirn an die Borke gepresst, wenn die Tanne uns beim Versteckspielen als Mal diente, ein jeder hatte sich schon mal mit Harz, ihrem klebrigen und so wunderbar duftenden Blut bekleckert. Sie hatte in dem Hof mit den zwei Eingängen, von unserer und von der Parallelstraße aus, zu wachsen begonnen, noch bevor das alte Aro zu wachsen begann, bevor meine Großeltern das Haus gekauft, noch bevor sie geboren worden waren, ja bevor irgendwer von denen, die jetzt auf der Maiakovski wohnten, geboren worden war. Nach dem Abriss des Hauses mit den zwei Eingängen stand die Tanne eine Zeitlang einsam und gerade uns gegenüber, ohne den Schutz einer Mauer, und alle Welt wusste, dass sie zum Tod verurteilt war. Auch wir waren vorgewarnt, sodass ich sie oft im Vorbeigehen streichelte und mich mit Harz beschmierte. Allerdings gab es noch Vögel, die oben an der Spitze herumflatterten, und Tannenzapfen, die auf den Asphalt fielen. Verbittert waren die Kronstädter auch über den Abriss der reformierten Kirche in der Nähe des alten Aro, eines wunderschönen Baus aus dem 19. Jahrhundert. Die Kirche auf unserer Straße hatte mehr Glück gehabt.

Und eines Tages sahen wir, als wir aus dem Haus traten, wie das große Unglück eben über einen kommt, statt ihrer himmelaufragenden Riesengestalt einen großen runden Baumstumpf. Der wuchtige Stamm war schon weggeschafft worden, wer weiß, wohin. Ein ganzer Teppich grüner Tannennadeln, Zapfen und Sägespäne bedeckte den Boden. Es duftete nach frisch geschnittenem Holz. Anfangs stand ich starr da, meine Augen suchten nach dem alten Bild, ich mochte mich nicht mit dem hohen leeren Raum abfinden, als hätte das Bild der Tanne am Himmel geklebt und sei nun heruntergerissen worden. Als ich dann merkte, dass es nicht wiedererscheinen würde, auch wenn ich noch so sehr schaute, rannte ich los, weinte auf dem ganzen Weg zum Kindergarten (ich ging allein hin, es war nicht weit), wie so oft stürzte ich und schürfte mir die Knie auf. Ich wünschte damals, mein Blut würde nach Harz duften, aus Treue zur Tanne. Roswitha, meine neue Erzieherin, die gekommen war, als die alte Hertha-Tante in Rente gegangen und Ortrud-Tante nach Deutschland ausgewandert war, dachte, ich weinte wegen des Sturzes, und schickte mich mit sanften Worten zur Ambulanz. Ich sagte nicht, weshalb ich weinte. Manchmal schämt man sich der Wahrheit, vor allem, wenn es auch um Gefühle geht.

Das neue Hotel wurde schnell hochgezogen, Großvaters Bemerkung zum Trotz, es war viel breiter als das alte, Schwimmbecken auf dem Dach hatte es zwar keins, dafür eines im Untergeschoss. Es hatte Balkone (das alte Aro hatte nur zierliche

Gitter, die sich an der Unterseite der Fenster vorwölbten) und noch zwei Dinge, die sehr wichtig waren für alle Kinder der Strada Maiakovski, die durch einen schmalen unterirdischen Gang an seine Vorderseite gelangten: selbstöffnende Türen und einen Springbrunnen mit abwechslungsreichen Fontänen, die von unten mit farbigen Lampen angestrahlt wurden.

Das neue Aro spielte mit uns so, wie das alte Aro mit Vater gespielt hatte. Eines der besten Spiele war, durch den unterirdischen Gang nach vorn bis zu einer Stelle zu laufen, von der aus man, wenn man fest auftrat, die Flügeltüren dazu bringen konnte, dass sie nach rechts und nach links aufschwangen. Das erschien uns damals besonders originell: als stünde ein unsichtbarer Mensch hinter ihnen und öffnete auf ein Zeichen, das wir mit dem Fuß gaben, plötzlich die großen Glastüren und bäte uns hinein. Wir konnten nicht genug davon kriegen, allerdings mussten wir vorsichtig sein, denn dieser Pförtner, den wir nicht kannten, kam wütend heraus und verjagte uns. Abends gingen die Lichter unter dem Springbrunnen an, und auch hier hätten wir stundenlang dem Doppelspiel des Wassers und der Farben zusehen mögen. Diese Kunststücke kamen ungefähr zeitgleich mit *Simon Templar, Invasion von der Wega, Flipper, Time Tunnel, Revengers* und Chestertons Roman *Der Mann, der Donnerstag war*. Was Wunder, dass wir zu dieser Zeit ständig Spione und Privatdetektive spielten, uns allerhand Autos-Flugzeuge-Hubschrauber-Unterseeboote ausdachten, die uns hinausbringen sollten in die weite Welt, die wir nur von dem drehbaren Globus unserer Großtante her kannten, was uns nicht daran hinderte, sie zu bereisen. Unsere detektivischen Unternehmungen, die amerikanischen und englischen Fernsehserien, die Lichter des Springbrunnens und die Automatik der Türen begeisterten uns nicht lange. Immerhin lange genug, dass die Springbrunnen unserer Vorstellungskraft bunt angestrahlt wurden in dieser letzten Etappe vor der Vertreibung aus dem Paradies.

Im neuen Aro wohnten vor allem Ausländer, darunter auch die Sänger, die zu dem Schlagerfestival *Goldener Hirsch* kamen, denen wir auflauerten in der Hoffnung, sie anzutreffen. Wir sahen, wie sie auf die Balkone zu unserer Straße traten, mit besonderen Kameras fotografierten, die Schwarze Kirche betrachteten.

»Es ist voll geworden im Aro«, sagten Tante und Onkel Ionel zur Urlaubszeit, »es sind nur noch wenige Zimmer frei.« Sie hatten einen besseren Überblick als die Leute vom Empfang.

»Da ist wieder kein Mensch«, sagten die Großeltern in den Monaten außerhalb der Reisezeit und beobachteten die wenigen Zimmer, in denen abends das Licht anging.

Auch aus dem Dachgeschoss konnten wir, wenn wir auf einen Schemel stiegen, durch das Dachfenster die erleuchteten Fenster im neuen Aro sehen. Natürlich konnten auch die dort, die Ausländer, sehen, wie die Augen des Hauses leuchteten, zwei im Erdgeschoss, zwei plus eins im ersten Stock und manchmal, wenn wir oben waren, ein Äuglein, das sich im Dach auftat. Im Aro wohnte auch Michel. Ehe er aber zu uns kam, schlug das Schicksal wieder einen dieser Bogen, die es so gut beherrscht. Dabei hätte es ausgereicht, dass er uns vom Balkon aus zugewinkt oder die Straße überquert hätte. Wir, also Matei und ich, lasen gerade *Der Mann, der Donnerstag war*, und ebenfalls an einem Donnerstag, am vorletzten Ferientag, trafen wir Michel, der gar nichts anderes sein konnte als Spion oder Privatdetektiv.

Es ging auf Mutters Geburtstag zu, der mit dem ersten Schultag zusammenfiel. Mein Bruder und ich beschlossen, ihr ein Paar Lederhandschuhe zu schenken. Wir gingen ins Geschäft und erkundigten uns, sie kosteten 165 Lei. Wir legten unsere Ersparnisse zusammen, alles, was von den Geschenken der Verwandten aus dem Altreich, Omamas, Großmutters und Großvaters, der Tante und Onkel Ionels übrig war, zählten nach, es reichte nicht, wir kamen auf 148 Lei. 17 brauchten wir noch. Bei den Großen betteln war nicht unsere Art, das war noch nie vorgekommen und hätte geheißen, dass es nicht nur unser Geschenk war. Verzichten hätte bedeutet, dass wir nicht mehr wir selbst gewesen wären, uns nicht mehr wiedererkannt hätten. Dabei achteten wir darauf, dass wir uns jeden Tag von neuem wiedererkannten.

»Wir kaufen ein Los«, sagte Matei entschlossen.

Das war ein Wort, so erkannte ich ihn wieder, ebenso mich selbst, ich mochte alle Glücksspiele. Und das trotz der Redensart »Lose ziehn, Lose ziehn und sein Geld nicht wiedersehn«. Und trotz Mutters Erfahrung mit der rumänischen Lotterie und dem Glück: Sie hatte eines Nachts geträumt, sie hätte im Lotto gewonnen, und hatte die Gewinnzahlen 12, 21, 2 deutlich in Erinnerung behalten. So setzte sie denn jeden Donnerstag auf diese Zahlen, nur das Glück vergaß sie jedes Mal. Wir beide gingen zu der fülligen Frau, die sommers wie winters bei jedem Wetter in der Fußgängerzone, der Strada Republicii, stand und Lose verkaufte. Sie hatte eine Halskrause und auf dem Tischchen vor sich einen Drahtring mit aufgefädelten Losen. Matei war fürs Rechnen zuständig: Wenn wir ein Los kaufen, also drei Lei ausgeben, und zwanzig gewinnen, haben wir genau die 17, die wir für die Handschuhe brauchen. Öfter allerdings zog man ein Los mit einem Gewinn von fünf Lei oder dem Aufdruck »Ein Zug frei.« Die Frau ermunterte die Passanten zum Kauf. Wir suchten gemeinsam ein Los aus. Auf dem rosaroten Muster im Inneren stand weder das täuschende »Ein Zug frei« noch das enttäuschende »Kein Gewinn«, sondern, als wäre es unmittelbar unserem Kopf entsprungen, »Zwanzig Lei«. Wir hüpften vor Freude. Sieh einer an, im Unterschied zu Mutters Lottozettel hatte das Los gleich beim ersten Versuch geholfen. Es hatte unsere guten Absichten erkannt. Das schmeichelte uns sehr. Mit stolzgeschwellter Brust gingen wir ins Lederwarengeschäft und kauften ein wunderschönes Paar Handschuhe. Wir versteckten sie in meiner Nische unterm Tisch bis zum Geburtstag, an dem auch die Schule begann.

Am Vorabend machten wir einen letzten Ausflug ins Butschetsch-Gebirge. Unsere Eltern und wir vier, die großen Kinder (Adrian durfte noch nicht mit in die Berge, der hielt sich kaum auf den Beinen). Das intensive Dunkelblau des Himmels ruhte auf den Gebirgskämmen, das Wetter war herrlich, die Sicht gut, wenngleich nicht so kristallklar wie damals, als man von der Spitze am Horizont das Glitzern des Meeres sehen konnte. Wir machten eine kurze Tour, den mit rotem Dreieck markierten Weg. Von der Berghütte stiegen wir durch den Mischwald zur Almwiese auf der Coştila. Hier gönnten wir uns mit Blick auf die weißschimmernden Felsen unter den Tannen von dunklem Grün und Lärchen, deren Nadelschleier schon ins Orange spielte, eine erste Rast und erleichterten die Rucksäcke um einen Teil der Essensvorräte. Wir setzten die Wanderung ohne Eile fort, auf einem sanfteren Pfad am Hang bis zum Pichetul Roşu. Von hier aus gingen wir an längeren Tagen zur Mălăieşti-Hütte auf dem Weg mit Namen »Take Ionescu«, der den Bergkegel des Bucşoi an seinem Fuß wie ein Gürtel umfängt, von dort aus konnte dann der, der noch dazu imstande war, über den Prepeleac die Omu-Spitze erreichen. Auf dem Rückweg fanden wir oberhalb der Almwiese unweit des markierten Weges ein geeignetes moosgepolstertes Plätzchen, wo wir ausruhen und das restliche Essen verzehren konnten. Die Luft war golden, hie und da schoss ein Stieglitz mit rotem Köpfchen zwitschernd aus den Zweigen. Wir waren zufrieden – die Eltern, weil sie ihre Sorgen zu Hause gelassen hatten (sie nahmen sie nie mit in die Berge), Matei und ich, weil wir das Problem des Geschenks so blendend gemeistert hatten, Dina, weil die Schule begann und sie Radu, einen Brillenträger und ihre große Liebe nach Ştefi und vor Lucian, wiedersehen würde, Doru einfach so. Wir breiteten unsere Bergdecke aus, holten das Essen aus dem Rucksack, Brot, gekochte Eier – mit einem gekochten Ei kommt man eben über den Butschetsch –, Zwiebeln und Tomaten sowie zwei sehr kostbare Dosen Leberpastete (Hermannstädter). Alles duftete appetitlich, selbst die Zwiebeln. Kaum hatten wir zu essen begonnen, da hörten wir das bekannte Knacken trockener Zweige, das uns stets Angst einjagte: der Bär, bei dem man nicht wusste, woran man war, oder Menschen, bei denen man ebenfalls nicht wusste, woran man war. Das Knacken kam nicht von der Seite, wo der Wanderpfad lag, sondern von der andern, aus der Tiefe des Waldes, sodass wir alle aufsprangen, bis auf Doru, der ruhig weiteraß, die blauen Augen leicht verkniffen. Wir waren bereit, dem Bären unser Essen zu überlassen, damit auch er uns in Ruhe ließ. Ich weiß nicht, ob du das schon einmal erlebt hast, den Augenblick vor dem Augenblick, in dem mit dem Schlimmsten zu rechnen ist. Alles, was es an möglichen Auswegen gibt, geht dir durch den Kopf: wegrennen, sich tot stellen, auf einen Baum klettern.

Aber die Gefahr blieb auch diesmal aus. Statt eines Bären tauchte ein junger Mann auf, etwas derangiert, den vollen kupferroten Scheitel zur Seite gekämmt, mit einem Wanderstock, einem Tornister, den Tragriemen quer über der Brust wie die Postboten, in Schuhen und Kleidern, die eher für die Stadt geeignet waren als für die Berge. Ein böser Mensch war es wohl nicht, und auf keinen Fall ein erfahrener Wanderer. Er lächelte uns strahlend an.

»Bonjour, excusez moi, vous parlez français?«, fragte er sichtlich froh, dass er Leute mit Kindern getroffen hatte, die friedlich beim Essen waren. Er hatte nicht *»parlez-vous«* gesagt, wie es unseres Wissens richtig war.

Es dauerte noch ein paar Sekunden, bis alle den Bissen runtergebracht hatten und gleich mehrere *oui* sagten, worauf der junge Mann erleichtert aufatmete. Er sagte uns, er habe sich verlaufen und Stimmen gehört. Er suchte verzweifelt nach *»le triangle rouge«*, wie eine Gestalt in einem Comic mit *Pif le Chien*. Seltsam, *»le triangle rouge«* waren die ersten französischen Worte, die ich gelernt hatte, und jetzt, siehe da, kamen sie auf mich und ging ich auf sie zu. Eine neue Situation, in der die dem Wort entsprechende Illustration in dem Comic auf die wirklichen Bäume gemalt war. Er sagte noch *»Je suis Michel, je viens de Bruxelles«*, und das klang schön, wie ein Gedicht.

»Der Mann, der Donnerstag war«, sagte ich aufgeregt, und Matei zwinkerte verschwörerisch. Michel schaute uns an, als hätte er uns verstanden und fürchtete, wir hätten seine perfekte Tarnung als verirrter Wanderer durchschaut.

Mutter lud ihn zu unserem improvisierten Essen ein, wobei sie sich für das bescheidene Angebot entschuldigte, weil Michel de Bruxelles aber Hunger hatte, freute er sich wie über ein Abendessen in einem großen Restaurant. Äußerst verblüfft waren wir, als er die rote Zwiebel nahm, die Vater gerade erst geschält, aber noch nicht geschnitten hatte, und hineinbiss wie in einen Apfel, ohne Brot. Wir Kinder sahen ihm gebannt zu wie bei einer Fernsehserie, wenn es eine spannende Szene gab. Die Zwiebel war natürlich scharf, sodass er beim Kauen selbst rot wurde im Gesicht. Für einen Spion, für den wir ihn gleich gehalten hatten, war das natürlich eine einfache Probe. Michel behauptete sodann, er habe noch nie Zwiebeln gegessen, eine Ausrede, vermuteten wir. Nachdem wir Wasser aus den kleinen Bechern getrunken hatten, mit denen unsere Feldflaschen verschraubt waren, nahmen wir den Wanderpfad nach Buşteni. »*Le triangle rouge*«, sagte Michel hin und wieder, wenn er die Markierung sah, er schien froh, in Sicherheit zu sein. Spione fühlen sich natürlich ständig bedroht. Unterwegs erfuhren wir, dass er im Aro in Kronstadt wohnte, im sechsten Stock, mit Blick auf »*votre cathédrale*«. Wir wussten, dass er die Schwarze Kirche meinte, und erklärten Michel de Bruxelles, dass er auch uns sehen konnte, auf der Gasse hinterm Hotel. Er konnte es kaum glauben.

»*Dire que je suis venu jusqu'ici pour vous rencontrer!*«*

Unterwegs erzählten wir, was uns tags darauf Wichtiges erwartete: die Schule und der Geburtstag. Die Eltern luden ihn für den Abend zu Mutters Geburtstagsfeier ein, ich selbst hätte ihn lieber zur Schule mitgenommen. Dafür war er aber zu alt, leider. Ich glaube, ich hatte mich ein bisschen in ihn verliebt, wie Kinder sich ja gleich in irgendeinen Großen verlieben können, umso mehr in einen, der sein Leben täglich aufs Spiel setzt. Michel de Bruxelles hatte vor, seinen Vormittag in der Schulerau zuzubringen – wer weiß, was er dort für Gefahren zu bestehen hatte –, und die Eltern empfahlen ihm, mit dem Bus auf der neuen Straße hinaufzufahren und zu Fuß auf der alten Forststraße abzusteigen, dort könne er sich nicht verlaufen, dann durch Gässchen der Oberen Vorstadt, des Viertels der »alten Rumänen« von Kronstadt mit verwunschenen kleinen Häuschen. Schön an Gebirgsstädten ist, dass sie ein Oben und ein Unten haben, wie auch unser Haus, man steigt auf und ab darin und kann sich nicht verlaufen.

Die Buben legten sich sofort eine Karriere als Spion für Michel zurecht. Damit wir uns richtig verstehen: Er war ein guter

* Wo ich doch bis hierher gekommen bin, um Sie zu treffen!

Spion (böse gab es auch, gewöhnlich russische) und wollte uns alle vor einer furchtbaren Bedrohung retten, bei der ein Knopfdruck zum Weltuntergang führen konnte. Wir würden noch genauer herausfinden, was mit diesem Michel war, und ihm helfen, wie wir es schon im Wald am Butschetsch getan hatten.

Am Abend darauf klingelte an unserer Haustür ein eleganter junger Mann, der aussah wie der Bruder des derangierten vom Vortag. Das war schon eher nach unserem Geschmack, er sah den eleganten Spionen in den Fernsehserien ähnlich, die wir noch nie mit strubbeligem Haar oder zerknitterten Kleidern gesehen hatten, nicht einmal nach einem furchtbaren Kampf. »Der war gerade bei der Kosmetikerin und beim Coiffeur«, sagte schon mal einer von den Erwachsenen. Michel duftete angenehm, er trug ein dunkles Sakko über einem weißen Hemd und eine schmale weinrote Krawatte. Ob er die Krawatte dabeigehabt oder sie eigens gekauft hatte? Wir waren alle locker angezogen, Vater hatte ein Hemd mit kurzen Ärmeln an. Krawatte trug er keine, er mochte das nicht, um es Michel aber nicht unangenehm werden zu lassen, schickte er mich, ich solle ihm eine nach meinem Geschmack aus dem Schrank holen. Ich brachte ihm eine lilafarbene und band ihm den Knoten, wie er es mir gezeigt hatte, ich hatte jedes Mal meine Freude dran. Michel hatte ein Strauß mit elf roten und weißen Nelken und eine Pralinenschachtel für Mutter in den Händen, uns Kindern hatte er Kugelschreiber mitgebracht. Wir freuten uns, denn in der Schule durften wir mit so etwas nicht schreiben, angeblich verhunzte das die Handschrift, weil das Ding leicht rutschte. Wir mussten mit Federhalter, Bleistift oder Füllfeder schreiben, und das war komplizierter. Noch hatten wir kein Verständnis für derlei schwere Anläufe mit leichtem Auslauf und waren bereit, unsere Schönschrift den Kugelschreibern zuliebe zu opfern, zumal ihre handwerkliche Variante von unserem Onkel, dem Antiquar, erfunden worden war.

Der Tisch war elegant gedeckt, auf der Anrichte stand eine eindrucksvolle Obstschale, die ich selbst kunstvoll bestückt hatte in den warmen Farben des Herbstes, dem Gelb der Birnen, dem Rot der Äpfel, dem Braun der darüber hingestreuten frischen Nüsse, ja, ich war sehr zufrieden mit meinem Kunstwerk, wie ich es später auf vielen Bildern gesehen habe. Auf dem Tisch gab es Auberginenmus, eine der Köstlichkeiten festlicher Tafeln, das ich ebenfalls mit Blumen aus Tomatenscheiben dekoriert hatte. Wir hatten darauf geachtet, keine roten Zwiebeln zu dem kulinarischen Angebot zu geben. Michel kam an die Spitze der Tafel.

Zum Schluss sangen wir im Chor (ohne Michel, der schwieg und lächelte, als wäre er Onkel Ionel) »Hoch soll sie leben!«, und die Geschenke wurden überreicht. Mein Bruder strafte mich mit einem scharf grünblitzenden Blick, weil ich vergessen hatte, die Handschuhe aus dem Versteck unterm Tisch zu holen, und das war gerade die Seite, an der unser Ehrengast saß. Mir blieb nichts anderes übrig, als Michel zu bitten, aufzustehen, worauf ich unter den Tisch kroch und das Geschenk hervorholte, wobei ich nicht nur meine Würde, sondern auch das Geheimnis des Verstecks preisgab. Das alles tat ich beschämt und zur allgemeinen Verwirrung, die dann allerdings so aufgefasst wurde, als sollte sie die Überraschung steigern, und Michel strich mir übers Haar. Mutter begriff nicht, wie wir es geschafft hatten, ein so teures Geschenk zu besorgen, vom Los aber sagten wir ihr nichts, es hätte wenig heroisch ausgesehen. Dann sagte Michel, er finde »*Anne et Mathieu très gentils*«, und wir sollten alle kommen und ihn in Brüssel besuchen. Die Eltern erklärten ihm, dass das nicht gehe, es sei schon schwierig gewesen, einen Besucherpass für Jugoslawien zu bekommen, und dass dies im Falle westlicher Länder so gut wie ausgeschlossen sei. Michel machte Farbfotos von uns und versprach, er werde sie uns schicken. Auch mein Onkel machte Fotos, die er selbst entwickelte, sie waren allerdings schwarzweiß. Manchmal durften wir ihm zusehen, es war wie Zauberei. Er ließ die Rollläden herab, dann verhängte er die Fenster mit dicken Decken, damit kein Fünkchen Licht mehr hereinkam. Mit der Zeit gewöhnten sich die Augen an die Finsternis, und man begann Konturen zu erahnen. Auf einem Tischchen hatte er ein paar Schüsseln mit verschiedenen Lösungen, die eine hieß Entwickler. Merkwürdig war, dass auf dem Film alles, was weiß gewesen war und sein würde, schwarz erschien und umgekehrt. Ich erinnere mich beispielsweise an schöne schwarze Lilien und meine weißen Haare. Es machte uns Spaß, uns so entfremdet wiederzuerkennen. An einer aufgespannten Schnur hingen die Fotos an Haken zum Trocknen wie Wäschestücke, dann stellte man fest, dass die Dinge auf dem Bild wieder in die vorige Ordnung zurückgefunden hatten, was aber nicht hieß, dass man sich in der kleinen, farblosen Gestalt mit dem grimassierenden runden Gesicht wiedererkannt hätte.

Seit ein paar Tagen sahen wir auf der Postwiese ein Auto, das keinem in unserer Stadt glich. Die Buben sagten, es sei ein Porsche und so einen würden sie sich kaufen, wenn sie groß wären, ich erkannte es nur an seiner grünen Farbe. Gewiss war es ein Ausländer, der im Luftkurort Schulerau wohnte und immer wieder in die Stadt herunterkam. Der Porsche und die Bekanntschaft mit Michel sowie der Roman *Der Mann, der Donnerstag war* animierten Matei dazu, uns Tag für Tag eine Folge seiner persönlichen Serie mit guten Spionen, also uns vieren plus Michel, zu erzählen.

»Ich war in London«, begann Matei die erste Folge, als wir

uns, einen Tag nach dem Besuch des Spions aus Brüssel, zu viert in dem Dachstübchen versammelt hatten. (Den kleinen Adrian hatten wir in dem Gitterbettchen schlafen lassen, das eine Weile im Keller gestanden hatte und zuletzt meines gewesen war.) »Es war nicht leicht, den Ivan abzuschütteln, der mir auf den Fersen war.«

»Wer ist Ivan?«, fragte Dina teilnahmslos, ich glaube, sie dachte an Lucian. Sie war schon zu groß für unsere Spiele, beteiligte sich aber aus Gewohnheit daran. Dennoch spürten wir, dass sie in Gedanken woanders war, in einer Zwischenwelt, weder der unseren noch der der Großen, als schlafwandelte sie.

»Ivan ist einer der russischen Spione, die auf meine Fährte gesetzt worden sind, weil die wissen, dass ich verhindern kann, dass sie die Herren der Welt werden und alle Städte der Welt Stalin taufen, wie sie es mit Kronstadt gemacht haben, und alle Uhren stehlen mit ihrem ›Dawai tscheas! – Her mit der Uhr!‹. Ich war verabredet mit Michels Cousin in London, Roger, an einem Donnerstag Punkt zwölf, nach dem Glockenschlag des Big Ben.«

»Wie bist du dorthin gekommen?«, fragte ich.

»Ich hatte ein grünes Porsche-Cabrio. Allerdings hatte der Vater von Ică, der Ingenieur in der Hidromecanica, es mir so hergerichtet, dass bei Bedarf die Vordertüren zu Flügeln wurden und vorne ein Flugzeugpropeller ausgefahren wurde. Es konnte fliegen, wenn auch nicht sehr hoch.«

Diese Zusatzangaben, »nicht sehr hoch«, stützten die Glaubwürdigkeit der Geschichte. Matei hatte stets menschliche Probleme zu lösen, er war kein Übermensch.

»Ich mied den Zoll, wo ein anderer Ivan war, denn die russischen Spione heißen alle Ivan, nur haben sie Nummern. Dies war Ivan 2. Ich kannte ihre Pläne, denn ich hatte ein paar weiße Blätter gefunden, sie schienen unbeschrieben, aber ich hielt sie über die Lampe, und plötzlich erschienen Buchstaben: Sie waren mit sympathischer Tinte geschrieben!«

»Waren die denn nicht auf Russisch? Du kennst ja noch nicht mal die Buchstaben, die sind noch schwerer als die gotischen«, sagte Dina.

»Nein, die waren nicht auf Russisch, denn einer ihrer besten Spione war Doppelagent, ein Deutscher, und dem schrieben sie auf Deutsch. Also konnte ich das lesen. Ivan 2, der an der Grenze, hatte gemerkt, dass etwas im Gange war, aber es war schon zu spät, ich war über ein Wäldchen geflogen und auf einer Straße in Ungarn gelandet, von dort war ich ohne Schwierigkeiten nach Österreich gelangt und immer so weiter.«

»Wieso hattest du in deinem Alter einen Führerschein?«

»Hatte ich eben. Ich hatte einen Test bestanden, und unter besonderen Umständen kriegt man den dann. Außerdem hatte der Porsche einen automatischen Piloten, der einem half, wenn man müde war.«

»Wieso haben sie dich, ein Kind, ausgesucht, die Welt zu retten?«

»Was heißt hier wieso, kannst du dir das denn nicht denken? Gerade deshalb, weil ein Kind nicht auffällt und sich überall einschleichen kann.«

Es war sehr gut, wenn Matei erzählte: Er wurde nie böse, sooft wir ihn auch mit kleinkarierten Fragen piesackten, und fand auf alles eine Antwort, er hielt sich nicht mit Kleinkram auf. In seiner Welt waren die Dinge klar wie in den Romanen von Dumas, Gut und Böse waren leicht zu unterscheiden. Dina ergriff entschlossen Partei für Ivan, vielleicht sei er ein netter Mensch gewesen, die Russen seien schöne Männer und hätten die besten Schriftsteller der Welt, sie seien lieb und fröhlich, aber sie kam damit nicht durch, wir fielen alle über sie her, sie habe keine Ahnung von der Welt der Spione und ihren unbarmherzigen Regeln.

»Ich kam um neun Uhr morgens in London an und hatte seit zwei Tagen nicht geschlafen, aber ich schluckte ein paar Pillen, die einen 72 Stunden wach halten, höchstens. Ich hatte auch für euch welche beiseitegelegt, die ich euch allen gegeben hätte, damit ihr zur Not welche habt. Ich hatte noch eine Stunde Zeit bis zum Treffen. Ich ließ das Auto am Stadtrand stehen, nahm den Bus, ging aufs Oberdeck, denn in London gibt es Doppeldeckerbusse«, erklärte er, »aber dorthin folgten mir Ivan 3 und Ivan 4, das waren Zwillinge, man konnte sie nicht auseinanderhalten. Als sie mich schnappen wollten, entwischte ich mit einer Finte und sprühte ihnen Chloroform unter die Nase, von dem man einschläft, ohne es zu wollen. Ich schläferte auch eine englische Dame in ihrer Nähe ein, die Ärmste hatte gar keine Schuld, aber ich wusste, sie würde bald aufwachen und nur ein bisschen Kopfweh haben, und eine Sekunde bevor die Bustüren zugingen, sprang ich ab, rannte den ganzen Rest des Weges, und beim letzten Glockenschlag des Big Ben reichte ich Roger die Hand. (Ich fragte mich, ob er dabei nicht an Roger Moore dachte.) Er ließ mich erzählen, wie es Michel, seinem Brüsseler Cousin, in Rumänien ergangen war, ich sagte ihm, wie wir ihn im Gebirge gerettet hatten – offenbar waren die Ivans ihm damals auf den Fersen, wagten aber nicht, zuzugreifen, als sie die vielen Menschen sahen, sie vermieden offene Auseinandersetzungen. Dann gab mir Roger einen wasserdichten Umschlag, den ich nach Paris bringen sollte, wo ich ein weiteres wichtiges Treffen hatte, und dazu ein paar besondere Geräte: eine Armbanduhr, die einem Tag und Nacht sagt, wo man sich befindet und welches der kürzeste und beste Weg zu einem bestimmten Ziel ist.«

»Woher weiß sie, wohin man will?«

»Es reicht, dass man einen Namen ausspricht, die Uhr übernimmt ihn sofort und verarbeitet ihn. Mehr noch, es reicht, dass man den Namen eines Menschen ausspricht, und die Uhr sagt einem, wo der Mensch in dem Augenblick ist. Er gab mir noch eine Brille mit weißen Gläsern für die Nacht, also das Gegenstück zur Sonnenbrille: Wenn man die aufsetzte, sah man in der Nacht genauso gut wie am Tag. Und er gab mir auch noch etwas sehr Wichtiges: Masken, die sich von menschlichen Gesichtern nicht unterschieden, die zog man über wie Fantomas, damit einen niemand erkannte, ein paar Pässe mit verschiedenen Namen und Fotos, die den Masken entsprachen, und eine Art Ganzkörper-Schutzanzug, den ich sofort anziehen musste, und eine Menge Kaugummi und Kugelschreiber mit sympathischer Tinte, davon sollte ich auch euch etwas bringen, weil auch ihr seinem Cousin geholfen habt. Roger brachte mich dann mit einem Boot auf der Themse bis zu dem Ort, wo sich mein Porsche befand, und ab da musste ich allein zurechtkommen. Ach, ich habe vergessen zu sagen: Er hatte mir auch einen kleinen Apparat in Knopfgröße gegeben. Steckte man sich den ins Ohr, verstand man jede Sprache, angefangen bei Russisch. Aber Ivan 5 hatte mein Auto gefunden und die Bremsen zerstört. Ich habe vergessen zu sagen, dass mein Porsche sich auch in ein Boot verwandeln konnte ...«

Damit war die erste Folge zu Ende, die zweite sollte in Paris spielen. Als Matei uns seine Abenteuer erzählte, gab es diese Dinge noch nicht mal im Kino. Kein Wunder, dass ich bei meinem ersten *James Bond* ein starkes *Déjà-vu*-Gefühl hatte und mir die Geschichte von Agent 007 gar nicht extravagant erschien.

Bald darauf kam Michel, der nicht wusste, dass wir herausgefunden hatten, dass er ein Spion war (natürlich ein guter), um sich von uns zu verabschieden. Es tat uns sehr leid, dass er abreiste. Auch der grüne Porsche erschien nicht mehr an der Straße zur Schulerau, der war auch weggefahren. Michel de Bruxelles versprach, uns Bescheid zu geben, sobald er zu Hause war, und uns die Farbbilder zu schicken. Da dies nicht geschah, setzten wir gemeinsam einen Brief auf, in dem jeder von sich erzählte, er aber antwortete nicht. Spione (vor allem die guten) haben natürlich ein schweres Leben, wenn so viele Ivans hinter ihnen her sind, und nicht immer Zeit, Briefe zu beantworten oder sich mit anderem Pipifax abzugeben.

Umso größer war unsere Überraschung, als an einem der ersten Tage des Folgejahres ein dicker blauer Umschlag in unserem Briefkasten lag. Er war nicht auf dem Postweg gekommen, jemand hatte ihn direkt eingeworfen. Wir hätten uns gewünscht, dass er selbst der Postbote gewesen wäre, leider war es nicht so, er hatte ihn einem Freund (*un type*) mitgegeben. Im Umschlag auf feinem, ebenfalls blauem Papier ein Brief mit Datum *le 2 janvier*, mit einem Kugelschreiber in kleiner Schrift aufgesetzt, er begann mit *Cher Tous*. Michel dankte uns für den Brief und erzählte, dass er bei seiner Rückkehr nach Brüssel festgestellt hatte, dass sein Adressbuch weg war. Die Eltern wunderten sich, aber ich und Matei waren keineswegs überrascht: Das Adressbuch war jetzt bestimmt in den Händen von Ivan. Er fragte besonders nach *Anne et Mathieu*, erzählte, in welchen Ländern er sonst noch gewesen war, und sandte uns allerhand Wünsche. Es hatte ihm gefallen bei uns: *Quel joli pays! Quels joyeux gens! Et gentils!**, und er dankte uns von Herzen für alles, vor allem dafür, dass wir ihn im Gebirge *gerettet* hatten. Er erzählte, er habe sich einen Fiat gekauft. Matei zweifelte nicht daran, dass der mit allem ausgestattet war, wie sein Porsche, und nur die Karosserie von dem bescheidenen Auto

* Welch schönes Land! Welch glückliche Menschen! Und so freundlich!

stammte, damit die Ivans getäuscht wurden. Zudem stand dort blau auf blau: *Je lis dans les journaux que des grands changements dans le gouvernement russe auront place très prochainement. Quelques douces, comme Kossyguine* – Alexei Kossygin, übersetzte Vater – *seront remplacés par quelques dures du Politbureau russe. J'espère que la Russie laissera tranquille votre beau, gentil pays.** Auch dieser Satz war eine Bestätigung unserer Vermutungen. Der Ivan war die Hauptsorge des Michel de Bruxelles und die Sache mit dem Zeitunglesen nur Fassade, diese Dinge kannte er eigentlich von seinen Spezialeinsätzen. Er lud uns ein, ihn zu besuchen, wenn auch bei uns die Grenzen geöffnet würden, und versprach, uns seinerseits zu besuchen, wenn nicht schon in dem Jahr, dann gewiss im nächsten. Im Brief waren die ersten Farbfotos, auf denen wir uns selbst sahen. Vater, mit einem perfekten Knoten in der lilafarbenen Krawatte. In unserer Mitte, lächelnd, Michel in seinem eleganten Anzug, mit weißem Hemd und weinroter Krawatte. Matei und ich waren sehr zufrieden: Wir hatten ihm einen Augenblick der Entspannung in seinem sehr schweren Leben als internationaler Spion verschafft.

Michel hielt sein Versprechen nicht, er kam nicht wieder und schrieb uns auch nicht mehr. Die Eltern sagten, so sei das halt, wenn man sich nach einer Sommerfreundschaft lange nicht wiedersehe, aber Matei und ich, die zwischen den Zeilen des Lebens lesen konnten, fürchteten, es sei ihm etwas zugestoßen in seinem so riskanten Beruf. Sonst hätte Michel, da waren wir uns sicher, Wort gehalten.

* Ich lese in den Zeitungen, dass die großen Veränderungen in der russischen Regierung unmittelbar bevorstehen. Gemäßigte wie Kossygin werden durch Stramme aus dem russischen Politbüro ersetzt. Ich hoffe, dass Russland Euer schönes, freundliches Land in Ruhe lässt.

Der Winter

Seby sagte, er habe einen Schrei gehört

Der Winter war da. Großvater holte seinen Gehstock aus der Kammer, wir holten unsere Skier aus dem Keller, die Zinne setzte ihre dicke Nebelmütze auf, und die Terrasse des Hauses wurde weiß. In den Straßen Kronstadts häufte sich der Schnee, und es schneite immer weiter. Die Rodelschlitten furchten schon den kleinen Hügel, der fünf Minuten von unserem Haus entfernt lag. Vor den Schulen entstanden lauter Rutschbahnen. Die Kinder schlitterten kreischend ein paar Meter rauf und runter, bis der Schnee hart und schließlich zu Eis wurde. Es war ein Spielzeug, das sie sich jedes Jahr geschickt selbst anfertigten. Weil du nicht in Siebenbürgen aufgewachsen bist und keine Geschwister oder Cousins in der Honterus-Schule hattest, muss ich dir erklären, dass diese Bahnen *Glitschen* hießen, von *glitschen* wie rutschen. Auch die Wörter selbst rutschten in Kronstadt von einer Sprache in die andere, mit hoher Geschwindigkeit und Grazie, als trügen sie Schlittschuhe. Die längsten und gefährlichsten Glitschen lagen an der Graft, wo man auf sanften Hängen Dutzende von Metern hinabschlittern konnte.

Unser Haus hatte im Winter warme und kalte Körperteile, je nachdem, wie gut die Kachelöfen in dem jeweiligen Zimmer gebaut waren. In dieser Beziehung war ich dem Haus sehr ähnlich: Die Öfen meiner Füße taten ihren Dienst nicht, ständig waren die kalt. Auch die der Hände waren nicht besonders tüchtig, der Große Ofensetzer hatte sich zu sehr beeilt. In allen unseren Küchen waren Gasherde der Marke Vesta mit schwarzer Kochplatte, die die Hitze ausstrahlte, Türen und Türchen und einem Becken für heißes Wasser am Rand. Im Erdgeschoss kochte Tante an jenem Tag Grießknödelsuppe, und ich saß auf meinem Lieblingsplatz, auf dem Schemel in dem engen Zwischenraum zwischen Herd und Wand unter dem Türchen des Schornsteins, wo, hatte sie uns vor Zeiten erzählt, die Kobolde wohnten. So und nur so sei zu erklären, wieso der Apfelkuchen so schnell aus der großen Schublade verschwindet und die Süßigkeiten so schnell abnehmen, sagte die Urheberin des Kuchens und sah uns mit einem Blick an, der was immer bedeuten konnte und den wir mit unschuldigen Blicken erwiderten.

Ich war als Erste zurück aus der Schule, hatte bei ihr Station gemacht, verfolgte gespannt ihre Bewegungen und streichelte die Gänsefedern an dem kleinen Besen, der neben dem Schemel an einem Nagel hing. Bald aber stand ich auf, um zu sehen, was sich auf dem Herd tat, von dem eine angenehme Wärme ausging. Aus dem Kochlöffel ließ die Tante die goldgelben Grießknödel in einen Topf gleiten, wo sie einen Moment in der Suppe untertauchten, um gleich wieder an die Oberfläche zu treiben, wo sie, schon fest und samtig, zwischen den Fettaugen herumschwammen. Dann schälte Tante eine Zwiebel und begann das Messer aus dem Säbel von Toledo mit einem grauen Stein zu schleifen. Als sie die Zwiebeln zu zerkleinern begann, bewegte sich ihr rechter Arm rhythmisch dermaßen schnell, dass die Klinge, von mir aus gesehen, einem strahlenden Fächer glich, der mit erstaunlicher Geschwindigkeit auf und zu ging. Die Zwiebel verwandelte sich in ein Häufchen perlmuttfarbener Würfel, und die Augen der Tante füllten sich mit Tränen, die langsam ihre Wangen hinabkullerten, wobei sie den tiefen Falten folgten. Auch meine Augen wurden feucht, doch flossen keine Tränen, ich musste nur mehrere Male blinzeln.

Da trat Onkel Ionel ins Zimmer, mit feuchten Wangen, als hätte auch er geweint, und schüttelte den Schnee von seiner englischen Schirmmütze.

»Wieso weinst du, Liebchen«, fragte er die Tante, die stets der erste Mensch war, zu dem sein Blick ging.

»Weil du mich ärgerst«, sagte sie prompt. »Schau dir an, wie du alles vollgespritzt hast.«

Wir lachten. Onkel Ionel hatte auf dem Markt Esskastanien gekauft. Auch wir Kinder kannten eine Stelle auf der Warthe, wo zwei Esskastanienbäume standen, die von einem ganzen Hain übriggeblieben waren, den man abgeholzt hatte, und manchmal im Herbst, wenn der ganze Hügel blaute vor Herbstzeitlosen, gingen wir Kastanien suchen. Onkel Ionel nahm ein kleines Messer und ritzte sie einzeln, dann legte er sie direkt auf die Herdplatte zum Braten. Nach einer Zeit platzte ihre Schale, und der neue Duft überlagerte den Zwiebelgeruch, der den Suppenduft übertönt hatte. Die Tante erzählte mir von der Schutzhütte auf dem Schuler, die »vom SKV errichtet« worden ist.

»Was heißt *Eskavau?*«

»Das ist auf Deutsch, *Siebenbürgischer Karpaten-Verein*, übersetz du mal, was das heißt«, sagte Tante, die kaum jemals vergaß, dass sie uns etwas lehren musste, ohne dass wir merkten, dass sie es tat.

»Die Berge, die wir Carpaţii nennen, heißen deutsch Karpaten, und Transilvania heißt Siebenbürgen, also sieben Burgen«, sagte ich ganz schnell, denn das dritte Wort kannte ich nicht.

»Und welches sind die sieben Burgen oder sieben Stühle?«

Die Frage war nicht neu, traf mich aber immer unvorbereitet, immer hatte ich welche wieder vergessen.

»Na, Braşov«, begann ich mit dem Einfachsten, »also Kronstadt. Cluj – Klausenburg, Sibiu – Hermannstadt ...«

Die Tante nickte mir aufmunternd zu, bestätigte ernst und zählte an den Fingern der linken Hand mit, die weniger zitterte als die rechte. Besorgt sah ich, dass sie erst den Daumen, den Zeigefinger und den Mittelfinger gereckt hatte.

»Dann Sighişoara – Schässburg, und ... und Oradea – Großwardein ...«

Tante erhob nur noch einen Finger, den mit dem Ehering, und zwei sehr verwunderte Augenbrauen bei Oradea, worauf sie streng den Kopf schüttelte. Mir fiel aber nichts anderes mehr ein, da sagte Tante laut und bestimmt wie in der Schule:

»Bistriţa ...«

»Bistritz«, ergänzte ich, damit sie sah, dass es mir nicht an gutem Willen fehlte.

»Sebeş, deutsch Mühlbach. Und welches ist die siebte?«

Die rechte Hand mit gerecktem Daumen verharrte in der Luft. Vergeblich, ich hatte auch die letzte Burg vergessen.

»*Orăştie*, nicht Oradea, wie du gesagt hast! Auf Deutsch sagt man ...«

»...«

»Broos«, sagte Tante, als sie die Hoffnung aufgegeben hatte. »Wo ist Orăştie, und wo Oradea!«, rief sie rhetorisch und zeigte mit dem Zeigefinger die beiden Städte auf einer imaginären Landkarte. »Und *Verein* heißt ›asociaţie‹.« Dann begann sie mit der Geschichte über ihre erste Wanderung zur Schuler-Hütte, zu der dies die Einführung gewesen war.

»Es hatte fein geschneit, so wie heute, es war guter Schnee, man sank beim Gehen nicht allzu tief ein. Es ging auf den

Frühling zu, die Tage waren schon etwas länger. Ich hatte einen Rock bis zu den Knöcheln und darunter schwarze Seidenstrümpfe mit Strumpfhaltern und einen roten Tafthut, der mit einem Band unter dem Kinn festgebunden war.«

»Wie alt warst du?«

»13. Es war vor dem großen Krieg und ein paar Jahre nach dem ersten Skirennen bei uns. Wir waren 13 in der Gruppe, darunter zwei Damen und zwei Mädchen, ich und eine Freundin – Dori war zu klein für einen solchen Ausflug und hatte nicht mitgedurft –, die andern waren alte bärtige und junge schnauzbärtige Männer, so war damals die Mode. Man stieg über den Salomonfelsen auf dem Alten Weg auf, der damals nicht so hieß, weil es keinen neuen gab ...«

»Wie das Aro, bevor man das neue Aro gebaut hat!«

»Ja, genau. In etwa einer Stunde gelangte man in die Kleine, dann in die Große Schulerau, und der Aufstieg von dort bis zur Schuler-Hütte war ein Abenteuer, man brauchte einen ganzen Tag hin und zurück. Du musst bedenken, es gab weder Autos bis in die Schulerau noch eine Seilbahn auf den Schuler, die wurde erst 1951 gebaut! Bis dahin stieg, wer auf dem Schuler Ski fahren wollte, zu Fuß auf, die Skier geschultert!«

Ich war froh drüber, dass wir nach diesem Jahr geboren waren und einen Sessellift hatten, obwohl ich darauf jämmerlich fror. Aber die eiserne »Raupe«, den offenen Wagen mit Ketten statt Hinterrädern, der auf dem Alten Weg in die Schulerau fuhr, die hatten wir noch erlebt, als wir klein waren. Einmal kamen wir dermaßen durchgefroren oben an, dass Mati und ich in eines der wenigen Hotels gingen, um uns aufzuwärmen, was uns als sehr mutig erschien. Vielleicht hatten uns die von Vater geerbten Gene den Mut gegeben, in einen Raum der Großen einzudringen, wo wir nichts zu suchen hatten, denn er war ja von Kind auf mit dem Hotelleben vertraut gewesen.

»Wir aber«, fuhr Tante fort, »wollten in der Hütte schlafen und am nächsten Tag absteigen, einige wollten mit Skiern abfahren. Um acht Uhr morgens trafen wir uns alle beim Salomonfelsen. Die Männer trugen das ganze Gepäck, wir nur uns selbst. Ich war verknallt in einen der jungen Männer, der hieß ... Wie hieß der? Da, ich hab's vergessen«, sagte Tante.

»Ionel«, schlug Onkel Ionel gleich vor und lächelte unter dem Schnäuzer, in dem es nur noch zwei, drei schwarze Haare gab.

»Meinst du nicht, du solltest lieber die Kastanien da wegnehmen, bevor sie zu Asche zerfallen?«, sagte Tante, und ich schloss aus ihrem Ton, dass Onkel Ionels Antwort falsch war.

»Nehme ich, nehme ich ... Siehst du, Anuţa, die Tante hat ein Leben lang mit meiner Hand die Kastanien aus dem Feuer geholt«, sagte der Riese unseres Hauses, während seine Frau sich den Kopf zermarterte auf der Suche nach dem Namen des Jungen, in den sie verknallt gewesen war.

Die ältesten Bewohner des Hauses gerieten immer bei Namen ins Stocken und fanden keine Ruhe, ehe er ihnen wieder einfiel. Wieso vergisst man aber den Namen von jemandem, in den man verliebt war? Ich fand so etwas unglaublich. Ich kannte sie »alle«, die beiden Buben, in die ich bisher verliebt gewesen war, Wolfi Honigberger und Luci, Lucian Sibianu, ja ich erinnerte mich auch an den Großteil jener, in die meine Cousine verliebt gewesen war, vor allem an die drei wichtigen: Ştefi, Radu und ebenfalls Lucian, aber nicht Sibianu, der war dunkelhaarig, sondern Zsabo, der war leicht rothaarig und trug Brille. Ich sah, dass die Kastanien auf dem Ofen ein bisschen geschwärzt waren, und Onkel Ionel rollte sie mit einem Holzlöffel in eine Porzellanschüssel und forderte mich auf, davon zu essen, sobald sie abgekühlt wären.

»Ach, jetzt weiß ich's wieder, Sebastian hieß der, Seby, mit y«, sagte Tante erleichtert, »er war drei Jahre älter als ich. Er ging voran, und das half auch mir beim Vorwärtskommen, als zöge er mich an einer unsichtbaren Schnur, wie ein Schlepplift. Trotzdem hatte ich manchmal das Gefühl, ich müsste ersticken, ich war schweißgebadet, denn ich war zu dick angezogen, es fiel mir schwer, weil ich untrainiert war. In der Schulerau gab es noch kein Hotel, nur eine kleine Hütte, wo wir Rast machten, aßen, allerdings nicht viel, um uns nicht die Bäuche vollzuschlagen, und erst jetzt begann die eigentliche Tortur, denn der Aufstieg war, wenngleich über Serpentinen, ziemlich steil. Wir gingen den Roten Weg, der damals anders aussah als jetzt. Alles schien in Ordnung, als – wir hatten noch eine oder zwei Stunden bis zur Julius-Römer-Hütte, die heute Schuler-Hütte heißt, zu gehen – ein dermaßen dichter Nebel aufzog, dass man kaum einen Meter vor sich sah. Ich sah wirklich nur den Rücken mit dem großen Rucksack desjenigen, der vor mir ging, und die gute Frau Ida Gött, die hinter mir ging, wobei sie ihre Holzskier selbst trug, hinter dem Nacken gekreuzt. Nicht mehr sehen konnte ich den ... Wie habe ich gesagt, wie hieß er ...«

»Seby«, sprang ich ein, wobei ich mich wunderte, dass sie ihn wieder vergessen hatte, dabei hatte sie allerhand geographische Daten im Kopf, etwa dass der Schuler 1799 Meter hoch ist und der Hohenstein 1844 und sonst allerhand, was mir weit weniger interessant erschien als eine Liebe.

»Den Seby, ja, und deshalb fiel mir der Aufstieg viel schwerer, als wäre der Schlepplift kaputt und zöge mich nicht mehr. Mir kam es vor, als hätte ich keine Kraft mehr, nicht einmal für einen einzigen Schritt, und müsste dort erfrieren. Ich schämte mich, es jemandem zu sagen, ich hatte lange gebettelt, dass sie auch mich mitnahmen, und stolz behauptet, ich könnte das. Mir kamen die Tränen. Und da begann ich in Gedanken ganz laut zu schreien, allerdings unhörbar, ohne den Mund zu öffnen: ›Seby, Seby, Hilfe, Hiiilfe!‹ Ich meinte, ihn antworten zu hören, mit lauter Stimme auf meinen stimmlosen Ruf, und das ließ mich alle Kraft zusammennehmen. So blindlings vorwärtsstapfend, ohne dass wir gewusst hätten, wo wir, und schon gar nicht, wo die andern waren, mit dem Empfinden, wir würden aus dem Nebel niemals hinausfinden, gelangten wir dennoch, zumindest der Teil der Gruppe, in dem ich war, so weit, dass wir die Schutzhütte sichteten. Du kannst dir nicht vorstellen, mein Lämmchen, was das für eine Freude ist, einen Ort zu erreichen, wo man sich ausruhen und in Sicherheit fühlen kann, nachdem man allen möglichen Gefahren ausgesetzt war: den Weg zu verfehlen, im Nebel einem Wolf zu begegnen – zu jener Zeit, musst du wissen, gab es Wölfe auf dem Schuler – oder nicht mehr weiterzukönnen! Geführt wurde die Hütte von einer Familie – nun, ich habe vergessen, wie sie hieß, ist auch nicht wichtig. Drinnen war es warm, wir gingen in die Küche, wo ein breiter Ofen stand, die Scheite brannten gut, die Damen setzten einen Topf Teewasser auf, wir packten unsere Butterbrote aus.«

Onkel Ionel und ich hatten schon die Hälfte der Kastanien aufgegessen – innen waren sie weich und süß –, während wir gespannt der Geschichte lauschten, und Tante nahm sie uns weg, sie wollte sie aufbewahren für die anderen Kinder des Hauses, die noch nicht aus der Schule gekommen waren.

»Die andere, schnellere Gruppe mit Seby jedoch war noch nicht angekommen, und wir konnten uns das nicht erklären. Es musste etwas passiert sein, eigentlich hätten wir sie in der Hütte vorfinden müssen. Ich dachte an das Schlimmste, und ohne Seby hatte nichts mehr den geringsten Reiz oder Geschmack, denn ihn mochte ich vor allen andern – ich hatte einen Knoten im Hals. Immer wieder ging ich vor die Tür und versuchte den Nebel mit dem Blick zu durchdringen. Es war ganz still. Irgendwann hörte ich etwas, und mein Herz schlug höher, mir war, als sähe ich ihn kommen, und ich war bereit, ihn mit offenen Armen zu empfangen, was ich natürlich noch nie getan hatte, aber es war nur der Hund von der Hütte, der schwanzwedelnd auf mich zukam. Auch die anderen waren in Sorge. Der Hüttenwart sagte, es gebe ein leerstehendes Holzhäuschen irgendwo auf dem Weg zur Telefonschlucht, möglicherweise hätten sie sich dorthin verlaufen, richtig überzeugt schien er aber nicht. Gegen zehn Uhr abends, als wir schon verzweifelt waren, tauchten alle Männer auf, die wir erwarteten, nicht aber Seby. An ihm lag es auch, dass sie sich so verspätet hatten, irgendwann hatte er den Weg verlassen, weil er Stimmen gehört habe, die anderen hatten auf ihn gewartet, dann hatten sie ihn zu suchen begonnen, immer panischer. Dass sie ihn nicht gefunden hatten, das sahen wir alle. Es wurden Mutmaßungen angestellt, und alle hatten irgendwas Schlimmes zu erzählen, das bei Nebel geschehen war. Wir, die Kleinen, wurden in eines der drei Zimmer mit Betten und Matratzen schlafen geschickt – es gab auch noch Pritschen, dort kann man sich allerdings nicht richtig ausruhen, man liegt auf Holz. Der Hüttenwart stieg auf die höchste Tanne oberhalb der Hütte, zuerst mit der Leiter und dann durch die Krone wie ein Eichhörnchen, und hängte ein paar Öllampen auf, die man von weitem sehen konnte, denn das Haus liegt versteckt in einer Senke. Obwohl ich es nicht geglaubt und mir auch nicht gewünscht hatte, übermannte mich der Schlaf, ich war erschöpft vor Anstrengung und Aufregung. Am nächsten Tag traf ich sie alle beim Tee, mit Seby. Ich hatte die Gelegenheit verpasst, ihn bei der Ankunft zu umarmen. Er aber sah mich lange an und mir dabei so tief in die Augen, dass ich seinen Blick fast wie einen Schlag empfand.«

»Wo sind die Tränen von gestern Abend, wo ist der Schnee vom vergang'nen Jahr«, kommentierte Onkel Ionel, diesmal anscheinend nicht zum Spaß. Tante hatte beim Erzählen seine Hand genommen und sah ihn hin und wieder zärtlich an. Ich wusste nicht genau, wie sich die Dinge verhielten, aber ich stellte mir vor, Seby musste für sie das gewesen sein, was Elena, seine erste Frau, für ihn gewesen war.

Hatte er sich verirrt wie in *Verschollen zwischen fremden Welten*?, fragte ich mit dem Gedanken an die Science-Fiction-Serie, denn die Bewohner des Erdgeschosses, bei denen der Fernseher stand, wussten bestens Bescheid über alles, was wir am Sonntag schauten.

»Seltsamer noch«, sagte die Tante. »Seby sagte, er habe einen Schrei gehört. Ein dünnes Stimmchen. Und er war ohne Zögern in die Richtung gegangen, aus der die Stimme kam, war vom Weg abgekommen und hatte sich immer ärger verlaufen. Dann war die Nacht gekommen, er war im Wald herumgetappt und nicht stehen geblieben, damit er nicht fror, hatte gegessen, was im Rucksack war, damit er bei Kräften blieb, und dann war er ganz einfach steil bergan gestiegen, ohne zu wissen, wohin. Zum Glück hatte er irgendwann die Lichter in der Tanne gesehen, wie ein Leuchtturm an der See. Wären sie nicht gewesen, wäre er genau in die falsche Richtung gegangen, sie hatten ihn gerettet. Einige Minuten vor elf Uhr nachts trat er in die Hütte, wo fast alle noch wach waren, im Unterschied zu mir, unglücklicherweise ... Nachdem wir aber den Morgentee getrunken und alles Geschehene wieder und wieder gewälzt hatten, nahm Seby mich beiseite. Er sagte mit tiefer, ernster Stimme, wobei er mich wieder so ansah: ›Deine Stimme habe ich gehört. Du hast nach Hilfe gerufen!‹ Seither glaube ich an Telepathie.«

Bei den letzten Worten der Tante sah ich eine Spinne mit

kleinem Körper auf langen, dürren Beinchen, die sich an einem kaum sichtbaren dünnen Faden in die Ecke unter dem Schornsteintürchen gewagt hatte, in die ich mich wieder gesetzt hatte. Sie schien durch die Luft zu gehen, unhörbar, stieg auf und ab wie ein Bergsteiger auf durchsichtigem Schnee, manchmal zog sie das eine oder zwei Beinchen unter sich oder spreizte ein anderes Paar weit wie beim Spagat. Ich zählte sie, es waren insgesamt acht, davon vier kürzere, dennoch hinkte sie nicht. Der Mensch, der Ärmste, tritt schwerfällig auf mit seinen gerade mal zwei Beinen, nur im Zirkus schafft er es, so zu fliegen. Fast jedes Lebewesen schien, wenn ich es mit dem Menschen verglich, diesen in wenigstens einer Beziehung zu übertreffen. Seltsam, wie wir im Laufe der Entwicklung so viele Fähigkeiten verloren haben. Ich konnte mir gar nicht vorstellen, wie das wäre, wenn der Mensch aus eigener Kraft eine elastische Schnur ausscheiden könnte, sie - sagen wir - zwischen zwei zehnstöckige Wohnblocks spannte und dann auf dem eigenen Produkt herumspazierte, ohne dass ihm schwindlig würde, sich bis zum Erdgeschoss fallen ließe und dann, ehe er die Erde berührte, wieder hochschnellte an einer weiteren Schnur, die er geschwind aus seinem Körper gesponnen hätte. Den kleinen Kletterer aber zeigte ich niemandem, damit ihm nicht am Ende etwas passierte, denn die Tante und Onkel Ionel waren gar nicht angetan von solchen dem Menschen vielfach überlegenen Geschöpfen.

Da auch wir, Dina, Doru, Matei und ich, die letzte Ferienwoche in der Schuler-Hütte verbringen sollten, debattierten wir über die Vor- und Nachteile des Nebels und des Aufstiegs zu Fuß. Man weiß nie, wozu etwas Schlimmes gut ist. Einstweilen konnten wir allerdings nicht lange draußen bleiben, weil es früh dunkel wurde. Zu tun hatten wir genug: Im Winter geriet die Ordnung der auf die einzelnen Stockwerke verteilten Familienbibliotheken, eine davon ausschließlich wissenschaftlich (Medizin, Chemie, Mathematik), öfter durcheinander, jeder nahm sich, was er mochte. In jenem Winter, kurz nach dem ersten Schnee, las uns Großvater eines seiner Lieblingsgedichte, die Ballade *Dan, căpitan de plai* vom Tod eines Volkshelden im Kampf gegen die einfallenden Tataren vor, aber traurige Enden mochten wir nicht, umsonst erläuterte er uns, dass der Schluss mit dem Tod der gute sei und es schlecht wäre, wenn Dan nicht gestorben wäre, weil das Schlimmeres bedeutet hätte als den Tod. Nein, den Tod, den wir im Leben noch nicht angetroffen hatten, nahmen wir nur in Romanen hin, wo gleich im nächsten Kapitel klar wird, dass der gute Held eigentlich nicht gestorben ist, nur seine Feinde das geglaubt haben. Großmutter las ihre symbolistischen Lyrikbände, die in ihrer Jugend modern gewesen waren. Wir lasen ein Buch mit dem Titel *Lawinen über dem Dorf* von An Rutgers Van der Loeff, auf dessen Umschlag über Kreuz im Schnee steckende Skier abgebildet waren, wie auch wir und die Nachbarskinder sie stecken ließen. Ja, darin erkannten wir uns wieder, also zog es uns an. Auch dieses Buch, das uns Vater gegeben hatte, hat traurige Stellen, eines der Kinder verliert seine Eltern, und recht viele Menschen sterben unter der Lawine, wenigstens der Schluss aber ist fröhlich, und die Kinder gehen irgendwie als Sieger hervor.

Wie alle unsere Sachen gingen auch unsere Bücher reihum. Ich erbte die Skier von Matei, der sie von Doru bekommen hatte, bei mir also kamen sie zerkratzt und arg mitgenommen an. Schlimmer noch war es mit den Schlittschuhen: Ich kriegte die mit schwarzen Stiefeln, ebenfalls von Matei, der sie wiederum von Doru hatte. Da zwischen mir und Dina sieben Jahre lagen, gingen ihre herrlichen, wohlgepflegten weißen Stiefel, sobald sie ihr zu klein waren, an jemanden anders oder wurden öfter noch verkauft, sodass ich nie zu »Mädchenschlittschuhen« kam. Die Bücher hatten einen großen Vorteil gegenüber den Schlittschuhen: Sie waren weder schwarz noch weiß, und man musste nicht warten, bis die Füße hineinwuchsen, ehe man sie lesen konnte, deshalb bekam ich recht oft ein Buch, das Dina gerade ausgelesen hatte. Zwar sagten die Eltern, der Verstand wachse ebenso wie die Füße, da aber die Bücher einem nicht in der Hand schlackern wie die Füße in den Stiefeln, merkte man nicht, wenn sie einem zu weit waren oder zu eng wurden. Auch die Kanten wurden nicht stumpf wie bei den Skiern. Mit den Büchern war das also viel besser als mit den anderen Sachen, die von einem auf den andern kamen.

Niemand im Haus war ein so unersättlicher Leser wie Vater. Sobald er etwas Geld übrig hatte, kaufte er sich oder uns ein Buch, das er aufschlug, als wollte er ganz hineinkriechen. Er hörte mich gar nicht, wenn ich ihn ansprach, während er las. Vater hatte einen *Larousse* zur Hand, in dem er mich französische Wörter nachschlagen ließ, noch bevor ich diese Sprache konnte, er buchstabierte sie mir, und so mischte sich das Französische nach und nach in meinen Wortschatz. Manchmal ging ich mit ihm in die Buchhandlung, wenn er nach Neuem Ausschau hielt. Einige Tage, nachdem die Tante mir über ihre erste Schneewanderung erzählt hatte, bekam ich die Grippe. Ich hatte hohes Fieber, das nicht vergehen wollte, und schwitzte, als wäre auch ich im langen Rock zur Schuler-Hütte aufgestiegen. Mutter verarztete mich sachgerecht, wie sie das als Arzttochter gelernt hatte, Vater aber brachte mir anstelle eines Arzneimittels ein großes dickes Buch – mit vielen Bildern und Gedichten und Texten aus Kinderbüchern für Große –, auf dem Umschlag stand mit großen Lettern *Anthologie der Unschuld*. Ich las täglich darin, den ganzen Winter über, und ich habe mich nie mehr davon getrennt, sooft ich auch umgezogen bin.

So kam auch die letzte Ferienwoche, die wir, nur in Begleitung unserer Mütter, auf der Schuler-Hütte verbringen sollten. Im letzten Moment gab es noch eine Umstellung. Dina, die beinahe 18 und schon flügge war, kam nicht mehr mit uns Kleinen mit, dafür hatten wir Ştefi an der Backe. Er hatte sich sehr verändert in den paar Jahren seit jener Zeit, als er unsere Cousine nach Hause begleitete. Er hatte sich gestreckt, der rund geschnittene Haarschopf fiel ihm fast in die Augen, wie bei den Beatles, die Zahnspalte war nicht mehr zu sehen, er lächelte und war nett zu uns; wie ich bemerkt habe, ist man halt nett zu Leuten, die jenem Menschen nahestehen, den man liebt. Ich fand merkwürdig, dass Dina ihn vergöttert hatte, als er unansehnlich war, ihr jedoch wie ein Filmschauspieler erschien, jetzt aber, da er einigermaßen aussah, nichts mehr von ihm wissen wollte.

Ştefi hingegen war über all die Jahre allein geblieben und hatte nur sie im Sinn. Er hatte ebenfalls einen Platz in der Hütte reserviert und mit Doru ausgemacht, dass er mit uns kommen würde in der Hoffnung, eine Woche in der Nähe meiner Cousine zubringen und mit ihr Ski fahren zu können. Und jetzt musste er mit uns vorliebnehmen. Ihm war auch das ein Trost, und lediglich ein Schatten flog über sein Gesicht, als wir ihm sagten, dass Dina nicht mitkommt.

Wir fuhren zu zweit mit dem Sessellift hinauf. Ich nahm als Erste auf der Zweierbank Platz, neben mich wurde Ştefi gesetzt, im nächsten Liftsessel saßen meine Tante Mica und Mutter, die beiden Schwestern, die gewohnheitsgemäß gemeinsam hinauffuhren und dabei schwatzten, Matei und Doru stiegen in den folgenden Sessel. Ştefi und ich legten uns eine von den kalten, an mehreren Stellen löchrigen Decken, die ausgegeben wurden, über die Knie, und in sanft schaukelnder Fahrt, die Skier in dem Köcher an der Sitzbank, die Stöcke zur Hand, die Hände in den Lederschlaufen an den Griffen, beobachteten wir die Piste und die Leute von oben, bewunderten jene, die mit parallelen Skiern in atemberaubender Schussfahrt oder mit eleganten Schwüngen den Schnee durchpflügten, und betrachteten mitleidig die andern, die im Schneepflug herumkurvten – der umso armseliger aussah, desto weiter der Winkel der an den Spitzen vereinten Skier geriet – oder jämmerlich stürzten und sich dabei verhedderten.

Ebenfalls mitleidig und neugierig betrachteten wir jene, die auf der anderen Seite mit dem Sessellift abfuhren, die sogenannten Manteltäger. Gerade als unser Sessel über den höchsten Mast hinaus war, passierte etwas, der Lift blieb mit einem gehörigen Ruck stehen, und wir hingen über dem Abgrund. Sofort wandte ich mich zu den andern um, meine Tante winkte mir, Doru fuchtelte mit den Stöcken, mein Bruder schnürte seelenruhig einen Stiefel fester. Ungefähr auf unserer Höhe auf der anderen Seite saßen zwei Manteltäger erschrocken und eng umschlungen unter einer raubereiften Decke.

»Ich hoffe, das dauert nicht lange«, sagte ich zu Ştefi, »ich habe kalte Füße.«

»Du musst die Zehen in den Stiefeln bewegen«, belehrte er mich, und ich fand ihn sehr nett. Was Dina nur gegen ihn hatte?

»Was, wenn wir zurück ins Tal rutschen?«, gestand ich ihm meine größte Befürchtung.

»Das kann nicht mehr passieren, nach einem Unfall haben sie ein besseres System eingebaut.«

»Was denn für ein Unfall?«

»Weißt du das denn nicht? 1966 war das. Gerade als sie damit prahlten, sie hätten die neue Straße fertig asphaltiert! Es gab Dutzende Tote, die Sessel rasselten in die Tiefe, einige sprangen heraus und brachen sich die Knochen, andere wurden erdrückt. Alles wurde geheim gehalten, es wurde nicht darüber geredet, als wäre nichts gewesen.«

»Wieso?«

»Was ist das denn für eine Frage!«, fuhr Ştefi genervt auf, als wäre alles ganz klar, sodass ich nicht nachzufragen wagte. Vielleicht hatte Dina ja doch recht. Jedenfalls zeigte sich jetzt ein Nachteil des Sessellifts und ein Vorzug des Aufstiegs zu Fuß.

Glücklicherweise lief die Anlage nach etwa fünf Minuten wieder, oben schnallten wir die Skier an, und in weiteren fünf Minuten waren wir bei der Hütte. Wie alle steckten wir die Skier an der Tür in den Schnee. Skifahrer stehlen nicht, nur manchmal verwechseln sie die Stöcke und nehmen fremde, deshalb ziehen es die meisten vor, sie mit in die Hütte zu nehmen. Voller Bewunderung betrachteten wir ein strahlend weißes Paar *Blizzard* und ein Paar rote *Rossignol*. Ich hatte, von meinem Bruder, die besten Skier, die man bisher hier kriegen konnte, *Elan*, nur die Bindung war schlecht (keine Rede von Sicherheitsautomatik), und die Stiefel waren noch geschnürt. Eine Skibrille hatte ich, wenn ich sie aber aufsetzte, beschlug sie, und ich sah überhaupt nichts mehr, also trug ich sie nur als Dekor über der Mütze. Allerdings beneidete ich die modern Ausstaffierten nicht unbedingt: Zumindest Doru und Matei fuhren besser als sie, kaum jemand war ihnen gewachsen auf dieser Piste, die sie mit geschlossenen Augen hätten bewältigen können.

Als wir die Hütte betraten, stellte ich mir die Szenerie vor dem Ersten Weltkrieg vor, von der Tante mir erzählt hatte, mit den beiden Hüttenwarten, die dort zu Hause waren, mit seltenen Besuchern, mit traulichem Holzfeuer. Jetzt war die Stimmung eine andere, es herrschte fröhliches Summen, Wärme, die Leute saßen an Tischen, manche aßen, andere lachten oder spielten Karten, wieder andere gingen auf und ab, mit polternden Stiefeln oder in leichten Hüttenschuhen. So gut wie alle schlürften Tee mit Rum, wir auch.

Am nächsten Tag ging's auf die Piste: Wir nahmen jeweils eine der drei Abfahrten – Wolfsschlucht, Telefonschlucht oder die Piste unterm Sessellift. Am Nachmittag achteten wir darauf, dass der Sessellift bei unserer letzten Abfahrt noch in Betrieb war, sonst hätten wir wirklich zu Fuß aufsteigen müssen. In der Hütte gab es kein Telefon, und unsere Mütter wären, wären wir nicht zurückgekehrt, umgekommen vor Sorge. Es war ein merkwürdiges Gefühl, nach der letzten Bergfahrt nur bis zur Hütte abzufahren, wir kamen uns vor wie die Herren des Berges, während all die andern nur Gäste waren. Abends aßen wir den besten Käseauflauf der Welt, tranken Pfirsichsaft und waren glücklich wie die Götter des Olymp. Ştefi hatte sich mühelos unserer Familie angepasst, nur fuhr er schlecht Ski und stürzte oft. Wir mussten ständig auf ihn warten oder ihn dort auflesen, wo er gerade herumrutschte.

An einem der Nachmittage, als wir wegen eines von Ştefis Stürzen fast die letzte Bergfahrt verpasst hätten (freundlicherweise verlängerten die Liftwarte den Betrieb um ein paar Minuten), beschlossen wir oben, nicht direkt zur Hütte zu fahren, sondern (zu Fuß, wie denn sonst?) noch zur Kanzel aufzusteigen, die Zinnen der Berge ringsum zu betrachten und dann leicht zur Schuler-Hütte abzufahren. Wir fragten Ştefi, ob er noch mitkommen wollte, denn er sah schon erschöpft aus. Ich weiß nicht, ob der Gedanke an Dina und das, was sie sagen würde, ihn irgendwie beeinflusst hat, jedenfalls sagte er unwirsch:

»Natürlich komme ich mit, ich bin kein Kind, das ihr nach Hause schicken könnt.«

Er war tatsächlich der Größte unter uns, aber das nützte

nichts, er hatte keine Bergroutine. Wir nahmen ihn also mit und stiegen, die Skier an den Füßen, quer zum Hang auf, weil wir sonst eingesunken wären, und es dauerte furchtbar lange. Wir gelangten an die Stelle unter dem Gipfel, wo sich der Blick ins Tal des Tömösch öffnet, allerdings war alles nebelverhangen. Es wurde dunkel und begann leicht zu schneien. Ohne zu palavern machten wir uns zu einer schnellen Abfahrt bereit, solange man noch etwas sah. Als wir das Schuler-Plateau erreichten, sah es schon ganz anders aus: weißer Nebel, in den sich schon die Dunkelheit mischte, Schneefall, Kälte. Und wir waren nur zu dritt angekommen. Ştefi war verschwunden. Wir begannen zu rufen. Ich hörte ihn zuerst antworten, meinte aber, die Rufe kämen von rechts, von der Telefonschlucht her. Matei war vollkommen überzeugt, dass er Ştefis Rufe hinter uns hörte, und Doru hörte sie überhaupt nicht. Damals stellte ich zum ersten Mal fest, dass bei Nebel das Gehör genauso ohnmächtig ist wie der Sehsinn oder dass der Sehsinn einem beim Hören viel hilft. Wir beschlossen, Matei solle ein Stück zurückgehen und Doru und ich ein Stück Richtung Telefonschlucht abfahren.

»Wir sehen uns in spätestens zwanzig Minuten, genau hier.«

Wir glitten talwärts und riefen andauernd. Jetzt hörte auch Doru etwas, aber wieder aus ganz anderer Richtung. Als wollte jemand mit uns spielen, mir schien es, als wären wir wirklich wie in *Verschollen zwischen fremden Welten*. Wir fanden niemanden und stiegen wieder auf. Mein Bruder war schon dort, ebenfalls ohne Ergebnis. Es schneite schon stark, und der Gedanke, dass Ştefi wer weiß wo lag, setzte uns zu: Wir waren daran schuld, wir wussten, dass er der Sache nicht gewachsen war, und wir hatten ihn trotzdem mitgenommen.

»Es bleibt uns nichts übrig, als zur Hütte zu gehen, und

wenn wir ihn dort nicht antreffen, müssen wir Hilfe rufen«, sagte Matei.

Vom Weg war nichts mehr zu sehen, der Nebel war undurchdringlich, und der Schnee, dicht und graupelig, drang uns in die Augen. Ich setzte die Skibrille auf, ob sie nun beschlug oder nicht, zumindest hatte ich keinen Schnee mehr in den Augen. Wir machten uns, ganz und gar blind, in die Richtung auf, in der wir die Hütte vermuteten, langsam und dicht hintereinander, im Schneepflug, die Buben immerhin mit spitz, ich mit stumpf angewinkelten Skiern wie der blutigste Anfänger, aber unter solchen Umständen ist Überleben wichtiger als Eleganz, und in Sachen Überleben war ich im Bilde. Wir erkannten jeden Buckel der Piste, die wir in den letzten Tagen so oft befahren hatten, die Richtung stimmte also. Etwa fünfzig Meter vor der Hütte hörten wir, diesmal alle drei, einen Klageruf, der seitlich aus dem Wald kam. Jetzt war deutlich zu vernehmen, dass Ştefi heiser um Hilfe rief. Wir arbeiteten uns zu ihm vor. Er war gestürzt, hatte einen Ski gebrochen und einen Knöchel verrenkt. Die Buben schnallten die Skier ab, schulterten sie und hakten Ştefi so unter, dass er mit dem verstauchten Fuß kaum noch aufzutreten brauchte. Ich stieg hinter ihnen quer zum Hang durch den Nebel hinauf zum Licht der Hütte, das mich an die zum Leuchtturm gemachte Tanne erinnerte, die viele Jahre zuvor Seby gerettet hatte.

Etwa eine halbe Stunde später betraten wir die Hütte, wo das Summen beim Erscheinen unserer Gruppe sofort eingestellt wurde. Etwas Heroisches lag in der Art, wie die Buben Ştefi stützten, in unseren nassen Gesichtern, Wimpern und Brauen ebenso wie die Wollhandschuhe noch schneebestäubt, und in unserer ganzen Anmutung von Soldaten, die aus dem Krieg kommen. Ich kam mir ziemlich wichtig vor, obwohl gerade ich nichts Besonderes gemacht hatte. In ihrer Sorge hatten unsere Mütter die Leute alarmiert, ein paar erfahrene Skiläufer wollten aufbrechen, uns zu suchen, und waren heilfroh, dass das nicht mehr nötig war. Unsere Geschichte hatte nichts Unerhörtes wie die Geschichte der Tante. Dort hatte ein Mädchen, etwas größer als ich, in Gedanken gerufen, und ein Junge, etwas kleiner als Ştefi, hatte ihr geantwortet. Hier hatte es nur ein paar Rufe gegeben, die aus allen Richtungen und von nirgendwo zu kommen schienen. Offenbar weist die Liebe den Rufen den rechten Weg. Oder vielleicht hatte sich etwas Wesentliches verändert in der Welt, und wie man das Leuchten des Meeres nicht mehr vom Gipfel des Butschetsch sehen konnte, so konnte man auch die Rufe nicht mehr hören, die durch den Nebel kamen, vor allem nicht die lautlosen.

Die Großen

Wieso rennst du hier nackt herum?

Irgendwie kam in allen Geschichten der Großen die Liebe ins Spiel. Manchmal kam der Tod darin vor, dann wieder die Politik und oft das Geld. Die Liebe aber kam in allen vor. Und nichts von den drei anderen bedeutete mir einstweilen etwas. Auf den Wegen durch unser Haus verirrten wir uns natürlich nicht, höchstens langweilten wir uns: Wir gingen die Treppen wer weiß wie oft hinauf und hinab, hätten wir gezählt, wären, glaube ich, Hunderte Male am Tag und übers ganze Leben Tausende, Zigtausende zusammengekommen. Über Treppen, allerdings unsichtbare, gelangte man auch in die Welt der Großen. Dorthin führten verschiedene geheime Gänge, die sich blitzartig zu einer Erleuchtung öffneten, um dann bei der nächsten Biegung in unser Alltagsleben zurückzukehren, das anders war als ihres. Manchmal hörten wir sie laut darüber klagen, dass sie keine Kinder mehr waren, während wir auf Schritt und Tritt darunter litten, dass wir nicht groß waren, zumal uns alles, was sie taten, vor allem die konkreten Handgriffe wie das Auswechseln einer ausgebrannten Glühbirne, das Nähen, Streichen oder Fensterputzen unendlich reizvoller erschienen als unsere armseligen Spiele. Wir schätzten uns glücklich, wenn wir dabei eingebunden wurden. Immer wieder zeigte uns Mutter, wie wir unsere Socken rollen sollten, damit sie im Schrank zu Paaren geordnet werden konnten: Wir griffen hinein und legten sie flach übereinander, die Spitze der einen auf die Ferse der anderen. Dann rollten wir das Paar zusammen und schlossen mit einem kleinen Zauberstück ab, indem wir die ganze Rolle durch eine der Öffnungen steckten wie in ein Säckchen. Die Großen kannten allerhand Kunstgriffe dieser Art. Bei derlei mitzutun bedeutete eine Annäherung an ihre Welt. Abwechselnd half uns der eine oder andere Große über diese Grenze, die uns unwiderstehlich anzog.

An einem trüben Tag waren wir mit Großmutter im Park. Wir saßen auf einer Bank am Rand des Spielplatzes, die beiden Schaukeln waren besetzt, und die einzige Rutsche war noch nass vom Regen. Für den Sandkasten waren wir schon zu groß. Wir saßen unweit des steinernen Brunnens mit dem Delphinmaul, den unsere Großmutter gebaut hatte. Und das war so: Als in der Zwischenkriegszeit unsere Mütter klein waren wie wir und ihre Mutter, also unsere Großmutter, damals aber jünger, mit ihnen in den Park kam, gab es beim Spielplatz kein Wasser. Großmutter setzte sich hin und schrieb den *Brief einer Mutter* an die Lokalzeitung, in dem sie anregte, man solle dort einen Brunnen bauen. Der Brief erschien, und das Bürgermeisteramt handelte. Die Präsidentin der Gesellschaft zur Verbesserung der Welt war ziemlich stolz auf ihren Brunnen.

»Andere Zeiten«, seufzte sie und ließ den Blick ihrer grünen Augen in dem vollkommen runden, weißen, leicht geröteten Gesicht durch das Grün der Bäume schweifen, »jetzt kann man schreiben, so viel man will, es tut sich nichts.«

Endlich war eine Schaukel frei, ehe wir aber entschieden hatten, wer sie benutzen durfte, begann es in dicken Tropfen zu regnen, sodass wir unsere Kapuzen überzogen und uns auf den Weg nach Hause machten, zum Spielen waren wir nicht gekommen. Jetzt, da die Häuser uns gegenüber abgerissen waren, hatten wir einen direkten Zugang zum Park, also keine fünf Minuten bis nach Hause zu laufen. Ich fand es lustig, dass die Tropfen etwas auf den Asphalt gezeichnet hatten.

»Schau mal, der Asphalt hat ein Pünktchenmuster«, sagte ich, während ich ihnen hinterherlief.

»Pünktchen hast du in deinem Kopf«, hieß es.

Stets tat es mir leid, dass ich den Mund aufgetan und gesagt hatte, was ich dachte.

Als wir zu Hause waren, öffnete Großmutter zum Trost für den fehlgeschlagenen Besuch im Park eine der Türen, die unsere Welt mit der Welt verbanden, in der es Liebe gab, und das vermittels einer ihrer erfundenen Geschichten, mit denen sie uns im Zaum hielt:

»Es war ein sonniger Morgen, und im Garten unseres Hauses, den die Kommunisten uns weggenommen haben, war schon alles auf den Beinen. Als Erster war der Wind erwacht und gebärdete sich wie ein Narr, er tobte rauf und runter – er war ungezogen wie ...«

Dabei schaute sie die beiden Buben an.

»Wie Doru und Matei«, sagte ich schnell.

»Wie die, genau. Der Wind fiel in die Ribiselsträucher und in die Rosenbüsche ein und riss sie alle aus ihrem Schlaf. Die beiden Turteltauben Pic und Poc, die verschiedene Adressen hatten, plusterten sofort ihr Gefieder. Die Turteltauben plustern ihr Gefieder, wenn sie erwachen, wie alle Vögel, sie recken und strecken sich nicht wie die Menschen. Pic war ein Mädchen, und Poc war ein Junge. Mit einem kurzen Ruf kam Poc geflogen und setzte sich auf die Wetterfahne in Form eines Pfeils auf unserem Haus. Und er begann folgendermaßen zu singen.«

Zu unserer Überraschung führte Großmutter die zu einer Kelle zusammengelegten Hände vor den Mund und blies durch den Spalt zwischen den beiden Daumen ein vollkommen echt klingendes, melancholisch hohles *Huhuu-huhuuu-huhuu-hu.*

Sie zeigte auch uns, wie das geht, und es gelingt mir noch heute, die Turteltauben zu narren, indem ich ihr Gurren nachahme.

»Gleich darauf kam auch die übermütige Pic und setzte sich dazu, in gebührendem Abstand, damit kein Gerede aufkam. Zu jener Zeit durften die Vögel nicht eng zusammenrücken wie jetzt, selbst wenn sie verlobt waren, und das waren Pic und Poc seit dem 1. Mai, an dem damals nur der Frühlingsanfang gefeiert wurde, es war nicht zugleich der Tag der Arbeit wie heutzutage. Dann erwachte auch der Hummelmann – er war Junggeselle, hatte also keine Gefährtin – und startete mit einem unsichtbaren Kontaktschlüssel die kleinen Motoren unter den Flügeln, worauf von dem Lärm allerhand andere Tierchen erwachten, Kohlweißlinge, Zitronenfalter und die kleinen blauen Schmetterlinge, sodass es auf den Flugbahnen in der Luft des Gartens ziemlich eng und bunt wurde, man riskierte ständig, mit einem Schmetterling, einer Biene oder einer Fliege zusammenzustoßen oder gar mit Pic und Poc, die jetzt gemeinsam einherflogen, unzertrennlich, allerdings im gebührenden Abstand.

Erst gegen zehn Uhr am Vormittag, zur Stunde der Faulen« – dabei sah uns Großmutter bedeutsam an – »kroch auch das Mädchen des Hauses aus seinem Nachtlager …«

»Du warst das, du warst das Mädchen des Hauses«, sagte Doru.

»Nein, ich war an dem Tag nicht zu Hause, ich war eine Woche weg, auf Reisen. Das Mädchen des Hauses war ein Geschöpf, viel schöner als ich und gut wie … wie …«

»Wie Eis am Stiel«, sagte ich, die ich sowas noch nie gegessen hatte.

»Nein, nicht wie ein Eis am Stiel, das ist zu kalt, sie war gut und warm wie …«

»Wie Apfelkuchen«, sagte Doru.

»Wie der Apfelkuchen, den Tante bäckt«, präzisierte Dina.

»Gut wie ein Ball«, sagte mein Bruder.

»Dieser Matei aber auch, hör dir das an, wie kann denn ein Ball gut oder schlecht sein?«, machte sich Dina über ihn lustig.

»Doch, gut ist der, wenn er ins Tor geht«, fuhr Matei Dina übers Maul, reichte aber sofort eine weitere Variante nach:

»Gut wie eine Großmutter, wie unsere Großmutter.«

»Nun«, fuhr die Großmutter fort, als hätte sie das nicht gehört, »jedenfalls hatte jenes Mädchen, gut wie warmes Brot und schön wie ein Schiff auf hoher See, wundersame Kräfte, es konnte sichtbar oder unsichtbar sein, wie es gerade wünschte, und zeigte sich uns, den Hausbewohnern, nur selten. Es war unglaublich schön, so etwas habt ihr noch nicht mal bei Schauspielerinnen aus Hollywood gesehen!«

Großmutter nannte uns die Namen einiger Schauspielerinnen, die niemand von uns je gehört hatte, aus ihrer Jugendzeit.

»Das Haar fiel ihr bis zu den Fersen herab, sie hatte es seit ihrer Geburt noch nie geschnitten, und war über und über gelockt, sie konnte es um sich schlagen wie ein langes gelbes Ballkleid. Ihre Öhrchen waren klein und weiß und rein, wie ihr auch die euren halten müsst, und in jedem Ohrläppchen hatte sie einen Diamanten, die leuchteten nachts wie Sternenaugen und tagsüber …«

»Wie Glühbirnen!«, fuhr Doru dazwischen, und wir lachten, denn das war ja gar nicht schön.

»Wie … wie Glühwürmchen«, sagte ich.

»Glühwürmchen leuchten tagsüber nicht, die schauen fürchterlich aus, das sind schwarze Käfer«, gab mein Cousin zurück, ein bisschen verärgert, weil wir ihn ausgelacht hatten.

Voller Neid dachte ich an die nächtlichen Fähigkeiten der

Glühwürmchen. Auch die waren dem Menschen also überlegen, der nachts nicht leuchtet, am Tag übrigens auch nicht.

»Wie auch immer, das zählt nicht. Das Mädchen des Hauses reckte und streckte sich auf der Schwelle, um den Schlaf abzuschütteln – es konnte nicht das Gefieder plustern wie die Vögel –, und überlegte, im See baden zu gehen, denn es war ein sehr warmer Tag. Sie zog ihren Badeanzug und niedliche rosarote Gummischühchen mit einem Fersenbügel an, und fünf Minuten später war sie an einem See, bis zu dem es eigentlich eine Stunde Wegs war. Ihre rosaroten Schühchen halfen ihr eben beim Fliegen.«

Ich seufzte mit einem Blick auf meine Pantoffeln, die weder Farbe noch Anmut hatten und meine Bewegungen eher verlangsamten denn beschleunigten.

»Pic und Poc begleiteten sie eine Weile, dann kehrten sie zurück in den Garten und setzten sich in den Schatten des Nussbaums, in gebührendem Abstand, der aber von Mal zu Mal kleiner wurde. Am Ufer des Wassers gab es eine kleine Lücke im Schilf mit weichem Schlamm, zum Einsteigen wie geschaffen. Das Mädchen des Hauses mochte sein Schuhwerk nicht ablegen, damit seine Füße nicht schmutzig wurden, denn die waren weiß wie …«

»Wie Schnee«, sagte ich, nicht besonders einfallsreich.

»Wie Milch«, sagte Dina.

»Wie Kalk«, sagte Doru, und ich fragte mich, wie Kalk wohl aussehen mochte.

»Wie die Haare von Onkel Ionel«, sagte Matei, der immer irgendwelche Einfälle hatte.

»… wie unsere wunderbaren Kaiserlilien im Garten des Hauses, der von den Kommunisten enteignet worden ist«, sagte die Großmutter. »Und so, mit ihren rosaroten Schühchen mit Fersenbügel und den flugs zu zwei Zöpfen geflochtenen und, damit sie nicht nass wurden, auf dem Kopf zum Dutt gekringelten Haaren, ging sie ins Wasser und begann zu schwimmen. Sie schwamm so gut wie ihr«, sagte Großmutter zufrieden. »Und siehe da, im Wasser wimmelte es von Sirenern.«

»Sirenen«, korrigierten wir sie fast einstimmig.

»Nein, keine Sirenen, ich habe *Sirenern* gesagt! Die Sirener machen die Samenmilch, die Sirenen legen die Eier«, sagte Großmutter ernst. »Aus ihren Eiern und der Samenmilch gehen die Jungen hervor, Sirenerlein und Sirenchen, wie ihr Gott es halt will. Das sind Junge mit dünnen Gräten an beiden Seiten des Rückgrats und durchsichtigem Schwanz, der ihnen hervorragend zum Schwimmen dient. Wenn man eine Gräte schluckt, verschluckt man sich (ganz anders, als wenn man Wasser schluckt, aber ebenso schlimm) und stirbt, wie es einem unserer Bekannten passiert ist, der hat sich an einer Gräte verschluckt, weil er beim Frühstück mit vollem Mund geredet hat. Jedenfalls solltet ihr zum Fisch Brot essen, damit das Brot die Gräte vor euch schluckt.

Also ein schöner junger Sirener wie ein ...«

»Wie ein Vater, unser Vater«, sagte ich.

»Wie unser Vater«, sagte Dina, die nicht zurückstehen wollte.

»... wie eure beiden Väter, als sie in seinem Alter waren, ein Sirener, der träge am Ende der Sirenenbank einherschwamm und zum Gott des Sees betete, dass ihm an jenem Tag ein Wunder geschehen möge, denn ihm war arg langweilig in seinem Leben, in dem sich nichts Besonderes tat. Da war nichts mehr, was ihm Spaß machte, er hatte das Leben satt und wäre am liebsten in die Welt hinein gezogen, wie das oft bei Sirenern vorkommt, wenn sie sehr jung sind. Just in dem Augenblick schlug er die Augen auf zum Wasserspiegel, der leicht aufgeraut war, und was sah er da? Er sah etwas wie einen gespaltenen Schwanz (zumindest glaubte er das, eigentlich waren es zwei allerliebste Beinchen) mit rosaroten Schühchen und Schnallen an den beiden Spitzen. Auf der Stelle verliebte er sich. Um die Aufmerksamkeit des Geschöpfes zu erregen, das er für eine Sirene mit rosaroten Schwanzenden hielt, schnellte er etliche Male aus dem Wasser wie ein Delphin ...«

»Wie Flipper«, sagte ich, denn gerade lief jeden Sonntag eine Folge mit dem sympathischen Delphin, der die Leute vor dem Ertrinken rettete, wenn sie sich verschluckt hatten, an Wasser, nicht an einer Gräte.

»Und das Mädchen das Hauses entdeckte ihn sofort. Sie umfing ihn am Hals, er sie um die Taille, er küsste ihr rosarotes Schühchen, und sie lebten glücklich und zufrieden bis ins hohe Alter, sie wurden so alt wie Großmutter, die Ärmsten, alles tat ihnen weh, vor allem das Kreuz. Und sie hatten vier Enkelkinder wie ...«

»Wie wir«, errieten wir sofort.

»Genau, wie ihr. Und jetzt schaut, dass ihr weiterkommt, und ärgert eure Großmutter nicht mehr, denn Großvater kommt, und ich habe nichts gekocht.«

Leider brachen diese Geschichten, die Großmutter unendlich hätte verlängern können, wie sie uns oft sagte, fast immer abrupt und wenig glaubwürdig ab. Ich zum Beispiel hätte gern gewusst, wie die Frage der Wohnung gelöst worden war, ob das Mädchen des Hauses in den See umziehen konnte oder dem Sirener Beine mit blauen Schühchen an den Füßen wie für Buben wuchsen und er in das Haus mit dem Garten zog, der von den Kommunisten enteignet worden war. Aber Großmutter hatte viel unspektakulärere Probleme zu lösen, etwa den Reis für Großvater zu kochen, nachdem sie einige unter die weißen eingestreute schwarze Körner entfernt hatte, und den Karpfen zu braten. Nach einiger Zeit wurde ich zum Entgräten hinzugezogen, und diese Operation lenkte meine Gedanken wieder auf die Geschichte mit dem Garten und dem See und war mir unangenehm, weil ich das Gefühl hatte, als entgrätete ich eine Gestalt, die darin vorkam. Großmutter war zu keinerlei weiteren Erläuterungen bereit, und so wurde mir zum ersten Mal bewusst, dass die Sorgen des Lebens den Geschichten überhaupt nicht guttun, denn, wie heutzutage auf den Plakatwänden an der Straße steht: »Das Leben hat Vorfahrt« vor den Geschichten. Zumindest in der Welt voller Liebe und Tod der Erwachsenen.

Die vielen Geschwister von Großmutter und Tante lebten nicht mehr, aber ihre Welt war nicht mit ihnen versunken, sie wurde durch die Geschichten der Schwestern an der Oberfläche gehalten. Von ihnen allen hatten wir Kinder nur einen Bruder kennengelernt. Mittlerweile war auch er gestorben.

»Gyuri war der Einzige in unserer Familie«, sagte Tante einmal, »der, als er sterben wollte, wirklich starb. Das ist ein großes Glück. So etwas kommt heutzutage nicht mehr vor ...«

Dazu sagte sie noch ein paar Worte, die mir sinnlos erschienen und an die ich mich erst viel später erinnern sollte. Wie viel Geduld und wie viel Glück man doch beim Wiederlesen braucht, um die Scharaden der Vergangenheit aufzudröseln! Wie schwer man doch einige Dinge, die man nicht selbst erlebt hat, versteht, und wie ganz anders man mit der Zeit selbst das versteht, bei dem man dabei oder an dem man beteiligt war. Als er sterben wollte, starb er ... Eines schönen Tages, stellte ich mir vor, hatte er sich, müde, nachdem er in einem Leben so viel erlebt hatte wie andere in sieben, müde vom Leben wie nach einem langen Arbeitstag, im Bett ausgestreckt, hatte die Augen zugemacht und war gestorben – so war es gewesen, meinte ich und freute mich über sein »Glück«, wie Tante es genannt hatte.

Diesen Bruder – den jüngsten unter den vielen unbekannten, toten Geschwistern von Großmutter und Tante –, der Gefangener in Sibirien gewesen war und einen Schreibwarenladen gehabt hatte, mochten wir alle. Im Wesen und um die Augen ähnelte er unserem Antiquar, der am 3. Mai oder, besser gesagt, am Tag drei des Monats Mai geboren war. Er hatte ebenfalls dichte Augenbrauen, die seine großen und gütigen braunen Augen überschatteten, nur hatte er weder Bart noch Schnäuzer, sondern leicht schlaffe glatte Wangen, die ihm etwas Aristokratisches verliehen. Auch seine Art zu rauchen hatte bei aller Sucht etwas Anmutiges. Wir hatten ihn zwei-, höchstens dreimal erlebt. Beim ersten Mal nahm er uns mit in den Park, genau wie Großmutter.

»Kinder wissen nicht, was es heißt, wenn man sich verliebt«, sagte er nach einem leidenschaftlichen Zug aus der Zigarette, sobald er mit uns warmgeworden war.

Ich hatte festgestellt, dass nicht alle Großen sich mit uns Kindern anfreunden wollten, und dann gab es auch welche, die es vergeblich wollten, weil sie dazu nicht imstande waren. Aber Onkel Gyuri, Gyuri-Bácsi oder Onkel Gyuri-Bácsi, wie wir ihn nannten, eroberte uns sofort, als wären wir zusammen in unserem Haus aufgewachsen oder zumindest in derselben Straße, der Strada Maiakovski. Er hatte keine Kinder und, wie wir oft bemerkten, viel mehr Verständnis für uns als jene, die welche hatten. Und dass er uns gleich von der Liebe erzählte, war ein Beweis dafür. Daran waren wir hochgradig interessiert.

Dina aber war mit seiner Behauptung nicht einverstanden, wie übrigens niemand von uns, alle waren wir schon »verliebt«, und das, damit wir uns recht verstehen, nicht zum ersten Mal.

»Was heißt es denn?«, fragte ihn Dina und musterte ihn mit einem leicht ironischen Blick ihrer blauen Mandelaugen, sozusagen auf Augenhöhe. Dina trug keine Zöpfe mehr, sondern ihr schulterlanges dunkles Haar offen.

»Damit ihr das recht versteht: verzaubert sein, starr vor Zauber wie in euren Geschichten, wenn *Abrakadabra!* oder *Sesam, öffne dich!* oder eine andere Zauberformel ausgesprochen wird, ganz im Bann eines anderen stehen. Allerdings sind die Zauberformeln in der Liebe viel banaler, und ich glaube nicht, dass ich sie euch verraten muss. Manchmal sind es ein, zwei Worte, oder dann eine Berührung, die einen wie ein Stromschlag trifft, ich glaube, auch ihr habt euch schon mal elektrisiert, oder ein tiefer Blick, was auch immer, alles kann einen, manchmal lebenslang, in den Bann eines andern schlagen. Ihr müsst euch damit nicht beeilen, es kommt, wenn es kommt ... Deshalb sind die Kinder, ganz immun gegen Zauber und Sprüche nach Art der Liebe, so glücklich, obwohl sie, möchte ich sagen, noch unfertig sind.«

Wir schlossen daraus, nicht ohne eine Spur von Stolz, dass wir eigentlich so waren: glücklich und unfertig. Das war uns ganz lieb, sodass wir schnell auf den Anspruch verzichteten, verliebt zu sein. Wie stets, wenn Entscheidungen zu treffen waren, schätzten wir rasch Kosten und Nutzen ab und stellten, ohne lange zu überlegen, fest, was für uns von Vorteil war.

»Lieber glücklich und unfertig als fertig und unglücklich, meine ich«, sagte er, als hätte er uns belauscht, und meine Cousine nickte ernsthaft – sie war zu dem Zeitpunkt unglücklich verliebt –, was wir anderen ihr sofort nachtaten. Liebend gern verzichteten wir auf die Liebe, wenn sie denn das bedeutete, nämlich Sklaverei, denn wir hatten schon genug Märchen gelesen, in denen jemand in den Bann eines andern gerät, der ihn in Glas gefangen setzt und zu den ermüdendsten Arbeiten zwingt oder, schlimmer noch, sein Herz raubt und einfriert wie im Märchen *Das kalte Herz*.

»Mit Ausnahme dieser Liebe verstehen die Kinder meiner Meinung nach absolut alles, und man muss ihnen nichts verheimlichen. Und anstelle der Liebe haben sie die Freundschaft, die viel leichter zu ertragen ist. Sobald man den eigenen Körper kennengelernt hat, ist man verloren, man muss ihm dienen wie einem Gott, und wenn man ihn auch nur ein bisschen vernachlässigt, straft er einen und stiftet zum Bösen an, er ist zu allem imstande, damit man ihn nicht vergisst. Er wird sehr lästig, er trickst einen ständig aus …«

Dabei nahm Onkel Gyuri-Bácsi die nur zu drei Vierteln gerauchte Zigarette aus der Zigarettenspitze, warf sie in den Müllkorb und begann zu husten.

»Die Vertreibung aus dem Paradies, von der die Bibel spricht, bedeutet gerade das, da habe ich gar keine Zweifel«, fuhr er gedankenverloren fort, als hätte er vergessen, zu wem er sprach. »Das ist die Jugendzeit, wenn der Körper in dein eigenes Leben tritt. Wenn der Körper in deinen Körper tritt.«

Obwohl wir nicht so recht begriffen, wie das gehen sollte, schließlich hatten auch wir einen Körper in unserem eigenen Leben, der uns manchmal ärgerte, vor allem wenn man stürzte oder sich verbrannte oder einen gar eine rote Ameise biss, die, wie Mutter sagte, Arsenik enthielt, sodass es drei Tage lang juckte, spürten wir, dass auch dies etwas zu unserem Vorteil war. Wir saßen zu seiner Linken und Rechten auf jener Bank am Brunnen im Park und warteten wie immer, dass eine der beiden Schaukeln frei würde. Die vier Paar Beine hingen vom Rand der hohen Bank herab, sie reichten nicht bis zum Boden. Die meinen, die kürzesten mit an der Spitze stark gewölbten Sandalen, ließ ich baumeln. Doru nahm die Gelegenheit wahr, einen Mückenbiss am Oberschenkel zu kratzen, was bedeutete, dass auch er einen Körper hatte, in einstweilen kurzen Hosen, Dina betrachtete ebenfalls ihre Sandalen, unter die sie mit

Riemchen Rollschuhe geschnallt hatte, am Ende des längsten Paares unserer Gruppe – es reichte bis auf den Boden –, Matei zog sein knochiges Knie an und stützte das Kinn darauf wie ein Hündchen. Einstweilen störte uns der Körper nicht allzu sehr. In der Nähe hüpfte eine Bachstelze, die ihren Körper ebenfalls ausbalancierte, wobei sie ab und zu mit ihrem langen, wippenden Schwanz den Boden berührte. Ein leichter Wind wehte, und am tiefblauen Himmel, wie man ihn nur in den Bergen zu sehen bekommt, zeigten sich ein paar pummelige Schönwetterwolken, genau wie auf meinen Zeichnungen. Niemand von uns hatte bis jetzt von der Vertreibung aus dem Paradies gehört. Sofort blickten wir staunend zu Onkel Gyuri auf, der bequem, die Beine übereinandergeschlagen, zwischen uns saß, also schickte er sich an, ohne dass wir noch gefragt hätten, uns alles genauestens zu erklären.

»Eines Tages nahm Gott Adam und Eva, die einzigen Menschen im Garten Eden, ins Gebet.«

»In welcher Sprache redeten sie?«, fragte ich, denn diese Sprache hätte ich als allererste lernen wollen.

»In der Sprache des Paradieses«, sagte Gyuri gelassen. »Alle Lebewesen dort, auch eine Schlange mit Beinen, sprachen die fließend schon seit der Schöpfung, nicht seit der Geburt, denn sie waren geschaffen, nicht geboren.«

»Wie denn das, eine Schlange mit Beinen?«, unterbrach ich ihn.

»Erst als sie Böses getan hatte, wurde die Schlange zum Kriechen verdammt, bis dahin war auch sie gegangen wie alle Menschen – auf Beinen, zwei an der Zahl. Im Garten Eden gab es in der Mitte einen großen Baum der Erkenntnis von Gut und Böse. Und Gott untersagte den beiden Menschen im Paradies, Adam und Eva, von ihm zu essen. Ich habe vergessen, euch zu sagen, dass Adam und Eva im Garten Eden nackt herumliefen und sich nicht schämten, denn sie waren sich ihres Körpers nicht bewusst, also der Körper war noch nicht ins eigene Leben getreten. Die Schlange aber trat an Eva heran, und sie war, wie soll ich euch das sagen, sehr reizvoll, Eva mochte damals schon alles, was glänzte, und ihre bunten Schuppen glitzerten im milden Licht des Gartens …«

»Den die Kommunisten uns weggenommen haben«, sagte Dina, der diese Wendung aus den Geschichten der Großmutter geblieben war.

»Nein, nicht doch, das hätten sie nicht gekonnt, wenngleich damals dort alles allen, also den beiden, gehörte, mit Ausnahme des Baumes der Erkenntnis, der war Privatbesitz und gemäß allen ungeschriebenen Urkunden auf Gottes Namen eingetragen. Und die schillernde – in allen Beziehungen schillernde – Schlange flüsterte Eva zu, wobei sie mit ihren Worten deren Ohr angenehm kitzelte: ›Wieso rennst du hier nackt herum, ohne Sinn und Verstand und ohne jemanden in Versuchung zu führen … Schau mal, was Er dir für göttliche Titten gemacht hat, ist es denn nicht schade drum?‹ Und so redete sie mit schlängelnden Worten auf sie ein, wie Eva sie noch nie gehört hatte.«

An dieser Stelle begannen wir Kleinen zu kichern und uns anzustupsen, während Dina, die schon einen Körper in ihrem Leben hatte und einen kleinen Büstenhalter trug, errötete.

»›Pflück lieber einen Apfel vom Baum der Erkenntnis von Gut und Böse und gib auch Adam ein süßes, saftiges Stückchen davon, schließlich bist du aus seiner Rippe gemacht‹ – ich habe vergessen, euch zu sagen, dass Gott Eva aus einem Knochen von Adam gemacht hatte –, ›und wenigstens diese säuerliche Süße sollte dir sein knöchernes Opfer wert sein.‹

Eva war eine gehorsame Frau und wollte das Gebot nicht übertreten, aber die schöne Schlange wisperte ihr so lange ins

Ohr, bis sie völlig verwirrt war, und da streckte sie eine süße kleine Hand aus, pflückte flugs einen wohlgereiften Apfel und biss gierig hinein. Aus reiner Güte gab sie auch Adam einen Rest, dass er den Strunk und die Kerne aufessen konnte bis auf den Stängel, den Adam wegwarf, weil es im Paradies weder Müllkörbe noch Müll gab. Das eine Stückchen blieb ihm im Hals stecken, das seht ihr auch an mir, der ich ein würdiger Nachkomme von Adam bin.«

Onkel Gyuri zeigte uns einen ziemlich hervorstehenden Adamsapfel an seinem Hals, dann hustete er noch ein wenig.

»Die verfluchte Schlange ging sofort zum rechtmäßigen Besitzer des Baumes und verpetzte sie, nicht weil sie den Apfelstängel auf den Boden geworfen, sondern weil sie einen Apfel von dem Baum gestohlen hatten, der Gottes alleiniges Eigentum war, verschwieg dabei aber ihren eigenen Anteil an dieser historischen Tat. Gott war erzürnt über die drei, die Er als gleichermaßen schuldig erachtete, und ohne weiter zu ermitteln oder den Schuldanteil eines jeden abzuwägen, warf Er sie zur Tür des Paradieses hinaus, der Schlange aber nahm Er die Beine wieder weg, sodass sie lautlos kriechen musste, worauf sie sich wunderbar verstand. Adams Strafe war, dass er den Boden unter viel Mühsal bearbeiten sollte, und die für Eva, dass sie unter Schmerzen Kinder gebären sollte, ihr gab er allerdings im Ausgleich zu den Schmerzen die Niedlichkeit der Kinder.«

Dabei seufzte Onkel Gyuri-Bácsi, steckte eine weitere Zigarette in die Zigarettenspitze und zündete sie mit einem Streichholz an, das er in der hohlen Hand schützte, damit der Wind es nicht ausblies. Wir wussten, dass er mit einer schönen Baroness verheiratet war, wir hatten sie auf einem Foto gesehen mit Perlenkette und Zähnen wie die Perlen am Hals, dazu wussten wir, dass sie keine Kinder hatten. Mein Bruder aber hatte noch eine Einzelheit im Sinn behalten, nicht von ungefähr ist er ja dann auch Mathematiker geworden.

»Das heißt, Adam hatte auf der einen Seite mehr Rippen als auf der anderen. Oder es fehlte ihm nachher eine. Ich habe auf den Schaubildern von Großvater die Rippen des Menschen gesehen und sie auch gezählt, mit ihm gemeinsam: Es sind zwölf auf jeder Seite.«

»Nein, er hatte weder mehr noch weniger als ihr«, sagte uns der Erzähler und sah uns zärtlich an. »Die entnommene Rippe wuchs ihm auf der Stelle nach, schließlich hatte Gott ihn geschaffen, und Gott hatte den harten Knochen von ihm ausgeliehen, wie ich einen Regenschirm von euch ausleihe, und Gott besserte das wieder aus, für Ihn war das nichts Besonderes. Etwas anderes aber wollte ich euch sagen: Als sie aus dem Paradies vertrieben wurden, hatten Adam und Eva schon einen Körper und schämten sich, weil sie nackt waren. Der Körper war in ihr Leben getreten, und sie konnten nie mehr glücklich und unfertig sein wie Kinder. Sie hatten sich jetzt dauernd um ihre Körper zu kümmern, kurz, sich abzumühen, genau wie Gott es ihnen in der Sprache des Paradieses gesagt hatte, die sie auch sofort vergessen hatten, sodass sie von vorn beginnen mussten, mit anderen Sprachen, eine schwerer als die andere. Wie ihr seht, findet die Vertreibung aus dem Paradies im Leben aller Menschen statt, nicht nur in dem der beiden ersten: Es ist der Augenblick, in dem man erst Sklave des eigenen Körpers wird, sich seiner Nacktheit schämt, und dann in den Zauberbann eines Menschen gerät, mit dem man gewöhnlich nur über den Körper, vielleicht aber auch mit Leib und Seele in den Garten Eden zurückzufinden sucht. Und eine ganz große Anzahl von Vorfahren ist aus dem Paradies vertrieben worden, nur damit ihr vier die Augen in dieser sündigen Welt auftut, ihr lieben Kleinen«, sagte Großmutters Bruder noch, und mir schien, als wollte er uns alle vier in seine Arme nehmen, alle zugleich, wenn er uns hätte umfangen können.

So erfuhr ich, dass man es nicht erwarten kann, zur selben Zeit fertig und glücklich zu sein. Entweder oder. Gyuris Zigarette war wieder zu Ende, und ich bemerkte, dass er zwei gelbe Finger hatte und auch etliche gelbe Vorderzähne. Seine beiden Schwestern sagten, sein Leben sei »eine Geschichte auf zwei Beinen«. Ich stellte mir also eine Geschichte vor, die wie die Menschen lief, von einem Ort zum andern, an Türen klopfte, hinein- und hinausging, davonrannte, halt alles tat, was ein Mensch auf zwei Beinen tun kann. Und ich wünschte mir, ich könnte ihn um seine Geschichte, also sein Leben bitten, er sollte es mir ausleihen wie ein Paar Rollschuhe, die ich wenigstens ein paar Tage ausprobieren konnte.

Noch bevor wir ihn kennenlernten, hatte uns Tante ein paar Episoden seiner Geschichte auf zwei Beinen erzählt. Ihr Bruder hatte beispielsweise im Lauf seines Lebens 39 Berufe ausgeübt. Wir wollten wissen, welche, und die Tante kriegte 25 zusammen. Sibirien war natürlich eine seiner großen Herausforderungen gewesen, gleichsam wie im Märchen, er hatte sie aber unbeschadet überstanden und einen Gedichtband über die Erfahrungen in Krasnojarsk herausgebracht. Für bemerkenswert hielten die Schwestern noch etwas, das uns gar nichts sagte: Er hatte mit dem Vater von Brassaï eine Zeitung gegründet.

»Was … was ist das denn für ein Name, der klingt ja wie ein Schwimmstil!«, sagte Doru, und alle lachten wir über Brassaï.

»Brassaï ist einer der größten Fotografen der Welt, er lebt in Frankreich«, sagte Tante mit wohltemperierter Strenge, »da gibt es nichts zu lachen. Sein bürgerlicher Name Halász Gyula, auf Rumänisch Iuliu, auf Deutsch Julius, wäre in Paris nicht gut angekommen. Brassaï, ungarisch Brassói, heißt so viel wie *aus Brassó, Kronstadt*. Wie Gyuri und wie wir hatten die Seinen armenisches und ungarisches Blut, nur kommt bei uns auch noch italienisches hinzu. Rechnet ihr mal aus, welchen Prozentanteil dieses Blutes ihr noch habt, obwohl ich fürchte, dass er nicht besonders hoch ist«, sagte sie mit beiläufigem Mitleid. »Schaden kann es euch jedenfalls nicht, das habe ich in der Schule bei meinen Schülern gemerkt. Gyuri und Gyula waren Offiziere und Kameraden im ersten Krieg, aber nur unser armer Bruder kam nach Sibirien. Brassaï ist also ein Pseudonym, ein Deckname, den man annimmt, wenn einem der eigene nicht gefällt.«

»Also dann, wenn man Käse heißt?«, mutmaßte Doru.

»Wenn man Käseschmalzbrot heißt?«, setzte ich unter einer plötzlichen kulinarischen Eingebung nach.

»Wenn man Irrmann und Blödling und Dumpfbacke und Ochsner heißt?«, fügte Matei noch hinzu, obwohl er sonst vor den Großen nie solche Wörter gebrauchte, wie sie alle Kinder auf der Strada Maiakovski bedenkenlos von morgens bis abends lauthals durcheinandermischten.

»Schluss jetzt! Keine hässlichen Worte mehr«, schnitt uns Tante den Schwall an einfallsreichen Namensgebungen ab, im Brustton der Autorität eines am Lehrerpult zugebrachten Lebens.

Erst nach dem Krieg hatte ihr Bruder das Studium der Rechte abgeschlossen und auf Bestellung des Hertz-Verlags einen Liebesroman geschrieben, wie es schien, mit viel Humor, möglicherweise ging unser Gespräch im Park darauf zurück. Er heuerte in der Rechtsanwaltskanzlei des älteren Bruders an. Das war einerseits ganz günstig, andererseits wieder nicht, denn jüngere Brüder werden von den älteren stets bevormundet und ausgenutzt. Nebenbei leitete er eine satirische Zeitschrift, für die er selbst Karikaturen schuf. Dazu zeigte uns

Tante Zeichnungen, in denen sie selbst und ihre Schwester als Hühnchen, Täubchen und Pfauenweibchen dargestellt waren, dabei waren die Vogelgesichter über den fülligen, flügelbewehrten Körpern sehr wohl als die ihren zu erkennen, während die älteren Geschwister als weitaus lächerlichere Tiergestalten darin vorkamen, der Statistiker, der nach Amerika geflogen und ein großer Schachspieler geworden war, erschien als Schimpanse, und der noch ältere Bruder, der eine Anwaltskanzlei hatte, als Orang-Utan (wir kannten die Namen von den Karten des Quartetts *Tiere aller Kontinente*). Als er dann für ein paar Jahre nach Kronstadt zog, zu jener unwirklichen Zeit, zu der es uns noch nicht mal in irgendjemandes Gedanken gab, erstellte Gyuri (Herr György E.) auch einen Fahrplan, Hermes, für die Züge nach und von Kronstadt, und gab eine demokratische Zeitung heraus. Er initiierte auch eine Kollektion mit Billigausgaben, die in den umliegenden Gemeinden verkauft wurden, und betrieb, wie ich dir schon gesagt habe, zur größten Freude unserer Mütter, auf der Strada Vămii, Klostergasse, später Carol und in meiner Kindheit 7 Noiembrie, einen Schreibwarenladen, der für die beiden der schönste Platz auf Erden war, weil sie mit allem spielen durften, was es darin gab, und sogar Kleinigkeiten an die Kunden verkaufen durften, wie die Großen. Auch sie spielten also gerne große Leute. Natürlich beneideten wir sie, zu gern hätten auch wir einen Schreibwarenladen gehabt, der uns zu Gebote stand.

Genau wie Willy Hahner und wohl ebenfalls aufgrund der Erfahrungen aus der Gefangenschaft reparierte Onkel Gyuri was auch immer, und die Familie profitierte von seinen Zauberhänden, wir ebenso, ob es nun um ein kaputtes Spielzeug oder ein gerissenes Kettchen ging, um die gebrochenen Kiele eines Regenschirms oder einen Reißverschluss, der sich nicht mehr zuziehen ließ, oder auch kompliziertere Dinge, wie sie die Großen verwendeten. Irgendwann hatten wir eine Spielkarte verloren, einen Eichel-Unter, und er malte uns eine neue, die auf Vorder- und Rückseite aussah wie die alte. Tante erzählte uns auch von der Spirituosenfabrik, die er gegründet hatte (und die immer noch funktioniert, in Ozun), und von einer Pilzzucht. Eine Zeitlang machte er Theater, er war ebenso begabt wie Großmutter und meine Cousine, und wie alle seine Brüder war er Mitglied im Verband der Schachspieler. Dabei konnte Tante nicht an sich halten, ihren begabten Bruder noch einmal zu loben – ein Schachzug trägt seinen Namen –, der allerdings, wie sie lachend hinzufügte, bei weitem nicht so klug war wie der älteste Bruder (der Orang-Utan in den Karikaturen des jüngsten), der den Champion (den Schimpansen) aber nach Strich und Faden schlug. Dem Zweiten Weltkrieg hat Gyuri sich dann verweigert, er hat sich krank gemeldet, weil er meinte, einmal Sibirien im Leben eines Menschen ist genug. Unter dem neuen Regime hat er dann in Sfântu Gheorghe, Heiliggeorgen, wohin er gezogen war, eine bescheidene Schneidergenossenschaft eröffnet.

»Wieso hatte er keine Kinder?«, fragten wir.

»Schluss«, sagte die Tante, »genug geschwatzt, jetzt geht es an Logiktests«, und sie holte aus der Kommode mit den sechs Schubladen Testbögen hervor.

»Wieso hatte Onkel Gyuri keine Kinder?«, fragte Dina noch am selben Tag die Großmutter, denn sooft wir keine Antworten bekamen, wuchs die Neugier ins Unermessliche.

»Weil Iri, seine Frau, ein Leben lang an Tuberkulose litt«, sagte Großmutter, »daran ist die Ärmste dann auch gestorben. Sie war eine wunderbare Frau, wirklich nobel, gutherzig und schön dazu, ihr kennt sie ja auch, von dem Foto mit der Perlenkette.«

»Gab es denn keine Medikamente?«

»Die waren nicht so gut wie die heutigen, jedenfalls haben sie ihr nicht geholfen.«

Über die Mutter der Baroness hieß es hinter vorgehaltener Hand, sie habe eine ganz andere Krankheit gehabt: Kleptomanie. Wenn man aber von den Großen mehr herauskitzeln wollte, sagte keiner mehr ein Wort, sie schüttelten nur traurig den Kopf.

Die Worte der Vergangenheit muss man unzählige Male wiederlesen, wenn man ihren Sinn ergründen will. »Der Einzige in unserer Familie«, hatte Tante gesagt, »der, als er sterben wollte, wirklich starb. Das ist ein großes Glück.« Dann hatte sie noch trauriger hinzugefügt: »Solche Freunde gibt es heutzutage nicht mehr.« Diesen Zusatz begriff ich erst an jenem Tag, als die Großen mit gedämpfter Stimme, damit wir nicht mitbekamen, was wir dann erst recht hörten, über den guten Tod redeten, die Euthanasie. Die einen waren dagegen, die anderen dafür, sie stritten wie nie zuvor, und Tante führte Gyuris Tod ins Feld, der an Lungenkrebs erkrankt war. Er hatte einen sehr guten Freund, mit dem er im Krieg gewesen war, Freunde wurden sie aber erst in der Gefangenschaft in Sibirien. Sie hatten gemeinsam viel Leid und Tod mitangesehen. Und sie hatten sich gegenseitig geschworen, dass einer den andern vom Leid erlösen würde, wenn es so weit war. Der Freund hatte seinen Schwur eingelöst. »Solche Freunde gibt es heutzutage nicht mehr«, wiederholte Tante. Die Großen setzten ihren Streit bis in die Nacht fort.

◊

Eins fand ich erstaunlich an der Welt der Großen, die Schuhe. Die waren länger und tiefer als die unseren und hielten jahrelang. Wir mussten Jahr für Jahr andere haben, sie wurden zwar größer angeschafft, »damit sie halten«, aber alsbald waren sie zu klein, manchmal hatten wir sie kaum getragen. Ich erbte sie hin und wieder von meiner Cousine, und Matei kriegte die von Doru. Die wiederum gaben gut auf sie Acht und besserten sie aus. Onkel Ionel brachte Schuhplättchen an, die auf dem Asphalt besonders knallten, Tante dafür Gummisohlen, mit denen man geräuschlos laufen konnte. Nur Mutter hatte kleine Schuhe, die irgendwie den unseren glichen. Jedenfalls gab es immer, wenn wir die ihren anzogen, einen Heidenzirkus. Wir schleppten uns auf und ab, als trügen wir kugelbeschwerte Fußfesseln. Einmal, als ich gerade damit angab, dass ich gelernt hatte, meine Zehennägel selber zu schneiden, plagte sich Tante mit ihrer zitternden Hand, jene von Onkel Ionel zu schneiden, die sehr hart waren, sodass man richtig Kraft brauchte, um ihnen beizukommen. Im Unterschied zu mir, die es gerade gelernt hatte, war er davon abgekommen, sie sich selber zu schneiden, weil er sich nicht so weit bücken konnte. Ich wollte der Tante helfen, aber die Nägel waren für meine Fingerlein viel zu hart, und da entdeckte ich fasziniert, dass sein großer Zeh am linken Fuß zur Hälfte gekappt war. »Ein Nagel weniger zum Schneiden«, lachte er, und ich dachte sofort an den Salamander. Wenn wir mit dem Schuhwerk der Erwachsenen spielten, stiegen Dina und ich auf die hohen Absätze und stöckelten in den schillernden Bildern des venezianischen Spiegels einher, während die Buben in die Männerschuhe und -stiefel einstiegen wie in Höhlen. Damals meinten wir, Schritte in die Welt der Großen zu tun. Wir waren darauf aus, zu werden wie sie, unsere Füße würden wachsen, bis ihre Schuhe uns passten, während sie, was immer sie taten, nie wieder die unseren anziehen konnten. Verschwommen wurde mir damals bewusst, dass dieser Unterschied unser großer Vorteil war.

Mit Hausschuhen, die auf den Treppenstufen polterten, rannten wir rauf und runter, runter und rauf als Kuriere der Großen, wie ich dir schon sagte, mal mit einem vollen, mal mit einem leeren Teller, mal mit einer Bitte um das, was gerade gebraucht wurde. Einmal gab es zu Weihnachten ein Geschenk, das just so hieß wie unser Gerenne durchs Haus: *Rauf – Runter.* Es war ein sehr lustiges Spiel, vor allem wegen seiner Zeichnungen, und es war, jetzt komme ich drauf, ein philosophisches Spiel, ebenso wie Domino, das Tante und Onkel Ionel mit ihren Freunden in der Jugend gespielt hatten, nur dass es dieses *Do* nicht hatte, die erste Silbe von *Dominus*, Gott. Im Unterschied zu Domino musste man bei unserem Spiel überhaupt nicht nachdenken, man brauchte nur Glück. Man würfelte, und der Würfel war ja eher das Gegenteil von Gott und glich der Schlange mit glitzernden Schuppen, die einen in Versuchung führt. Zumindest hofften wir, dass Gott das Gegenteil des Würfels sei. Großvater, der einmal von einem ehemaligen Patienten ins Kasino in Sinaia eingeladen worden war, bläute uns nach dieser kurzen Erfahrung immer wieder ein: »Der Würfel hat weder Gedächtnis noch Gewissen.« Das bestätigte sich auch bei *Rauf – Runter.* Unser Spielbrett hatte 120 Kästchen, davon waren etliche rot und gewährten einem einen Gipfelsturm oder führten zum Absturz. Man musste nicht eine hohe Zahl würfeln, sondern die passende.

Das zeigte sich gleich zu Anfang. Hatte man eine Sechs gewürfelt, stieg man sechs Kästchen hinauf, hatte man aber eine Zwei oder eine Eins und noch eine Eins, gelangte man dank eines Clowns, der mit einer Wasserpistole nach oben schoss, gleich zur 77, hatte also mehr als die Hälfte des Brettes bewältigt. Das Schweinchen brachte einen über die 64 zur 39 herunter, der Affe half einem von der 65 zu 104 hinauf, und so ging das hin und her. Just vor Schluss gab es noch ein Hindernis, ehe man die 119 erreichte, denn ein linkischer Turner warf einen zurück auf 75. Außerdem durfte man, damit man abschloss, keine höhere Zahl als jene würfeln, die einen in das Kästchen mit der Nummer 120 gebracht hätte. Einmal, als ich ganz schnell zur 118 gelangt war, verlor ich das Spiel, weil der verflucht lahme, erinnerungslose Würfel alles bot, außer der Zwei. Dabei waren die Würfel unserer Lebensläufe längst gefallen, nur wussten wir damals nicht, wie. Wir waren kleine Kinder, die mit etwas spielten, das weder Gedächtnis noch Gewissen hatte.

Do

Ich konnte es kaum glauben!

Unser Haus auf der Strada Maiakovski, ehemals Sfântu Ioan, hatte sowohl Gedächtnis als auch Gewissen. Es erinnerte sich sehr wohl an die Häuser gegenüber, wo es jetzt nur noch eine Lücke gab. Es erinnerte sich an alle Menschen, die hindurchgegangen, auch an jene, die darin gestorben waren. An jene, die *Bună ziua!* wünschten, jene, die *Grüß Gott!* sagten, und jene, die *Jó napot kívánok!* grüßten, ebenso an Michel, unseren belgischen Freund, der *Bonjour!* sagte, und an den Herrn Olimpiu Ştefanovici Svensk, der die englischen Wörter so schön auszusprechen wusste und einem beibrachte, wie man beim *the* die Zunge zwischen den Zähnen zu halten hatte. Es erinnerte sich an die Zeit, als es einen Bretterboden auf nacktem Lehm gehabt hatte, an den Herrn Márton, der nur ein Bein hatte und keine Prothese besaß, aber das Parkett verlegt und alle paar Jahre abgeschliffen hatte, an die Maler, an die Gäste und Verwandten und an die Schritte aller, die durch seine Tür gegangen waren. Wie die Großen hatte es sehr viel mehr gesehen als wir. Aus seiner Sicht standen die unerklärlichen Dinge, die in Häusern und in Menschen, in ihm selbst geschahen, auf gleicher Höhe mit den Dingen, die ein jeder mit sich ausmachen kann, ohne dass es besonderen Aufhebens bedürfte. Deshalb, glaube ich, stand es des Öfteren im Konflikt mit unseren Müttern, für die ein Grund ein Grund war und eine Wirkung eine

Wirkung, sodass sie nicht lockerließen, ehe sie alles ergründet hatten, das meiste aufgrund der Chemie. Allerdings gab es jenseits der Chemie etwas unerklärlich Schönes. »Unsere Vorstellung«, sagte Mutter hin und wieder, »strebt hinaus in weite Räume, ins unendliche Weltall, in den Kosmos, zu den Sternen. Ihr wollt Kosmonauten werden. Den Chemikern geht es um den Mikrokosmos, sie sind die Kosmonauten der Moleküle. Vergesst nicht, dass sich das Universum eines Wassertropfens durchaus mit dem andern, dem großen Weltall, vergleichen lässt. Die Quantität der Substanz mag noch so klein sein, die Anzahl der Atome und Moleküle ist unvorstellbar groß.« »Wie groß?«, fragten wir, und Mutter gab ein Beispiel: »Mit einem Mol CH_4, also Methan, das eine Reaktion eingeht, reagieren 602 300 000 000 000 000 000 Moleküle.« Oder sie sagte: »Sooft ihr Feuer anzündet, denkt an die Vollkommenheit jedes Methanmoleküls und an deren unendliche Zahl!« Und sie fügte hinzu: »Wie viele Menschen haben beim Anblick eines Wassertropfens eine Vorstellung von der Welt der Moleküle, Atome, Elektronen in ständiger Bewegung, einem perfekt organisierten Kosmos mit unhintergehbaren Gesetzen?« Natürlich hatten wir keinerlei Vorstellung davon, niemals.

Etliche von den Großen des Hauses hatten zumindest einmal etwas Unerklärliches erlebt. Oder etwas, das nur durch etwas Unerklärliches zu erklären war. Mir war leider noch nichts Bedeutsames widerfahren, und in Erwartung dessen brachte ich die anderen zur Verzweiflung mit meinen »Wieso«-Fragen.

»Wieso fallen die Berge nicht um?«, wollte ich wissen.

Schweigen. Wir waren gerade mit dem Sessellift auf den Schuler gefahren und zu Fuß bis auf den Sattel gestiegen, von dem aus das ganze Bergpanorama zu bewundern war: in der Mitte die Zinnen des Butschetsch, links der offene Ring des Königsteins, rechts der Krähenstein und der Hohenstein.

»Wie … wieso umfallen, was meinst du denn?«, fragte nach einer Weile Doru mit verkniffenem Gesichtsausdruck, als hätte er etwas Bitteres geschluckt.

»Die sind doch auf der Erde, wo sollen die noch hinfallen?«, fragte auch Dina, sie war aber mit den Gedanken offenbar woanders, wahrscheinlich bei ihrer neuen Liebe.

»Auf der Erde sind doch auch wir und fallen dauernd hin«, erläuterte ich und zeigte mein Knie, das Großvater gerade am Tag zuvor mit Wasserstoffperoxid gesäubert hatte, wobei ich mit derselben Spannung wie beim ersten Mal verfolgt hatte, wie dieses Wasser über der Wunde gleichsam brodelte. »Wir sind auf dem Berg und fallen dauernd hin. Wir könnten doch mitsamt dem Berg fallen …«

»Klugscheißerchen«, sagte Dina mit ironischer Anspielung auf den Spitznamen, den mir Vater gab, wenn ich so redete. »Die Berge sind auf der Erde wie du, *nachdem* du gefallen bist wie … wie ein Guckindieluft. Ich meine, die sind eigentlich aus der Erde gewachsen.«

Mein Bruder dachte nach, machte aber den Mund nicht auf. Mir allerdings schien es, zumindest die Hälfte der Berge könnte umfallen wie zum Beispiel Häuser beim Erdbeben.

Über Erdbeben und Bombenangriffe redeten die Großen manchmal äußerst aufgeregt. Da gab es zwei Ereignisse, die immer wieder zur Sprache kamen. Ebenso wie wir immer wieder mit großem Interesse auf Themen zurückkamen, etwa die Geheimgänge und die Füchslein, nahmen auch sie, wie ich feststellte, immer wieder dieselben Dinge auf und wurden nicht müde, davon zu erzählen, vor allem bei den Festessen, nach einem Glas Wein. Das eine war der Bombenangriff auf Kronstadt am Ostersonntag des Jahres 1944, die Flucht zur Warthe und zum Fuß der Zinne und die Übernachtung im Wald, während der Alarm anhielt. Am besten wusste diese Geschichte Omama zu erzählen, die fast jeden Tag zu uns zu Besuch kam und der ich, wie alle sagten, um die Augen, mitsamt Wimpern und Augenbrauen, ähnlich sah. Die Panik, der überstürzte Aufbruch mit einem vorab gepackten Köfferchen, die Flucht in den Wald, das alles wurde mit so vielen komischen Einzelheiten ausgeschmückt, dass wir, die wir keine Angst vor Bomben kannten, uns kugelten vor Lachen. Dabei kam auch die Rede auf die Zerstörung der Kertsch-Villa an der Einmündung der Strada Republicii, der Purzengasse, zum Park. Den Namen kannten wir (sogar seine Schreibweise), weil unter der Zinne eine Wasserleitung gekennzeichnet war als »gefertigt nach den Plänen und unter der Leitung des Christian Kertsch, Chef-Ingenieur der Stadt«. Zwar war die Inschrift ausgebleicht, wir aber konnten sie buchstabieren. Eine weitere, wieder und wieder erzählte Geschichte, »wie im Kino«, rankte sich um das, was Großvater bei dem Erdbeben im November 1940 in Moreni bei Câmpina in dem Ort Ţuicani zugestoßen war.

»Was hatte Großvater in Moreni zu suchen?«, fragte ich irgendwann die Mutter meiner Cousins. Sie war an Gestalt und Stimme unserer Mutter sehr ähnlich und mir gegenüber sehr nachgiebig, während sie mit ihren eigenen Kindern oft seltsam streng umging. Ständig wurden die beiden Schwestern auf der Straße verwechselt, als wären sie Zwillinge, und ehe sich alles aufklärte, kam es zu komischen Verwicklungen: Die beiden wurden nach Klassenkameraden und Freunden, später dann nach dem Mann und den Kindern der jeweils anderen befragt, nie nach den eigenen. Meine Tante, lebhaft wie Quecksilber – *Hydrargyrum*, sagte sie– , ließ plötzlich alles stehen und liegen, kramte in einer Schublade und legte mir eine ausnehmend hässliche Postkarte vor, schwarzweiß, mit lauter Bohrtürmen, keinerlei bunte Parks, schöne Gebäude oder Berge wie sonst. Auf der Vorderseite stand *Grüße aus Moreni*, und auf der Rückseite gab es Geburtstagswünsche von Großvater an einen gewissen Herrn Ion Mătăsaru in der Langgasse und das Datum, »6. November 1940«. Ich weiß nicht (und werde nie wissen), wie die Ansichtskarte für jenen Menschen in den Besitz unseres Hauses gelangt ist. Nachdem ich sie gelesen hatte, vorn und hinten, setzten wir uns beide aufs Sofa, und meine Tante erzählte mir ein paar Dinge, die mir ganz und gar neu waren.

Bei Moreni hatte man Öl entdeckt, und alle, die dort Land besaßen, waren reich geworden. Allerdings hatten sie dauernd Pech, es gab Unfälle und Unglücksfälle, sodass Moreni den Beinamen Tal der Tränen verpasst bekam.

»Ich kenne das Tal der Tränen, es kommt in *Jugend ohne Alter* vor ... Mag ich aber nicht, denn es endet schlimm.«

»Es endet wie das Leben, nicht schlimm«, sagte meine Tante und fuhr schnell mit der Erzählung fort. »Im Mai 1929 muss es einen furchtbaren Ausbruch gegeben haben, ein Bohrturm wurde Hunderte Meter weit weggeschleudert, dann fing das Öl Feuer, und es gab eine Flamme, die so hoch war, dass man sie nicht nur aus Ploieşti, sondern auch aus der Nähe von Bukarest, aus Chitila und sogar aus Curtea de Argeş sehen konnte. Dieser Bohrturm war im Besitz einer rumänisch-amerikanischen Gesellschaft, denn zu jener Zeit machten die Amerikaner noch Geschäfte bei uns, dann griff das Feuer um sich.«

»Sind sie alle gestorben?«, fragte ich, ohne zu bedenken, was das heißen mochte.

»Nein, ich glaube nicht, niemand ist gestorben«, sagte meine Tante. »Aber die Flamme war zwei- oder dreimal so hoch wie das Hotel Aro und so heiß, dass man Hunderte Meter Abstand halten musste, weil die Luft einen sonst versengt hätte wie ein glühendes Eisen. Sie haben den Brand mit Erdwällen und Wasser begrenzt, damit das Feuer sich nicht ausbreiten konnte, löschen aber konnte ihn niemand. Alle Zeitungen bei uns, ja auch in Europa und Amerika, brachten ihn in den Schlagzeilen, so etwas hatte man noch nie gesehen. Allerdings konnte das Feuer auch später nicht gelöscht werden, deshalb grünten die Bäume im Wald Pârscov in den Jahren 1929 und 1930 besonders lange (sie wurden auch ständig gewässert, damit sie nicht Feuer fingen), während in Câmpina und im gesamten Tal der Prahova und bei uns Frost herrschte und die Blätter abgefallen waren. Der Temperatur nach war nämlich selbst im Winter gleichsam Frühling oder Frühsommer, die Zugvögel blieben hier, sie vermeinten wohl, sie wären in Afrika. Nach und nach gab es immer mehr Verletzte unter den Leuten, die diese riesige Flamme mit verschiedenen Methoden zu löschen versuchten, was niemandem gelang.«

Ich begriff: Es war gleichsam wie in den *Unsterblichen Geschichten*, die ich einen Monat zuvor gelesen hatte. Es war eine Probe, der sich alle kühnen Jünglinge der Welt stellten, weil ihnen die Aussicht auf die Königstochter mit den goldenen Haaren winkte. Meine Tante jedoch redete von einer anderen, moderneren Belohnung.

»Schließlich boten die Amerikaner dem, der ein Mittel gegen das Feuer in Moreni fände, einen Haufen Geld, 50 000 Dollar oder so, einen Palast hätte sich der errichten können, der die Prämie gewann. Das aber schaffte keiner, glücklicherweise gab es einen Erdbruch, und das Feuer ging von selbst aus, nach zwei Jahren, ein Wahnsinn. Vater« – sagte meine Tante und meinte Großvater – »fuhr seinerzeit immer wieder nach Moreni und leistete medizinische Hilfe, denn es gab dort oft Kranke und Verletzte und wenig Ärzte. Im November 1940 aber wurde er zu einem Kongress eingeladen, der von einem Verein von Ärzten veranstaltet wurde, die sich gezielt um Erdölarbeiter kümmerten. Geld hatten die, mit Öl verdiente man außerordentlich viel, so wurden sie auch im besten Hotel der Gegend untergebracht, im Restaurant verköstigt, sie waren jedenfalls aufgehoben wie in Abrahams Schoß, nicht wie im Tal der Tränen.«

Mit dem praktischen Sinn der Kinder, der, wie ich dir sagte, auch bei uns recht ausgeprägt war, meinte ich, wir sollten beginnen, statt nach irgendwelchen Geheimgängen lieber nach Öl zu suchen, im Keller des Hauses oder in seinen Mauern. Denn Öl findet man überall, selbst im Meer, sagte meine Tante.

»Dieser Kongress sollte am Abend des Sonntags, des 10. November, enden, alle sollten nach Hause fahren. Nur kamen die meisten nie mehr dort an, und das Tal der Tränen wurde seinem Namen ein weiteres Mal gerecht. In der Nacht von Samstag auf Sonntag, kurz nach drei Uhr, gab es das große Erdbeben, beim dem das Hotel einstürzte. Die Leute lagen natürlich in ihren Betten und schliefen.«

Mir stockte das Herz, dabei wusste ich sehr wohl, dass Großvater lebendig und unversehrt war, wie es in den *Unsterblichen Geschichten* von den Drachentötern hieß.

»Vater hatte überhaupt keinen Anlass, nach Kronstadt zurückzueilen, wir erwarteten ihn erst am Sonntag. Am Samstagnachmittag in Moreni erhält er Besuch von einem Unbekannten, man hat sich höchstens einen Gruß zugenickt ... Er hat ihn nie wieder gesehen! ... Und der sagt ihm, als wäre er Kronstädter (dabei kannte Vater alle Kronstädter, die etwas mit Medizin zu tun hatten): ›Herr Doktor, es gibt heute Nachmittag um fünf einen Bus nach Kronstadt. Den nehme ich, damit ich in meinem Bett schlafen kann. Kommen Sie doch mit!‹ Er sagte das mit einem zumindest sehr überzeugenden Ton. Vater sagt, es habe da wohl eine Kraft jenseits seines Willens gegeben, die ihn dazu gebracht hat, einzuwilligen, obwohl er eine Minute zuvor nicht im Entferntesten daran gedacht hatte, vor dem Abschluss abzureisen. Er hat sich von den Veranstaltern verabschiedet, im Nu seine Sachen gepackt, und weg war er. Wieso hat ihn dieser Mensch gerufen, wieso hat er eingewilligt? Seither glaubt Mutter an Schutzengel. Wäre der nicht gekommen – und was hatte der Mensch schon mit Vater zu tun, wo sie sich doch gar nicht kannten? –, wäre der nicht gekommen, wären wir Waisen und Mutter eine Witwe. Und du hättest deinen Großvater ebenso wenig kennengelernt wie den andern.«

Mir tat es sehr leid, dass jener andere Großvater, Vaters Vater, wie ich dir sagte, zwei Monate vor meiner Geburt gestorben war. Mein Bruder erinnerte sich zwar nicht an ihn, immerhin hatte er ihn erlebt, und Großväterchen hatte sich gewiss über den ersten Sohn seines Sohnes gefreut. Dennoch hatten auch wir uns irgendwie in einer Zwischenwelt getroffen, als ich noch nicht das Licht der Welt erblickt, sondern blind in Mutters Bauch gekauert und er mich, wer weiß, irgendwann gestreichelt hatte, vielleicht sollte mich die Erinnerung an jene Liebkosung freuen.

»Aber Vater kam nach Hause«, sagte meine Tante fröhlich, »wir saßen noch lange zusammen, es gab viel zu erzählen, und wir gingen spät schlafen. Erst um halb vier Uhr nachts begannen, wie ich mich erinnere, die medizinischen Instrumente meines Vaters zu klirren, sie lagen in Blechkästen, worauf wir alle erwachten. Der gynäkologische Stuhl auf Rädern war weggerollt. Ebenso die Ultraviolettlampe, die ziemlich zerbrechlich war, aber nichts abbekam. Wir flüchteten uns in den Rahmen der Doppeltür. Dort standen wir alle vier eng beieinander, das Beben hörte auf. Dann kamen Tante und Onkel Ionel herauf, den Schreck noch in den Gesichtern. Auch Mutter zitterte.

Ich hatte keine Angst. Ein paar Tage zuvor hatte schon ein

kleineres Beben stattgefunden, uns hatte es in der Turnstunde erwischt, und wir hatten uns so, in Turnsachen, von der ›Principesa Elena‹ zum ›Meşota‹ geflüchtet, um uns in der Knabenschule in Sicherheit zu bringen, sodass dieses Ereignis schon fast reizvoll ausgefallen war, du weißt ja, zu jener Zeit lernten Mädchen und Buben getrennt, und jeder Anlass zu einer Begegnung war willkommen. So etwas allerdings, dass die Buben die Mädels in Turnsachen aus unmittelbarer Nähe sehen konnten, hatte es noch nie gegeben ... Das Erdbeben richtete hier bei uns keine Schäden an, nur die Villa Kertsch erlitt ein paar Mauerrisse, in Bukarest aber war es sehr schlimm, ein Wohnblock an der Universität, Carlton hieß der, stürzte ein. Jemand hatte König Mihai gesehen, der gleich danach die Trümmerstätte besuchte, wobei er eine schwarze Brille trug ...«

»Schwarz?«

»Eine Sonnenbrille halt, so hieß die damals ...«

»Würden die Berge umfallen, das wäre der *Weltuntergang**«, nahm Doru unser Gespräch vom Schuler wieder auf; er hatte es eben mit dem Ende der Welt, das ich, wie ich dir sagte, manchmal im Traum wie einen Spielfilm in Farbe sah.

Als wir vom Berg zurück waren, fragte ich auch Großmutter, wieso die Berge nicht umfallen, und sie sagte, die Berge fallen nicht um, weil Gott sie hält, wir sollten aber für alle Fälle ihre Schwester fragen, denn die sei in unserem Haus zuständig für Berge und Flüsse und Meere und für alle Fragen der Geographie und für das Grundbuch, und dieses sei ein noch schwierigeres Problem als die Geographie, weil dauernd allerhand Leute kommen, die es »überprüfen« wollen. Der Großvater sei für medizinische Fragen zuständig, und sie, die Großmutter, alt und krank, nur für unseren Anstand und unsere gute Er-

* Deutsch im rumänischen Original

ziehung sowie für die Gesellschaft zur Verbesserung der Welt, GVW, und sie werde es nie und nimmer zulassen, dass aus uns böse und ungezogene Kinder würden, wie sie jetzt in Mode seien. Der erste Teil der Aussage war fraglich: Wir sahen, wie schnell sie die Treppen rauf und runter stieg, allzu krank konnte sie also nicht sein. Das Alter war ebenfalls eine relative Sache. Zum einen waren alle über 19, also über dem Alter von Edmond Dantès zu Beginn des Romans über die Flucht, zum anderen gab es für uns wie für alle Kinder eigentlich überhaupt kein Alter, und wir fühlten uns in jedermanns Gesellschaft wohl, sofern er uns seine Aufmerksamkeit schenkte. Noch merkwürdiger ist, dass es für uns Falten und Hautflecken oder sonstige Katastrophen, die vom Alter verursacht werden, gar nicht gab (ja sie uns manchmal als außerordentliche Dinge anziehend erschienen, etwa der große weiche Kropf der Tante Lili) und wir den Menschen nahmen, wie er war. Kurz, wir hatten überhaupt keine Angst vor dem Alter, und ich verstehe nicht, wieso die Menschen später einen meiner Ansicht nach überflüssigen Sinn und eine besondere Aufmerksamkeit für all das entwickeln.

Die Berge kamen mir interessanter vor als jedes andere Merkmal der Landschaft. Schon als wir Kinder noch ganz klein waren – und gerade erst mit unseren von Herrn Blau gefertigten Rucksäcken auf Ausflüge in die Berge mitgenommen wurden –, erfuhren wir von einer weiteren unerhörten Begebenheit, die mich lange Zeit umtrieb. Ein Jahr, nachdem Mutter und Vater geheiratet hatten, machten sie sich zu zweit zu einer Wanderung auf den Butschetsch auf, weiter weg wollten oder durften sie nicht. Beide kannten sie die Berge und ihre klaren und strengen Regeln, die sie auch uns vermittelt haben: Man muss sie immer ernst nehmen, sie respektieren, man darf nicht verrückt spielen, nicht herumbrüllen, keine Bäume fällen, keine Blumen mitsamt Wurzeln ausreißen, wenn man sie am selben Ort wiederfinden will, man muss mit den Kräften und dem Essen im Rucksack haushalten, und vor allem muss man vorsichtig sein, bis zum letzten Schritt, bis zur letzten Minute. Die Zeit muss man sich so einteilen, dass sie auch für unvorhergesehene Verspätungen ausreicht. Allerdings war an jenem Tag im Spätherbst etwas anderes stärker als die Umsicht, was es war, ist nicht schwer zu erraten. Irgendwann kamen sie von dem schlecht markierten und trügerisch sich verzweigenden Weg ab. Sie gingen nicht zurück bis zu dem Zeichen, das sie zuletzt irgendwo hoch oben gesehen hatten, weil sie keine Lust hatten, so weit aufzusteigen, und wanderten weiter talwärts nach Gutdünken, das sich allerdings als minder gut erwies. Das Licht im Wald veränderte sich, ringsum wurde es immer düsterer, kaum konnten sie noch die über der Erde sich windenden Wurzeln sehen und stolperten deshalb ständig. Sie gerieten ins Unterholz, kämpften sich durch das Gewirr der Äste, kamen nur langsam voran und gerieten ins Rutschen. Vater blieb stehen und reichte Mutter eine stützende Hand, beide aber waren sie zunehmend beunruhigt. Nur wer sich schon einmal im Wald verirrt hat, weiß, welche Panik einen anfallen kann, selbst bei Tag. Der Wald ist das verwirrendste Vexierspiel, das perfekte Labyrinth. Das Sprichwort bringt es auf den Punkt: Man sieht den Wald vor lauter Bäumen nicht mehr. Sie irrten herum, zunehmend müde und ziellos. Die Meinungen über den richtigen Weg gingen auseinander. Plötzlich war es kalt geworden, darauf waren sie nicht vorbereitet, geschweige denn jene, die sie zu Hause erwarteten. Schließlich war es beinahe stockfinster. Als sie keinen Ausweg mehr sahen, sanken sie mit scheuen Blicken, weil sie sich voreinander schämten, auf die Knie und beteten um einen Fingerzeig.

Als Vater an diesem Punkt angelangt war, machte er eine

Pause, um die Spannung zu steigern. Wir starben fast vor Neugier.

»Dann standen wir auf, und der Weg öffnete sich plötzlich vor uns, *an Ort und Stelle*, ein paar Schritte von uns entfernt. Ich konnte es kaum glauben! Wieso hatte ich ihn nicht gesehen? Kurz darauf waren wir in Buşteni, erreichten den Zug um acht Uhr abends und waren just zu dem Zeitpunkt daheim, als meine Schwiegermutter«, so Vater, »Bauchweh bekam bei der Vorstellung, wir lägen in irgendeiner Schlucht.«

Beide, sowohl mein Bruder als auch ich, waren in einem Alter, in dem einem die große Welt grenzenlos erscheint und das Übernatürliche selbstverständlich zum Alltag gehört. Deshalb verstanden wir die Geschichte folgendermaßen: Der liebe Gott, eine Art gute Fee, hat, als sie gebetet haben, Wunder gewirkt, er hat den Weg von irgendwo mitten aus dem Wald geholt und ihn vor ihre Füße gelegt wie einen Teppich, auf dem sie sanft bis nach Hause geglitten sind.

Die Jahre sind vergangen, und die Geschichte ist mit mir gewachsen, und jetzt verstehe ich sie so: Der Pfad war immer schon genau dort, neben ihnen, sie aber hatten ihn, blind und in den eigenen Empfindungen befangen, nicht sehen können. Das Gebet öffnete ihnen die Augen, schenkte ihnen einen klaren Blick, sodass sie ihn sehen konnten – hier liegt das eigentliche Wunder, Gott aber greift nicht ein, er ist keine gute Fee, er rührt keinen Finger, denn das alles braucht er nicht. Das Gebet ist kein Telefonanruf beim lieben Gott, sondern ein Anruf an einen selbst, an die eigenen geheimen Kräfte, die man wunderbarerweise zu aktivieren vermag.

Wieso waren es immer die Berge, wo dergleichen stattfand? Ich wunderte mich gar nicht, als ich später erfuhr, dass die Menschen von einst gerade im Gebirge heilige Räume hatten. Dass Gott ihnen dort erschien. Auf einem unserer Ausflüge auf das Butschetsch-Gebirge, als ich schon lange nicht mehr darüber nachdachte, wieso die Berge nicht umfielen, waren alle dabei: meine Cousins, mein Bruder, ich und unsere vier Eltern. Damals begleitete uns auch Mitică, den ich dafür bewunderte, wie er die Windungen des Pfades missachtete und den Hang mit hängender Zunge, aber ohne zu ermüden, hinaufstrebte. Bei mir war es umgekehrt, ich behielt meine Zunge zwar im Mund, wurde aber fürchterlich müde, denn für den Abstieg war ich eher geeignet als für den Aufstieg. Obwohl ich als Einzige keinen Rucksack trug, weil ich meinen verloren hatte und der Herr Blau nach Israel ausgewandert war, blieb ich immer zurück. Schließlich erreichte ich mit Ach und Krach den Höhenweg um den Caraiman, der fast waagerecht verläuft. Hier fiel es mir nicht mehr schwer, voranzugehen, obwohl die Gefahr hier weit größer, eigentlich am höchsten war. Dieser Höhenweg ist ein enger Pfad, auf dem man kaum aneinander vorbeikommt, auf der einen Seite senkrechter Fels, auf der anderen der Abgrund. Die Großen, die im Leben einiges durchgemacht hatten, wiesen uns dauernd zurecht. Vater hatte uns ständig im Auge, er war angespannt und schweißgebadet, trotz des schlechten Wetters. Mitică lief uns nach, mit hängendem Schweif, dennoch sah man, dass er keine Angst hatte. Und damals erlebte ich das erste Wunder meines Lebens, als sich zu aller Gefahr noch der dichte Nebel senkte. Glücklicherweise waren wir schon fast am Ende des Höhenwegs.

Als wir die Gefahrenzone hinter uns gelassen hatten, geschah etwas Unglaubliches. Alle, sogar Mitică, hatten wir eine Regenbogenaura um uns, welche unsere Umrisse nachzeichnete. Wir sahen den eigenen Lichtkranz nicht, sondern nur den der anderen. Wir sahen also den Menschen und wie gemalt den farbigen Umriss, die Aura. Dabei sahen wir allerdings auch, weil der Nebel wie ein Spiegel wirkte, unseren Schatten und um ihn ebenfalls den farbigen Umriss. Es war schrecklich schön. Wir bekamen gar nicht genug davon, uns in dem Nebel gegenseitig und unsere Schatten zu betrachten. Mich wandelte ein Gefühl der Unwirklichkeit an, als lebte ich in einer anderen Welt, als träumte ich, als läse ich. Allerdings war das alles wirklich. Ich weiß nicht, ob es Mutter war oder ihre Schwester, die uns gleich auf die Farben des Regenbogens hinwies und an die berühmte Formel erinnerte, mit der man sich ihre Reihenfolge merkt. Ja, sie erklärte uns sogar, wie das Phänomen zustande kam, dessen Zeugen wir waren, allerdings hörte niemand zu, und schließlich machte sich eine allgemeine Fröhlichkeit breit. Es war, als wären wir durch die Hölle gegangen und ins Paradies gelangt. Am glücklichsten war Vater, er sagte immer wieder »Herr, mein Gott, ich danke Dir!«. Selbst Mitică bellte kurz vor Verwunderung, wo er doch niemals bellte, auch sein Bellen war ein Wunder. Ich wiederum erinnere mich an keinen anderen Moment in meinem Leben, an dem ich dermaßen zuversichtlich und erstaunt gewesen wäre. So war es vielleicht auch Großvater ergangen, als er vom Gipfel derselben Berge weit draußen am Horizont das Meer hatte glitzern sehen.

Als wir wieder zu Hause waren, taten mir unsere Großeltern, Großonkel und Großtante leid, die, wie das Haus, die Stellung gehalten und das Wunder nicht gesehen hatten. Ich hätte es schön gefunden, wenn wir sie alle dabeigehabt hätten, auch das Haus. Und ich stellte mir unser Haus vor, dort oben auf dem Berg, im Nebel, mitsamt seinem Schatten umfasst von einer Regenbogenaura, mochte die auch noch so erklärbar sein.

In dem Jahr, als der Schatten unseres Hauses sich verbog und seine Väter einer nach dem anderen verschwanden, gab es für Matei kein Halten mehr. Er machte sich allein auf in die Berge oder zu Fahrradtouren. Er war 14 und durfte das.

Er kam spät heim, und wir, die wir noch im Haus waren, erwarteten ihn in großer Sorge. Dazu hatten wir auch allen Grund. Eines Abends kam er sehr aufgeregt und erzählte uns, nur Doru, mir und Dina, dass er fast gestorben wäre. Und zwar wirklich. Tagsüber hatte er Tennis gespielt, bis er seine Arme nicht mehr spürte, dann hatte er auf unserem alten Waffenrad aus der Zwischenkriegszeit im Tal des Târlungu in die Pedale getreten, bis er auch seine Beine nicht mehr spürte. Oben angekommen, wollte er ein Bad nehmen, um sich zu frischieren (die Kronstädter Rumänen übernahmen *frisch* aus dem Deutschen). Er suchte sich eine Stelle aus, wo der Fluss unterhalb eines Wasserfalls ziemlich tief war, wie das bei Flüssen manchmal ist. Hast du jemals gesehen, wie ein Ball oder eine Plastikflasche tagelang an einem bestimmten Punkt eines fließenden Gewässers verharrt, weil sie ein Schwall von oben festhält? Wenn du aber selbst nicht prall mit Luft gefüllt bist und oben bleibst, wirst du unter Wasser gedrückt und kämpfst vergeblich gegen den Schwall an, der dir auf den Kopf prasselt. Du wirst ganz einfach runtergedrückt und kommst nicht mehr raus. Matei ruderte immer verzweifelter mit Händen und Füßen, der Schwall von oben aber drückte seinen Kopf unter Wasser, und seine müden Arme gehorchten ihm nicht mehr.

»Und ich schrie, zum ersten Mal in meinem Leben, ›Hiiilfe!‹, in der irren Hoffnung, dass mich jemand hören würde. Da war aber keiner. Ich war mir sicher, ich würde ertrinken …«

Matei machte eine Pause, schluckte, wir aber lauschten in höchster Anspannung.

»Und da fiel mir plötzlich Vaters Geschichte von der Donau und dem Strudel ein, die er uns erzählt hat, als wir in der Valea Hornului waren und das Wasser die Brücke weggerissen hatte, du erinnerst dich doch?«, fragte mich mein Bruder.

Ich nickte.

»Ruder nicht vergeblich mit den Armen bis zur Erschöpfung, tauch ab bis zum Grund, wo das Wasser keine Kraft mehr hat, und nimm dann Schwung, damit du dich aus dem Strudel befreist. So habe ich es auch hier getan, obwohl es kein Strudel war, sondern ein Wasserfall. Ich tauchte wieder auf, ließ mich talwärts treiben und kroch dort, wo der Fluss ruhig und seicht war, erschöpft ans Ufer.«

Uns allen schauderte es. Schließlich war es also Vater gewesen, der den Schrei seines Sohnes gehört und ihn gerettet hatte. Wäre das Wetter vor Zeiten in jenem Urlaub in der Valea Hornului nicht so schlecht gewesen, wäre der Fluss nicht geschwollen, die Brücke nicht weggerissen worden, Vater hätte sich nicht an den Rat erinnert, den man ihm zu den Strudeln der Donau gegeben hatte, und mein Bruder wäre nicht mit dem Leben davongekommen. Manchmal spürt man, dass die Dinge sich fügen. Ich jedoch, die ich in den ersten Jahren meiner Kindheit keinerlei Metaphern begriff, fiel nun, als ich größer wurde, ins andere Extrem. Ich fasste alles im übertragenen Sinn auf. Ich wollte immer daran denken, dass ich in den entfesselten Wassern des Lebens nicht unnütz mit den Händen rudern, sondern mich von dem Strudel auf den Grund ziehen lassen und dann die Ausweichbewegung machen sollte, die aus jenem Kreisel hinausführte. Und ich glaube, das hat auch mir das Leben gerettet.

Unser Haus

So sei behütet …

Ich habe dir doch gesagt, dass ich mich schon damals als blutsverwandt mit unserem Haus empfand? Es hatte in seinem Gen-Code etwas von allen, denen ich in meinen Kinderjahren in seinem Inneren begegnet bin, von allen, die es zeitweise beherbergt hat. Dort in seinem Inneren hatten sich ihrer aller Stimmen, Leben, eigenen Geschichten gekreuzt, die – was nicht ohne Wunden abging – aus der großen Geschichte gerissen worden waren. Die Luft des Hauses wurde durch ihren Atem bestimmt, sie bewegte sich im Rhythmus ihrer Bewegungen. Ihre Worte waren wie die Flügelschläge des Schmetterlings: Sie kamen von nirgendher und konnten wo immer ein Beben auslösen. Das Haus jedoch wusste das gute Einverständnis zu schätzen, von dem im Gebet meiner Großmutter die Rede war: »Möge es uns allen gutgehen, mögen wir gesund bleiben, in gutem Einverständnis leben, es soll keinen Krieg geben.« Jetzt, da die meisten seiner Bewohner nur noch Erinnerungen sind, ist diese Verwandtschaft umso spürbarer. Die DNA des Hauses mischt sich in meine. Manchmal tritt es an Vaters statt und ist dann jemand, der nicht jung stirbt, sondern miterlebt, wie ich größer werde, wie ich lese, wie ich schreibe, mit hellbraunen, fröhlichen, auf Unsterblichkeit vertrauenden Augen, jetzt, da er 87 Jahre alt geworden wäre und ein faltendurchzogenes Gesicht hätte. Manchmal ist es meine Großtante mit Schauspielerlippen und lehrt mich, wie man Kinder aufzieht, wenn man selbst keine hat, wie man fertigwird mit vier Spatzen, die ausgelassen mit den Flügeln flattern und kurze spitze Schreie ausstoßen, sich kopfüber an unsichtbare Zweiglein hängen und so auch in der Welt das Unterste zuoberst kehren. Gleich neben ihr steht das Haus Großonkel, hoch und grau und schnauzbärtig, das nach außen und nach innen lacht, jedoch nur nach innen singt. Das Haus im oberen Stockwerk ist ernst und verschwiegen, versorgt meine Schürfwunden und zeigt mir linkisch seine Liebe, daneben ist das Haus, das den Ehrgeiz besitzt, die Welt zu verbessern, und reizvoll komplizierte Spiele erfindet wie kein anderes. Dann das Haus Tante, klug und schnell, das mir ständig neue Namen gibt, und das Haus Onkel setzt die Pilotenhaube auf und fährt uns im weinroten Auto, worauf die beiden Häuser sich trennen, aber in meiner Erinnerung zusammenbleiben, und das Haus Mutter, das mich zur Vernunft ruft, mich auf das hinweist, was in der Umgebung geschieht, ich solle nach Erklärungen suchen und an Gott glauben. Da gibt es noch das Haus des ständigen Gastes im Haus, das Haus Omama, dessen Liebe ich am stärksten empfinde und das mich am besten versteht, mir glaubt und mich kennt, ohne dass ich etwas sage.

Und da gibt es noch das Haus Cousine und Cousin, das Haus Bruder und sogar das Haus Ich, ein sehr naher Verwandter, der dennoch eisern auf Eigenständigkeit beharrt. Dies alles trage ich mit mir herum, dazu die Strada Sfântul Ioan, ehemalige Maiakovski, ehemalige Sfântul Ioan, die anderen Straßen Kronstadts, ehemals Stalinstadt, ehemals Braşov-Kronstadt-Brassó, mit den Bergen und Hügeln, die wie riesige Tiere die Stadt beschützen, der Zinne und dem Schuler und der Warthe und dem Schlossberg und dem Schneckenberg.

In einer der Küchen des Hauses gab es irgendwann einen

ärmlichen dünnwandigen Schrank mit zwei hohen Seitentüren und einer niedrigen breiten in der Mitte. Er war weiß gestrichen. Aus Gründen hausinterner Strategie wurde er dreigeteilt, die beiden Seitenflügel und die Mitte wurden je einer Kleinfamilie aus der Großfamilie zugeteilt. Jetzt gibt es in meiner kleinen Küche in Kronstadt (unsere Wohnungen sind mittlerweile wiederholt in der Senkrechten umverteilt worden) nur noch den linken Seitenflügel. Wer von uns Kindern hat wohl wann die Idee gehabt, an die ungestrichene Innenseite der Tür mit Bleistift einen Namen und die ersten Telefonnummern der Kindheit, zuerst mit vier und dann mit fünf Ziffern, zu schreiben? Nach und nach füllte sich die Tür mit Namen und Anschriften. Wir Kleinen schrieben unten, die Großen schrieben oben. Alle gebrauchten dann die Innenseite der Schranktür als Telefonbuch: immer bei der Hand, groß geschrieben, man brauchte nicht nach der Brille zu suchen, um die Telefonnummern zu lesen. Man öffnete die Tür, um das Salz oder ein Küchentuch von dem ordentlichen Stapel zu nehmen, und nahm dabei auch eine Telefonnummer mit, es war äußerst bequem. Dort steht auch jetzt noch die Nummer meiner Banknachbarin in der ersten Klasse. Vaters Dienstnummer. Und die des Onkels. Mutters Nummer. Und die der Tante. Und des Sohnes von Gevatter Gheorghe. Und von Wolfi Honigberger, in den ich verliebt war. Und der Freunde in der Straße. Und die Anschriften der Verwandten im Altreich. Darunter, rot, in großer Schrift, 11523 Filotti Cristina. Es war eine erfundene Nummer: Mein Bruder hatte mir einen Aprilstreich spielen wollen, ich war aber nicht drauf reingefallen. Meine Kollegin hieß eigentlich Filote, mit einem t. Das Problem mit den Telefonnummern der Vergangenheit ist, alle scheinen sie erfunden, sie haben zu wenige Ziffern.

Wenn ich jetzt die 11678, Vaters Dienstanschluss, anriefe,

ginge jemand dran? Und die anderen, die Kinder, mit denen ich gespielt habe, die Verwandten, Bekannten? In welches Netz muss ich mich einwählen, um ihre Stimmen noch einmal zu hören?

◇

Unser Haus mit Dachboden und Keller hatte in einer Welt der Plattenbauten überlebt. Heldenhaft. Es übertraf uns in jeder Hinsicht. Es hatte zwei Weltkriege durchgemacht, zwei Erdbeben, einen Bombenangriff. Uns Kindern hatte es gezeigt, dass in einem Haus zu leben unendliche Barmherzigkeit und einen Tropfen Verantwortung erfordert, in einer Welt, in der die Häuser bedroht sind. Dass dadurch Verständnis und Wachsamkeit gefördert werden. Es war nichts Böses, sich um ein Haus zu kümmern, das einen vor dem Bösen schützen würde. Ich erinnere mich an Vater, der mir jeden Morgen, bevor er zur Tür hinausging, einen Kuss auf die Stirn drückte, wie einen Talisman für uns beide, und manchmal bei der Rückkehr Verse eines unbekannten Dichters sprach: »Wenn du gehst, so sei behütet / wie von einem Zauberring … / Wenn du kommst, so sing und lache, / lass die Sorgen draußen, bring / nichts als Freude hier den Deinen / unter diesem heil'gen Dache.« Ich musste erwachsen werden, ehe ich erfuhr, dass dies eine *Inschrift an einer Tür* war, die Vater sich in Gedanken an unsere Tür »zum Dachboden« geschrieben hatte.

Nach dem Verschwinden des Hauses, wo im Erdgeschoss Gevatter Partenie und im Obergeschoss die Familie Hahner gewohnt hatte, machten wir, die Kinder von gegenüber und dann die nächsten Generationen, eine spielerische Turnübung (Radfahren), bei der wir zu zweit die Fußsohlen aneinanderlegten und synchron in eingebildete Pedale traten, und diese nannten wir (wer von uns zuerst?) »Hahner und Partenie«. Wenn wir also sagten, »spielen wir Hahner und Partenie«, blieben diese beiden Namen eng beisammen wie seinerzeit unter der Adresse des Hauses gegenüber mit rotblühenden Kakteen in den Fenstern des Obergeschosses und Unmengen Autoreifen im Erdgeschoss. Das Haus der Erinnerung hat auch sie in enger Verbundenheit behalten.

Über den Herrn Blau habe ich einmal mit einer Taxifahrerin gesprochen, die eine Zeitlang in der Strada Maiakovski gewohnt hatte und sich an ihn erinnerte. Er hatte ihr Bonbons geschenkt. Ich veröffentlichte die Geschichte und bekomme jetzt, im 21. Jahrhundert, eine Mail von einem seiner Nachfahren aus Israel. Merkwürdigerweise war der einzige Rucksack, den ich jemals ins Gebirge geschleppt habe, der von Herrn Blau gefertigte. Nachdem ich ihn verloren hatte, wünschte ich mir keinen anderen mehr, den sonst wer gemacht hätte.

Der Schimmelbefall, der uns so lange terrorisiert hat, kam, wie sich zeigte, von einem Rohrbruch im Nachbarhaus. Nicht nur die Menschen werden zu Unrecht für Mängel gerügt, die nicht an ihnen liegen. Auch die Häuser. Es dauert eben seine Zeit, bis man jemandes Inneres richtig erfasst, ob er nun aus Fleisch und Blut oder aus Ziegeln und Mörtel besteht.

Die Kommode steht auch jetzt im Erdgeschoss, zwischen den beiden Fenstern. Der Fernseher ist verschwunden. Die Schubladen sind alle unverschlossen und enthalten nichts Außergewöhnliches. Das Bild darüber, welches ich als Kind nicht mochte, ist in meinen heutigen Augen besonders schön. Obwohl es eine Winterlandschaft darstellt, sind die Farben eher warm, die Bäume rotbraun, selbst der Schnee hat einen rötlichen Schimmer, als wäre er vom Sonnenuntergang eingefärbt, und die Spuren darin sind sehr geheimnisvoll. Das Tagebuch von Onkel Ionel war lange bei mir, bis ich es meiner Cousine gegeben habe. Ich habe nicht Wort gehalten, auch ich habe ein Tagebuch, selbst wenn ich selten hineinschreibe, keineswegs täglich, wie es seinem Namen nach sein müsste. Der große Tisch steht verwurzelt an seinem Platz, und die Vase aus einer Granatenhülse steht darauf. Nun ist es an mir, auf der schwarzen »Pferdedecke« mit einem weißen Laken drüber Wäsche zu bügeln.

Großvaters Arztwaage mit der Aufschrift »Hess Sibiu« und »Nur für Personen« haben wir immer noch. Sie steht im Hof neben der Bank von 1900, die irgendwann auf der Terrasse stand, ist etwa neunzig Jahre alt und funktioniert perfekt wie die Bank. Sie sind zu einer Zeit hergestellt worden, als die Leute bedachten, dass die Dinge, die sie zur Hand nehmen, in die Hände der Ur-Ur-Urenkel übergehen werden. Es ist, als hätten sie ihren Händedruck, ihre Berührung weitergegeben. Die Lampe mit Ultraviolettstrahlung ist in einem der zahlreichen finanziellen Engpässe, durch die wir hindurchmussten, verkauft worden. Das Haus ist dasselbe und immer anders. Und da es überlebt hat, konnten wir das auch. Da es seine Erinnerungen erhalten hat, würden wir die unseren auch erhalten. Da es allem widerstanden hat, konnten wir auch widerstehen.

Nach 1990 kamen auch die Goldfüchslein aus der Mauer. Drei, insgesamt, dazu noch klein. Ich habe sie auch gesehen, zum ersten Mal, mit einem Fuchsrelief als Prägung, das ihnen den Namen gab. Mutter brachte sie zur Bank und teilte die Summe, die sie dafür bekommen hatte, unter uns allen auf. Niemand empfand das als Gewinn, als geldwerten, meine ich. Viel wertvoller waren sie für unsere kindliche Vorstellung gewesen, die sie stets angeheizt hatten.

Die Strada Maiakovski erhielt nach 1990 ihren alten Namen Strada Sfântul Ioan zurück. Wir, die Kinder des Hauses, wurden in alle Welt zerstreut, doch ab und zu finden wir wieder zusammen, alle vier, unter der alten Anschrift, in dem alten Haus, in dem nur Mutter ihr ganzes Leben lang Wache gehalten hat. Die beiden haben sich umeinander gekümmert.

◊

Unser Haus mit den Fenstern nach Norden war bei weitem nicht ideal. Es war, über und über mit Mängeln behaftet, durch einen von dem Notar Ioaneş im Jahre 1931 besiegelten Kaufvertrag zur Familie gekommen, zur selben Zeit, als Mutter geboren wurde. Bis dahin hatte es nicht viele Menschen beherbergt, höchstens Ehepaare, kleine Kaufleute oder Handwerker, zumeist Sachsen oder Ungarn: eine Schneiderin, ein Ofensetzer, ein Bäcker, eine Witwe, eine Hebamme. Gefunden haben wir es auf einem Stadtplan aus dem 17. Jahrhundert, da bestand die ganze Straße nur aus niedrigen, sehr ärmlichen Häusern, lediglich die Klosterkirche Sfântul Ioan, aus der wohl hin und wieder ein mit einem Strick gegürteter Franziskanermönch trat, ragte feierlich empor. Es war eines der ersten Klöster in Kronstadt, errichtet um 1500, und ich glaube, die Straße ist in seinem Schatten gewachsen. Es lag ein paar Schritte von der Stadtmauer entfernt. Wenn du das Schwimmbad im Untergeschoss des neuen Aro besuchst, kannst du die aus Flusskieseln errichtete Mauer bewundern. Einige von den Steinen haben offenbar auch zum Bau unseres Kellers gedient.

Als die Großeltern und das verschwägerte Ehepaar zusammenlegten und das Haus kauften, hatte der aus drei Räumen bestehende Keller einen Lehmboden, und darin befand sich nichts außer einem Backofen, dessen Schornstein in den Hof reichte. Es war kein einladender Ort. Großmutter nahm sich der Bauarbeiten an, sie goss einen Betonboden, verkleidete die Fenster mit Brettern und legte eine Rutsche für Holzscheite an.

Bis 1946 wurde das Haus so geheizt. In dem Kämmerlein rechts lag das Holz, dazu die Säge, der Holzklotz und die Axt. In jenem links wurden auf Holzborden die Äpfel gelagert, auf Abstand voneinander, damit keine Fäulnis übertragen wurde. Eine Lehre fürs Leben, auch das. Am Ausgang Kisten mit Sand, in dem Gemüse aufbewahrt wurde, durch Zeitungen vor Frost geschützt, und weiter vorn zwei, drei Kisten Kartoffeln. Zu jener Zeit thronte im Keller auch ein Fass, hergestellt von Gevatter Hahner, dem Fassbinder, darin wurde Sauerkraut eingelegt. So war das in jedem siebenbürgischen Haus, so war es auch in unserem. Die Stufen waren ungleichmäßig und schief, das sind sie bis heute geblieben. Man muss sehr vorsichtig sein, wenn man in den Keller hinabsteigt. Im Erdgeschoss gab es damals ein einziges großes Zimmer mit Dielenboden und ein Bad. Zwei Klos für sämtliche Hausbewohner, eines im Erdgeschoss, eines im Obergeschoss. Die Treppen waren schadhaft. Es roch alt, abgestanden, ja schimmlig.

Dann änderte sich das Haus innen Jahr für Jahr, wieder und wieder, es gab Momente des Glanzes und des Verfalls. Die Treppen wurden ausgebessert, neu gestrichen und mit einem Kokosläufer versehen, der eine Ewigkeit halten sollte, den aber wir Kinder nicht mehr erlebt haben, er war verkauft worden. Aber Treppen scheuern, von oben bis unten, diese Aufgabe ist niemandem erspart geblieben. Die Raumaufteilung des Hauses wurde geändert, die Zimmer wurden gestrichen und von Herrn Márton mit Parkett ausgelegt, welches er bei Bedarf auch abschliff. Das Haus wurde zu einem guten Ort, der Duft der gebratenen Auberginen und Paprika und des Apfelkuchens zog hindurch. Es genoss natürlich auch selbst das neue Familienleben und bemühte sich, es so angenehm wie möglich zu gestalten. Doch wie in einer betrügerischen Ehe, in der man mit jemandem zusammenlebt und von jemand anderem träumt, der andere Vorzüge und weniger Fehler hat, dachte fast jeder in diesem Haus an ein anderes. Vater wünschte sich stets ein Häuschen mit Garten. Er war in seinen ersten Lebensjahren in einem solchen aufgewachsen und wünschte sich Bäume im Hof, Gras, durch das man barfuß laufen konnte, Tomaten, denen man dabei zusehen konnte, wie sie sich an den Stangen rundeten und röteten. Am Zaun lila und rosa blühende Winden, die jeden Morgen ihre Kelche öffnen. Als ich ein Kind war, ging er sehr gern auf den Markt, einen Ort, den ich keineswegs anziehend fand, und wenn er Pfirsiche oder Melonen abtastete, dann war es, als suchte er die aus dem Garten hinter dem Haus seiner Vorstellung aus. Dann und wann stellte er Rechnungen an, in wie vielen Jahren er das Haus mit Garten würde kaufen können, aber dann gab er das Rechnen auch gleich wieder auf. Manchmal leidet man unter dem, was anderen nicht gelungen ist, ärger als unter dem, was man selbst nicht geschafft hat. Und so wie mir ein Leben lang die Trauer nachhängt, dass wir nicht dazugekommen sind, unserem Verwandten im Antiquariat die Uhr zu schenken, wasserdicht, wie man damals sagte, heute hieße sie *waterproof*, so hat es mir ein Leben lang um den Garten leidgetan, der Vater bis ins Alter verwehrt geblieben ist, wobei allerdings auch letzteres ihm verwehrt geblieben ist.

Großmutter baute für uns oft ihr perfektes Haus, sie baute es aus Worten. Es stand an einem Flüsschen mit kristallklarem Wasser, das nie über die Ufer trat, so viel es auch regnen mochte. Auch ihr Haus hatte einen Garten mit Apfel- und Zwetschkenbäumen und einem Weichselbaum, der im Frühjahr rosarot blühte und in dessen Laubkrone die Vögel saßen und morgens schlaftrunken ihr Gefieder plusterten, und einen kleinen Teich, in dem unsichtbare Fische schwammen. Und einen Hund, der viel Platz zum Spielen hatte. Drinnen hatte ihr imaginäres Haus geräumige, helle Zimmer mit großen Fenstern nach Süden, damit sie den ganzen Tag Sonne hatte. Das imaginierte Haus hatte Bretterläden, die abends geschlossen wurden, und keine Rollläden, die ständig kaputtgingen. Drinnen hatte es einen Kamin fürs Holzfeuer, aber auch eine Zentralheizung, damit im Winter einfach geheizt werden konnte. Großmutter hatte einen Sinn fürs Praktische und den Fortschritt im Blut. Sie war im letzten Jahr des 19. Jahrhunderts geboren, also noch im Jahrhundert des Fortschritts.

Auch ich habe diese Gepflogenheit geerbt. In einem bestimmten Lebensabschnitt stellte ich mir abends, wenn ich nicht einschlafen konnte, ein eigenes Haus vor, denn auch die Träume werden, wie es aussieht, genetisch vererbt. Es stand im Gebirge, an eine Felswand angebaut wie die Hütte, die wir hatten brennen sehen. Im Felsen entsprang eine Quelle und versorgte mich mit fließendem Wasser. In einer Felsnische hatte ich auch eine kühle Kammer, denn es war ziemlich beschwerlich, ständig Essbares heranzuschaffen. Heizung und Beleuchtung überließ ich den Fachleuten. Mein Haus war innen mit Holz verkleidet, das gegen Holzwürmer und Feuer vorbehandelt war, außen war es aus Stein. Und es war sehr heimelig. Ich hatte alles bedacht, jedes Fleckchen, jeden Gegenstand, jedes Fenster, jedes Haustier, zwei Esel machten den Anfang. Ich hatte es an meinen schlaflosen Abenden Zentimeter für Zentimeter erfunden. Es war eine Lust, mit jemandem darin zu wohnen! Das schmälerte natürlich die Verdienste unseres Hauses nicht im mindesten, von dem ich für mein Teil mich nicht endgültig trennen könnte bis zum großen Augenblick der endgültigen Abschiede. Zumal ich unsere Erinnerungen nicht aus seinem steinernen Hirn herauskriegen kann.

◊

Manchmal empfinde ich mich eher als angeheiratete Verwandte meines Hauses. Es macht mir Spaß, einiges über seine Sippe herauszufinden, die das Schicksal mit meiner verschwägert hat. Es hat ebenfalls nahe Verwandte verloren, etwa jene von der anderen Straßenseite, aber seine Sippe ist nicht erloschen. Es berechnet ebenfalls die Prozentanteile an fremdem Steinblut in seinen Adern und weiß, dass sie ihm guttun, seien sie auch noch so klein.

Die Orte der Vergangenheit verändern sich oder verschwinden. Die Gasse Pe Dobrice, wo das Haus von Urgroßmütterchen und Urgroßväterchen, dem Schäfer mit den zwei Söhnen, gestanden hat, gibt es nicht mehr. Im Eichenhain, wo ich gelernt habe, dass der Schatten mit der Seele zugleich repariert wird, gibt es keine Eichen mehr. Ich weiß nicht, was mit ihnen geschehen ist.

Die Wirtschaft in der Valea Hornului (such sie nicht auf der Karte, ich habe den Namen geändert, um sie geheim zu halten) gibt es noch, und ich habe sie vor ein paar Jahren besucht. Ich habe mich gefreut, sie ebenso verlassen und verfallen vorzufinden. Es war wüst und leer dort, es gab keine Tiere mehr, keine Menschen mehr, das Dach war eingebrochen, aber die Mauern widerstanden noch. Hätte ich Geld, würde ich das Grundstück kaufen, um das Paradies unserer Kindheitserlebnisse vor Eindringlingen zu retten. Irgendwann habe ich geträumt, ich wäre Eva im Paradies – ich habe die Landschaft wiedererkannt, es war in der Valea Hornului. Von dem Jahr an, als wir nicht mehr dorthin fuhren, trat der Körper in mein eigenes Leben, wie uns Mutters Onkel gesagt hatte: Ich verließ die Kindheit und den Garten Eden. Ich verliebte mich zum ersten Mal richtig, aber das ist eine andere Geschichte. Zur Erinnerung an unsere Sommer in der Valea Hornului kaufe ich immer Waldfrüchte von den Zigeunerkindern, die auf den Markt kommen, und es vergeht kein Jahr, an dem ich nicht Himbeerschaum mache (allerdings mit dem Mixer). Der Brunnen im Park, der gebaut wurde, nachdem der *Brief einer Mutter* in der Zeitung erschienen war, steht auch heute noch. Aus unbekannten Gründen ist er trocken.

Jahre später sollte der große Sohn meines Bruders sein Spielzeughündchen Miticuţică taufen, ohne etwas von unserem Hund zu ahnen. Wir staunten, wie um alles in der Welt der Vierjährige auf diesen Namen gekommen war.

Onkel Gheorghe bekam eine Enkeltochter, nachdem sein Sohn aus dem »Heim« entlassen worden war. Ich weiß nicht, ob ihr Großvater sie noch gesehen hat, ich hoffe es aber aus ganzem Herzen.

Die Enkelin von Onkel Gheorghe wurde Ärztin. In Ozun, in der von Mutters Onkel, dem mit Sibirien und dem Schreibwarenladen, gegründeten Fabrik, arbeitete nach 1990 eine Zeitlang unser kleiner Cousin Adrian. Ich habe ihm nicht gesagt, was unsere Familie mit der Fabrik verbindet. Über Mutters anderen Onkel, der zum Internationalen Statistik-Kongress nach Amerika gefahren war, habe ich einen rühmenden Artikel im Internet gefunden. Ein jährlicher Schachwettbewerb trägt seinen Namen.

Ich habe die *Ilias* gelesen und in der Tat den Schwefel gefunden, von dem Mutter mir erzählt hatte:

Aber den Weichenden traf der Telamonier Ajas / Schnell mit dem Stein; denn viele, die räumigen Schiffe zu stützen, / Lagen gewälzt vor den Füßen der Kämpfenden: den nun erhebend, / Warf er über dem Schilde die Brust ihm, nahe dem Halse; / Jenen schwang, wie den Kräusel, der Wurf, und er taumelte ringsum; / So wie vor Zeus' hochschmetterndem Schlag hinstürzet die Eiche, / Wurzellos, und entsetzlich der Dampf des brennenden Schwefels / Ihr entsteigt; mutlos und betäubt steht, welcher es anschaut / Nahe dem

Ort; denn furchtbar ist Zeus' des Allmächtigen Donner: / Also stürzt' in den Staub die Gewalt des göttlichen Hektor.

Ein Leben lang bin ich in die Berge gegangen, die mir weiter als Landschaftsmusik erscheinen und als der Ort, an dem Gott sich versteckt. Erst als auch ich mich in einem Wald verlaufen hatte, begriff ich, dass der Wald am Butschetsch, von dem Vater uns erzählt hatte, nichts anderes ist als die *selva oscura* in Dantes *Göttlicher Komödie*, die er über dem Kopfende des Bettes hatte. Es ist der labyrinthische Wald, in dem man sich verirrt, wenn man die Sinne nur nach außen richtet. Obwohl ich mir sicher bin, dass er mir eine wahre Geschichte erzählt hat, erweist sich Vaters Erbe als Parabel. Denn jetzt gehe ich, wie ich dir schon sagte, den umgekehrten Weg, nicht wie in der Kindheit, als die Metaphern konkrete Dinge waren. Jetzt mache ich die Welt zur Metapher. Über diese Verirrung reden alle Mystiker: Meister Eckhart, der uns sagt, von einem Menschen, der sich *nicht* verirrt habe, sei nicht viel zu erwarten, über Augustinus, der nichts verschmähte, bis zu dem gar nicht mystischen Thomas Mann. Solange du nur mit den Sinnen liebst, bist du in Gefahr. Sobald der Geist und durch ihn das Kosmische in dir beteiligt ist, hast du den Weg gefunden. Das ist natürlich eine persönliche Interpretation.

Jahre später sollte ich noch einmal die nebelige Aura des Schuler erleben, beim Skifahren, an der Kante der Todeswand. Es war am Neujahrstag, und ich genoss die freie Piste. Jetzt hatte ich allerdings keine Familie mehr um mich. Es war wieder eine unsichtbare Grenze, die ich überschritt. Ich trat in eine weitere Welt von all denen, die sich, immer wieder neu, auf der gespannten Schnur des mir gegebenen Lebens aneinanderreihten. Während ich größer wurde, will sagen in Zentimetern, änderte das Haus sein Räume, seine Winkel, sein Licht und seine Proportionen. Jetzt sah ich von oben auf den großen

Tisch im Erdgeschoss, ich konnte nicht mehr in die Dunkelheit darunter kriechen wie unter ein schützendes Holzdach, und um Staub zu wischen, musste ich in die Knie gehen. Oben auf dem Dachboden reiche ich mit der ausgestreckten Hand fast bis zur Decke. Die Betten der Großeltern, über deren Holzrahmen sich Algen und Blumenranken hölzern wanden, die mir riesig erschienen, wenn ich krank war und den Tag dort verbrachte, sind klein geworden. Das Haus selbst, einst endlos, erscheint mir jetzt niedrig und eng. Klar ist, dass auch ich aus einem Haus in ein anderes gezogen bin, und ich weiß, was das bedeutet: Ich habe ein gewisses Alter erreicht. Dies alles habe ich vielleicht nur in der Absicht niedergeschrieben, für eine Zeit zurückzufinden in das *andere* Haus und in das einzige Alter, in dem man es besichtigen kann.

Während ich also größer wurde, will sagen älter an Jahren, änderte auch die Vergangenheit ihre Winkel, ihre Form und ihr Licht wie ein optisches Spielzeug. Als hätten sich die Worte in einem Buch, das man irgendwann gelesen hat, vermischt und neue Sätze gebildet. Dieselben Worte, keines mehr, keines weniger, aber ein anderes Buch mit anderen Sätzen.

◊

Als Kinder machten wir aus allen gelesenen Büchern Leben. Wir spielten die Rollen im Buch. Zu jener Zeit suchten die Rothäute nach Wildspuren auf der Zinne, Old Shatterhand streckte wohl irgendeinen armen Säufer auf der Strada Maiakowski mit einem Faustschlag nieder, Mary Poppins erhob sich von der Dachterrasse in die Lüfte, und Winnie Puuh war schuld daran, dass Honig und Apfelkuchen aus den Schränken im Erdgeschoss unseres Hauses verschwanden. Die Eichhörnchen mit ihren Glubschäuglein aus den Büchern sprangen durch die Kronen der wirklichen Bäume in Kronstadt, die Hunde, die im Buch bellten, weckten uns nachts in unseren Betten. Die roten Dreiecke, von denen wir im Französischunterricht lernten, tauchten als Markierungen an den Wanderwegen im Wald auf. Vor den Bösen im Buch hüteten wir uns in unserem kleinen Leben. Jetzt mache ich genau das Gegenteil. Die Hunde auf der Straße wedeln im Buch mit dem Schwanz, und die Eichhörnchen, denen ich in die Glubschäuglein gesehen habe, springen auf der Buchseite von einem Ast zum andern. Das Böse im Leben trübt die Schatten meiner Personen.

Als ich klein war, zeichnete ich schiefe Häuser mit schiefen Fenstern, gezackten Zäunen und Blumen, die so hoch waren wie das Haus. Ich fürchte sehr, auch die Zeichnung des Hauses in diesem Buch ist ebenso schief oder verzerrt, obwohl ich mir, genau wie damals, alle Mühe gegeben habe, sie möglichst gerade und wahr zu machen.

Die Vergangenheit ist mit sympathischer Tinte geschrieben. Man braucht Wärme, um die Buchstaben zum Vorschein zu bringen, nachdem sie lange Zeit verborgen waren, als hätte es sie gar nicht gegeben. Man muss das weiße Blatt aufgespannt an eine Flamme halten oder mit dem eigenen warmen Atem anhauchen, damit das Unsichtbare sichtbar wird und nach und nach zu Sätzen gerinnt, die etwas bedeuten. Obwohl meistens einige wesentliche Wörter undeutlich bleiben, weiße Flecken, Leerstellen und unlösbares Geheimnis, für immer versunken in den reglosen Wassern der Zeit, in der wir schwimmen. Der Zeit, in der wir ertrinken.

Danksagung

Mein Dank gilt:
Natürlich dem Team von Humanitas, in dem man weiß, wie froh ich darüber bin, dass es dieses gibt.
Meiner Nichte Ruxandra Manu, Studentin der Veterinärmedizin, weil sie meine Fachfragen prompt beantwortet hat.
Meinem Neffen Andrei für den elektronischen Beistand, wenn der Computer gesponnen hat.
Herrn Radu Popa und der Leitung des Hotels Aro, weil sie mir Zutritt zu dem alten Hotelbau gewährt haben.
Dem Kollegen Emanuel Ulubeanu für die Landkarte des Butschetsch.

Inhalt

Rumänische Literatur bei Zsolnay

Liliana Corobca
Der erste Horizont meines Lebens

Roman
Aus dem Rumänischen von Ernest Wichner
192 Seiten

Die zwölfjährige Cristina kümmert sich um alles: Sie kocht, putzt, füttert die Hühner und Schweine und ist Elternersatz für ihre jüngeren Brüder. Die Geschwister leben in einem Dorf in Moldawien, während die Mutter in Italien fremde Kinder hüten muss und der Vater in Sibirien arbeitet. Dabei ist Cristina eigentlich in Cousin Lucian verliebt, träumt vom ersten Kuss und einer besseren Zukunft. »Das Warten ist wie ein kleines Tier, weder ein Haustier noch ein wildes Tier, mal brav und schläfrig, mal böse und entfesselt.« Eine einprägsame Geschichte in starken Bildern, geschildert aus der Sicht von Kindern, die am Rande von Mitteleuropa alleine zurückbleiben.

»Erschütternd schön. Es ist ein berührendes Zeugnis der Selbstbehauptung. Cristina ist eine moldawische Pippi Langstrumpf. In ihrer Welt allerdings macht das Alleinsein keinen Spaß.«
Carsten Hueck, *Deutschlandradio Kultur*

»Liliana Corobca gelingt es mit ihrem beharrlichen Blick aufs Detail, der fast schon an die emotionale Schmerzgrenze reicht, die kosmische Einsamkeit dieser Kinder in Worte zu fassen.«
Dirk Schümer, *Die Welt*

Mircea Cărtărescu
Solenoid

Roman
Aus dem Rumänischen von Ernest Wichner
912 Seiten

Hohn und Spott erntet ein junger Mann in seinem Literaturkreis, als er dort seinen Text »Der Niedergang« zum Besten gibt. Aus ihm wird nicht wie erhofft ein gefeierter Schriftsteller, sondern ein Lehrer in der Vorstadt von Bukarest. Als dieser namenlose Erzähler jedoch ein Haus in Form eines Schiffes kauft, gerät er in den Bannkreis des Solenoids, einer Art riesiger Magnetspule, die sich unterhalb des Kellers befindet. Deren Gravitationskraft zieht aber nicht nach unten, sondern hebt konsequent alles in die Höhe, was in ihr Umfeld gerät – Menschen, Dinge, ja die Wirklichkeit selbst. Genial, verrückt, groß: Mit seinem monumentalen Roman hat Mircea Cărtărescu erneut Weltliteratur geschaffen.

»Hier geht einer aufs Ganze.«
Burkhard Müller, *Die Zeit*

»Ein Wunderwerk der Erzählkunst, ein metaphysisches Weltgebäude, errichtet in der schäbigen Peripherie von Bukarest, gezimmert aus Albträumen, Phantasie und Philosophie, aber auch aus dem realen Grau und dem Grauen des dort praktizierten Kommunismus.«
Franz Haas, *Neue Zürcher Zeitung*